Pitkin
County
Library
PITKIN COUNTY LIBRARY
1 13 0001606196
120 N
As
D0733079
SPANISH FICTION
Evans, Nick.
El hombre que sus
oido de los cabal

*El hombre que susurraba
al oído de los caballos*

NICHOLAS EVANS

El hombre que susurraba al oído de los caballos

Traducción de
Luis Murillo Fort

PLAZA & JANES EDITORES, S. A.

Título original: *The Horse Whisperer*
Ilustración de la portada: © The Telegraph Colour Library y Jeff Foott/Bruce Coleman Ltd., por acuerdo con Transworld Publishers Ltd.
Fotografía del autor: Nick Evans

Primera edición: octubre, 1995
Segunda edición: octubre, 1995

Enric Granados, 86-88. 08008 Barcelona

Printed in Spain – Impreso en España

ISBN: 84-01-00942-1
Depósito legal: B. 39.867 - 1995

Fotocomposición: Fort, S. A.

Impreso en Printer Industria Gráfica, s. a.
Sant Vicenç dels Horts (Barcelona)

L 009421

Quiero expresar mi sincero agradecimiento
a cuatro buenos amigos: Fred y Mary Davis,
Caradoc King y James Long;
así como a Robbie Richardson, la primera persona
que me habló acerca de los «susurradores».

Para Jennifer

No busques enredos externos,
No mores en el vacío interior;
Sé plácido en la unicidad de las cosas;
El dualismo se desvanecerá por sí solo.

SENG-T'AN (m. en 606)
De la confianza en el corazón

PRIMERA PARTE

1

La muerte estuvo presente al principio y volvería a estarlo al final. Aunque si lo que cruzó por los sueños de la muchacha en aquella muy improbable mañana fue una sombra fugaz de ello, ella nunca lo sabría. Lo único que supo al abrir los ojos fue que el mundo había experimentado cierta alteración.

La luz roja del despertador permitía ver que aún faltaba media hora para que éste sonase. La chica permaneció muy quieta, sin levantar la cabeza, intentando dar forma a ese cambio. Estaba oscuro, pero no tanto como habría debido estarlo. Al fondo del dormitorio distinguió claramente el centelleo empañado de sus trofeos de equitación en los desordenados estantes y, más arriba, los rostros de estrellas del rock que una vez pensó que tenían que interesarle. Prestó atención. El silencio que colmaba la casa también era distinto, expectante, como la pausa entre tomar aire y pronunciar una palabra. Pronto empezaría a oírse el amortiguado rugir de la caldera en el sótano y las tablas del suelo de la antigua casa de labranza iniciarían sus crujientes lamentos de rigor. Apartó rápidamente las sábanas y se acercó a la ventana.

Había nieve. La primera nevada del invierno. Y a juzgar por los travesaños de la cerca junto al estanque le pareció que podía haber más de un palmo de hondo. Sin viento que la arrastrara, la nieve se veía perfecta y uniforme, amontonada en cómica proporción sobre las ramas de los seis pequeños cerezos que su padre había plantado el año anterior. Una estrella solitaria brillaba sobre el bosque en una gran tajada de azul intenso. La chica bajó la vista y observó que en la parte inferior de la ventana se había formado un encaje de escarcha y al poner un dedo encima de la misma derritió un pequeño agujero. Se estremeció, pero no de frío sino de sentir que aquel mundo transformado le pertenecía por entero, al menos de momento. Se volvió y se dio prisa en vestirse.

La noche anterior Grace Maclean había llegado de Nueva York con la única compañía de su padre. Siempre había disfrutado de ese viaje, dos horas y media por la carretera arbolada que cruzaba la cordillera de Taconic, arropados los dos en el largo Mercedes, escuchando cintas y charlando tranquilamente de la escuela o de algún nuevo caso en que él estuviera trabajando. Le gustaba oírle hablar mientras conducía, le gustaba tenerlo para ella sola, verlo relajarse poco a poco vestido con su aplicado atuendo de fin de semana. Su madre, como de costumbre, tenía una cena, una función o algo por el estilo y cogería el tren a Hudson esa misma mañana, cosa que de todos modos ella prefería. Los embotellamientos de tráfico el viernes por la noche la ponían invariablemente de mal humor y solía compensar su impaciencia asumiendo el mando y diciéndole a Robert, el padre de Grace, que frenara o acelerara o siguiese un itinerario tortuoso para evitar los atascos. Él no se molestaba en discutir, se limitaba a hacer lo que le decían, aunque a veces soltaba un suspiro o dirigía a Grace, relegada al asiento de atrás, una mirada irónica por el espejo retrovisor. La relación entre sus padres había sido siempre un misterio para ella, un mundo en el que la dominación y la obediencia no eran lo que parecían. Grace solía mantenerse aparte, refugiada en el santuario de su walkman.

Su madre trabajaba durante todo el trayecto en tren; nada la distraía porque nada dejaba que lo hiciera. En una ocasión en que la acompañó, Grace había estado observándola, maravillada de que no mirase una sola vez por la ventanilla salvo, quizá, para escudriñar el exterior, sin ver nada, cuando algún escritor de campanillas o uno de sus más ambiciosos redactores la llamaba por el teléfono portátil.

La luz del descansillo estaba encendida. Grace, en calcetines, pasó de puntillas por delante de la puerta entornada del dormitorio de sus padres y se detuvo. Pudo oír el tictac del reloj de pared, abajo en el vestíbulo, y el reconfortante y suave roncar de su padre. Bajó por las escaleras hasta el vestíbulo, en cuyas paredes y techo azul celeste relucía ya el reflejo de la nieve que se colaba por las ventanas sin cortinas. Ya en la cocina, bebió de un trago un vaso de leche y comió una galletita de chocolate mientras escribía una nota para su padre en el bloc que había junto al teléfono. «He ido a montar. Volveré alrededor de las diez. Besos. G.»

Cogió otra galleta y se la comió mientras se dirigía al pasillo en que estaba la puerta de atrás, donde dejaban los abrigos y las botas embarradas. Se puso la chaqueta de lana y saltó con elegancia, sujetando la galleta entre los dientes, mientras se calzaba las botas de montar. Se subió la cremallera de la chaqueta hasta arriba, se puso los guantes y bajó del estante su casco de montar, al tiempo que se preguntaba si debía telefonear a Judith para ver si aún quería salir a cabalgar a pesar de que había nevado. Pero no era necesario que llamase. Seguro que Judith estaría tan entusiasmada como ella. En el momento en que Grace abría la puerta para salir al aire helado de la mañana, oyó que la caldera se ponía en marcha abajo, en el sótano.

Wayne P. Tanner levantó la vista de su taza de café y dirigió una mirada lúgubre a las hileras de camiones cubiertos de nieve aparcados delante del bar de carretera. Destestaba la nieve, pero todavía más que lo pillaran en falta. Y en el transcurso de pocas horas lo habían pillado en falta dos veces.

Aquellos policías estatales de Nueva York se lo habían pasado en grande, chulos yanquis de mierda. Los había visto ponerse detrás de su camión y quedarse pegados a la cola durante unos tres kilómetros; los muy puñeteros sabían que los había visto y disfrutaban con ello. Luego encendieron las luces para indicarle que se hiciera a un lado, y el listillo de turno, que no era más que un crío, se acercó dándose aires con su sombrero stetson como un maldito poli de película. Le pidieron el diario de ruta y Wayne lo buscó, se lo pasó al policía más joven y se quedó mirando cómo lo leía.

—Atlanta, ¿eh? —dijo el poli pasando rápidamente las páginas.

—Sí señor —contestó Wayne—. Y le aseguro que allá abajo hace mucho más calor que aquí. —Ese tono, entre fraternal y respetuoso, solía funcionar con la bofia, implicaba una cierta afinidad en tanto que colegas de carretera. Pero el jovencito no levantó los ojos del diario.

—Ajá... Usted sabe que ese detector que lleva es ilegal, ¿verdad?

Wayne miró de soslayo la cajita negra fijada al tablero de instrumentos y por un instante pensó en hacerse el inocente. En Nueva York los aparatos cazapolis sólo eran ilegales en camiones de más de ocho toneladas. Ahora llevaba tres o cuatro veces esa cantidad. Alegar ignorancia, se dijo, sólo serviría para que aquel cabronzuelo se volviese aún más ruin. Compuso una sonrisa de fingida confusión pero de nada le sirvió, pues el jovencito seguía sin mirarlo.

—¿Verdad? —dijo otra vez.

—Bueno, sí. Supongo.

El jovencito cerró el diario y se lo devolvió, mirándolo por fin a la cara.

—Muy bien —dijo—. Ahora veamos el otro.

—¿Cómo dice?

—El otro diario, hombre. El bueno. Éste parece de cuento de hadas.

Wayne sintió que se le revolvían las tripas.

Durante quince años, y al igual que la mayoría de camioneros, había llevado dos diarios a la vez, uno que decía la verdad sobre kilometraje, horarios de conducción, descansos, etcétera, y otro especialmente pensado para ocasiones como aquélla, donde quedaba de manifiesto que en todo momento se había atenido a los límites legales. Y en todo ese tiempo, en ninguna de las docenas de veces que lo habían obligado a detenerse en el arcén en sus viajes de costa a costa, un policía le había hecho eso. Mierda, si casi todos los camioneros que conocía llevaban un libro falso, al que en plan de broma llamaban «el tebeo». Si uno viajaba solo y sin socio con el que turnarse al volante, ¿cómo demonios iba a cumplir los plazos de entrega? ¿Cómo demonios iba a ganar lo suficiente para vivir? Santo Dios. Todas las compañías estaban al corriente, sólo que hacían la vista gorda.

Había intentado enrollarse un rato, hacerse el dolido, mostrar incluso cierta indignación, pero sabía que era inútil. El otro policía, un tipo con cuello de toro y una sonrisita presuntuosa, se apeó del coche patrulla para no perderse el espectáculo, y entonces le dijeron que saliese de la cabina para proceder a su registro. Al advertir que tenían intenciones de dejarlo todo patas arriba, Wayne decidió hacerse el bueno, cogió el diario que estaba escondido debajo de la litera y se lo entregó a los polis. El libro indicaba que había recorrido más de mil cuatrocientos kilómetros en veinticuatro horas haciendo una sola parada, e incluso ésta había durado la mitad de las ocho horas establecidas por la ley.

Así pues, se le venía encima una multa de mil o mil trescientos dólares, o incluso más si le añadían lo del maldito detector de radar. Hasta podían quitarle el carnet de conducir. Los policías le entregaron un puñado de papeles y lo escoltaron hasta el restaurante de carretera en que se hallaba en ese momento, con la advertencia de que no se le ocurriera reemprender camino hasta el día siguiente.

Esperó a que se marcharan y luego fue andando hasta la gasolinera y compró un bocadillo de pavo que estaba rancio y un pack de seis cervezas. Pasó la noche tumbado en la litera en la parte de atrás de la cabina. El sitio era bastante amplio y confortable y Wayne se sintió un poco mejor después de la segunda cerveza, pero así y todo no hizo más que preocuparse casi toda la noche. Y al despertar vio la nieve y descubrió que otra vez lo habían pillado desprevenido.

Dos días atrás, en aquella soleada mañana de Georgia, Wayne no había pensado en comprobar si llevaba cadenas. Y al mirar en el cajón esta mañana, las puñeteras no estaban. No se lo podía creer. Algún listillo se las había robado o cogido prestadas. Wayne sabía que la interestatal estaría bien, seguro que hacía horas que habían pasado las máquinas quitanieves y las chorreadoras de arena. Pero las dos turbinas gigantes que transportaba debían ser entregadas en una fábrica de papel de un pueblecito llamado

Chatham, e iba a tener que dejar la autopista de peaje y atajar por el campo. Las carreteras serían sinuosas y estrechas y lo más probable era que aún no las hubieran limpiado. Wayne se maldijo otra vez, terminó su café y dejó en la barra un billete de cinco dólares.

Al salir se detuvo a encender un cigarrillo y encasquetarse a fondo su gorra de béisbol de los Braves, pues hacía mucho frío. De la interestatal le llegó el zumbido de los camiones. Ronceó sobre la nieve en dirección al aparcamiento, donde estaba su camión.

Había allí unos cuarenta o cincuenta camiones perfectamente alineados, todos ellos de dieciocho ruedas, como el suyo, en su mayor parte Peterbilt, Freightliner y Kenworth. El de Wayne era un Kenworth negro y cromado modelo Convencional, de esos que llamaban «oso hormiguero» por su morro alargado y oblicuo. Y aunque se veía mejor enganchado a un remolque frigorífico corriente que a las dos turbinas que llevaba ahora montadas en una plataforma, a la media luz del nevado amanecer pensó que seguía siendo el camión más bonito de todo el aparcamiento. Se quedó allí un rato contemplándolo mientras terminaba el cigarrillo. Siempre procuraba que la cabina estuviera reluciente, a diferencia de los camioneros jóvenes, a quienes les daba igual. Incluso la había limpiado de nieve antes de ir a desayunar. Pero de pronto recordó que ellos no se habrían olvidado de las puñeteras cadenas. Wayne Tanner aplastó el pitillo en la nieve y montó en la cabina.

Dos grupos de pisadas convergían en el largo camino particular que conducía a los establos. Con extraordinaria precisión, las dos muchachas habían llegado allí con pocos segundos de diferencia y habían ido juntas colina arriba mientras el eco de sus risas se perdía en el valle. A pesar de que el sol aún no había hecho acto de presencia, la valla de estacas blancas que delimitaba sus respectivas huellas se veía casi gris en contraste con la nieve. Las huellas de las chicas describían un arco hacia la cresta de la colina y desaparecían entre los grupos de edificios bajos que se apiñaban, como buscando protección, en torno al enorme establo rojo donde guardaban los caballos.

Cuando Grace y Judith llegaron al patio de la caballeriza un gato se escabulló al verlas, estropeando con sus patas la superficie inmaculada de la nieve. Se detuvieron un momento y miraron hacia la casa. No había señales de vida. Mrs. Dyer, que era la propietaria y quien les había enseñado a montar, solía estar levantada a aquellas horas.

—¿Crees que deberíamos decirle que vamos a salir? —preguntó Grace en voz baja.

Las dos muchachas se habían criado juntas y desde muy pequeñas se veían cada fin de semana. Ambas vivían en la zona alta, al oeste de la ciudad, iban a colegios de la zona este y tenían el padre abogado. Pero a ninguna se le ocurría que hubiese motivos para verse entre semana. Su amistad había arraigado en el campo, con sus caballos. Con catorce recién cumplidos, Judith era casi un año mayor que Grace, y ante decisiones tan importantes como arriesgarse a sufrir la ira siempre a flor de piel de Mrs. Dyer, Grace acataba gustosamente la opinión de Judith.

—Bah —dijo Judith con un gesto de desdén—. Sólo nos echaría a gritos por haberla despertado. Vamos.

Dentro de la cuadra el aire era caliente y estaba cargado de olor dulzón a heno y excrementos. Las chicas entraron llevando sus sillas de montar y al cerrar la puerta una docena de caballos aguzaron las orejas y las observaron desde sus casillas presintiendo, tal como le había pasado a Grace, que la mañana tenía algo diferente. El de Judith, un caballo castrado de color castaño y mirada tierna llamado *Gulliver*, relinchó al llegar ella a su casilla y avanzó el testuz para que se lo frotara.

—Hola, cariño —dijo ella—. ¿Cómo estás hoy? —El caballo reculó un poco a fin de que Judith pudiese entrar con las guarniciones.

Grace siguió andando. Su caballo estaba al fondo de la cuadra. Fue hablando a los otros caballos a medida que pasaba por delante de sus casillas, saludando a cada uno por su nombre. Advirtió que *Pilgrim* no dejaba de mirarla desde el fondo con la cabeza erguida. Era un morgan de cuatro años, castrado y bayo, pero tan oscuro que según le daba la luz parecía negro. Sus padres se lo habían regalado el verano anterior, para su cumpleaños, bien que a regañadientes. Les preocupaba que fuera demasiado grande y joven para la muchacha, demasiado caballo en suma. Para Grace fue como un flechazo.

Habían ido en avión a Kentucky para verlo, y cuando los llevaron al campo, el caballo se acercó directamente a la cerca para mirarla a ella. No se dejó tocar, sólo le olfateó la mano y se la rozó ligeramente con los bigotes. Luego sacudió la cabeza como un príncipe altivo y echó a correr con su larga cola al viento y su pelaje reluciendo al sol como ébano bruñido.

La vendedora del caballo permitió que Grace lo montara y fue entonces cuando sus padres se miraron y ella supo que le permitirían quedarse con el animal. Su madre no montaba desde que era una niña, pero aun así sabía cuándo un caballo tenía clase. Y *Pilgrim* la tenía, desde luego que sí. Tampoco había duda de que era un manojo de nervios y completamente distinto de los otros caballos que había montado. Pero cuando Grace estuvo sobre su grupa y sintió toda la vida que fluía dentro de él, supo que el caballo tenía buen corazón y que se llevarían muy bien. Formarían un verdadero equipo.

Grace había querido cambiarle el nombre por otro más imponente, como *Cochise* o *Khan*, pero su madre, tolerante y tiránica a la vez, dijo que naturalmente eso era cosa de Grace, pero que en su opinión traía mala suerte cambiarle el nombre a un caballo. De modo que se quedó en *Pilgrim*.

—Hola, encanto —dijo Grace al llegar a la casilla—. ¿Cómo está mi chico? —Alargó la mano y el caballo permitió que le tocara el aterciopelado hocico, pero sólo un momento, para después apartar la cabeza—. Eres un coqueto. Venga, que te voy a poner guapo.

Grace entró en la casilla y le quitó la manta al caballo. Cuando le puso la silla, *Pilgrim*, como siempre, se movió un poco, y ella le dijo con firmeza que se estuviera quieto. Mientras le hablaba de la sorpresa que lo esperaba fuera, le apretó ligeramente la cincha y le colocó la brida. Luego extrajo del bolsillo un limpiapezuñas y le quitó metódicamente la tierra adherida en cada una de las patas.

Oyó que Judith ya estaba sacando a *Gulliver* de su casilla, de modo que se dio prisa en apretar las cinchas y enseguida estuvieron las dos preparadas.

Llevaron los caballos al patio y mientras Judith cerraba la puerta del establo los dejaron allí, inspeccionando la nieve. *Gulliver* agachó la cabeza y luego de olfatear dedujo rápidamente que era la misma cosa que había visto un centenar de veces. No obstante, *Pilgrim* estaba pasmado. Tocó la nieve con la pezuña y se sobresaltó al ver que se movía. Intentó olfatearla como había visto hacer al otro caballo, pero lo hizo con demasiada fuerza y soltó un gran estornudo que hizo desternillarse de risa a las chicas.

—A lo mejor no ha visto nieve en su vida —dijo Judith.

—Seguro que sí. ¿Es que no nieva en Kentucky?

—No lo sé. Supongo. —Judith miró hacia la casa de Mrs. Dyer—. Bueno, venga, vámonos o despertaremos al dragón.

Salieron del patio y sacaron los caballos al prado. Una vez allí montaron y, al paso, ascendieron oblicuamente la loma hacia la verja que daba al bosque. Sus huellas dibujaron una diagonal perfecta en el inmaculado cuadro del campo. Cuando llegaron al bosque, el sol apareció por fin sobre la loma y colmó el valle de sombras sesgadas.

Una de las cosas que la madre de Grace más odiaba de los fines de semana era la montaña de periódicos que tenía que leer. A lo largo de la semana se acumulaban hasta formar un volcán maligno. Cada día, imprudentemente, incrementaba su altura con los semanarios y todas aquellas secciones del *New York Times* que no osaba tirar a la basura. Para cuando llegaba el sábado la cosa ya era amenazadora y con las varias toneladas del dominical del *New York Times* a punto de venírsele encima sabía que si no actuaba de inmediato acabaría sepultada por la montaña de papel. Todas aquellas palabras sueltas por el mundo. Tanto esfuerzo acumulado. Total, para que uno se sintiera culpable. Annie lanzó otro grueso suplemento al suelo y cogió con hastío el *New York Post*.

El apartamento de los Maclean estaba en la octava planta de un antiguo y elegante edificio en Central Park West. Annie se sentó con las piernas recogidas en el sofá amarillo que había junto a la ventana. Llevaba puestas unas mallas negras y una sudadera gris claro y su corto pelo castaño rojizo, recogido en una escueta cola de caballo, llameaba al sol que entraba a chorros por detrás de ella dibujando su sombra en el sofá a juego que había al otro lado de la sala.

Era una habitación larga pintada de amarillo claro. Estaba repleta de libros y había figurillas de arte africano y un piano de cola, uno de cuyos fulgurantes extremos reflejaba ahora el sol que entraba en ángulo. De haberse girado, Annie habría visto gaviotas pavoneándose en el hielo del estanque. Incluso con nieve y a tan temprana hora de un sábado había gente haciendo footing, correteando por el mismo circuito que ella también recorrería en cuanto hubiese terminado con los periódicos. Tomó un sorbo de su tazón de té y se disponía a echar el *Post* a la papelera cuando reparó en un suelto escondido en una columna que raramente se molestaba en leer.

—Es increíble —dijo en voz alta—. ¡Rata inmunda! —Aporreó la mesa con el tazón y se dirigió enérgicamente al vestíbulo en busca del teléfono. Regresó con el aparato en una mano, marcando el número, y se detuvo delante de la ventana, dando golpecitos nerviosos en el suelo con el pie mientras esperaba que respondieran. Abajo, en el estanque había un viejo con esquíes y unos auriculares absurdamente grandes que marchaba con furia hacia los árboles. Una mujer increpaba a su manada de perros diminutos, todos con chaquetillas de punto a juego con las patas tan cortas que para avanzar tenían que dar saltos y deslizarse.

—¿Anthony? ¿Has leído el *Post*? —Era evidente que Annie había despertado a su joven ayudante pero no se le ocurrió pedir disculpas—. Han publicado una cosa sobre Fiske y yo. Ese mierda va diciendo que yo lo despedí y falsifiqué las cifras de tirada.

Anthony dijo algo en tono compasivo, pero no era compasión lo que Annie estaba buscando.

—¿Tienes el número de la casa de fin de semana de Don Farlow? —preguntó ella. Anthony fue a buscarlo. En el parque la mujer de los perros se había rendido y en ese momento los arrastraba hacia la calle. El ayudante volvió con el número y Annie lo anotó—. Bien —dijo—. Vuelve a la cama. —Colgó el auricular y de inmediato marcó el número de Farlow.

Don Farlow era la mejor combinación de abogado y guardia de asalto de que disponía la editorial. Desde que seis meses atrás Annie Graves (profesionalmente siempre había usado su apellido de soltera) había sido nombrada jefa de redacción con la misión de salvar la revista, que era el buque insignia del grupo editorial, Farlow no sólo se había convertido en su aliado, sino casi en un amigo. Juntos habían organizado el despido de la «vieja guardia». Hubo intercambio de sangre —nueva que entraba y vieja que salía— y la prensa no dejó escapar ni una sola gota. Entre aquellos a quienes Annie y Farlow habían puesto de patitas en la calle había escritores con buenos contactos que no habían tardado en utilizar las columnas de chismorreo para vengarse.

Annie Graves se hacía cargo del rencor que todos ellos sentían. Algunos llevaban tantos años en la editorial que la sentían como de su propiedad. Que a uno lo sacaran de su puesto de siempre ya era degradante de por sí, pero que lo hiciera una advenediza de cuarenta y tres años, y encima inglesa, era intolerable. Sin embargo, la purga estaba prácticamente terminada; Annie y Farlow habían acabado convirtiéndose en expertos a la hora de fabricar liquidaciones con las que comprar el silencio de quienes dejaban la empresa. Ella pensaba que eso era lo que habían hecho con Fenimore Fiske, el insufrible viejales que escribía la crítica de cine en la revista y que ahora la ponía de vuelta y media en el *Post*. El muy rata. Pero mientras Annie esperaba que Farlow atendiera al teléfono, se consoló pensando que Fiske había cometido un gran error al calificar de farsa el aumento de sus cifras de tirada. No lo eran y, además, podía demostrarlo.

Farlow no sólo estaba levantado, también había leído el *Post*. Quedaron en encontrarse al cabo de dos horas en el despacho de ella. Iban a demandar a aquel cerdo hasta que recuperaran el último centavo que les había costado echarlo.

Annie telefoneó a su marido a Chatham y le respondió su propia voz en el contestador automático. Dejó un mensaje diciéndole a Robert que ya era hora de levantarse, que tomaría el siguiente tren y que no fuese al supermercado antes de que ella llegase. Luego bajó en el ascensor y salió a reunirse con los demás atletas callejeros que correteaban sobre la nieve. Sólo que Annie no correteaba. Ella corría. Y aunque ni su velocidad ni su técnica permitían a simple vista apreciar la diferencia, para Annie era tan clara y vital como el frío aire matutino al que ahora se lanzaba con ardor.

La interestatal estaba bien, tal como Wayne Tanner había supuesto. Además, era sábado y no había mucha circulación, por lo que calculó que lo mejor sería seguir por la 87 hasta el cruce con la 90, cruzar el río Hudson y bajar hacia Chatham desde el norte. Había estudiado el mapa y se figuraba que aun no siendo la ruta más directa, sería peor ir por carreteras más estrechas que posiblemente todavía estuviesen cubiertas de nieve. Como no tenía cadenas, sólo esperaba que esa carretera de acceso de la que le habían hablado no fuera una pista de tierra o algo así.

Cuando llegó a los letreros que anunciaban la 90, ya se encontraba un poco mejor. El campo parecía una postal navideña y con Garth Brooks en el radiocasete y el sol dando de lleno en el potente morro del Kenworth, las cosas no le parecían tan terribles como la noche anterior. Qué caray, si al final se quedaba sin permiso de conducir, siempre podría trabajar como mecánico, que era para lo que había estudiado. Claro que no ganaría tanto dinero. Era un insulto lo poco que se pagaba a un tipo que había pasado varios años aprendiendo el oficio y había tenido que comprarse herramientas por valor de diez mil dólares. Pero últimamente se sentía un poco harto de estar tanto tiempo en la carretera. Tal vez sería bonito pasar más tiempo en casa con su mujer y los críos. Quién sabe. O al menos dedicar más horas a pescar.

Wayne se sobresaltó al divisar la salida a Chatham y puso manos a la obra: primero accionar los frenos y luego reducir las nueve marchas haciendo rugir el motor Cummins de 425 caballos de potencia. Mientras se desviaba a la interestatal pulsó el conmutador de tracción a las cuatro ruedas, bloqueando así el eje frontal de la cabina. A partir de ahí, calculó, sólo había ocho o nueve kilómetros hasta la fábrica.

Aquella mañana había en el bosque una quietud especial, como si la vida misma hubiera quedado en suspenso. No se oían pájaros ni otros animales y el único sonido era el esporádico golpe sordo de la nieve al caer de las ramas sobrecargadas. Hasta aquel vacío expectante, entre arces y abedules, llegó la risa distante de las dos chicas.

Avanzaban despacio por el serpenteante sendero que llevaba a la loma, dejando que los caballos escogieran su andadura. Judith, que iba delante, estaba vuelta hacia atrás, apoyada con una mano en el fuste de la silla de *Gulliver*, mirando a *Pilgrim* sin dejar de reír.

—Tendrías que llevarlo a un circo —dijo—. El pobre es un payaso nato.

Grace estaba demasiado ocupada riendo como para contestar. *Pilgrim* andaba con la cabeza gacha, empujando la nieve como si en vez de hocico tuviera una pala. Luego lanzaba un estornudo que mandaba fragmentos de nieve por los aires y echaba a trotar, fingiendo haberse asustado de su propia acción.

—Eh, tú, venga, basta ya —dijo Grace, refrenándolo.

Pilgrim volvió a ponerse al paso y Judith, sin dejar de sonreír, sacudió la cabeza y encaró nuevamente el sendero. Absolutamente indiferente a las bufonadas que ocurrían detrás, *Gulliver* avanzaba moviendo la cabeza de arriba abajo a su aire. A los lados del camino, cada veinte metros aproximadamente, había carteles anaranjados prendidos a los árboles, en los que se amenazaba con acciones judiciales a todo aquel que cazara, pusiera trampas o penetrase en terreno privado.

En la cumbre de la loma que separaba los dos valles había un pequeño claro de forma circular donde normalmente, si se acercaban con sigilo, podían encontrar ciervos o pavos salvajes. Pero ese día, cuando las chicas salieron del bosque al sol de la mañana, no encontraron más que el ala cercenada y ensangrentada de un ave. Estaba casi en mitad del claro y parecía la señal dejada por un compás salvaje. Las chicas se detuvieron a mirarla.

—¿De qué es? ¿De faisán? —dijo Grace.

—Tal vez. Un ex faisán, en todo caso. Parte de un ex faisán.

Grace frunció el entrecejo y preguntó:

—¿Cómo habrá llegado hasta aquí?

—No lo sé. Será cosa de un zorro.

—Imposible. ¿Dónde están las huellas?

No había ninguna huella. Ni señal alguna de forcejeo. Era como si el ala hubiera caído volando por sí sola. Judith se encogió de hombros.

—Puede que le hayan pegado un tiro.

—Sí, ya, ¿y el resto del pájaro se fue volando con una sola ala?

Reflexionaron las dos unos instantes. Luego Judith asintió con la cabeza como si hubiera dado con la solución.

—Un halcón. Lo ha abatido un halcón en vuelo.

—Un halcón —dijo Grace considerando la posibilidad—. Bueno. Por ahí paso.

Volvieron a ponerse en marcha.

—O un avión —dijo Judith.

Grace rió.

—Eso —dijo—. Parece el pollo que daban en aquel vuelo a Londres el año pasado, sólo que mejor.

Por regla general cuando subían a caballo hasta la loma solían dar un paseo a medio galope por el claro para luego regresar a las caballerizas por otro sendero. Pero la nieve, el sol y la mañana despejada hacían que ese día quisieran prolongar su paseo. Decidieron hacer una cosa que sólo habían hecho una vez anteriormente, un par de años atrás, cuando Grace aún tenía a *Gypsy*, su pequeño y rechoncho palomino. Cruzaban hasta el siguiente valle, atajaban por el bosque y volvían rodeando la colina por el camino paralelo al río. Eso significaba cruzar una o dos carreteras, pero *Pilgrim* parecía haberse calmado y, además, ese sábado por la mañana había nevado y lo más probable era que no hubiese demasiado tráfico.

Al dejar el claro e internarse de nuevo en el bosque umbrío, Grace y Judith se quedaron calladas. En esa cara de la loma no había un camino claro entre los nogales y los tulipanes, y las chicas tenían que agachar a menudo la cabeza para pasar por debajo de las ramas. Así, tanto ellas como los caballos no tardaron en estar cubiertos de salpicaduras de nieve. Descendieron lentamente siguiendo el curso de un arroyo. El hielo se amontonaba extendiéndose en formas irregulares desde las orillas y no dejando sino un vislumbre del agua, que corría rauda y oscura por debajo. La pendiente se hacía cada vez más empinada y los caballos avanzaban ahora con cautela, midiendo cuidadosamente sus pasos. En un momento dado *Gulliver* se tambaleó al patinar en una roca escondida, pero recuperó el equilibrio sin ser presa del pánico. El sol que se colaba entre las copas de los árboles trazaba extraños dibujos en la nieve e iluminaba las nubes de aliento que los caballos exhalaban por los ollares. Pero ni Grace ni Judith prestaban atención, ya que estaban totalmente concentradas en el descenso y no tenían otra cosa en la cabeza que mantener el control de los animales que montaban.

Por fin, allá abajo, entre los árboles, vieron con alivio el centelleo del Kinderhook Creek. El descenso había resultado más arduo de lo que había imaginado, y sólo en ese momento se sintieron capaces de intercambiar una mirada y sonreír.

—No ha estado mal, ¿eh? —dijo Judith, al tiempo que tiraba suavemente de las riendas para que *Gulliver* se detuviera.

—Y que lo digas —replicó Grace. Rió y se inclinó para acariciar el cuello de *Pilgrim*—. Los dos se han portado muy bien.

—De fábula.

—Yo no recordaba que la pendiente fuese tan empinada.

—Y no lo era. Creo que hemos seguido otro arroyo. Debemos de estar uno o dos kilómetros más al sur de donde deberíamos.

Se sacudieron la nieve de la ropa y atisbaron entre los árboles. Más abajo del bosque un prado extraordinariamente blanco se extendía en suave pendiente hasta el río. Junto a la ribera más próxima distinguieron la valla de la antigua carretera que conducía a la fábrica de papel. Nadie utilizaba ya esa carretera pues a unos ochocientos metros de allí, al otro lado del río, habían construido un acceso directo y más amplio desde la autopista. Las chicas tendrían que seguir la carretera vieja en dirección norte para tomar la ruta por la que habían previsto regresar.

Tal como Wayne Tanner temía, la carretera de Chatham no había sido despejada. Pero comprendió enseguida que no tenía que haberse preocupado tanto. Otros camiones habían salido antes que él y los dieciocho neumáticos para carga pesada del Kenworth se agarraban muy bien a la superficie siguiendo sus huellas. Después de todo, no le habían hecho falta las malditas cadenas. Se cruzó con un quitanieves que venía en dirección contraria y pese a que aquello no iba a servirle de mucho, fue tal su alivio que saludó al conductor con el brazo y le mandó un amistoso bocinazo.

Encendió un cigarrillo y consultó su reloj. Iba algo adelantado con respecto a la hora que había previsto llegar. Tras su altercado con los polis, había telefoneado a Atlanta para decirles que hiciesen los arreglos necesarios con los de la fábrica a fin de que pudiera entregar las turbinas por la mañana. A nadie le gustaba trabajar en sábado, y supuso que no sería muy bien recibido. Claro que el problema era de ellos. Metió otra cinta de Garth Brooks y empezó a buscar la entrada a la fábrica.

La carretera vieja era una delicia comparada con el descenso por el bosque, y las chicas y sus caballos se relajaron mientras avanzaban codo con codo a la luz del sol. A su izquierda, dos urracas se perseguían entre los árboles que bordeaban el río y sobre su estridente parloteo y el susurrar del agua contra las rocas Grace creyó oír un máquina quitanieves despejando la carretera principal.

—Ya llegamos —dijo Judith al tiempo que señalaba al frente con la cabeza.

Era el sitio que habían estado buscando, donde en otro tiempo un tren cruzaba primero la carretera de la fábrica y a continuación el río. Hacía muchos años que el ferrocarril no funcionaba, y aunque el puente sobre el río seguía intacto, la parte superior del que cruzaba la carretera había sido retirada. Sólo quedaban las altas paredes de hormigón, un túnel sin techo que atravesaba ahora la carretera antes de desaparecer tras una curva. Justo antes de esa curva había un camino empinado que llevaba por el terraplén hasta el nivel del ferrocarril, para cruzar el río por el puente las muchachas tenían que ir hasta allí.

Judith fue en cabeza y guió a *Gulliver* hacia el camino. El caballo anduvo unos pasos y se paró.

—Vamos muchacho, no pasa nada.

El caballo piafó suavemente, como analizando la nieve. Judith lo apremió con los talones.

—Venga perezoso, arriba.

Gulliver cedió y empezó a subir por el camino. Grace observaba desde la carretera, esperando. Le había parecido que el sonido de la quitanieves en la carretera era ahora más fuerte. *Pilgrim*, nervioso, sacudió las orejas. Ella estiró el brazo y le acarició el cuello sudoroso.

—¿Cómo está eso? —le dijo en voz alta a Judith.

—Bien. De todos modos, ve despacio.

Sucedió justo cuando *Gulliver* estaba casi en lo alto del terraplén. Grace había empezado a seguirle las huellas lo más exactamente que podía, dejando que *Pilgrim* se tomara su tiempo. Estaba en mitad de la ascensión cuando oyó el roce de la herradura de *Gulliver* en el hielo y el grito de temor de Judith.

Si las chicas hubieran pasado por allí poco tiempo atrás, habrían sabido que desde el último verano la pendiente por la que subían estaba cubierta de agua debido a una fuga en una alcantarilla. El manto de nieve ocultaba ahora una capa de hielo.

Gulliver se tambaleó al tratar de buscar apoyo con sus patas traseras, levantando al hacerlo una rociada de nieve y fragmentos de hielo. Pero al no poder aferrarse al suelo, sus ancas giraron de través en la pendiente de modo que las cuatro patas del caballo quedaron sobre el hielo. Una de las delanteras se torció y el animal cayó sobre una rodilla sin dejar de resbalar. Judith lanzó un grito al ser lanzada hacia delante y perder un estribo. Pero consiguió agarrarse del cuello de *Gulliver* y seguir montada mientras le chillaba a su amiga:

—¡Sal de ahí, Grace!

Grace estaba paralizada. Un fragor de sangre en su cabeza parecía haberla inmovilizado separándola de lo que ocurría más arriba. Pero al oír el segundo grito de Judith, volvió a la realidad e intentó hacer girar a *Pilgrim* y bajar por la pendiente. El caballo cabeceó violentamente, asustado, y se resistió. Dio unos cuantos pasos en sentido lateral, torciendo la cabeza hacia la cuesta hasta que sus patas patinaron también, y entonces relinchó alarmado. Estaban justo encima de donde *Gulliver* había resbalado. Grace gritó y tiró con fuerza de las riendas.

—¡Vamos, *Pilgrim*! ¡Muévete!

En la rara quietud previa al momento en que *Gulliver* chocara con ellos, Grace supo que el fragor que notaba en la cabeza se debía a algo más que la afluencia súbita de sangre. Aquel quitanieves no estaba en la carretera principal. Hacía demasiado ruido. Estaba mucho más cerca. La idea se evaporó con el estremecedor impacto de los cuartos traseros de *Gulliver.* Algo semejante a una motoniveladora se les vino encima, golpeando la espaldilla de *Pilgrim* y haciéndolo girar en redondo. Grace notó que la levantaban de la silla y que era lanzada pendiente arriba, y si su mano no hubiese encontrado la grupa del otro caballo habría caído igual que Judith. Pero consiguió mantener el equilibrio cerrando el puño en torno a la sedosa crin de *Pilgrim* mientras éste patinaba debajo de ella por la pendiente.

Gulliver y Judith pasaron de largo resbalando y Grace vio que su amiga era arrojada como una muñeca vieja hacia la cola del caballo y luego, en el momento en que el pie quedaba enganchado en el estribo, daba una sacudida y se torcía hacia atrás de mala manera. El cuerpo de Judith rebotó y dio un brusco viraje, y al golpear con la cabeza en el duro hielo, su pie dio una vuelta más en el estribo, y se atascó, de forma que la muchacha era arrastrada ahora por su caballo. En medio de una frenética maraña, caballos y jinetes se precipitaron a toda velocidad en dirección a la carretera.

Wayne Tanner los vio tan pronto como salió de la curva. Como los de la fábrica suponían que vendría por el sur, no habían pensado en mencionarle la vieja carretera de acceso, más al norte. De modo que Wayne había visto el desvío y al tomarlo había comprobado con alivio que las ruedas del Kenworth parecían aferrarse a la nieve virgen tan bien como en la carretera principal. Al completar la curva, un centenar de metros más adelante, vio los muros de hormigón del puente y, al fondo, un animal, un caballo, que arrastraba algo. El corazón le dio un vuelco.

—¿Qué coño es eso? —dijo en voz alta. Pisó el freno, pero no muy fuerte, pues sabía que si actuaba con brusquedad las ruedas podían bloquearse, de modo que trató de detener el vehículo accionando los frenos de la parte trasera del remolque. Fue como si no hubiese hecho nada. Tendría que confiar en reducir de marcha, así que apoyó la mano con fuerza en la palanca del cambio y desembragó dos veces, haciendo rugir los seis cilindros del motor Cummins. Mierda, había ido demasiado rápido. Ahora eran dos los caballos, uno de ellos con un jinete encima. ¿Adónde coño iban? ¿Por qué no se salían de la maldita carretera? El corazón le martilleaba con fuerza y notó que comenzaba a sudar a mares mientras accionaba los frenos y el cambio pensando: «Párate, párate.» Pero el puente se acercaba rápidamente a él. Santo Dios, ¿es que no lo oían? ¿No veían el camión?

Por supuesto que sí. Hasta Judith, arrastrada por el hielo, pudo verlo fugazmente mientras gritaba de dolor. Al caer se le había partido el fémur y al resbalar hacia la carretera los dos caballos le habían pasado por encima, aplastándole varias costillas y astillándole el antebrazo. En el primer traspié *Gulliver* se había fracturado una rodilla y desgarrado los tendones, y el dolor y el miedo que lo atenazaban eran patentes en el blanco de sus ojos mientras corveteaba haciendo eses e intentaba deshacerse de aquella cosa que tenía enganchada a un flanco.

Grace vio el camión apenas llegó a la carretera. Le bastó mirar una vez. Milagrosamente, había logrado mantener el equilibrio y ahora tenía que sacarlos a todos de la calzada. Si conseguía agarrar las riendas de *Gulliver*, podría ponerlo a salvo arrastrando a Judith con él. Pero *Pilgrim* estaba tan impresionado como su compañero y ambos daban vueltas en círculo, alimentando el uno el miedo del otro.

Grace tiró con todas sus fuerzas de la boca de *Pilgrim* y por un instante consiguió que fijase su atención en ella. Lo hizo recular hacia *Gulliver* e intentó alcanzar su brida inclinándose precariamente en la silla. El caballo se apartó, pero Grace no cejó en su intento, estirando el brazo hasta que creyó que se le saldría de sitio. Tenía los dedos casi en la brida cuando el camión lanzó un bocinazo.

Wayne vio que el ruido hacía brincar a los dos caballos y por primera vez comprendió qué era lo que colgaba del flanco del que no llevaba jinete.

—¡Oh, mierda! —exclamó, y en ese instante advirtió que no le quedaban más marchas que reducir. Estaba en primera y el puente y los caballos se acercaban tan deprisa que supo que sólo le quedaba una posibilidad: el freno de tractor. Masculló una rápida oración y pisó con más fuerza de la conveniente la válvula de fondo. Al primer instante pareció que funcionaba. Notó que las ruedas de atrás de la cabina mordían el suelo.

—Sí, señor. Este es mi camión.

Entonces las ruedas quedaron bloqueadas y Wayne sintió que su destino inmediato quedaba en manos de treinta toneladas de acero.

Deslizándose majestuosamente a una velocidad cada vez mayor, el Kenworth entró culebreando en la boca del puente, ignorando los esfuerzos de Wayne al volante. Él ya no era más que un espectador y vio cómo la aleta izquierda de la cabina entraba en contacto con la pared de hormigón en lo que al principio no fue sino un roce oblicuo acompañado de chispas. Luego, a medida que el remolque empujaba con su peso muerto, se produjo un pandemónium de ruidos chirriantes que hizo vibrar el aire mismo.

De pronto, delante, vio que el caballo negro se enfrentaba a él y que su jinete sólo era una muchacha que tenía los ojos desorbitados de pánico bajo la oscura visera de su gorra.

—¡No, no, no! —exclamó Wayne.

Pero el caballo se alzó sobre sus patas traseras en actitud desafiante y la chica fue lanzada de espaldas a la carretera. El animal sólo bajó las patas brevemente, pues un momento antes de que el camión se le echase encima Wayne lo vio levantar la cabeza y empinarse otra vez. Sólo que ahora saltó hacia él. Con toda la fuerza de sus patas traseras, el caballo se abalanzó sobre el frontal de la cabina salvando la perpendicular de la parrilla del radiador como si ejecutara un salto. Las herraduras dieron contra la capota y patinaron en medio de un frenesí de chispas; al chocar un casco contra el parabrisas se oyó un crujido violento y Wayne perdió el mundo de vista en un delirio de cristales. ¿Dónde había ido a parar la chica? Santo Dios, debía de estar allá abajo, delante de él.

Wayne aporreó el parabrisas con el puño y el antebrazo y al romperse el cristal vio que el caballo seguía encima del capó. El animal tenía la pata derecha metida en los puntales en forma de V del retrovisor exterior, estaba cubierto de fragmentos de vidrio y sacaba espuma y sangre por la boca. Más allá, según pudo ver Wayne, el otro caballo intentaba apartarse cojeando de la cuneta, con su jinete todavía enganchado al estribo por la pierna.

Y el camión seguía su marcha. El remolque estaba saliendo de la pared de hormigón y, sin nada que frenara su movimiento lateral, inició un lento e inexorable salto transversal, segando sin esfuerzo la valla y levantando ante sí una creciente ola de nieve como si fuera la proa de un transatlántico.

Mientras el impulso del remolque rebasaba el de la cabina y hacía que ésta perdiese velocidad, el caballo hizo un último y supremo esfuerzo. Los puntales del retrovisor exterior se partieron y el animal rodó libremente sobre el capó desapareciendo de la vista de Wayne. Siguió un instante de calma amenazadora, como en el ojo de un huracán, en que Wayne observó que el remolque finalizaba su barrido de la valla y el margen del campo y empezaba a describir un arco en dirección a él. Acorralado en el ángulo cada vez más cerrado estaba el otro caballo, que no sabía hacia dónde huir. Wayne creyó ver que la jinete levantaba la cabeza del suelo para mirarlo, ajena a la ola que rompía detrás de ella. Y luego dejó de verla. El remolque la había arrollado, lanzando el caballo hacia la cabina como una mariposa dentro de un libro y aplastándolo en el atronador impacto final.

—Hola. ¿Gracie?

Robert Maclean paró un momento en el pasillo junto a la puerta de atrás, cargado con dos grandes bolsas de comestibles. No obtuvo respuesta y fue a la cocina y dejó las bolsas encima de la mesa.

A Robert le gustaba comprar la comida para el fin de semana antes de que llegase Annie. Si no lo hacía, tendrían que ir juntos al supermercado y acabarían demorándose allí una hora mientras Annie ponderaba las sutiles diferencias entre una marca y otra. Nunca dejaba de sorprenderle el que una persona cuya vida profesional consistía en la toma de decisiones rápidas de las que dependían millares, cuando no millones de dólares, pudiera el fin de semana pasarse diez minutos decidiendo qué clase de salsa al pesto comprar. Y también les salía mucho más caro que si lo hacía él solo, porque Annie no solía decidirse sobre cuál era la mejor marca y acababa comprándolas todas.

La contrapartida de ir solo al supermercado era, por supuesto, las inevitables críticas a que habría de hacer frente por comprar lo que no debía. Pero con la deformación profesional que extendía a todos sus actos, Robert había considerado los pros y los contras y no le cabía duda que comprar sin su mujer era la mejor solución.

La nota de Grace estaba junto al teléfono, donde la había dejado. Robert miró su reloj. Eran poco más de las diez y le pareció lógico que las chicas quisieran aprovechar un rato más aquella espléndida mañana. Pulsó la tecla de reproducción del contestador, se quitó el anorak y empezó a guardar las cosas. Había dos mensajes. El primero, de Annie, le hizo sonreír. El segundo era de Mrs. Dyer, de la caballeriza. Sólo decía que hiciese el favor de telefonearle. Pero algo en el tono de su voz lo intranquilizó.

El helicóptero permaneció un rato suspendido sobre el río, mientras el piloto se hacía una idea de la situación, y luego hundió el morro y sobrevoló el bosque, llenando el valle con el ruido sordo y vibrante de la hélice. El piloto miró hacia un lado al tiempo que daba otra vuelta en redondo. Había ambulancias, coches de policía y vehículos de salvamento, todos con las luces rojas encendidas, aparcados formando abanico en el campo junto al imponente camión accidentado. Habían marcado el lugar en que querían que aterrizara el helicóptero y un policía le estaba haciendo innecesarias señales con los brazos.

Sólo habían tardado diez minutos en llegar desde Albany y

durante todo el viaje el personal médico había hecho las verificaciones de rutina del equipo. Ya estaban listos y miraban por encima del hombro del piloto mientras éste hacía la aproximación volando en círculo. El sol brilló fugazmente en el río mientras el helicóptero seguía su propia sombra sobre la carretera acordonada por la policía y un vehículo todoterreno que se abría paso hacia el escenario del accidente.

Por la ventanilla del coche de policía, Wayne Tanner miró cómo el helicóptero se cernía sobre el lugar de aterrizaje y empezaba a descender lentamente, levantando una ventisca en torno a la cabeza del policía que le daba las instrucciones.

Wayne estaba en el asiento del acompañante con una manta sobre los hombros y una taza de algo caliente que aún no había probado en la mano. Tan poco sentido encontraba a toda la actividad que se desarrollaba fuera como al hosco e intermitente parloteo de la radio de la policía que tenía al lado. Le dolía el hombro y tenía un pequeño corte en la mano que la enfermera de la ambulancia había insistido en vendarle de forma exagerada e innecesaria. Era como si la mujer no hubiese querido que se sintiese excluido en medio de aquella carnicería.

Wayne vio a Koopman, el joven ayudante del sheriff en cuyo coche estaba sentado, hablar junto al camión con el personal de salvamento. Cerca de allí, apoyado en el capó de una decrépita camioneta azul claro y escuchando a hurtadillas, estaba el pequeño cazador con gorro de pieles que había dado la alarma. El hombre estaba arriba, en el bosque, cuando oyó el choque y bajó directamente a la fábrica, desde donde habían llamado al sheriff. Al llegar Koopman, Wayne estaba sentado en la nieve. El ayudante no era más que un chaval y desde luego nunca había visto un accidente tan grave, pero supo manejar la situación e incluso pareció desilusionarse cuando Wayne le dijo que ya había dado aviso por el canal 9 de su radio. Se trataba del canal utilizado por la policía estatal y sólo habían tardado unos minutos en llegar. Ahora aquello estaba lleno de gente uniformada y Koopman parecía molesto de que el espectáculo hubiera escapado a su control.

En la nieve de debajo del camión, Wayne distinguió el resplandor intenso de los sopletes de acetileno que los del grupo de salvamento estaban utilizando para abrirse paso en la maraña de acero del remolque y las turbinas. Apartó la mirada, luchando contra el recuerdo de aquellos largos minutos luego de que el camión quedara totalmente atravesado.

No lo había oído enseguida. Garth Brooks seguía cantando como si tal cosa y a Wayne le había sorprendido tanto el que hubiese resultado ileso que no estaba seguro de si era él o su fantasma el que había salido de la cabina. En los árboles graznaban las urracas y al principio pensó que aquel otro ruido lo producían ellas. Pero sonaba demasiado desesperado, demasiado insistente, una especie de chillido atormentado y sostenido. Entonces vio que se trataba del caballo, cuya vida se extinguía, y se tapó los oídos con las manos y echó a correr hacia el campo.

Le habían comunicado ya que una de las chicas estaba con vida y vio que los paramédicos se afanaban en torno a su camilla, preparándola para subirla al helicóptero. Uno estaba colocándole una mascarilla mientras otro, con los brazos en alto, sostenía en cada mano una bolsa de plástico conectada mediante tubos a los brazos de la muchacha. El cuerpo de la otra chica ya había sido trasladado.

Un todoterreno rojo acababa de aparcar y Wayne vio que se apeaba de él un hombre corpulento y barbudo y que cogía una bolsa negra de la trasera. Se echó la bolsa al hombro y se abrió paso hasta Koopman, que fue a recibirlo. Hablaron durante unos minutos y luego el ayudante del sheriff se lo llevó detrás del camión, donde trabajaban los hombres con los sopletes. Al volver, el de la barba traía mala cara. Se acercaron a hablar con el pequeño cazador, quien los escuchó, asintió y sacó de la camioneta lo que parecía una funda de rifle. Ahora los tres se dirigían hacia donde estaba Wayne. Koopman abrió la puerta del coche.

—¿Se encuentra bien?

—Sí, estoy bien.

Koopman señaló al de la barba con la cabeza.

—Mr. Logan es veterinario. Tenemos que encontrar el otro caballo.

Wayne oyó claramente el zumbido de los sopletes de acetileno. Se le revolvieron las tripas.

—¿Tiene idea de qué dirección tomó?

—No señor. Pero no creo que haya ido muy lejos.

—Está bien. —Koopman le puso una mano en el hombro—. Lo sacaremos de aquí dentro de poco, ¿de acuerdo?

Wayne asintió. Koopman cerró la puerta. Se quedaron hablando un rato junto al coche, pero Wayne no pudo oír qué decían. Un poco más allá, el helicóptero empezaba a despegar con la chica a bordo. El sombrero de alguien salió volando a causa de la ventisca. Pero Wayne no vio nada de todo aquello. Lo único que veía era la boca espumeante del caballo y los ojos que lo miraban sobre el parabrisas mellado, tal como seguirían mirándolo en sueños durante mucho tiempo.

—Ya es nuestro, ¿no?

Annie estaba al lado de su escritorio, detrás de Don Farlow, mientras éste leía el contrato. No respondió, sólo terminó la página y enarcó una de sus rubias cejas.

—Lo tenemos —dijo Annie—. Sé que lo tenemos.

Farlow dejó el contrato sobre su regazo.

—Sí. Creo que sí.

—¡Bien! —Annie levantó el puño y cruzó el despacho para servirse otra taza de café.

Llevaban allí media hora. Annie había tomado un taxi en la esquina de la calle Cuarenta y tres y la Séptima pero en vista del atasco había hecho las dos últimas manzanas a pie. Los conductores de Nueva York se las apañaban con la nieve como mejor sabían, machacando el claxon y chillándose unos a otros. Farlow ya había llegado al despacho y tenía el café a punto. A ella le gustaba el modo que tenía de sentirse como en su casa.

—Por supuesto, él negará haber hablado alguna vez con ellos —dijo Farlow.

—Es una cita directa, Don. Y fíjate en la cantidad de detalles que hay. No podrá negar que lo dijo.

Annie volvió con su café y tomó asiento ante su escritorio, un enorme mueble asimétrico en madera de olmo y nogal que un amigo de Inglaterra le había hecho especialmente cuando ella

—para sorpresa de todos— había dejado de escribir para convertirse en ejecutiva. La mesa la había acompañado a todos los despachos que había tenido desde entonces, cosa que en este caso le había granjeado la inmediata animadversión del decorador que inevitablemente había sido contratado para que rediseñase al gusto de Annie, sin escatimar gastos, el despacho del director depuesto. El interiorista se había vengado astutamente al insistir en que, puesto que el escritorio desentonaba tanto, el resto debía desentonar también. El resultado era un verdadero tumulto de formas y colores que el hombre, sin muestras apreciables de ironía, denominaba «deconstructivismo ecléctico».

Lo único que funcionaba realmente eran unas pinturas abstractas hechas por Grace cuando tenía tres años y que Annie (para inicial orgullo y posterior vergüenza de su hija) había enmarcado muy ufana. Los cuadros colgaban en las paredes entre todos los premios y fotografías en que Annie sonreía de oreja a oreja en compañía de la flor y nata del mundillo literario. En una posición más discreta, sobre el escritorio donde sólo ella podía verlas, estaban las fotografías de sus seres más queridos: Grace, Robert y su padre.

Annie examinó a Farlow, sentado frente a ella. Era divertido verlo sin su traje; la vieja cazadora tejana y las botas de excursionista la habían sorprendido. Ella lo tenía catalogado como la clase de hombre permanentemente vestido con pantalones con pinzas, mocasines y jersey amarillo de cachemira. Don sonrió y dijo:

—Bueno. ¿Quieres demandarlo?

Annie rió con ganas.

—Pues claro que quiero demandarlo. Firmó un acuerdo diciendo que no hablaría con la prensa y está difamándome al decir que falsifiqué las cifras.

—Una calumnia que, si emprendemos una acción judicial, saldrá mil veces a la luz corregida y aumentada.

Annie frunció el entrecejo.

—No te vas a ablandar ahora, ¿eh, Don? Fenimore Fiske es un sujeto repelente, un resentido, un inepto y un retorcido.

Farlow levantó las manos.

—Por mí no te reprimas, Annie —dijo con una sonrisa—, di lo que estás pensando.

—Mientras estuvo aquí hizo todo lo que pudo para crear problemas, y ahora que no está trata de hacer otro tanto. Pienso chamuscarle ese trasero arrugado que tiene.

—¿Es una expresión típica de Inglaterra?

—No, allí diríamos aplicar calor a su envejecido fundamento.

—Bueno, la jefa eres tú. Fundamentalmente.

—No te quepa duda.

Uno de los teléfonos de encima de la mesa empezó a sonar. Annie lo cogió. Era Robert. Le dijo con voz serena que Grace había sufrido un accidente. La habían llevado a un hospital de Albany y estaba en la unidad de cuidados intensivos, aún inconsciente. Que Annie siguiera en tren hasta Albany. Él iría a buscarla.

2

Annie y Robert se habían conocido cuando ella sólo tenía dieciocho años. Corría el verano de 1968 y en vez de pasar directamente del instituto a la Universidad de Oxford, donde le habían ofrecido una plaza, Annie optó por tomarse un año sabático. Se afilió a una organización denominada Servicio de Voluntarios de Ultramar y recibió un curso acelerado de dos semanas sobre cómo enseñar inglés, evitar la malaria y repeler los avances amorosos de los lugareños (decir «no», bien alto, y en serio).

Con esta preparación, voló a Senegal y tras una breve estancia en Dakar emprendió un viaje de ochocientos kilómetros hacia el sur en un autobús repleto de personas, gallinas y cabras hasta la pequeña localidad que sería su hogar durante los siguientes doce meses. Al anochecer del segundo día llegaron a la orilla de un gran río.

El aire nocturno era cálido, húmedo y rebosante de insectos, y Annie distinguió las luces del pueblo parpadeando a lo lejos en la otra ribera. Pero como el transbordador no funcionaba hasta la mañana siguiente, el conductor y los otros pasajeros, de quienes ya se había hecho amiga, estaban preocupados pensando dónde podía pasar la noche. No había hoteles, y aunque para ellos no iba a ser problema encontrar un sitio donde descansar, consideraron que la joven inglesa necesitaba un lugar más salubre.

Le hablaron de un *tubab* que vivía cerca de allí y que no tendría inconveniente en alojarla. Sin la menor idea de lo que podía ser un *tubab,* Annie se vio conducida por una numerosa cuadrilla que transportaba su equipaje serpenteando entre la selva hasta una casita de barro situada en medio de baobabs y papayos. El *tubab* que abrió la puerta —Annie descubrió más tarde que esa palabra significaba «hombre blanco» —era Robert.

Robert era voluntario del Cuerpo de la Paz y llevaba allí un año enseñando inglés y construyendo pozos. Tenía veinticuatro años, se había graduado en Harvard y era la persona más inteligente que ella había conocido nunca. Aquella noche Annie le preparó una espléndida cena a base de arroz y pescado con especias, que acompañaron con varias botellas de cerveza local, y estuvieron hablando a la luz de una vela hasta las tres de la madrugada. Robert era natural de Connecticut y quería ser abogado. Era una cosa congénita, explicó a manera de disculpa y mirándola con expresión irónica detrás de sus gafas con montura de oro. Hasta donde podía recordar, todos en su familia habían sido abogados. Era la maldición de los Maclean.

Y como un abogado la interrogó acerca de su vida, obligándola a explicarla y analizarla de modo que a Annie su propia vida le pareció tan novedosa como lo era para él. Le contó que su padre había sido diplomático y que, hasta que ella cumplió diez años, habían ido de país en país cada vez que le asignaban otro puesto. Ella y su hermano pequeño habían nacido en Egipto, viviendo luego en la península Malaya y posteriormente en Jamaica. Y luego, de forma bastante repentina, su padre murió de un ataque al corazón. No hacía mucho que Annie había descubierto una manera de explicar ese suceso de modo que la conversación no se viese interrumpida ni la gente bajara la cabeza para mirarse los zapatos. Su madre se estableció entonces en Inglaterra, donde al cabo de poco tiempo volvió a casarse y envió a Annie y a su hermano a sendos internados. Aunque Annie habló muy por encima de esta parte de la historia, advirtió que Robert presentía la existencia de un problema doloroso y no resuelto.

A la mañana siguiente Robert la acompañó en jeep hasta el transbordador y luego la dejó sana y salva en el convento católico donde ella viviría dando clases durante un año bajo la sólo en ocasiones desaprobadora mirada de la madre superiora, una francocanadiense bondadosa y oportunamente miope.

En el curso de los tres meses siguientes, Annie se vio con Robert todos los miércoles cuando él iba en su jeep a comprar víveres al pueblo. Robert hablaba correctamente jola —el dialecto local— y le daba una clase a la semana. Se hicieron amigos pero no amantes. En cambio, Annie perdió la virginidad con un guapo senegalés llamado Xavier a cuyos avances amorosos recordaba haber dicho «sí», bien alto y en serio.

Al tiempo Robert fue trasladado a Dakar, y la noche anterior a que se marchara Annie cruzó el río para compartir con él una cena de despedida. En Estados Unidos se celebraban elecciones presidenciales y ambos escucharon con hondo pesimismo por una radio crepitante cómo Nixon ganaba en un estado tras otro. Fue como si a Robert se le hubiera muerto un pariente cercano, y Annie se enterneció al oirlo explicar, embargado por la emoción, lo que aquello significaba para su país y la guerra que muchos de sus amigos estaban librando en Asia. Ella lo rodeó con sus brazos y por primera vez en su vida sintió que ya no era una chica sino una mujer.

No fue hasta que él hubo partido que Annie se dio cuenta, después de conocer a otros voluntarios, de que era un hombre muy poco corriente. En su mayoría, los demás eran porreros o pelmazos, cuando no las dos cosas. Había uno, con ojos de un rosa vidrioso y cinta en la cabeza, que aseguraba haber estado colocado durante un año seguido.

Vio a Robert una vez más cuando ella volvió a Dakar para regresar en julio a Inglaterra. Allí la gente hablaba el dialecto wolof, y él ya empezaba a dominarlo. Vivía muy cerca del aeropuerto, tanto que uno tenía que dejar de hablar cada vez que pasaba un avión. Para hacer de ello en cierto modo una virtud, Robert había conseguido una guía enorme donde se detallaba el horario de todos los vuelos que llegaban y partían de Dakar y, tras dos noches estudiándolo a fondo, se lo sabía de memoria. Cada vez que pasaba un avión recitaba el nombre de la compañía, su origen, itinerario y destino. Annie se reía y él parecía un poco dolido. Ella volvió a casa en avión el día en que el hombre pisó la luna.

Transcurrieron siete años antes de que volvieran a verse. Annie pasó triunfalmente por Oxford como responsable de una revista procaz y radical, y sin que aparentase haber dado golpe en todo el curso obtuvo un sobresaliente en literatura inglesa. Como era la opción que menos le disgustaba, se hizo periodista y empezó a trabajar en un diario vespertino del extremo nororiental de Inglaterra. Su madre sólo fue a visitarla una vez, y tanto la deprimió el paisaje y el cuchitril en que su hija vivía, que no paró de llorar hasta que estuvo de vuelta en Londres. No le faltaba razón. Annie lo aguantó un año y luego cogió el portante y marchó a Nueva York, donde sorprendió a todo el mundo —incluida ella misma— consiguiendo con añagazas un puesto en *Rolling Stone.*

Se especializó en trazar perfiles sofisticados y brutales de famosos habituados a la adulación. Sus detractores —que eran muchos— decían que si seguía así pronto se quedaría sin víctimas, pero estaban equivocados. Le llovían candidatos. Ser puesto de vuelta y media por Annie Graves pronto se convertiría en una especie de signo masoquista de prestigio social.

Robert le telefoneó un día a la oficina. Por un instante a ella el nombre no le sonó. «Sí —le recordó él—, el *tubab* que te prestó una cama una noche en la selva.»

Quedaron para tomar una copa y Robert resultó ser mucho más apuesto de lo que Annie recordaba. Le dijo que siempre leía sus artículos y en verdad parecía conocerlos mucho mejor que ella misma. Ahora era ayudante de fiscal de distrito y trabajaba, dentro de sus posibilidades, para la campaña de Carter. Era un idealista, rebosaba entusiasmo y, lo más importante, la hizo reír. También era más convencional y llevaba el pelo más corto que los hombres con los que ella había salido en los últimos cinco años.

Mientras que en el guardarropa de Annie dominaban el cuero y los imperdibles, en el de Robert todo eran cuellos de camisa y pana. Cuando salían juntos era como ver a L.L. Bean con una fan de los Sex Pistols. Y la originalidad de este emparejamiento conmovió a ambos de manera tácita.

En la cama, esa zona de su relación aplazada durante tanto tiempo y a la que Annie, si lo pensaba bien, había tenido un secreto terror, Robert demostró, sorprendentemente, carecer de las inhibiciones que ella había esperado. En efecto, era mucho más imaginativo que la mayoría de los imperturbables drogotas con los que se había acostado desde su llegada a Nueva York. Al comentárselo semanas después, Robert reflexionó un momento, tal como ella recordaba que hacía antes de recitar la guía de vuelo de Dakar, y le contestó con absoluta seriedad que siempre había estado convencido de que el sexo, como la abogacía, era mucho mejor practicarlo con esmero y diligencia.

Se casaron la primavera siguiente, y Grace, su única hija, nació tres años más tarde.

Annie se había llevado trabajo para el viaje en tren, pero no por mera costumbre sino porque había pensado que de ese modo tal vez se distraería. Ante ella tenía amontonadas las pruebas de lo que esperaba fuese un originalísimo ensayo sobre el estado de la nación, encargado a un gran novelista pelmazo y canoso por una cantidad nada despreciable. Annie había leído ya el primer párrafo tres veces y no había entendido ni jota. Entonces Robert la llamó por el teléfono celular. Estaba en el hospital. No había novedad. Grace seguía inconsciente.

—Querrás decir en coma —dijo Annie, desafiándolo con el tono de voz a hablar claro.

—No es así como lo han llamado, pero sí, supongo que se trata de eso.

—¿Y qué más? —Hubo una pausa—. Vamos Robert, por el amor de Dios.

—Tiene una de las piernas muy mal. Parece que el camión le pasó por encima.

Annie dio un breve respingo.

—Están examinándosela —continuó él—. Escucha Annie, es mejor que vaya a verla ahora. Iré a buscarte a la estación.

—No, Robert. Quédate junto a ella. Tomaré un taxi.

—De acuerdo. Volveré a llamarte si hay cambios. —Hizo una pausa—. Se pondrá bien.

—Ya lo sé —dijo ella. Pulsó un botón del teléfono y lo dejó a un lado. El tren alteraba a su paso la geometría de los blanquísimos campos radiantes de sol. Annie buscó en el bolso sus gafas oscuras, se las puso y recostó la cabeza en el respaldo del asiento.

Había empezado a sentirse culpable desde la primera llamada de Robert. Debería haber estado allí. Fue lo primero que le dijo a Don Farlow cuando colgó. Él había estado muy dulce, la rodeó con el brazo y le dijo lo mejor que podía decirse en un momento como aquél:

—Eso no habría cambiado las cosas, Annie, compréndelo. Tú no podrías haber hecho nada.

—Te equivocas. Podría haber evitado que se fuera. ¿Cómo se le ocurrió a Robert dejarla ir a montar con un día como éste?

—Hace un día precioso. Tú no se lo habrías impedido.

Farlow tenía razón, pero la culpa seguía allí porque ella sabía muy bien que el problema no residía en si debería haberlos acompañado o no la noche anterior. Era simplemente la gota que colmaba el vaso de una culpabilidad que se remontaba trece años hasta el día del nacimiento de su hija.

Al nacer Grace, Annie había cogido seis semanas de permiso y las había disfrutado hasta el último minuto. Cierto que buena parte de los momentos menos encantadores habían sido delegados a Elsa, la niñera jamaicana que aún era la pieza clave de su vida doméstica.

Al igual que muchas ambiciosas mujeres de su generación, Annie se había empeñado en demostrar que era posible compatibilizar maternidad y carrera profesional. Pero así como otras madres relacionadas con los medios de comunicación utilizaban su trabajo para fomentar esta ética, Annie nunca había hecho alarde de ello, eludiendo un sinfín de peticiones para reportajes fotográficos con su hija que las revistas para mujeres pronto dejaron de pedir. No hacía mucho que había encontrado a Grace hojeando uno de esos reportajes sobre una presentadora de televisión que aparecía muy ufana con su hijo recién nacido.

—¿Por qué nosotros nunca hacemos una cosa así? —preguntó Grace sin levantar la vista.

Annie le contestó, con bastante aspereza, que a ella le parecía inmoral. Y Grace asintiendo con aire reflexivo al tiempo que pasaba la página, dijo con tono flemático:

—Entiendo. Imagino que si haces ver que no has tenido hijos la gente creerá que eres más joven.

Ese comentario y el hecho de que fuera pronunciado sin asomo de malicia habían sobresaltado de tal forma a Annie que durante varias semanas apenas pensó en otra cosa que en su relación o, como lo veía ahora, su ausencia de relación con Grace.

No siempre había sido así. De hecho, hasta que cuatro años atrás Annie había conseguido que la nombrasen directora de una revista, siempre se había enorgullecido de que ella y Grace estaban más unidas que cualesquiera madre e hija que conociese. Como periodista de renombre que gozaba de más fama que mucha de la gente sobre la cual escribía, Annie había podido disponer de su tiempo a voluntad. Si quería podía trabajar en casa o tomarse días libres sin previo aviso. Cuando viajaba, solía llevar a Grace consigo. En una ocasión habían pasado varios días, ellas dos solas, en un famoso y coqueto hotel parisiense esperando que una célebre diseñadora de modas le concediese a Annie una entrevista ya concertada. Cada día recorrían kilómetros de tiendas y por la tarde se instalaban delante del televisor y disfrutaban de las exquisiteces del servicio de habitaciones arrimadas la una a la otra en una cama gigantesca como dos hermanas traviesas.

La vida de ejecutiva era distinta. Y entre el esfuerzo y la euforia que había supuesto convertir una publicación poco interesante y aún menos leída en la revista de moda en la ciudad, Annie no había querido reconocer de entrada el precio que eso suponía para su vida de hogar. Ahora tenía con Grace lo que ella orgullosamente calificaba como «momentos de calidad». Desde la actual perspectiva de Annie, la principal característica de esa calidad parecía ser la tiranía. Pasaban una hora juntas por la mañana, durante la cual obligaba a la niña a estudiar piano, y dos horas por la tarde, en que la forzaba a hacer los deberes. Los supuestos consejos de madre parecían cada vez más condenados a ser tomados como críticas.

La cosa mejoraba los fines de semana, y la afición a cabalgar contribuía a mantener intacto el frágil puente que aún existía entre ambas. Annie ya no montaba a caballo, pero a diferencia de Robert guardaba de su niñez una comprensión del peculiar mundo tribal de la equitación y los concursos de saltos. Le encantaba acompañar a Grace y su caballo a concursos de hípica. Pero aun en el mejor de los casos, las horas que pasaban juntas no podían emular la despreocupada confianza que Grace compartía con su padre.

En muchas ocasiones la chica acudía primero a él, y Annie ya se había resignado a la idea de que en eso la historia se repetía inexorablemente. Ella también había sido la niña de los ojos de su padre, pues su madre había sido incapaz de ver más allá del aura dorada que rodeaba al hermano de Annie. Y ahora Annie, sin tener esa excusa, se sentía impulsada por unos genes inmisericordes a reproducir el modelo con su propia hija.

El tren redujo la velocidad al entrar en una larga curva y se detuvo en Hudson. Annie permaneció sentada y miró hacia la galería restaurada del andén, con sus pilares de hierro fundido. En el sitio exacto en que solía esperarla Robert vio a un hombre adelantarse y tender los brazos a una mujer que acababa de bajar del tren con dos niños pequeños. Annie vio cómo los abrazaba a todos y luego los conducía al aparcamiento. El niño insistía en llevar la bolsa más pesada y el hombre rió y cedió a su petición. Annie apartó la vista y se alegró cuando el tren reanudó la marcha. Veinticinco minutos más tarde estaría en Albany.

Encontraron el rastro de *Pilgrim* algo más adelante, en la misma carretera. Entre las huellas de los cascos sobre la nieve había manchas de sangre todavía fresca. Fue el cazador el primero en ver las huellas y, seguido de Logan y Koopman, llegó hasta el río atravesando la arboleda.

Harry Logan conocía el caballo que estaban buscando, aunque no tan bien como a aquel cuyo cadáver destrozado acababan de sacar de entre los restos del camión accidentado. *Gulliver* era uno de los muchos caballos que él atendía en casa de Mrs. Dyer, pero los Maclean utilizaban los servicios de otra veterinaria local. Logan había visto un par de veces al magnífico animal en la caballeriza. Por el rastro de sangre que iba dejando dedujo que debía de estar malherido. Aún temblaba a causa de lo que había visto hacía un rato, y deseó haber llegado antes para acortar la agonía del pobre *Gulliver*. Pero entonces habría tenido que presenciar cómo sacaban el cuerpo de Judith, lo cual habría sido un golpe aún más duro. Era una chica muy simpática. Bastante había tenido con ver a la hija de los Maclean, a quien apenas conocía.

El río sonaba con ímpetu cada vez mayor a medida que se acercaban y Logan acertó a verlo entre los árboles. El cazador se había detenido y los esperaba. Logan tropezó con una rama seca y estuvo a punto de caer, y el cazador lo miró con desdén apenas disimulado. «Mequetrefe machista», pensó Logan. Aquel individuo le había caído mal de inmediato, tal como le ocurría con todos los cazadores. Deseó haberle dicho que dejase el maldito rifle en el coche.

El agua corría rápidamente, rompiendo en las rocas y pasando sobre un abedul plateado que se había venido abajo. Los tres hombres se quedaron contemplando el lugar donde las huellas desaparecían junto al agua.

—Debe de haber intentado cruzar —dijo Koopman, tratando de echar una mano. Pero el cazador negó con la cabeza. La margen opuesta era muy empinada y no había huellas que subiesen por ella.

Recorrieron la orilla en silencio. De pronto, el cazador se detuvo y con la mano indicó a los otros dos que hicieran lo mismo.

—Allí —dijo con voz grave, al tiempo que señalaba hacia adelante con la cabeza.

Estaban a unos veinte metros del viejo puente del ferrocarril. Logan se llevó una mano a la frente para protegerse del sol y miró en aquella dirección, pero no pudo ver nada. Entonces algo se movió debajo del puente y Logan por fin vio el caballo. Estaba al fondo, entre las sombras, mirándolos. Tenía la cara mojada y de su pecho goteaba un líquido oscuro. Parecía tener algo pegado bajo la base del cuello, aunque desde aquella distancia Logan no podía distinguir de qué se trataba. A cada momento el caballo sacudía la cabeza y dejaba escapar un hilo de espuma rosada que rápidamente se alejaba flotando aguas abajo hasta desaparecer. El cazador cogió la funda que llevaba al hombro y empezó a descorrer la cremallera.

—Lo siento amigo, ya no es temporada de caballos —dijo Logan con afectada indiferencia, abriéndose paso.

El cazador ni siquiera levantó la vista. Sacó el rifle, un lustroso German calibre 308 con mira telescópica y grueso como una botella. Koopam lo contempló con admiración. El cazador estrajo unas cuantas balas de un bolsillo y comenzó a cargar tranquilamente el arma.

—Ese animal se está desangrando —dijo.

—¿En serio? —dijo Logan—. Conque también es veterinario, ¿eh?

El individuo lanzó una risita desdeñosa. Metió un cartucho en la recámara y se quedó a la espera con la actitud exasperante de quien sabe que al final se le dará la razón. Logan sintió ganas de estrangularlo. Se volvió en dirección al puente y avanzó un paso con cautela. Al instante el caballo retrocedió, situándose a pleno sol en el otro extremo del puente y Logan observó que no tenía nada pegado al pecho. Se trataba de un jirón de piel rosada que le colgaba de un horrible corte en forma de L, de unos sesenta centímetros de longitud. La sangre manaba de la carne abierta y caía al agua chorreando del pecho del animal. Logan comprobó que lo que le mojaba la cara también era sangre. No necesitaba acercarse más para afirmar que el caballo se había roto el hueso del testuz.

Logan sintió un vahído en el estómago. Aquél era un hermoso caballo y la idea de sacrificarlo le parecía detestable. Pero aunque llegara a acercarse lo suficiente para controlar la hemorragia, la herida parecía tan grave que el animal tenía pocas probabilidades de sobrevivir. Logan avanzó otro paso hacia *Pilgrim* y éste reculó de nuevo y giró en busca de una vía de escape río arriba. Oyó un chasquido detrás; era el cazador accionando el cerrojo de su rifle. Logan se volvió hacia él.

—Cierre eso de una maldita vez.

El cazador no dijo nada, sólo lo miró con malicia. Había en su expresión un toque de confabulación que Logan deseaba romper cuanto antes. Dejó su bolsa en tierra, se agachó para sacar algunas cosas y, dirigiéndose a Koopman, dijo:

—Voy a intentar acercarme al caballo. ¿Podría usted dar un rodeo hasta la otra punta del puente y cortarle el paso?

—Sí, señor.

—Busque una rama y si ve que va hacia usted, agítela. Puede que tenga que meter los pies en el agua.

—Sí, señor.

Koopman se encaminaba ya hacia los árboles cuando Logan le dijo en voz alta:

—Grite cuando esté preparado. ¡Y no se le acerque mucho!

A continuación llenó una jeringa con un calmante y se metió en los bolsillos del anorak otras cosas que pensó podía necesitar. Era consciente de que el cazador lo observaba, pero hizo caso omiso y se incorporó. *Pilgrim* tenía la cabeza gacha pero no se perdía detalle de los movimientos de los tres hombres. Esperaron rodeados por el fragor del agua. Entonces Koopman dio una voz desde el puente y al volverse el caballo para mirar, Logan bajó con cuidado hasta el río, ocultando la jeringa en su mano lo mejor que pudo.

Aquí y allá había rocas planas que la corriente había limpiado de nieve, y Logan intentó utilizarlas a modo de pasaderas. *Pilgrim* se volvió y lo vio. Estaba muy nervioso pues no sabía por dónde escapar; golpeó el agua con una pata y resopló expulsando otra masa de espuma sanguinolenta. Logan se había quedado sin pasaderas y supo que había llegado el momento de mojarse. Introdujo un pie en la corriente y notó la oleada glaciar en torno a su bota. Estaba tan fría que se quedó sin aliento.

Koopman apareció en el recodo del río, más allá del puente. También él estaba metido en el agua hasta las rodillas y blandía una gran rama de abedul. El caballo los miró, primero a uno y luego al otro. Logan percibió el miedo en los ojos del animal, y algo más que lo asustó un poco. Pero le habló con un tono tierno y tranquilizador.

—Tranquilo, amigo. Tranquilo.

Se hallaba a unos seis metros de él y trataba de pensar cómo iba a hacerlo. Si conseguía cogerlo de la brida tenía una posibilidad de inyectarlo en el cuello. Por si algo salía mal, había llenado la jeringa más de lo necesario. Si podía dar con una vena tendría que inyectarle menos calmante que si lo hacía en un músculo. En ambos casos, debería tener cuidado de no administrarle una dosis excesiva. No era conveniente que un caballo en tan mal estado quedara inconsciente. Tendría que intentar suministrarle lo suficiente para calmarlo a fin de sacarlo del río y llevarlo a un lugar más seguro.

Ahora que estaba muy cerca, Logan vio con claridad la herida del pecho. Era la más grave que había visto en todos sus años de veterinario y comprendió que no les quedaba mucho tiempo. Por el modo en que manaba la sangre, calculó que el caballo debía de haber perdido alrededor de cuatro litros.

—Tranquilo amigo. Nadie va a hacerte daño.

Pilgrim bufó, y se volvió y avanzó unos pasos hacia Koopman, levantando al tambalearse una rociada de agua que el sol convirtió en arco iris.

—¡Sacuda la rama! —chilló Logan.

Koopman lo hizo y *Pilgrim* se detuvo. Logan aprovechó la ocasión para aproximarse más, pisando un agujero al hacerlo y mojándose hasta la entrepierna. Santo Dios, qué fría estaba. El caballo lo vio acercarse y echó a andar de nuevo en dirección a Koopman.

—¡Otra vez! —exclamó Logan.

Al ver agitarse la rama *Pilgrim* se detuvo y el veterinario avanzó y cerró la mano en torno a las riendas. El caballo se debatió y giró hacia él. Logan intentó subir a la orilla, manteniéndose todo lo alejado posible de los cuartos traseros que ahora buscaban su cuerpo, levantó rápidamente el brazo y consiguió clavar la aguja en el cuello del caballo. Al notar el pinchazo, *Pilgrim* explotó. Se empinó al tiempo que soltaba un relincho de alarma y Logan dispuso de una fracción de segundo para empujar el émbolo. Pero mientras lo hacía, el caballo lo empujó hacia un lado haciéndole perder el equilibrio. Sin quererlo, Logan inyectó en el cuello de *Pilgrim* todo el contenido de la jeringa.

El caballo sabía ahora quién era el más peligroso de aquellos tres hombres y saltó en dirección a Koopman. Logan seguía teniendo las riendas arrolladas a su mano izquierda, de manera que fue levantado en vilo y arrojado de cabeza al agua. Sintió que el agua helada penetraba en su ropa al ser arrastrado por la superficie como si hiciese esquí acuático. No pudo ver más que la espuma del agua. Las riendas se hundieron en la piel de su mano y lanzó un grito de dolor al golpear su hombro contra una roca. Luego las riendas quedaron sueltas y eso le permitió levantar la cabeza y tragar una gran bocanada de aire. Entonces vio que Koopman se apartaba del camino mientras el caballo se encaramaba a la orilla y pasaba de largo. Llevaba la jeringa todavía clavada al cuello. Logan se puso de pie en el momento en que el caballo desaparecía entre los árboles.

—¡Mierda! —exclamó.

—¿Se encuentra bien? —preguntó Koopman.

El veterinario se limitó a asentir con la cabeza y empezó a escurrir el agua de su anorak empapado. De pronto, algo atrajo su atención en el puente. Al levantar la vista vio al cazador apoyado en el parapeto. Había estado observando y ahora sonreía.

—¿Por qué no se larga de una puta vez? —dijo Logan.

Annie vio a Robert tan pronto como cruzó la puerta giratoria. Al fondo del corredor había una antesala equipada con sofás color gris claro y una mesa baja con flores, y él estaba mirando por la ventana alta, bañado de sol. Se volvió al oír sus pasos y entrecerró los ojos para ver en la semipenumbra del pasillo. A Annie le conmovió su aspecto vulnerable, con media cara iluminada por el sol y la piel tan pálida que parecía casi traslúcida. Robert la reconoció y caminó hacia ella con una lúgubre sonrisa en el rostro. Se abrazaron y permanecieron así un rato, sin decirse nada.

—¿Dónde está Grace? —preguntó al fin Annie.

Él la sujetó por los brazos y la apartó un poco para poder mirarla.

—Se la han llevado abajo. Están operándola. —Vio que ella fruncía el entrecejo y antes de que pudiera abrir la boca, agregó—: Han dicho que se pondrá bien. Aún está inconsciente pero le han hecho una serie de pruebas y al parecer no ha sufrido ninguna lesión cerebral.

Calló para tragar saliva y Annie esperó, mirándolo a la cara. Por el modo en que su esposo intentaba mantener la voz firme sabía que había algo más.

—Sigue.

Pero Robert no pudo continuar. Se echó a llorar. Agachó la cabeza y se quedó allí de pie, temblando como una hoja. Seguía sujetando a Annie por los brazos y ella se zafó con suavidad y lo cogió a él del mismo modo.

—Venga. Cuéntame.

Robert respiró hondo y echó la cabeza hacia atrás, mirando al techo antes de poder mirarla a ella de nuevo. Sólo al segundo intento consiguió decirlo.

—Van a cortarle la pierna.

Tiempo después Annie llegaría a sentir asombro a la vez que vergüenza por el modo en que reaccionó. Nunca se había tenido por una persona especialmente firme en momentos de crisis, salvo en el trabajo, donde sin duda disfrutaba con ellos. Por regla general tampoco le costaba manifestar sus emociones. Quizá fue sencillamente que Robert tomó la decisión por ella al echarse a llorar. Como él lloró, ella no lo hizo. Alguien tenía que resistir, pues de lo contrario nunca habrían acabado.

Pero a Annie no le cabía duda de que las cosas podían haber ocurrido al revés. De hecho, la noticia de lo que estaban haciéndole en ese momento a su hija la traspasó como un dardo de hielo. Aparte del deseo rápidamente reprimido de gritar, todo lo que le vino a la cabeza fue una sarta de preguntas, tan objetivas y prácticas que casi parecían crueles.

—¿Desde dónde?

—¿Cómo? —dijo él, sin entender.

—La pierna. ¿Desde dónde van a cortársela?

—Pues desde la... —Robert se derrumbó y tuvo que hacer un esfuerzo para dominarse. Aquel detalle parecía de lo más absurdo—. Desde la rodilla.

—¿Qué pierna es?

—La derecha.

—¿Cuánto más arriba de la rodilla?

—¡Por Dios, Annie! ¿Qué diablos importa eso? —Se liberó de sus brazos y se secó la cara con el dorso de la mano.

—Pues yo creo que importa, y mucho. —Annie se sorprendía de sus propias palabras. Él tenía razón, claro que no importaba. Seguir por ese camino era pura especulación, macabro incluso, pero no iba a detenerse ahora—. ¿Es sólo encima de la rodilla o también perderá el muslo?

—Sólo encima de la rodilla. No tengo las medidas exactas, pero si bajas estoy seguro de que te dejarán echar un vistazo.

Robert se volvió hacia la ventana y Annie lo observó sacar un pañuelo y enjugarse las lágrimas, enfadado consigo mismo por haber llorado. Annie oyó pasos a sus espaldas.

—¿Mrs. Maclean?

Se volvió. Una enfermera joven, vestida de blanco, le lanzó una mirada a Robert y decidió que era con Annie con quien debía hablar.

—Hay una llamada para usted —dijo. Le indicó el camino, caminando a pasitos rápidos sin que sus zapatos blancos hiciesen el menor ruido sobre el reluciente suelo embaldosado; a Annie le pareció que se deslizaba. La enfermera le mostró un teléfono junto al mostrador de recepción y una vez detrás de éste le pasó la llamada.

Era Joan Dyer, la mujer de las caballerizas. Pidió disculpas por la llamada y preguntó nerviosamente por Grace. Annie dijo que seguía en coma. No le mencionó lo de la pierna. Mrs. Dyer fue al grano. El motivo principal de su llamada era *Pilgrim.* Lo habían encontrado y Harry Logan acababa de llamar preguntando qué debían hacer.

—¿A qué se refiere? —preguntó Annie.

—El caballo está muy mal. Tiene huesos rotos, heridas profundas y ha perdido mucha sangre. Incluso haciendo todo lo posible por salvarlo, y caso de que sobreviva, nunca volverá a ser el mismo.

—¿Dónde está Liz? ¿No pueden avisarle para que vaya?

Se refería a Liz Hammond, amiga de la familia y la veterinaria que se ocupaba de *Pilgrim.* Era quien el verano anterior había ido a Kentucky antes que ellos para ver el caballo y dar el visto bueno a la compra. De inmediato se había quedado prendada del animal.

—Parece que ha ido a un congreso —dijo Mrs. Dyer—. No estará de regreso hasta el próximo fin de semana.

—¿Logan quiere sacrificarlo?

—Sí. Lo siento Annie. *Pilgrim* está bajo el efecto de los sedantes y Harry dice que tal vez ya no recupere el conocimiento. Pide su autorización para sacrificarlo.

—O sea para pegarle un tiro, ¿no? —Se oyó a sí misma haciéndolo otra vez, machacando con detalles irrelevantes como acababa de hacer con Robert. ¿Qué diablos importaba el modo en que iban a matar al caballo?

—Será por inyección, imagino.

—Y si digo que no ¿qué?

Al otro lado de la línea se produjo un silencio.

—Bueno —dijo Mrs. Dyer por fin—, supongo que intentarán llevarlo a alguna parte donde puedan operarlo. A Cornell, quizá. —Hizo otra pausa—. Por lo demás, Annie, esto puede acabar costándoles mucho más de lo que cubre su seguro.

Fue la alusión al dinero lo que hizo decidirse a Annie, pues comenzaba a hacerse una idea de la posible conexión entre la vida de aquel caballo y la de su hija.

—Me importa un bledo lo que cueste —espetó, y se dio cuenta de que había intimidado a la otra mujer—. Dígale a Logan que si mata a ese caballo, le pongo una demanda.

Colgó el auricular.

—Venga. Vas bien, sigue.

Koopman caminaba de espaldas cuesta abajo, haciendo señales con ambos brazos al camión. El vehículo dio marcha atrás lentamente en dirección a los árboles y las cadenas que pendían de la grúa que llevaba en la parte de atrás se balancearon repicando. Era el camión que la gente de la fábrica de papel había asignado para descargar las nuevas turbinas y Koopman los había reclutado —al camión y al personal de la fábrica— para ese nuevo objetivo. A poca distancia los seguía una camioneta Ford enganchada a un remolque descubierto. Koopman se volvió y miró hacia donde Logan y una cuadrilla de ayudantes estaban arrodillados en torno al caballo herido.

Pilgrim yacía de costado en un gran charco de sangre que se extendía sobre la nieve del camino bajo las rodillas de quienes intentaban salvarlo. Hasta allí había llegado cuando le hizo efecto el sedante. Se le habían doblado las patas, y aunque trató de resistirse a los efectos del calmante para cuando llegó Logan ya estaba fuera de combate.

Logan le había pedido a Koopman que llamara a Joan Dyer con su teléfono portátil y se alegró de que el cazador no estuviese allí para escuchar cuando le pedía al dueño del caballo permiso para sacrificar a éste. Luego había enviado al ayudante del sheriff en busca de ayuda y se puso a trabajar a fin de cortar la hemorragia. Metió la mano hasta el fondo de la humeante herida abierta en el pecho del animal y comenzó a tantear entre capas desgarradas de tejido blando hasta que la sangre le llegó al codo. Palpó en busca del origen de la hemorragia hasta que por fin lo encontró: una arteria perforada, aunque, por suerte, pequeña. Al notar cómo bombeaba sangre caliente a su mano, se acordó de las pequeñas grapas que había guardado en su bolsillo y hurgó con la otra mano para estraer una. La aplicó a la arteria y de inmediato advirtió que la hemorragia se detenía. Pero aún seguía manando sangre de un centenar de venas rotas, de modo que se despojó del anorak y después de vaciar los bolsillos escurrió toda la sangre y el agua que pudo estrujándolo con fuerza. A continuación lo enrolló y lo introdujo con la máxima suavidad en la herida. Maldijo en voz alta. Lo que de verdad necesitaba ahora era un teléfono. El que había llevado estaba en su bolsa, allá abajo, en la orilla del río. Se puso de pie y, corriendo y tropezando, fue a buscarlo.

Cuando volvió, el personal del equipo de salvamento estaba tapando a *Pilgrim* con unas mantas. Uno de ellos le tendió un teléfono portátil.

—Para usted —dijo—. Es Mrs. Dyer.

—¿No ve que ahora no puedo hablar con ella? —dijo Logan. Se arrodilló y enganchó la bolsa de cinco litros de plasma al pescuezo de *Pilgrim,* después de lo cual le administró una inyección de esteroides para combatir el shock. El caballo respiraba con mucha dificultad y sus miembros perdían temperatura aceleradamente. Logan pidió a gritos más mantas con que envolver las patas del animal después de que se las vendaran para reducir la hemorragia.

Un miembro del equipo de salvamento había traído unas cortinillas de la ambulancia y Logan extrajo con sumo cuidado su anorak de la herida sangrante y metió las cortinillas. Se apoyó sobre los talones, sin resuello, y empezó a llenar una jeringa de penicilina. Tenía la camisa empapada de sangre, que le goteaba asimismo de los codos mientras sostenía la jeringa en alto para quitar las burbujas de un golpecito.

—Esto es de locos —exclamó.

Inyectó la penicilina en el cuello de *Pilgrim*, que parecía más muerto que vivo. La herida del pecho era motivo suficiente para sacrificarlo, pero ahí no terminaba la cosa. Tenía el hueso del testuz espantosamente hundido, se apreciaban varias costillas rotas, un corte de feo aspecto sobre la caña izquierda, y sabía Dios cuántos rasguños y contusiones más. Por el modo en que el caballo había subido la cuesta corriendo, Logan dedujo que algo funcionaba mal en la espaldilla derecha. Lo mejor sería ahorrarle al pobre bruto aquella agonía. Pero maldito si iba a darle a ese cabrón de cazador la satisfacción de saber que tenía razón. Si el caballo moría espontáneamente, eso ya era otra cosa.

Koopman había hecho bajar al camión de la fábrica y al remolque. Logan vio que habían conseguido en alguna parte un cabestrillo de lona. El tipo del equipo de salvamento tenía aún a Mrs. Dyer esperando al teléfono y Logan cogió el auricular.

—Sí —dijo, y mientras escuchaba les indicó dónde había que poner el cabestrillo. Cuando oyó la prudente versión que la pobre mujer hacía del mensaje de Annie, se limitó a sonreír y sacudir la cabeza.

—¡Fabuloso! —exclamó—. Es estupendo que te den las gracias.

Devolvió el auricular y ayudó a pasar las dos correas de lona del cabestrillo por debajo del tronco de *Pilgrim*, a través de lo que era ya un mar de fango rojo. Todos estaban de pie, y a Logan se le ocurrió que tenían una pinta curiosa con las rodillas manchadas de rojo. Alguien le alcanzó una chaqueta seca y por primera vez desde que había llegado al río se dio cuenta del frío que tenía.

Koopman y el conductor engancharon los extremos del cabestrillo a las cadenas de la grúa y luego todos retrocedieron mientras *Pilgrim* era izado lentamente para ser depositado como un cadáver en la plataforma del remolque. Logan y dos integrantes del equipo de rescate subieron a éste y entre los tres movieron las extremidades del caballo a fin de que quedase de costado como momentos antes. Koopman le pasó las cosas al veterinario mientras los otros cubrían el caballo con mantas.

El veterinario suministró a *Pilgrim* más esteroides y sacó una nueva bolsa de plasma. De repente se sintió muy cansado. Calculó que las probabilidades de que el caballo siguiese con vida cuando llegaran a su clínica eran muy escasas.

—Telefonearemos desde aquí para que sepan cuándo va a llegar —dijo Koopman.

—Gracias.

—Bien. ¿Todo listo?

—Me parece que sí.

Koopman dio un manotazo a la trasera del Ford todoterreno que llevaba enganchado el remolque y le indicó al conductor que se pusiera en marcha. La camioneta empezó a subir lentamente por la cuesta.

—Buena suerte —exclamó, pero Logan no pareció oírlo. El joven ayudante del sheriff puso cara de desilusión. Todo había terminado y la gente volvía a sus casas. Oyó como si alguien accionara una cremallera detrás de él y se volvió. El cazador estaba guardando el rifle en su funda—. Gracias por su ayuda —le dijo.

El cazador asintió, se echó la funda al hombro y echó a andar.

Robert despertó sobresaltado y por un instante pensó que estaba en su despacho. La pantalla de su ordenador se había vuelto loca, unas palpitantes líneas verdes se perseguían entre cordilleras de cimas melladas. «Oh, no —pensó—, un virus.» Un virus desbocado en su archivo del caso Dunford. Pero entonces vio la cama y la colcha que cubría pulcramente lo que quedaba de la pierna de su hija, y recordó dónde estaba.

Miró su reloj. Eran casi las cinco de la mañana. La habitación estaba a oscuras salvo por el capullo de luz tenue que arrojaba sobre la cabeza y los hombros desnudos de Grace la lamparita de detrás de la cama. Grace tenía los ojos cerrados y una expresión serena en el rostro, como si no le importaran los serpenteantes tubos de plástico que habían invadido su cuerpo. En la boca tenía el tubo del resucitador y en la nariz otro que le llegaba hasta el estómago y a través del cual era alimentada. Más tubos salían de frascos y bolsas que colgaban de la cama y se reunían en el cuello de la muchacha formando una maraña, como si pugnaran por ser los primeros en llegar a la válvula que tenía encajada en la yugular. La válvula estaba camuflada con esparadrapo color carne, al igual que los electrodos aplicados a las sienes y el pecho y el agujero practicado sobre uno de sus senos incipientes para insertar en su corazón un tubo de fibra óptica.

Según los médicos, Grace estaba viva gracias a que llevaba casco. Cuando su cabeza chocó contra el asfalto, el casco se había partido, pero no así el cráneo. Un segundo escáner, sin embargo, había revelado cierta hemorragia difusa en el cerebro, de modo que le habían practicado un pequeño orificio en el cráneo e introducido un objeto que se encargaba de controlar la presión interna. El resucitador, aseguraban, contribuiría a detener la inflamación del cerebro. Su rítmico rumor de fuelle, semejante a las olas de un mar mecánico rompiendo contra una playa de guijarros, había servido a Robert para conciliar el sueño. La mano de Grace, que había sostenido en la suya, estaba ahora con la palma hacia arriba donde él la había soltado inadvertidamente. La tomó de nuevo y notó la tibieza falsamente tranquilizadora de la piel de su hija.

Se inclinó y apretó suavemente un trozo de esparadrapo que se había despegado de uno de los catéteres del brazo. Miró la batería de aparatos, cuya finalidad precisa Robert había insistido en que le explicasen con detalle. Ahora, sin necesidad de moverse, llevó a cabo un examen sistemático, examinó cada pantalla, cada válvula y cada nivel de fluido para cerciorarse de que no había ocurrido nada mientras él dormía. Sabía que todo estaba informatizado y que si algo iba mal, sonarían las alarmas en la central de supervisión, a dos pasos de allí, pero aun así quería comprobarlo personalmente. Satisfecho, con la mano de Grace aún en las suyas, se apoyó de nuevo en el respaldo de su asiento. Annie dormía en un cuarto pequeño que les habían proporcionado en el mismo pasillo. Le había pedido a Robert que la despertara a medianoche para hacerse cargo de la vigilancia de Grace, pero como él se había quedado dormido pensó que era mejor dejar que durmiese un rato más.

Contempló el rostro de su hija y pensó que en medio de aquel despliegue brutal de tecnología parecía mucho más joven de lo que era. Siempre había gozado de excelente salud. Aparte de unos puntos que tuvieron que darle en la rodilla una vez en que se cayó de la bicicleta, no había estado en un hospital desde el día de su nacimiento. Aunque en aquella ocasión la cosa había sido tan dramática que habían tenido bastante por varios años.

Fue una cesárea de urgencia. Tras doce horas de parto habían puesto a Annie una epidural, y como no parecía que tuviese que haber novedad durante un rato, Robert había ido a la cafetería en busca de un emparedado y una taza de café. Cuando media hora más tarde volvió a la habitación aquello parecía un infierno. Era como la cubierta de un buque de guerra, gente de verde corriendo, moviendo material rodante de acá para allá, chillando órdenes. Alguien le dijo que en su ausencia el monitor interno había avisado de que el bebé estaba en peligro. Igual que un héroe de película de guerra, el obstetra había irrumpido majestuosamente anunciando a sus tropas que iba a «atacar».

Robert siempre había imaginado que una cesárea era una cosa muy pacífica. Nada de jadeos, nada de empujar ni gritar, un simple corte siguiendo una línea bien trazada y el bebé salía sin esfuerzo. De modo que no estaba preparado para el combate de lucha libre que aconteció. Se había iniciado ya cuando lo dejaron pasar y le dijeron que se quedase en un rincón, desde donde miró el espectáculo con los ojos abiertos como platos. Annie estaba bajo los efectos de la anestesia local y Robert vio cómo aquellos hombres, perfectos desconocidos, hurgaban en sus entrañas con los brazos metidos hasta los codos en sangre y vísceras, tiraban con fuerza y arrojaban burujos sanguinolentos a un rincón. Luego dilataron el boquete con abrazaderas metálicas y gruñeron, resollaron y se retorcieron hasta que uno de ellos, el héroe de guerra, lo tuvo en sus manos. Entonces, los otros se quedaron súbitamente quietos y miraron cómo extraía del vientre totalmente abierto de Annie aquella cosita reluciente de grasa uterina.

Aquel hombre, que también se las daba de gracioso, dijo a Robert como si tal cosa: «A ver si hay suerte la próxima vez. Es una niña.» Robert sintió deseos de matarlo. Pero una vez que la hubieron limpiado y secado, y tras comprobar que tanto sus manos como sus pies tenían todos los dedos que debían tener, se la entregaron envuelta en una manta blanca. Robert olvidó su cólera y la cogió en brazos. Luego la depositó en la almohada de Annie para que al despertar lo primero que viera fuese a Grace.

La próxima vez. No había habido una próxima vez. Los dos deseaban otro hijo, pero Annie había sufrido cuatro abortos, el último de los cuales, muy avanzado el embarazo, casi le había costado la vida. Se les aconsejó que no siguieran intentándolo, pero la advertencia estaba de más. El dolor había aumentado en progresión geométrica a cada intento, y al final ninguno de los dos se sintió capaz de afrontar otra pérdida. Después del cuarto aborto, Annie dijo que quería ligarse las trompas. Él creyó que aquello era un modo de castigarse a sí misma y le rogó que desistiera. Finalmente, y a regañadientes, ella cedió y se hizo colocar un espiral, no sin comentar con tono siniestramente irónico que con un poco de suerte el efecto sería el mismo.

Fue precisamente en aquel momento cuando Annie tuvo la oferta —que, para sorpresa de Robert, aceptó— de dirigir su primera revista. Y mientras él advertía que su esposa canalizaba su cólera y su desilusión hacia ese su nuevo papel, comprendió que lo hacía bien para distraerse bien para castigarse. Ambas cosas tal vez. Pero no le asombró en absoluto que a raíz de su brillante éxito, casi todas las revistas importantes del país empezaran a tratar de pisotearla.

Aquel fracaso conjunto era algo de lo que ya nunca hablaban pero que se había filtrado por cada una de las grietas de su relación.

Había estado presente, de forma tácita, aquella tarde cuando Annie llegó al hospital y él se había derrumbado y echado a llorar. Sabía que Annie tenía la sensación de que la culpaba por no haber sido capaz de darle otro hijo. El modo brusco con que ella había reaccionado se debía, tal vez, a que de algún modo veía en ellas un indicio de aquella culpa. Y quizá tuviese razón. Pues esa frágil muchacha que yacía ahora mutilada por el bisturí de un cirujano era todo lo que tenían. Qué mala e imprudente había sido Annie al engendrar un solo hijo. ¿Realmente lo pensaba él así? Claro que no. Pero entonces ¿cómo podía plantearse a sí mismo la cuestión con tanta facilidad?

Robert siempre había pensado que amaba a su esposa más de lo que ella lo querría nunca. No dudaba de que lo quisiera. Su matrimonio, comparado con muchos que él había observado, era feliz. Aún eran capaces de darse placer el uno al otro, mental y físicamente. Apenas había pasado un día en todos aquellos años sin que él se considerara afortunado por haberse casado con ella. No dejaba de preguntarse por qué una persona tan vital había querido tener por marido a un hombre como él.

Y no era que Robert se subestimara. Objetivamente —y él consideraba, objetivamente, que la objetividad constituía uno de sus puntos fuertes— era uno de los abogados mejor dotados que conocía. También era un buen padre, un buen amigo con los pocos amigos íntimos que tenía y, pese a todos los chistes de abogados que corrían por ahí, un hombre genuinamente virtuoso. Pero aunque él jamás se habría considerado un estúpido, sabía que le faltaba la agudeza de Annie. No la agudeza, la chispa. Que era lo que siempre había encontrado excitante en ella, desde aquella primera noche en África cuando abrió la puerta y la vio allí de pie con su equipaje.

Robert tenía seis años más que Annie, pero a menudo se había sentido mucho mayor. Y al considerar toda la gente poderosa y encantadora que ella conocía, le parecía poco menos que un pequeño milagro el que estuviera a gusto con él. Incluso estaba seguro —o todo lo seguro que un hombre podía estarlo en esos asuntos— de que nunca le había sido infiel.

Pero desde que Annie había aceptado ese nuevo empleo la primavera pasada, la relación entre ellos se había vuelto tirante. La sangría del despacho la había convertido en una persona irritable y más crítica de lo habitual. Tanto Grace como Elsa habían advertido el cambio, y cuando Annie estaba cerca intercambiaban miradas. Elsa parecía aliviada siempre que era él y no Annie, como sucedía últimamente, quien llegaba primero a casa. Rápidamente le pasaba a Robert los mensajes, le enseñaba lo que había preparado para cenar y se iba corriendo antes de que llegara Annie.

Robert notó una mano en su hombro y al volverse vio a su esposa de pie a su lado. Tenía dos grandes surcos oscuros bajo los ojos. Le tomó la mano y se la llevó a la mejilla.

—¿Has dormido? —preguntó él.

—Como un bebé. Ibas a despertarme...

—Yo también me he quedado dormido.

Ella sonrió y miró a Grace.

—No hay cambios —dijo.

Hablaban en voz baja como si temieran despertar a su hija. Permanecieron un rato mirándola, Annie con la mano aún en el hombro de su esposo, el ruido del resucitador midiendo el silencio entre ambos. Luego ella se estremeció y apartó la mano. Se arrebujó en su chaqueta de lana.

—He pensado que iré a casa a buscar algunas de sus cosas —dijo—. Así las tendrá a su lado cuando despierte.

—Iré yo. Es mejor que no conduzcas ahora.

—No, déjalo. En serio. ¿Me dejas tus llaves?

Robert las buscó y se las dio.

—Prepararé una bolsa para nosotros. ¿Necesitas algo en especial?

—Sólo ropa, quizá una maquinilla de afeitar.

Ella se inclinó y lo besó en la frente.

—Ten cuidado —dijo él.

—Descuida. No tardaré.

La vio partir. Annie se detuvo al llegar a la puerta y al volverse para mirarlo él supo que quería decirle algo.

—¿Qué? —preguntó. Pero ella sólo sonrió y sacudió la cabeza. Luego dio media vuelta y se fue.

A aquella hora del día las carreteras estaban despejadas y prácticamente desiertas. Annie condujo hacia el sur por la 87 y luego al este por la 90, tomando la misma salida que el camión aquella mañana.

No había habido deshielo y los faros del coche iluminaban los montones de nieve sucia a lo largo del arcén. Los neumáticos antideslizantes que había colocado Robert producían un débil rumor al rodar por el asfalto cubierto de arena. En la radio daban un programa coloquio; una mujer telefoneaba para decir lo preocupada que estaba por su hijo adolescente. Recientemente había comprado un coche nuevo, un Nissan, y el chico parecía haberse enamorado del vehículo. Se pasaba horas enteras sentado dentro, acariciándolo, y ese día, al entrar ella en el garaje, lo había pillado haciendo el amor con el tubo de escape.

«Vaya, es lo que uno llamaría una fijación, ¿eh?», dijo el presentador, que se llamaba Melvin. Daba la impresión de que los presentadores de aquellos programas siempre era tipos sabelotodos y despiadados como aquel Melvin, y Annie no podía entender cómo había personas que seguían llamando si sabían perfectamente que serían humillados. Quizá ésa fuese la gracia. Aquella mujer no parecía sentirse aludida.

«Pues —dijo—, supongo que de eso se trata. Pero no sé qué puedo hacer.»

«No haga nada —exclamó Melvin—. El chico se cansará pronto, ya sabe como son los tubos de escape. Otra llamada...»

Annie se desvió de la carretera por el camino vecinal que zigzagueaba colina arriba hasta su casa. Allí la calzada estaba cubierta de reluciente nieve dura y Annie condujo con precaución por el túnel de árboles y torció por el camino de entrada que Robert debía de haber limpiado esa mañana. Los haces de luz de sus faros recorrieron la blanca fachada de chilla de la casa, cuyos gabletes se perdían entre hayas imponentes. La casa permanecía a oscuras y las paredes y el techo del vestíbulo dieron un vislumbre de azul al colarse momentáneamente la luz de los faros. Una lámpara exterior se encendió automáticamente cuando Annie condujo hasta la parte de atrás y esperó a que se levantase la puerta del garaje subterráneo.

La cocina se hallaba como Robert la había dejado. Las puertas de los armarios estaban abiertas y encima de la mesa las dos bolsas de comestibles aún por desempaquetar. El helado que había en una de ellas se había derretido y goteaba formando en el suelo un pequeño charco rosado. La luz roja del contestador parpadeaba. Había tres mensajes, pero Annie no tenía ganas de escuchar mensajes. Vio la nota que Grace había dejado a Robert y la miró fijamente, como si no quisiera tocarla. Luego se volvió con brusquedad y se puso a limpiar el suelo y a guardar la comida que no se había estropeado.

Arriba, mientras preparaba una bolsa para Robert y para ella, tuvo la sensación de comportarse como un robot, como si hasta el menor de sus actos estuviese programado. Suponía que aquel entumecimiento tenía algo que ver con el shock o que tal vez se trataba de alguna clase de rechazo.

De lo que no había duda era de que la primera visión de Grace tras salir del quirófano le había resultado tan sumamente extraña y excepcional que no había podido asimilarla. Había llegado a sentirse casi celosa del dolor que corroía a Robert. Lo había visto recorrer con la mirada el cuerpo de su hija, como si de ese modo pudiese mitigar el sufrimiento que cada una de las intrusiones de los médicos había provocado en ella. Annie, en cambio, sólo miró. Aquella nueva versión de su hija era una realidad que carecía por completo de sentido.

Annie tenía la ropa y el cabello impregnados de olor a hospital, así que se desvistió y se duchó. Dejó que el agua corriera un poco sobre su cuerpo y luego ajustó la temperatura hasta que casi no pudo soportarla de tan caliente. A continuación levantó el brazo para regular la roseta de manera que el agua le pinchara la piel como agujas al rojo. Cerró los ojos y levantó la cara hacia la ducha; el dolor la hizo gritar, pero no hizo nada por evitarlo, contenta de que le doliera. Sí, eso podía sentirlo. Al menos podía sentir eso.

Al salir de la ducha el baño estaba lleno de vapor. Annie limpió el espejo parcialmente con la toalla y procedió a secarse al tiempo que contemplaba la imagen empañada y líquida de un cuerpo que no parecía el suyo. Siempre le había gustado su cuerpo, aunque estaba más llena y tenía los pechos más voluminosos de lo que predicaba la sección de estilo de su revista. Pero el espejo empañado le devolvía ahora una distorsionada abstracción rosada de sí misma, como un cuadro de Francis Bacon, y la visión le resultó tan inquietante que apagó la luz del baño y volvió rápidamente al dormitorio.

La habitación de Grace estaba como ella debía de haberla dejado la mañana anterior. A los pies de la cama aún por hacer estaba la larga camiseta que utilizaba a modo de camisón. Se agachó a recoger unos tejanos que había en el suelo. Eran los que tenían rotos deshilachados en las rodilleras, remendados por dentro con pedazos de un vestido floreado que había pertenecido a Annie. Recordaba el día en que se había ofrecido a arreglárselos y cómo le dolió cuando Grace le dijo con tono impasible que prefería que lo hiciese Elsa. Annie echó mano de su truco de siempre y, manifestándose ofendida con el simple gesto de enarcar una ceja, consiguió que Grace se sintiera culpable.

—Lo siento, mamá —dijo, y la rodeó con sus brazos—. Pero sabes que coser no se te da bien.

—Cómo que no —dijo Annie, convirtiendo en una broma lo que ambas sabían distaba mucho de serlo.

—Bueno, puede que sí. Pero no tan bien como Elsa.

Annie volvió a la realidad, dobló los tejanos de su hija y los guardó. Luego arregló la cama y se quedó de pie examinando la habitación y preguntándose qué llevar al hospital. En una suerte de hamaca que pendía sobre la cama había docenas de muñecos de peluche; un auténtico zoológico, desde osos y búfalos hasta milanos y orcas. Amigas y familiares se los habían traído de todos los puntos del globo terráqueo, y ahora, reunidos allí, se turnaban en compartir la cama de Grace. Cada noche, con escrupulosa imparcialidad, ella seleccionaba dos o tres, en función de su tamaño, y los ponía sobre su almohada. Annie comprobó que la última noche habían sido un zorrino y una especie de dragón horripilante que Robert le había traído de Hong Kong. Annie los dejó otra vez en la hamaca y rebuscó para encontrar al amigo más antiguo de Grace, un pingüino llamado *Godfrey,* que los compañeros de trabajo de Robert le habían enviado a la clínica el día en que nació su hija. Uno de los ojos era ahora un botón, y el muñeco estaba un poco flojo y desteñido de tantos viajes a la lavandería. Annie lo sacó del montón y lo metió en la bolsa.

Se acercó al escritorio que había al lado de la ventana y cogió el walkman de su hija y el estuche de casetes que siempre llevaba cuando iba de excursión. El médico había dicho que intentaran que escuchase música. Sobre la mesa había dos fotografías enmarcadas. En una de ellas aparecían los tres en una barca. Grace estaba en medio con los brazos sobre los hombros de Annie y Robert, y todos reían. Annie la metió en la bolsa y cogió la otra fotografía. Era de *Pilgrim* en el prado que había más arriba de la caballeriza, y había sido tomada poco después de que lo compraran el verano anterior. No llevaba silla ni bridas, ni siquiera ronzal, y el sol centelleaba en su oscuro pelaje. Tenía la cabeza vuelta hacia la cámara y la miraba fijamente. Era la primera vez que Annie estudiaba aquella foto, y de pronto le pareció inquietante la imperturbable mirada del caballo.

Ignoraba si *Pilgrim* aún vivía. Todo lo que sabía era lo que Mrs. Dyer le había dicho la tarde anterior en el hospital respecto a que lo habían llevado al consultorio del veterinario en Chatham y que sería trasladado a Cornell. Ahora, mirándolo en aquella fotografía, sintió que se reprochaba algo; no el que ignorara cuál había sido su suerte, sino algo más hondo que todavía no acertaba a comprender. Metió el retrato en la bolsa, apagó la luz y bajó.

Un pálido resplandor entraba ya por los ventanales del vestíbulo. Annie dejó la bolsa en el suelo y entró en la cocina sin encender ninguna luz. Pensó que antes de escuchar los mensajes del contestador se prepararía una taza de café. Mientras esperaba a que hirviera el agua en el viejo hervidor de cobre, se acercó a la ventana.

Fuera, y a pocos metros de donde estaba ella, había un grupo de ciervos de Virginia. Estaban completamente inmóviles, mirándola. ¿Era comida lo que buscaban? Nunca los había visto tan cerca de la casa, ni siquiera en el más crudo de los inviernos. ¿Qué significaba esa proximidad? Los contó. Eran doce, no, trece. Uno por cada año de la vida de su hija. Annie se dijo que no debía ser ridícula.

El silbido del agua al hervir llegó hasta ella. Los ciervos también lo oyeron y todos a una dieron media vuelta y echaron a correr con las blancas colas botando alocadamente mientras dejaban atrás el estanque para adentrarse en el bosque. «Dios Todopoderoso —pensó Annie—, Grace debe de haber muerto.»

3

Harry Logan aparcó el coche bajo un cartel que rezaba HOSPITAL DE ANIMALES, y le pareció raro que una universidad no fuese capaz de idear un nombre más preciso y menos equívoco para una de sus instituciones. Se apeó y caminó por los surcos de barro grisáceo en que se había convertido la nieve caída el fin de semana. Habían transcurrido tres días desde el accidente y mientras Logan se abría paso entre los coches y remolques aparcados, pensó en lo asombroso que era que el caballo aún estuviese vivo.

Había tardado casi cuatro horas en suturar la herida del pecho. Estaba llena de fragmentos de vidrio y pintura negra del camión y tuvo que quitarlos uno a uno y lavar la herida con abundante agua. Luego recortó con unas tijeras los bordes mellados de carne, grapó la arteria y cosió unos tubos de drenaje. Después, mientras sus ayudantes supervisaban la anestesia, el suministro de aire y la muy postergada transfusión de sangre, Logan se puso a trabajar con aguja e hilo.

Lo hizo en tres etapas: primero el músculo, luego el tejido fibroso y, por último, la piel; unos setenta puntos en cada capa, las dos internas con hilo soluble. Y todo por un caballo que en su opinión no recobraría el conocimiento. Pero, increíblemente, el animal volvió en sí y, además, se mostró tan belicoso como en el río. Mientras *Pilgrim* pugnaba por levantarse en la sala de recuperación, Logan rezó para que no desgarrara los puntos de sutura. La idea de tener que coserlo otra vez le resultaba insoportable.

Mantuvieron sedado al caballo durante las siguientes veinticuatro horas, al término de las cuales pensaron que habría recuperado el suficiente equilibrio como para soportar el viaje de cuatro horas hasta Cornell.

Logan conocía bien la universidad y su hospital veterinario, pese a que había cambiado mucho desde su época de estudiante a finales de los sesenta. Le traía muy buenos recuerdos, la mayor parte de ellos relacionados con chicas. Dios mío, qué bien se lo habían pasado. Especialmente aquellas tardes de verano en que uno podía tumbarse a la sombra de un árbol y contemplar el lago Cayuga. Era el campus más bonito que conocía. Pero ese día no. Hacía frío, empezaba a llover y el maldito lago ni siquiera se veía. Además, se encontraba fatal. Se había pasado la mañana estornudando, lo cual, sin duda, era consecuencia de haber estado metido hasta las pelotas en el río helado. Se apresuró a entrar en el calor de la acristalada zona de recepción y preguntó a la joven que había detrás del mostrador si se encontraba Dorothy Chen, la médico que se ocupaba de *Pilgrim*.

Estaban construyendo una clínica nueva al otro lado de la carretera y, mientras hacía tiempo, Logan contempló las caras contraídas de los obreros y se sintió un poco mejor. Experimentó incluso un cierto aguijonazo de excitación al pensar que vería de nuevo a Dorothy. Su sonrisa era el motivo de que no le importara conducir más de trescientos kilómetros cada día para ver a *Pilgrim*. Dorothy era como las princesas virginales de esas películas chinas de arte y ensayo que le gustaban a su esposa. Con un tipo espléndido, además. Y lo bastante joven como para que él supiera a qué atenerse. Vio el reflejo de ella pasar por la puerta y se volvió para saludarla.

—¡Hola, Dorothy! ¿Cómo estás?

—Resfriada, y no muy contenta contigo —dijo ella sacudiendo un dedo y simulando estar enfadada.

Logan levantó las manos.

—Dorothy, he conducido un millón de kilómetros para verte sonreír, ¿qué he hecho ahora?

—¿Me envías un monstruo como ése y todavía pretendes que te sonría? —Pero Dorothy lo hizo—. Vamos. Tengo las radiografías.

Lo condujo por un laberinto de pasillos y Logan se dedicó a escucharla tratando de no mirar el suave vaivén de sus caderas dentro de la bata blanca.

Había suficientes placas como para montar una pequeña exposición. Dorothy las prendió a la caja de luz y ambos se pusieron a examinarlas. Tal como Logan había pensado había costillas rotas, cinco en total, y el hueso del testuz estaba fracturado. Las costillas se curarían solas y en cuanto al hueso del testuz, Dorothy ya se había ocupado de él. Había tenido que extraerlo, practicarle unos agujeros y meterlo de nuevo en su sitio sujetándolo con alambres. Todo había ido bien, aunque aún quedaba retirar las torundas que habían introducido en las cavidades sinusales de *Pilgrim*.

—Ya sé a quién acudir cuando quiera operarme la nariz —dijo Logan.

Dorothy rió.

—Espera a verlo. Le quedará el perfil de un boxeador profesional.

A Logan le había preocupado la posibilidad de que hubiera una fractura en el codillo o en la espaldilla, pero afortunadamente no era así. Sin embargo, toda la zona estaba terriblemente contusionada por el impacto, y la red de conexiones nerviosas que hacía funcionar la extremidad había sufrido graves lesiones.

—¿Cómo tiene el pecho? —preguntó Logan.

—Bien. Has hecho un gran trabajo. ¿Cuántos puntos?

—Oh, unos doscientos. —Logan notó que se sonrojaba como un colegial—. ¿Vamos a verlo?

Pilgrim estaba en una de las casillas de recuperación y lo oyeron mucho antes de llegar allí. Tenía la voz ronca de todo el barullo que había armado desde que se le pasara el efecto del último sedante. Las paredes de la casilla estaban muy bien acolchadas, pero aun así parecían estremecerse por el constante aporrear de sus cascos en el suelo. En la casilla contigua había unos alumnos y el poni que estaban examinando parecía muy molesto por los ruidos de al lado.

—¿Vienen a ver el minotauro? —preguntó uno de ellos.

—Sí —dijo Logan—. Y espero que le hayáis dado de comer como es debido.

Dorothy descorrió el pestillo que abría la parte superior de la puerta. Al momento, el ruido cesó. Abrió la puerta sólo un poco para que pudieran mirar dentro. *Pilgrim* estaba al fondo de la casilla, con la cabeza gacha y las orejas echadas hacia atrás, mirándolos como una criatura de una película de miedo. Tenía casi todo el cuerpo envuelto en vendajes sanguinolentos. El caballo bufó al verlos, levantó el hocico y descubrió los dientes.

—Me alegro de verte, amigo —dijo Logan.

—¿Alguna vez has visto algo más estrafalario? —preguntó Dorothy. Él negó con la cabeza—. Pues yo tampoco.

Estuvieron allí un rato, mirando a *Pilgrim*. Logan se preguntó qué demonios harían con él. La señora Maclean lo había llamado un día antes y había estado muy simpática. Seguramente, pensó Logan, se avergonzaba un poco del mensaje que le había hecho llegar por intermedio de Mrs. Dyer. Él no estaba enfadado, de hecho sentía lástima por la mujer después de lo que le había ocurrido a su hija. Pero cuando viera el caballo probablemente querría demandarlo por dejar con vida a aquel despojo de animal.

—Deberíamos inyectarle otro sedante —dijo Dorothy—. El problema es que no hay muchos voluntarios para hacerlo. Se trata de pinchar y salir pitando.

—Sí. Claro que el animal no puede estar todo el tiempo sedado. Se le ha administrado suficiente droga como para hundir un transatlántico. A ver si puedo echar una ojeada a ese pecho.

Dorothy lo miró sorprendida.

—Espero que hayas hecho testamento —dijo, y empezó a abrir la parte inferior de la puerta. *Pilgrim* comenzó a moverse inquieto, piafando y resoplando al ver acercarse a Logan. Y tan pronto como éste hubo entrado en la casilla, el caballo volvió sus ancas hacia él. Logan se arrimó a la pared e intentó situarse de modo que pudiera alcanzarle la espaldilla, pero *Pilgrim* no estaba dispuesto a que lo hiciese. Empezó a agitarse de un lado a otro y a tirar coces. Logan saltó para ponerse a salvo, tropezó y luego se batió en rápida e indigna retirada. Dorothy cerró rápidamente la puerta en cuanto él salió. Los alumnos reían disimuladamente. Logan lanzó un silbido y se sacudió la chaqueta.

—Le salvas la vida ¿y qué recibes a cambio?

Llovió durante ocho días sin parar. Y nada de esa llovizna malsana típica de diciembre, sino lluvia con todas las de la ley. La pícara progenie de un huracán caribeño de simpático nombre había llegado al norte y por lo visto le había gustado, porque seguía allí. Los ríos del Medio Oeste estaban desbordándose y en la televisión los noticiarios mostraban imágenes de gente subida a los tejados de sus casas y cuerpos abotagados de reses dando vueltas como colchones neumáticos en campos que parecían piscinas. En Missouri, los cinco miembros de una familia se habían ahogado dentro de su coche mientras hacían cola delante de un McDonald y el presidente viajó a la zona y la declaró en situación de desastre, cosa que la gente subida a los tejados ya había deducido.

Ajena a todo aquello mientras sus maltrechas células se reorganizaban silenciosamente, Grace Maclean yacía en la intimidad de su coma. Al cabo de una semana le habían retirado el tubo que tenía en la garganta sustituyéndolo por otro insertado en un pequeño orificio pulcramente practicado en su cuello. La alimentaban con bolsas de un líquido marrón de aspecto lechoso a través del tubo que le entraba por la nariz y le bajaba hasta el estómago. Y tres veces al día un fisioterapeuta venía a moverle las extremidades, como si fuera una marioneta, a fin de evitar que sus músculos y articulaciones se deterioraran.

Tras la primera semana, Annie y Robert se turnaron a la cabecera de su cama; mientras uno velaba, el otro bajaba a la ciudad o intentaba trabajar en la casa de Chatham. La madre de Annie se ofreció a trasladarse desde Londres, pero no costó mucho disuadirla. Fue Elsa quien se ocupó de ellos, haciéndoles la comida, contestando las llamadas y llevando recados al hospital. Y fue quien permaneció junto a Grace en la única ocasión en que Annie y Robert se ausentaron al mismo tiempo, la mañana del funeral de Judith. En el empapado césped del cementerio del pueblo habían esperado al igual que los demás bajo un dosel de paraguas negros, para regresar luego en silencio al hospital.

Los compañeros de bufete de Robert habían sido como siempre muy atentos, quitándole tanto peso de encima como fueron capaces. En cuanto a Annie, el presidente del grupo editorial para el que trabajaba, Crawford Gates, le había telefoneado al conocer la noticia.

—Queridísima Annie —le dijo con un tono más sincero del que ambos estaban habituados—. Ni se te ocurra venir aquí hasta que la chica haya mejorado un ciento por ciento, ¿me oyes?

—Crawford...

—No, Annie, va en serio. Grace es lo único que importa. No hay nada en el mundo más importante. Si surge alguna cosa que no podamos solucionar sin tu ayuda, ya sabemos dónde estás.

Lejos de tranquilizarla, esas palabras no hicieron sino sumirla en un estado de paranoia tal que tuvo que hacer un gran esfuerzo para reprimir las ganas de coger el primer tren. Le caía bien aquel viejo zorro de Gates —a fin de cuentas había sido quien le había dado el trabajo— pero no se fiaba ni un pelo de él. Gates era un conspirador nato y no podía evitarlo.

Annie se paró junto al expendedor de café que había en el pasillo de la unidad de cuidados intensivos y contempló cómo la lluvia arrasaba el aparcamiento a golpes de guadaña. Un viejo forcejeaba con un paraguas mientras dos monjas eran arrastradas como barcos de vela hacia su coche. Los nubarrones estaban tan bajos que parecían a punto de dar un coscorrón a sus tocas.

La máquina de café emitió un último gorgoteo y Annie extrajo la taza de plástico y tomó un sorbo. Era tan repugnante como los otros cien cafés que había tomado ya de esa máquina. Pero al menos estaba caliente y contenía cafeína. Volvió andando lentamente a la unidad y saludó a una de las jóvenes enfermeras que en ese momento acababa su turno.

—Hoy tiene buen aspecto —le informó la enfermera al cruzarse con ella.

—¿Usted cree? —Annie la miró. Todas las enfermeras ya la conocían lo bastante bien como para no decir según qué cosas a la ligera.

—Pues sí.

La enfermera se detuvo en la puerta y por un instante pareció que iba a decir algo más. Pero se lo pensó mejor y abrió la puerta para irse.

—¡Procure hacerle mover esos músculos! —dijo.

—¡A la orden! —respondió Annie con tono marcial.

Buen aspecto. Mientras se acercaba a la cama de Grace, Annie se preguntó qué significaba tener buen aspecto cuando uno hacía once días que estaba en coma y tenía los miembros tan fofos como un pescado muerto. Otra enfermera se encontraba cambiando el vendaje de la pierna de Grace. Annie se detuvo y la observó. La mujer alzó la vista, sonrió y siguió con su trabajo. Era la única cosa que Annie no había tenido valor para hacer. Animaban a padres y familiares a comprometerse con el paciente. Ella y Robert ya casi eran expertos en fisioterapia y las otras cosas que había que hacer, como limpiarle los ojos y la boca a su hija y cambiar la bolsa de la orina que colgaba de un lado de la cama. Pero la sola idea de ver el muñón de la pierna de Grace hacía que Annie sintiese pánico. Apenas si se atrevía a mirarlo, y no digamos a tocárselo.

—Está curando muy bien —dijo la enfermera. Annie asintió y se forzó a continuar mirando. Le habían quitado los puntos hacía dos días y la cicatriz larga y curva tenía un tono rosa vivo. La enfermera percibió la mirada de Annie.

—Creo que se le ha terminado la cinta —dijo, señalando con la cabeza el walkman que había sobre la almohada.

La enfermera le estaba dando una vía de escape y Annie la aprovechó agradecida. Extrajo la cinta, unas piezas de Chopin, y encontró una ópera de Mozart en el cajón, *Las bodas de Figaro*. La introdujo en el walkman y ajustó los auriculares a la cabeza de Grace. Sabía que su hija nunca habría escogido una cosa así; siempre decía que detestaba la ópera. Pero Annie no estaba dispuesta a ponerle uno de los apocalípticos casetes que Grace escuchaba en el coche. A saber lo que Nirvana o Alice In Chains podían hacer en un cerebro dañado. ¿Estaba realmente Grace en condiciones de oír algo? Y en tal caso, ¿despertaría siendo amante de la ópera? Lo más probable, concluyó Annie, era que odiase a su madre por esa nueva muestra de tiranía.

Limpió unas gotas de saliva de la boca de Grace y le arregló un mechón de pelo. Dejó reposar allí su mano y la miró. Al cabo de un rato reparó en que la enfermera había terminado de vendar la pierna y estaba mirándola. Se sonrieron. Pero en los ojos de aquella mujer había algo peligrosamente próximo a la compasión y Annie pasó rápidamente a otra cosa.

—¡Es hora de entrenar! —dijo.

Se arremangó y arrimó una silla a la cama. La enfermera recogió sus cosas y Annie se quedó sola otra vez. Siempre empezaba por la mano izquierda de Grace, que tomó entre las suyas; empezó a moverle los dedos uno a uno y luego todos juntos. Hacia atrás y hacia adelante, abriendo y cerrando cada articulación, notando como crujían los nudillos al apretárselos. Ahora el pulgar, dándole vueltas, masajeando con fuerza el músculo y amasándolo con los dedos. Oyó el lejano sonido de la ópera de Mozart a través de los auriculares y acopló el ritmo al mensaje a que ahora sometía la muñeca de Grace.

Esa nueva intimidad que disfrutaba con su hija le resultaba extrañamente sensual. Annie sintió que no tenía una relación tan íntima con aquel cuerpo desde que Grace era un bebé. Fue como una revelación, un volver a una tierra antaño muy querida. Había manchas, lunares y cicatrices que ella no recordaba haber visto. La parte superior del antebrazo era un firmamento de pecas diminutas cubierto de un vello tan suave que a Annie le dieron ganas de restregar la mejilla contra él. Hizo girar el brazo de Grace y examinó la piel traslúcida de su muñeca y el delta de venas que la recorría por debajo.

Siguió hacia el codo, abriendo y cerrando la articulación cincuenta veces para dar luego un masaje al músculo. El trabajo era duro y al término de cada sesión a Annie le dolían las manos y los brazos. Luego le tocó el turno al otro costado. Annie apoyó suavemente el brazo de su hija en la cama y se disponía a levantarse cuando notó algo. Fue algo tan pequeño y rápido que pensó que lo había imaginado. Pero una vez hubo soltado la mano de Grace, le pareció ver que había movido los dedos. Por un rato permaneció a la expectativa por si volvía a ocurrir. No pasó nada. Levantó de nuevo la mano y la apretó.

—¿Grace? —dijo en voz baja—. ¿Gracie...?

Nada. La cara de Grace seguía impávida. Lo único que se movía era su pecho al subir y bajar al compás del resucitador. Tal vez lo que había visto era sólo la mano acomodándose bajo su propio peso. Annie desvió la mirada hacia el montón de aparatos que controlaban las constantes vitales de su hija. Aún no había aprendido a leer aquellas pantallas tan bien como Robert. Quizá confiaba más que él en su instinto de alarma. Pero sí sabía cuáles eran las más importantes, las que vigilaban el pulso de Grace, la actividad cerebral y la presión sanguínea. El monitor que indicaba el ritmo cardíaco tenía un pequeño corazón electrónico anaranjado, que Annie encontraba pintoresco, incluso conmovedor. Durante días no se había movido de las setenta pulsaciones por minuto. Pero Annie se fijó en que habían aumentado. Ochenta y cinco, pasando a ochenta y cuatro mientras ella miraba. Frunció el entrecejo. Miró alrededor. No había ninguna enfermera a la vista. No quería dejarse llevar por el miedo, seguramente no era nada. Volvió a mirar a Grace.

—¿Grace? —Apretó la mano de su hija y, al mirar, vio que el monitor se volvía loco. Noventa, cien, ciento diez...—. ¿Gracie?

Annie se puso de pie sin soltar la mano de su hija y escrutando su rostro. Se volvió para llamar a alguien, pero en ese momento llegaban ya una enfermera y un joven interno. Habían registrado los cambios en las pantallas centrales.

—Se ha movido —dijo Annie—. La mano...

—Siga apretándosela —dijo el interno. Sacó de su bolsillo una pequeña linterna y abrió uno de los ojos de Grace. Dirigió la luz hacia la pupila y esperó una reacción. La enfermera comprobaba los monitores. El pulso se había estabilizado en ciento veinte pulsaciones. El interno le quitó los auriculares del walkman—. Háblele.

Annie tragó saliva. Por un instante se quedó sin palabras. El interno la miró a los ojos.

—Da igual lo que diga. Usted hable.

—Gracie... Soy yo. Cariño, es hora de despertarse. Vamos, despierta, por favor.

—Mire —dijo el interno, que mantenía el ojo de Grace abierto.

Al mirar, Annie advirtió un ligero parpadeo que le hizo aspirar profundamente.

—La tensión ha subido un poco —dijo la enfermera.

—¿Qué significa eso? —preguntó Annie.

—Que está respondiendo —contestó el interno—. ¿Me permite? —Cogió con una mano la de Grace, que Annie sostenía entre las suyas, sin dejar de mantener el ojo abierto con la otra, y dirigiéndose a la chica, dijo—: Grace, voy a apretarte la mano y quiero que trates de devolverme el apretón. Prueba con toda la fuerza de que seas capaz, ¿de acuerdo?

El interno apretó, mirando todo el tiempo al ojo.

—Eso es —dijo. Pasó la mano de la chica a Annie—. Ahora quiero que le hagas lo mismo a tu madre.

Annie respiró hondo, apretó la mano... y lo notó. Fue como el primer contacto, tenue y vacilante, de un pez con el sedal. En el fondo de aquellas oscuras aguas tranquilas relució algo que quería salir a flote.

Grace estaba en un túnel. Se parecía al metro, salvo que era más oscuro y estaba inundado de agua. Ella nadaba. El agua, sin embargo, no estaba fría. De hecho no parecía agua siquiera. Era demasiado caliente y espesa para serlo. A lo lejos distinguió un círculo de luz y de alguna manera supo que podía escoger dirigirse hacia allí o volverse e ir en la otra dirección, donde también había una luz pero más difusa, menos acogedora. No estaba asustada. Sólo era cuestión de escoger. Las dos posibilidades estaban bien.

Entonces oyó voces. Venían del lugar donde la luz era más difusa. No podía ver quién era pero sabía que una de las voces era la de su madre. También había una voz de hombre, que no era la de su padre sino de alguien que ella no conocía. Intentó avanzar hacia ellos por el túnel, pero el agua era demasiado espesa. Semejaba cola de pegar; estaba nadando en un mar de cola que le impedía moverse. «La cola no me deja pasar, la cola...» Intentó pedir ayuda a gritos, pero no le salía la voz.

Al parecer ellos no sabían que estaba en el túnel. ¿Por qué no podían verla? Sus voces sonaban muy lejanas y de pronto le inquietó pensar que podían irse y dejarla allí sola. Pero ahora, sí, el hombre la llamaba. La habían visto. Y aunque ella no podía verlos, sabía que trataban de alcanzarla y que si conseguía hacer un último y supremo esfuerzo, tal vez la cola la dejase pasar y pudieran sacarla del túnel.

4

Robert pagó en la tienda y cuando volvió a salir los dos chicos ya habían atado el árbol con cordel y estaban cargándolo en la trasera de la furgoneta Ford Lariat que había comprado el verano anterior para trasladar a *Pilgrim* desde Kentucky. Tanto Grace como Annie se llevaron una sorpresa cuando un sábado por la mañana aparcó delante de la casa arrastrando un remolque plateado. Las dos salieron al porche, Grace entusiasmada y Annie bastante furiosa. Pero Robert se había encogido de hombros y con una sonrisa había dicho que no iba a meter un caballo nuevo en un trasto viejo.

Dio las gracias a los dos chicos, les deseó unas felices fiestas y dejó el aparcamiento embarrado y lleno de baches para dirigirse a la carretera. Era la primera vez que compraba el árbol de Navidad tan tarde. Normalmente, él y Grace iban juntos el fin de semana anterior a comprar uno, aunque siempre esperaban al día de Nochebuena para entrarlo y decorarlo. Al menos ella estaría en casa para eso, para adornar el árbol. El día siguiente era Nochebuena y Grace salía del hospital.

Los médicos no acababan de verlo claro. Sólo hacía dos semanas que había salido del estado de coma, pero Robert y Annie habían argumentado enérgicamente que aquello le haría bien. Finalmente, habían triunfado los sentimientos; Grace podía ir a casa, pero sólo por dos días. Debían pasar a buscarla al mediodía del día siguiente.

Aparcó a la puerta de la panadería y entró a comprar pan y

bollos. Desayunar los fines de semana en la panadería se había convertido para ellos en un rito. La joven dependienta había cuidado algunas veces a Grace cuando ésta era pequeña.

—¿Cómo está la guapa de su hija? —preguntó.

—Viene mañana.

—¿De veras? ¡Es estupendo!

Robert advirtió que había más gente escuchando. Todo el mundo parecía estar al corriente del accidente, y personas con las que nunca había hablado le preguntaban por Grace. Sin embargo, nadie mencionaba la pierna.

—Hágame el favor de darle muchos besos de mi parte.

—Descuide, y gracias. Felices fiestas.

Robert vio que lo miraban desde la ventana mientras subía de nuevo al Lariat. Pasó por delante de la fábrica de pienso, redujo la velocidad para cruzar la vía del tren y se dirigió a casa pasando por Chatham Village. Los escaparates de la calle principal estaban repletos de adornos navideños y las estrechas aceras, adornadas con luces de colores, estaban llenas de gente haciendo compras. Robert intercambió algunos saludos. El belén —una violación, sin duda, de la Primera Enmienda— se veía bonito en la plaza del centro; al fin y al cabo, era Navidad. El que no parecía enterarse era el tiempo.

Desde que había dejado de llover, precisamente el día en que Grace pronunció sus primeras palabras, hacía un calor absurdo. Después de haber pontificado sobre las inundaciones producidas por el huracán, los meteorólogos de los medios de comunicación estaban teniendo la Navidad más lucrativa en años. El mundo era oficialmente un invernadero o, como mínimo, estaba patas arriba.

Cuando Robert llegó a casa Annie se encontraba en el estudio, hablando por teléfono con su despacho. Parecía estar abroncando a alguien, uno de los jefes de redacción, supuso él. Por lo que Robert pudo deducir mientras ordenaba la cocina, el pobre diablo había accedido a publicar un perfil de cierto actor al que Annie despreciaba.

—Conque una estrella... —dijo Annie con tono de incredulidad—. Ese tío es todo lo contrario de una estrella. ¡Es un puñetero agujero negro!

Esa clase de comentario normalmente lo hacía sonreír pero la agresividad en el tono de su mujer estaba rompiendo el hechizo navideño con que Robert había llegado a casa. Sabía que su esposa se sentía frustrada por tener que dirigir una elegante revista metropolitana desde una casa en plena zona rural. Pero había más. Desde el accidente, Annie parecía poseída por una ira tan intensa que casi daba miedo.

—¿Cómo? ¿Que vas a pagarle por eso? —aulló—. ¡Tú te has vuelto loco! ¿Es que va a hacerlo desnudo o algo así?

Robert encendió la cafetera y puso la mesa para el desayuno. Los bollos eran de los que más le gustaban a Annie.

—Lo siento John, por ahí no paso. Tendrás que llamarlo y cancelar... Me da lo mismo... Claro, puedes mandármelo por fax. Está bien.

Robert la oyó colgar el auricular. Sin decir adiós, claro que Annie raramente se despedía. Sus pasos al acercarse a la cocina le parecieron más resignados que coléricos. Cuando entró en la cocina, él la miró y sonrió.

—¿Tienes hambre?

—No. He comido unos cereales.

Robert trató de no parecer desilusionado. Ella vio los bollos.

—Lo siento.

—Tranquila. Así me tocarán más. ¿Quieres café?

Annie asintió y se sentó a la mesa, mirando sin excesivo interés el periódico que él había comprado. Permanecieron un rato en silencio; por fin, ella preguntó:

—¿Has traído el árbol?

—Sí. Es bonito, pero no tanto como el del año pasado.

Se produjo un nuevo silencio. Robert sirvió el café y se sentó. Los bollos estaban muy buenos. Había tanta quietud que se le oía masticar. Annie suspiró.

—Bueno, supongo que habrá que hacerlo esta noche —dijo. Sorbió un poco de café.

—¿El qué?

—El árbol. Quiero decir, decorarlo.

Robert arqueó una ceja.

—¿Sin Grace? ¿Por qué? No le gustaría nada que lo hiciésemos sin estar ella.

Annie aporreó la mesa con la taza.

—No digas estupideces. ¿Cómo demonios va a adornar el árbol con una sola pierna? —Se puso de pie, haciendo chirriar la silla, y se acercó a la puerta. Robert la miró fijamente, escandalizado.

—Yo creo que se las apañará —dijo con voz firme.

—Ni hablar. Qué quieres que haga la pobre, ¿ir saltando alrededor? Por Dios, si apenas se sostiene en pie con esas muletas.

Robert dio un respingo.

—Vamos, Annie...

—No, vamos tú —dijo ella, y cuando ya se disponía a marcharse se volvió hacia él—. Tú quieres que todo sea como siempre, pero es imposible. Trata de darte cuenta, ¿quieres?

Se quedó un momento allí, enmarcada por el azulado cerco que formaban las jambas y el dintel. Luego dijo que tenía cosas que hacer y se marchó. Y con una sorda opresión en el pecho, Robert supo que su esposa tenía razón. Nada volvería a ser como antes.

Grace se dijo que habían sido listos a la hora de hacerle descubrir lo de su pierna. Porque mirando retrospectivamente le resultaba imposible señalar el momento exacto en que se había dado cuenta. Suponía que tenían un arte especial para eso y que sabían cuánta droga suministrar para que uno no se traumatizara. Grace fue consciente de que algo le había pasado allá abajo antes de poder moverse o hablar otra vez. Sentía una cosa extraña y advirtió que las enfermeras se demoraban más en aquel punto que en otro cualquiera. Fue como si la noticia se deslizase hacia su conciencia, tal como había ocurrido con otros muchos hechos a medida que la sacaban de aquel túnel de cola de pegar.

—¿A casa?

Grace levantó la vista. Apoyada en el marco de la puerta estaba la mujer que iba cada día a ver qué querías comer. Era afable y corpulenta, con una risa capaz de traspasar paredes de ladrillo y mortero. Grace sonrió y asintió con la cabeza.

—Algunos lo prefieren así —dijo la mujer—. Claro que eso significa que te perderás mi cena de Nochebuena.

—Guárdame un poco. Volveré pasado mañana. —La voz le

sonó ronca. Aún llevaba una tirita sobre el orificio que le habían hecho en el cuello para el tubo del resucitador.

La mujer le guiñó el ojo.

—Es exactamente lo que voy a hacer, cielo.

Cuando la mujer se hubo marchado, Grace consultó su reloj. Aún faltaban veinte minutos para que llegaran sus padres y estaba sentada en la cama, vestida y a punto para irse. La habían trasladado a esa habitación una semana después de salir del coma y por fin la habían liberado del resucitador para que, además de mover los labios, pudiese hablar. La estancia era pequeña, con una fantástica vista del aparcamiento, y estaba pintada de ese verde claro tan deprimente que suelen usar en los hospitales. Pero al menos había un televisor, y como las flores, las tarjetas y los regalos lo llenaban todo, hasta resultaba alegre.

Miró allí donde la enfermera había sujetado con imperdibles la pernera de su pantalón de chándal gris. Había oído decir que aunque a uno le cortaran el brazo o la pierna, podía sentirlo igualmente. Y era cierto. Por las noches le picaba tanto que se volvía loca. En ese mismo instante sentía la comezón. Lo raro era que aun así, e incluso al mirársela, aquella media pierna que los médicos le habían dejado no parecía pertenecerle en absoluto. No era suya, sino de otro.

Las muletas estaban apoyadas en la pared junto a la mesita de noche y al lado estaba la fotografía de *Pilgrim*, una de las primeras cosas que había visto al salir del coma. Su padre la había visto mirar la foto y le había dicho que el caballo estaba bien, lo cual la tranquilizó.

Judith había muerto. *Gulliver* también. Se lo habían dicho. Y tal como le había ocurrido con la pierna, la noticia no acababa de calar. No era que ella no lo creyese, ¿por qué iban a mentirle? Cuando su padre se lo dijo se echó a llorar, pero, debido quizá a las drogas que le administraban, no habían sido lágrimas de verdad. De algún modo fue como si se hubiese visto a sí misma llorar. Y desde entonces siempre que había pensado en la muerte de su amiga (y le sorprendía que eso ocurriera tan pocas veces), el hecho parecía flotar en el interior de su cabeza, bien protegido para que no pudiera examinarlo con excesivo detenimiento.

Un agente de policía había ido a verla la semana anterior para hacerle unas preguntas sobre el accidente y tomar notas. El pobre parecía muy nervioso y Robert y Annie estaban pendientes de que no la molestara. No tenían por qué preocuparse. Ella le dijo que sólo recordaba hasta el momento en que empezaron a patinar en la pendiente. No era cierto. Sabía que, si se lo proponía, podía recordar mucho más. Pero no quería hacerlo.

Robert ya le había explicado que más adelante tendría que hacer alguna declaración, una deposición o algo así, para la compañía de seguros, pero sólo cuando estuviera mejor. A saber lo que eso significaba.

Grace seguía mirando la foto de *Pilgrim*. Ya había decidido qué iba a hacer. Sabía que intentarían que montase otra vez a caballo. Pero no pensaba hacerlo, jamás. Les diría a sus padres que devolvieran a *Pilgrim* a la gente de Kentucky. No soportaba la idea de venderlo a alguien de Chatham y topar algún día con los dos, jinete y caballo. Iría a ver a *Pilgrim* una vez, para despedirse, pero nada más.

Pilgrim también volvió a casa por Navidad, una semana antes que Grace, y en Cornell nadie se entristeció al verlo partir. Varios estudiantes conservaban muestras de su agradecimiento; uno llevaba el brazo escayolado y otros seis lucían cortes y magulladuras. Dorothy Chen, que había ideado una especie de técnica torera para ponerle la inyección diaria, fue recompensada con una limpia dentellada en el hombro.

—Sólo me la veo en el espejo del cuarto de baño —le dijo a Harry Logan—. Se me ha puesto morada, cárdena, púrpura y de todos los colores.

Logan imaginó gustoso a Dorothy Chen, examinándose el hombro desnudo en el espejo del baño. Madre mía.

Joan Dyer y Liz Hammond fueron con él a buscar el caballo. Logan y Liz siempre se habían llevado bien pese a la competencia profesional. Liz, una mujer corpulenta y campechana, era de su misma edad, y él se alegró de tenerla allí pues siempre había encontrado a Joan Dyer un poco pesada.

Calculaba que Joan debía de tener unos cincuenta y cinco años, y su cara severa y curtida hacía que uno se sintiese como si se encontrara ante un magistrado. Fue ella la que condujo, al parecer contenta de escuchar la conversación de Logan y Liz, que hablaban de temas profesionales. Cuando llegaron a Cornell, Joan dio marcha atrás con mano experta y dejó el remolque encarado a la casilla de *Pilgrim*. Aun cuando Dorothy administró un sedante al caballo, tardaron casi una hora en cargarlo.

Liz había sido muy amable todas aquellas semanas. A petición de los Maclean, nada más volver de la conferencia había ido a Cornell. Era obvio que deseaban que se hiciese cargo de *Pilgrim* (un sacrificio que Logan habría estado encantado de hacer). Pero Liz les comunicó que Logan había hecho un buen trabajo y que el caballo estaba en muy buenas manos. La solución intermedia fue que Liz elaborase un informe de seguimiento. Logan no se sintió amenazado. Era un alivio compartir notas en un caso tan difícil como aquél.

Joan Dyer, que no veía a *Pilgrim* desde el accidente, quedó conmocionada. Las cicatrices en la cara y el pecho eran de por sí horribles. Pero aquella salvaje hostilidad era algo que nunca había visto en un caballo. Durante el viaje de vuelta —cuatro largas horas— lo oyeron dar coces contra las paredes del remolque. Joan no estaba tranquila.

—¿Dónde voy a meterlo?

—¿A qué se refiere? —preguntó Liz.

—Tal como está, no puedo alojarlo en el establo. No sería seguro.

Cuando llegaron a las caballerizas, lo dejaron en el remolque mientras Joan y sus dos hijos limpiaban una de las pequeñas casillas que había detrás del establo y no se utilizaban desde hacía años. Los chicos, Eric y Tim, aún no habían cumplido los veinte y ayudaban en el negocio. Ambos, como advirtió Logan mientras los miraba trabajar, habían heredado la cara larga y el laconismo de su madre. Cuando tuvieron lista la casilla Eric, que era el mayor y el más hosco de los dos, dio marcha atrás con el remolque. Pero no hubo manera de que el caballo saliese.

Finalmente, Joan dijo a sus hijos que entrasen provistos

de palos por la parte de delante y Logan vio cómo azuzaban al caballo y cómo éste se empinaba, asustándolos. El sistema no funcionaba y al veterinario le preocupó que la herida del pecho pudiera resentirse, pero no se le ocurría una idea mejor. Por fin, el caballo reculó hacia la casilla y los chicos cerraron la puerta.

Aquella noche, mientras regresaba a su casa, Harry Logan se sintió deprimido. Se acordó del cazador, aquel mequetrefe del gorro de pieles, sonriéndole desde el puente del ferrocarril. El muy cretino tenía razón, se dijo. Aquel caballo debería haber sido sacrificado.

La Navidad en casa de los Maclean empezó mal y siguió peor. Volvieron del hospital en el coche de Robert; Grace iba en el asiento de atrás, con las piernas en alto. Aún no había recorrido medio camino cuando ella preguntó por el árbol.

—¿Podemos adornarlo tan pronto como lleguemos a casa?

Annie miró al frente y dejó que fuese Robert el encargado de decir que ya lo habían adornado la noche anterior, aunque no mencionó que lo habían hecho en silencio y en un ambiente muy triste.

—Pensé que no te sentirías con ánimos —dijo él.

Annie sabía que le tocaba mostrarse agradecida o emocionada ante aquella desinteresada asunción de culpa por parte de Robert, y le fastidió que no ocurriera así. Esperó, irritada casi, a que su marido adornara las cosas con la bromita de rigor.

—Además, señorita —prosiguió él—, cuando lleguemos tendrás trabajo de sobra. Hay que cortar leña, limpiar, preparar la comida...

Grace rió, como se esperaba que hiciese, y Annie ignoró la mirada que Robert le lanzó de soslayo en medio del silencio que siguió.

Una vez en casa consiguieron entre todos alegrar un poco el ambiente. Grace dijo que el árbol estaba precioso. Se quedó un rato sola en su habitación poniendo Nirvana a todo volumen para que sus padres supieran que estaba bien. Se las arreglaba bastante bien con las muletas e incluso consiguió descender y subir por las escaleras, cayendo sólo una vez al tratar de bajar una bolsa con regalos que había hecho comprar a las enfermeras para dárselos a sus padres.

—Estoy bien —dijo cuando Robert corrió hacia ella. Se había dado un buen golpe contra la pared y Annie, al salir de la cocina, vio que le dolía de verdad.

—¿Estás segura? —Robert intentó echarle un cabo pero ella sólo aceptaba la ayuda imprescindible.

—Que sí, papá. Me encuentro bien.

Annie vio que a Robert se le llenaban los ojos de lágrimas al contemplar a Grace acercarse para poner los regalos al pie del árbol, y aquello la puso de tan mal humor que se volvió y entró de nuevo en la cocina.

Por Navidad siempre se regalaban calcetines. Annie y Robert preparaban juntos el regalo de Grace y luego uno para cada uno de los dos. Por la mañana Grace llevaba el suyo al dormitorio de sus padres, se sentaba en la cama y se turnaban para abrir los regalos, haciendo bromas sobre lo acertado que había estado Santa Claus o porque se había olvidado de quitar la etiqueta de un precio. Ahora, como había ocurrido con el árbol, Annie apenas pudo soportar el ritual.

Grace se acostó temprano y cuando estuvieron seguros de que dormía, Robert entró de puntillas en su habitación con el calcetín. Annie se desvistió y escuchó el reloj del vestíbulo acompasando el silencio. Cuando Robert volvió, estaba en el cuarto de baño; oyó un ruido y supo que estaba guardando su calcetín debajo de la cama. Ella había hecho otro tanto con el de él. Qué farsa aquélla.

Robert entró en el momento en que Annie se cepillaba los dientes. Llevaba el pijama inglés a rayas y sonrió mirándola en el espejo. Annie escupió y se enjuagó la boca.

—Esos lloriqueos tienen que acabar —dijo ella sin mirarlo.

—¿Cómo?

—Te he visto, cuando ha caído por la escalera. Deja de sentir compasión por Grace. De ese modo no la ayudarás.

Robert la miró fijamente, y cuando ella se volvió para regresar al dormitorio sus miradas se encontraron. Él sacudió la cabeza, ceñudo.

—Eres increíble, Annie.

—Muchas gracias.

—¿Qué te está pasando?

Ella no respondió. Entró en el dormitorio, se metió en la cama y apagó la lámpara de su mesa de noche; al cabo de un rato él salió del baño e hizo lo mismo. Permanecieron tumbados dándose la espalda y Annie contempló el nítido cuadrante de luz amarilla que desde el descansillo iluminaba el suelo del dormitorio. No era que la ira le hubiese impedido responder, sino que no sabía cuál era la respuesta. Pero ¿cómo habría podido decir una cosa semejante? Tal vez le daba rabia ver sus lágrimas porque tenía envidia de ellas. Annie no había llorado desde el día del accidente.

Se volvió y, sin poder evitar sentirse culpable, deslizó los brazos en torno al cuerpo de Robert, arrimándose a su espalda.

—Perdona —murmuró, y lo besó en el cuello. Robert no se movió durante un rato. Luego rodó lentamente hasta ponerse boca arriba, la rodeó con un brazo y ella apoyó la cabeza sobre su pecho. Annie notó que suspiraba profundamente y estuvieron un buen rato quietos. Luego deslizó la mano por su vientre, lo abrazó y notó que se movía. Entonces se incorporó, se arrodilló encima de él, se quitó el camisón por la cabeza y lo dejó caer al suelo. Robert, como hacía siempre, comenzó a acariciar sus senos mientras ella empezaba a moverse. Ella tomó su miembro erecto y al ayudarlo a penetrarla notó que se estremecía. Ninguno de los dos emitió sonido alguno. Annie miró en medio de la oscuridad a aquel hombre bueno que la conocía desde hacía tantos años y en sus ojos no vio una expresión de deseo, sino una tristeza terrible e irreparable.

El día de Navidad la temperatura descendió. Nubes metálicas se cernían sobre las copas de los árboles como en una película a cámara rápida y el viento cambió de dirección, arrastrando hacia el valle espirales de aire polar. Desde la casa oyeron aullar el viento en la chimenea mientras jugaban al *scrabble* sentados junto al fuego.

Aquella mañana, mientras abrían los regalos en torno al árbol, todos se esforzaron en parecer alegres. Grace nunca había tenido tantos regalos, ni siquiera cuando era muy pequeña. Casi todos los conocidos de la familia habían enviado alguna cosa, y Annie comprendió, demasiado tarde, que habría sido mejor guardar algunos de aquellos regalos. Advertía que Grace se sentía objeto de la caridad ajena, y el que dejara muchos sin abrir se lo confirmó.

Al principio Annie y Robert no sabían qué comprar a su hija. En los últimos años los presentes habían estado relacionados con la equitación. Ahora, se esforzaban por que todo lo que se les ocurriese no tuviera nada que ver con caballos. Finalmente Robert se había decidido por un acuario con peces tropicales. Sabían que Grace quería uno, pero Annie temía que incluso ese regalo comportara un mensaje; «Siéntate a mirar —parecía decir—. Ahora es lo único que puedes hacer.»

Robert lo había arreglado todo en la salita de la parte de atrás y lo había envuelto con papel de motivos navideños. Llevaron allí a Grace y vieron cómo se le iluminaba la cara al abrir el paquete.

—¡Oh! —exclamó—. ¡Es fabuloso!

Por la tarde, cuando Annie hubo terminado de recoger los platos de la cena, encontró a Grace y a Robert delante del acuario, tumbados a oscuras en el sofá. La pecera estaba iluminada y los dos se habían quedado dormidos mirándola, el uno en brazos del otro. El balanceo de las plantas acuáticas y las sombras de los peces dibujaban formas fantasmales en sus caras.

A la mañana siguiente, durante el desayuno, Grace estaba muy pálida. Robert le tocó una mano.

—¿Te encuentras bien, cariño?

Ella asintió con la cabeza. Annie se acercó a la mesa con una jarra de zumo de naranja y Robert apartó la mano. Annie se dio cuenta de que su hija quería decir algo.

—He estado pensando en *Pilgrim* —dijo con voz serena. Era la primera vez que alguien aludía al caballo. Annie se sintió avergonzada de que ninguno de los tres hubiera ido a verlo desde el accidente o al menos desde su vuelta a casa de Mrs. Dyer.

—Sí —dijo Robert—. ¿Y bien?

—Creo que deberíamos llevarlo a Kentucky.

Se produjo un silencio, al cabo del cual, Robert dijo:

—Gracie, no tenemos por qué decidir nada ahora. Puede que...

—Sé lo que vas a decir —lo interrumpió Grace—, que hay gente que ha sufrido accidentes como el mío y que ha vuelto a montar, pero yo no... —Guardó silencio un instante, como si quisiese tranquilizarse. Luego agregó—: No quiero. Por favor.

Annie miró a Robert y supo que notaba su vista fija en él, retándole a mostrar el menor indicio de lágrimas.

—No sé si ellos lo aceptarán —prosiguió Grace—. Pero no quiero que se lo quede nadie de por aquí.

Robert asintió lentamente, dando a entender que se hacía cargo aun cuando no estuviera totalmente de acuerdo. Grace se aferró a ello.

—Quiero despedirme de él, papá. ¿Podemos ir a verlo hoy, antes de regresar al hospital?

Annie sólo había hablado una vez con Harry Logan. La conversación telefónica había sido delicada y aunque en ningún momento ella lo amenazó con demandarlo, lo cierto era que la posibilidad había estado presente en cada una de sus palabras. Logan se había mostrado encantador y Annie, al menos por el tono de voz, había expresado lo más próximo a una disculpa de que era capaz. Pero desde entonces sólo habían recibido noticias de *Pilgrim* por parte de Liz Hammond. La veterinaria, que no quería más preocupaciones para la pobre Grace, había hecho creer a Annie que el caballo se recuperaba de manera muy satisfactoria.

Le dijo que las heridas estaban curando bien, que los injertos de piel en la pata no habían presentado problemas y que el hueso del testuz había quedado mucho mejor de lo que habría cabido esperar. Nada de ello era mentira. Y nadie había preparado a Annie, Robert o Grace para lo que estaban a punto de ver cuando llegaron y aparcaron delante de la casa de Joan Dyer.

Mrs. Dyer salió del establo y cruzó el patio en dirección al coche, limpiándose las manos en la chaqueta acolchada que solía llevar. El viento le levantaba mechones de pelo gris y Joan sonrió y se los apartó de la cara. Fue una sonrisa tan rara y poco característica que Annie se quedó perpleja. Tal vez se sentía turbada al ver al padre de Grace ayudar a ésta a coger las muletas.

—Hola, Grace —dijo Mrs. Dyer—. ¿Cómo estás, querida?

—Está muy bien, ¿verdad, cariño? —dijo Robert.

«¿Por qué no deja que sea ella quien responda?», pensó Annie.

—Oh, sí. Muy bien —dijo Grace con una valiente sonrisa.

—¿Qué tal la Navidad? ¿Muchos regalos?

—Muchísimos —contestó Grace—. Lo pasamos de fábula, ¿verdad? —Miró a Annie.

—De fábula —ratificó Annie.

Nadie parecía saber qué más decir, y por un momento permanecieron allí de pie, soportando el viento e incómodos por la situación. Las nubes se amontonaban, amenazadoras, en el cielo, y una súbita explosión de sol encendió las paredes rojas del establo.

—Grace quiere ver a *Pilgrim* —dijo Robert—. ¿Está en el establo?

Mrs. Dyer parpadeó.

—No. Está en la parte de atrás.

Annie notó que algo malo pasaba y vio que Grace también se había dado cuenta.

—Estupendo —dijo Robert—. ¿Podemos ir a verlo?

Mrs. Dyer vaciló, pero sólo un instante.

—Desde luego.

Echó a andar. Salieron del patio y fueron hacia la hilera de viejas casillas.

—Vayan con cuidado. Está todo bastante enfangado. —Se volvió un poco para mirar a Grace y sus muletas y luego le lanzó a Annie una mirada que parecía de advertencia.

—A que se le da bien andar con esas cosas, ¿no cree, Joan? —dijo Robert—. A duras penas puedo seguirla.

—Sí, ya lo veo. —Mrs. Dyer sonrió, brevemente.

—¿Por qué no está en el establo? —preguntó Grace. Joan

Dyer no respondió. Habían llegado a las casillas y se detuvo junto a la única puerta cerrada. Se volvió, tragó saliva y miró a Annie.

—No sé qué les habrán contado Harry y Liz.

Annie se encogió de hombros.

—Bueno, sabemos que tiene suerte de seguir con vida —dijo Robert. Se hizo el silencio. Todos esperaban que Mrs. Dyer siguiera hablando. Ella parecía estar buscando las palabras adecuadas.

—Grace —dijo—, *Pilgrim* ya no es lo que era. El accidente ha dejado profundas huellas en él. —Grace pareció de pronto muy preocupada y Mrs. Dyer miró a los padres en busca de ayuda—. A decir verdad, no creo que sea muy buena idea que lo vea.

—¿Por qué lo dice? ¿Qué...? —empezó Robert, pero Grace lo interrumpió.

—Quiero ver a *Pilgrim*. Abra la puerta.

Mrs. Dyer miró a Annie para ver qué decidía ella. Annie creyó que habían llegado demasiado lejos para volverse atrás. Asintió con la cabeza. A regañadientes, Mrs. Dyer descorrió el pestillo de la parte superior de la puerta. De inmediato se produjo una explosión de ruido que sobresaltó a todos. Luego se hizo el silencio. Mrs. Dyer abrió lentamente la parte superior y Grace se asomó; Robert y Annie estaban detrás de ella.

La muchacha tardó unos instantes en habituarse a la oscuridad. Entonces lo vio. Tan frágil fue su voz que los otros apenas oyeron qué decía.

—*¿Pilgrim? ¿Pilgrim?* —Luego soltó un grito, se volvió y Robert tuvo que actuar con presteza para evitar que se cayera—. ¡No! ¡Papá, no!

Él la rodeó con sus brazos y se la llevó al patio. El sonido de sus sollozos se desvaneció a medida que se alejaban y se perdía en el viento.

—Lo siento mucho, Annie —dijo Mrs. Dyer—. No debería haberla dejado.

Annie la miró sin expresión y luego se acercó un poco más a la casilla. La alcanzó una acre oleada de olor a orines y vio que el suelo estaba lleno de excrementos. *Pilgrim* estaba al fondo de la casilla y la observaba entre las sombras. Tenía las patas separadas y la cabeza gacha, a poco más de un palmo del suelo. Su hocico, surcado por grotescas cicatrices, parecía retarla a dar un paso, y jadeaba con breves y nerviosos bufidos. Annie sintió un escalofrío en la nuca y el caballo pareció darse cuenta, pues amusgó las orejas, le enseñó todos los dientes y la miró de soslayo en una horripilante parodia de amenaza.

Annie escrutó el blanco de sus ojos, inyectado de sangre, y por primera vez en su vida supo que de verdad era posible creer en el demonio.

5

Llevaban casi una hora reunidos y Annie empezaba a estar harta. El despacho estaba prácticamente lleno de gente enzarzada en un esotérico debate sobre qué matiz concreto de rosa iría mejor en la próxima portada. Las maquetas rivales estaban desplegadas ante ellos. A Annie todas le parecían horribles.

—Yo es que no creo que nuestros lectores sean del tipo rosa fucsia —decía alguien.

El director de arte, que pensaba lo contrario, se ponía cada vez más a la defensiva.

—No es fucsia —dijo—. Es caramelo eléctrico.

—Bueno, pues tampoco me parecen ni eléctricos ni acaramelados. Es muy años ochenta.

—¿Ochenta? ¡No seas ridículo!

En otro momento, Annie habría cortado la discusión antes de que llegara a esos extremos. Les habría dicho lo que pensaba y ahí habría acabado el problema. Pero ocurría que concentrarse le resultaba imposible. Peor aún, no le importaba demasiado.

Toda la mañana lo mismo. Primero había asistido a un desayuno de negocios para hacer las paces con el agente de Hollywood cuyo «agujero negro» se había puesto como una fiera al enterarse de que el artículo sobre él no se publicaría. Luego la gente de producción había tomado su despacho por asalto y durante dos horas la habían machacado con sus augurios pesimistas sobre el precio del papel. Uno de ellos se había puesto una colonia tan espantosamente mareante que cuando se marcharon Annie había tenido que abrir todas las ventanas. Aún podía olerla.

En las últimas semanas había tenido que delegar más que nunca responsabilidades en su amiga Lucy Friedman, subdirectora y gurú de la revista en cuestiones de estilo. La portada objeto de discusión guardaba relación con un artículo sobre gigolós que Lucy había encargado, y presentaba una fotografía de una estrella de rock tan perenne como sonriente cuyas arrugas habían sido borradas por ordenador según la cláusula del contrato.

Consciente sin duda de que Annie tenía la cabeza en otra cosa, Lucy llevaba la voz cantante en la reunión. Era una mujer grande y belicosa dotada de un malvado sentido del humor y una voz de silenciador de coche viejo. Le gustaba darle la vuelta a las cosas y eso precisamente estaba haciendo en ese momento al decir que el fondo de la portada no debería ser rosa sino verde lima fluorescente.

Mientras el ambiente iba caldeándose, Annie se quedó otra vez medio adormilada. En una oficina al otro lado de la calle había un hombre con gafas y traje junto a la ventana, ejecutando una especie de *tai chi*. Annie observó la extraordinaria precisión de sus movimientos y lo quieta que mantenía la cabeza, y se preguntó para qué podía servirle todo aquello.

Algo atrajo su atención. Por el panel de cristal vio que Anthony, su ayudante, le hacía señas y se señalaba el reloj. Era casi mediodía y había quedado con Robert y Grace en la clínica ortopédica.

—¿Tú qué crees Annie? —dijo Lucy.

—Perdona, Luce, ¿decías?

—Verde lima. Y las letras en rosa.

—Fabuloso —dijo Annie, y optó por ignorar algo que masculló el director de arte. Se echó hacia adelante y apoyó las palmas sobre el escritorio—. Oye, ¿no podríamos dejarlo para otro rato? Tengo una cita.

Había un coche esperándola. Le dio la dirección al taxista y se sentó en la parte de atrás, arrebujada en su chaqueta, mientras cruzaban la zona este de la ciudad en dirección a la zona residencial. Las calles y quienes por ellas caminaban parecían tristes y grises. Era esa época tenebrosa en que el nuevo año había corrido lo suficiente como para que todos vieran que era tan malo como el anterior. Mientras esperaban en un semáforo, Annie vio a dos mendigos acurrucados en un portal, uno declamando al cielo con grandes aspavientos y el otro dormido al lado. Sintió las manos frías y las hundió en los bolsillos de su chaqueta.

Pasaron por delante de Lester's, la cafetería de la 84 a donde Robert solía llevar a Grace a desayunar antes de ir al colegio. Aún no habían hablado de la escuela, pero Grace no tardaría en tener que enfrentarse a las miradas de sus compañeras de clase. No iba a ser fácil pero cuanto más lo postergaran, peor iba a ser. Si le ajustaba bien la pierna nueva, la que iban a probarle hoy en la clínica, Grace volvería a caminar muy pronto. Cuando le hubiera cogido el tranquillo, tendría que reemprender las clases.

Annie llegó veinte minutos tarde. Robert y Grace ya habían entrado y estaban con la ortopeda, Wendy Auerbach. La recepcionista se ofreció a cogerle la chaqueta, pero Annie se negó y de inmediato fue conducida por un pasillo blanco y estrecho hasta la sala de pruebas.

La puerta estaba abierta y ninguno de los tres la vio entrar. Grace se encontraba sentada en una cama, en leotardos. Estaba mirándose las piernas, pero Annie no pudo verlas porque la ortopeda estaba arrodillada delante, ajustando alguna cosa. Robert contemplaba la escena.

—¿Qué tal? —dijo la ortopeda—. ¿Lo sientes mejor? —Grace asintió—. Correcto. Ahora probemos si te pones de pie.

La mujer se apartó y Annie vio cómo Grace fruncía el entrecejo concentrándose en bajar muy lentamente de la cama. Entonces levantó la vista y vio a su madre.

—Hola —la saludó, e hizo todo lo posible por sonreír.

—Hola —dijo Annie—. ¿Cómo va eso?

Grace se encogió de hombros. A Annie le sorprendió lo pálida que estaba y lo frágil que parecía.

—La chica tiene talento —dijo Wendy Auerbach—. Siento que hayamos tenido que empezar sin usted, mamá.

Annie levantó una mano dando a entender que no le importaba. Le sacaba de quicio la inquebrantable jovialidad de aquella persona. Si lo de «correcto» ya era malo, lo de llamarla «mamá» era jugar con la muerte. Le resultaba difícil apartar los ojos de la pierna y se daba cuenta de que Grace estaba analizando su reacción. La prótesis era de color carne y, salvo por el gozne y el orificio de la válvula, una copia razonable de su pierna izquierda. A Annie le pareció que tenía un aspecto horrendo, escandaloso. No supo qué decir. Robert acudió en su ayuda.

—Encaja a las mil maravillas —dijo.

Tras la primera prueba, habían sacado un nuevo molde de escayola del muñón, al que habían adaptado esa nueva prótesis mejorada. La fascinación de Robert por la tecnología había facilitado mucho las cosas. Había llevado a Grace al taller y había hecho tantas preguntas que probablemente ya sabía lo suficiente para dedicarse a fabricar prótesis. Annie sabía que con su actitud no sólo pretendía distraer a Grace sino también a sí mismo del horror de todo aquello. Pero funcionó, y Annie no pudo por menos que agradecérselo.

Entró alguien con un andador y Robert y Annie vieron cómo Wendy Auerbach enseñaba a su hija a utilizarlo. Sólo sería necesario durante un par de días, dijo la ortopeda, hasta que Grace se acostumbre a la nueva pierna. Luego bastaría con emplear un bastón, pero enseguida comprobaría que ni siquiera eso era necesario. Grace se sentó otra vez y la ortopeda le dio unos cuantos consejos sobre el mantenimiento y la higiene de la prótesis. Se dirigía sobre todo a Grace, pero tratando de implicar también a los padres. Sin embargo, esto pronto se redujo a Robert, pues era él quien hacía las preguntas y, de todos modos, la mujer parecía notar que a Annie no le caía bien.

—Correcto —dijo finalmente—. Creo que eso es todo.

Los acompañó a la puerta. Grace llevaba puesta la pierna ortopédica, pero se ayudaba con las muletas. Robert llevaba el andador y una bolsa con cosas que Wendy Auerbach les había dado para el cuidado de la prótesis. Él le dio las gracias y todos esperaron mientras la ortopeda abría la puerta y daba un último consejo a Grace.

—Recuerda, puedes hacer prácticamente todo lo que hacías antes. Con que, señorita, en cuanto te sientas capaz podrás volver a montar ese caballote tuyo.

Grace bajó los ojos. Robert le puso una mano en el hombro. Annie se rezagó un poco antes de salir.

—Ella no quiere montar —dijo entre dientes al pasar—. Y el caballo tampoco quiere que lo monte. ¿Correcto?

Pilgrim se iba consumiendo. Los huesos fracturados y las cicatrices que tenía por todo el cuerpo habían curado, pero las lesiones en los nervios de la espaldilla lo habían dejado cojo. Sólo podía ayudarlo una combinación de fisioterapia y confinamiento. Pero se mostraba tan violento ante la presencia de cualquier humano que ello resultaba imposible sin peligro de sufrir heridas graves. Así pues, su sino era el confinamiento. En la oscura pestilencia de su casilla, tras el establo en que había conocido tiempos mejores, *Pilgrim* empezó a perder peso.

Harry Logan carecía del valor y la destreza de Dorothy Chen administrando inyecciones. Y fue así como los hijos de Mrs. Dyer idearon una astuta técnica para ayudarlo. Cortaron una pequeña ventanilla deslizante en la sección inferior de la puerta, a través de la cual daban de comer y beber al caballo. Cuando le tocaba una inyección lo dejaban hambriento. Mientras Logan esperaba jeringa en mano, los chicos ponían cubos de comida y agua en la parte de afuera y luego abrían la ventanilla. A menudo les daba un ataque de risa cuando se escondían a un lado y esperaban a que el hambre y la sed vencieran el miedo del caballo. Cuando asomaba el hocico para olfatear los cubos, los chicos bajaban la trampilla y le atrapaban la cabeza el tiempo suficiente para que Logan pudiera aplicarle una inyección en el cuello. Logan odiaba ese sistema. Y sobre todo el modo en que se reían los chicos.

A comienzos de febrero telefoneó a Liz Hammond y acordaron encontrarse en las caballerizas. Echaron un vistazo a *Pilgrim* desde la puerta de la casilla y luego fueron a sentarse en el coche de Liz. Estuvieron un rato sin hablar viendo cómo Tim y Eric regaban el patio y hacían el tonto.

—Ya no aguanto más, Liz —dijo Logan—. Es todo tuyo.

—¿Has hablado con Annie?

—Le he telefoneado una docena de veces. Hace un mes le dije

que había que sacrificar al caballo. No quiso escucharme. Pero te digo una cosa, ya no sé qué hacer. Esos dos imbéciles me sacan de quicio. Soy veterinario, Liz. Se supone que debo evitar que los animales sufran, no hacerlos sufrir. Estoy harto.

Permanecieron en silencio durante un rato. Eric estaba intentando encender un cigarrillo pero Tim no dejaba de apuntarle con la manguera.

—Ella me preguntó si había psiquiatras para caballos —dijo Liz.

Logan rió.

—No es un loquero lo que necesita ese animal, sino una lobotomía. —Pensó un rato—. En Pittsfield hay un quiropráctico de caballos, pero no se ocupa de casos como éste. No se me ocurre nadie que pueda hacerlo. ¿Y a ti?

Liz negó con la cabeza.

No había nadie. Logan suspiró. Todo el asunto, se dijo, había sido una jodida metedura de pata desde el principio. Y él no veía ningún indicio de que la cosa pudiera mejorar.

SEGUNDA PARTE

6

América fue el primer lugar donde los caballos vagaban libremente. Un millón de años antes de la aparición del hombre, pacían ya en las vastas llanuras cubiertas de hierba robusta y visitaban otros continentes cruzando puentes de roca que pronto quedaron cortados al retirarse los hielos. Su primera relación con el hombre fue la de la presa con el cazador, pues mucho antes de considerar el caballo un medio para cazar otros animales, el hombre lo mataba para comer su carne.

Las pinturas rupestres ilustraban el modo de hacerlo. Aparecían leones y osos, y mientras luchaban entre ellos, los hombres los alanceaban. Pero el caballo era una criatura de altos vuelos y el cazador, con lógica devastadora, se valió del vuelo para aniquilarlo. Manadas enteras fueron obligadas a arrojarse desde lo alto de precipicios. Así lo atestiguan los depósitos de huesos rotos. Y aunque más tarde el hombre fingió una actitud amistosa, la alianza con él siempre sería frágil, pues el miedo que había originado en el corazón del caballo era demasiado intenso para desalojarlo.

Desde la era neolítica, cuando se le colocó el primer ronzal a un caballo, ha habido hombres que así lo comprendieron.

Podían escrutar el alma del bruto y aliviar las heridas que encontraban en ella. A menudo se los tenía por brujos, y tal vez lo fueran. Algunos forjaban su magia con huesos de sapos cogidos de arroyos en noches de luna llena. Otros, se decía, eran capaces con una mirada de anclar en la tierra los cascos de un tiro que estaba arando. Había gitanos y comediantes, chamanes y charlatanes. Y los que realmente poseían ese don solían guardarlo celosamente, pues se decía que quien podía hacer salir a un demonio, también podía obligarlo a entrar. Quien conseguía apaciguar un caballo posiblemente terminaría ardiendo en la plaza del pueblo mientras el dueño del animal, que al principio se había mostrado agradecido, bailaba alrededor de la hoguera.

Debido a los secretos que pronunciaban en voz baja a oídos aguzados e inquietos, estos hombres eran conocidos como «susurradores».

Al parecer, casi siempre eran varones, hecho que sorprendió a Annie en la cavernosa sala de lectura de la biblioteca pública. Había supuesto que las mujeres sabían más de esas cosas que los hombres. Estuvo varias horas sentada a una de las largas y relucientes mesas de caoba, íntimamente acorralada por los libros que había buscado, y se quedó hasta la hora de cierre.

Leyó que doscientos años atrás un irlandés llamado Sullivan había amansado caballos furiosos en presencia de numerosos testigos. Llevaba los animales a un establo en penumbra y nadie sabía a ciencia cierta qué ocurría cuando cerraba la puerta. Sullivan aseguraba valerse únicamente de las palabras de un ensalmo indio que le había comprado a un viajero hambriento a cambio de comida. Nadie supo nunca si decía la verdad, pues su secreto murió con él. Todo lo que los testigos sabían era que cuando salía con los caballos del establo toda la furia se había evaporado. Algunos aseguraban que los animales parecían hipnotizados de miedo.

En Groveport, Ohio, vivió un tal John Solomon Rarey que domesticó su primer caballo a la edad de doce años. El rumor de sus dotes se extendió rápidamente y en 1858 fue requerido en el castillo de Windsor para calmar un caballo de la reina Victoria. La soberana y su séquito quedaron boquiabiertos al ver cómo Rarey ponía sus manos sobre el animal y lo hacía tumbar en el suelo ante sus propios ojos. Luego se recostó a su lado y descansó la cabeza en sus pezuñas. La reina lanzó una risita de placer y entregó cien dólares a Rarey. Él era un hombre humilde y tranquilo, pero de pronto se hizo famoso y la prensa quería ver más espectáculo. Mandaron buscar el caballo más feroz de toda Inglaterra.

Fue puntualmente encontrado.

Se trataba de un semental llamado *Cruiser* que había sido en tiempos el caballo de carreras más veloz del país. Sin embargo, leyó Annie, se había convertido en «el diablo encarnado» y tenían que ponerle una mordaza de hierro de más de tres kilos de peso para evitar que siguiese matando mozos de cuadra. Sus propietarios sólo lo mantenían con vida porque querían hacerlo criar, y para que esta operación resultara exenta de riesgo se les ocurrió taparle los ojos. Desoyendo todos los consejos, Rarey entró en el establo, donde nadie se atrevía a aventurarse, y cerró la puerta. Salió tres horas después guiando a *Cruiser*, que iba sin mordaza y parecía más manso que un cordero. Tan impresionados quedaron los propietarios que le regalaron el caballo. Rarey lo llevó a Ohio, donde *Cruiser* murió el 6 de julio de 1875, nueve años más tarde que su nuevo dueño.

Annie salió de la biblioteca y bajó a la calle por la escalinata custodiada por un par de leones imponentes. El tráfico era infernal y un viento helado se colaba por la estrecha garganta delimitada por los altos edificios. Tenía aún tres o cuatro horas de trabajo en el despacho, pero no cogió un taxi; necesitaba caminar, y el aire frío tal vez la ayudase a poner un poco de orden a las ideas que bullían en su cabeza. Se llamaran como se llamasen, vivieran cuándo o dónde hubiesen vivido, aquellos caballos de los libros sólo tenían una cara: la de *Pilgrim*. Era a los oídos de *Pilgrim* que el irlandés entonaba su ensalmo, y eran los ojos de *Pilgrim* los que miraban tras la mordaza de hierro.

A Annie estaba ocurriéndole algo que aún no acertaba a definir. Algo visceral. En el último mes había estado observando a su hija caminar por el apartamento, primero con el andador, luego con el bastón. Al igual que todos, había ayudado a Grace en la pesada, brutal y aburrida rutina diaria de la fisioterapia, hasta que a todos les dolieron las extremidades tanto como a ella. Físicamente se produjo una constante acumulación de pequeños triunfos. Pero Annie veía que, casi en la misma medida, algo moría poco a poco en el interior de la muchacha.

Grace intentaba ocultárselo a sus padres, a Elsa, a sus amigos, incluso al ejército de consejeros y terapeutas que cobraban lo suyo para darse cuenta de esas cosas, y lo hacía con una suerte de tenaz alegría. Pero Annie veía más allá, se daba cuenta de la cara que ponía Grace cuando creía que nadie la observaba y advertía que el silencio, cual monstruo paciente, iba estrechando a su hija entre sus brazos.

Annie no tenía la menor idea del motivo por el que la vida de un caballo salvaje arrinconado en la pequeña casilla de un establo tenía que estar tan vitalmente ligada al declinar de su hija. Carecía de toda lógica. Ella respetaba la decisión de Grace de no volver a montar; de hecho, no le habría gustado que lo intentase siquiera. Y cuando Logan y Liz repetían una y otra vez que lo mejor era sacrificar a *Pilgrim* y que prolongar su existencia era una desgracia para todos, Annie sabía que tenían razón. ¿Por qué, entonces, seguía negándose? ¿Por qué cuando las cifras de tirada de la revista empezaron a estabilizarse se había tomado dos tardes enteras libres para informarse sobre tipos raros que susurraban cosas a los oídos de los caballos? Porque era una tonta, se dijo.

Cuando llegó a la oficina todo el mundo se disponía a marcharse. Se sentó ante su mesa y Anthony le pasó una lista de mensajes y le recordó que aún tenía pendiente una reunión que había intentado eludir. Luego le dijo adiós y la dejó sola. Annie hizo un par de llamadas que en opinión de Anthony no podían esperar, y luego telefoneó a su casa.

Robert le dijo que Grace estaba haciendo su gimnasia. Que se encontraba bien. Era lo que siempre decía. Annie le avisó de que llegaría tarde y le dijo que no la esperase para cenar.

—Pareces cansada —dijo él—. ¿Has tenido un mal día?

—No. Lo he pasado leyendo sobre susurradores.

—¿Sobre qué?

—Ya te lo explicaré luego.

Empezó a revisar el montón de papeles que Anthony le había dejado, pero su mente no paraba de entretejer fantasías sobre lo que había leído en la biblioteca. A lo mejor John Rarey tenía un tataranieto que había heredado sus dones y podía curar a *Pilgrim*. ¿Y si ponía un anuncio en el *Times* para encontrarlo? «Se busca susurrador.»

Cuánto tiempo tardó en quedarse dormida no podía saberlo, pero despertó sobresaltada al ver a un guardia de seguridad de pie en el hueco de la puerta. Estaba haciendo una comprobación de rutina y le pidió disculpas por molestarla. Annie preguntó la hora y se sorprendió cuando el hombre respondió que eran las once.

Paró un taxi y se arrellanó en el asiento de atrás mientras la conducían hasta Central Park West. El resplandor sódico de las farolas hacía que la marquesina verde del bloque de apartamentos se viese descolorida.

Robert y Grace se habían acostado. Annie se detuvo en el umbral de la habitación de su hija y dejó que sus ojos se acostumbraran a la oscuridad. Apoyada en un rincón, la pierna falsa parecía un centinela de juguete. Grace se movió en sueños y murmuró algo. Y de repente a Annie se le ocurrió que aquella necesidad que sentía de conservar vivo a *Pilgrim*, de encontrar a alguien que calmara su atribulado corazón, posiblemente no tenía nada que ver con Grace. Quizá tenía que ver con ella misma.

Tapó con cuidado los hombros de su hija y se dirigió a la cocina por el pasillo. En el bloc amarillo que había sobre la mesa Robert había dejado una nota. Liz Hammond había telefoneado. Tenía el nombre de una persona que tal vez pudiese ayudarlos.

7

Tom Booker se levantó a las seis y escuchó las noticias locales por televisión mientras se afeitaba. Un individuo de Oakland había aparcado el coche en medio del puente Golden Gate y, después de matar a su esposa y dos hijos, había saltado al vacío. Había atascos en ambos sentidos. En los suburbios de la zona este una mujer que hacía footing en una loma próxima a su casa había sido muerta por un puma.

La luz que había encima del espejo proyectaba un resplandor verde sobre su rostro bronceado, cubierto ahora de espuma de afeitar. El cuarto de baño era estrecho y sombrío y Tom tuvo que agacharse para ponerse bajo la ducha acoplada a la bañera. Siempre tenía la impresión de que aquella clase de moteles estaba pensada para una raza minúscula con la que uno jamás se tropezaba, gente con dedos diminutos que prefería las pastillas de jabón tamaño tarjeta de crédito y envueltas a su gusto.

Tom se vistió y se sentó en la cama para calzarse las botas, mirando hacia el pequeño aparcamiento repleto de furgonetas y todoterrenos de quienes acudían al cursillo. En la clase de potros serían veinte, y una cantidad similar en la de equitación. Demasiada gente, pero a él no le gustaba decirle a nadie que no. Más por el caballo que por la persona en sí. Se puso la chaqueta verde de lana, cogió su sombrero y salió al angosto corredor de hormigón por el que se iba a recepción.

El encargado, un joven de origen chino, estaba dejando una

bandeja de infames sucedáneos de rosquillas junto a la máquina de café. Miró a Tom con expresión radiante.

—¡Buenos días, Mr. Booker! ¿Cómo le va?

—Bien, gracias —dijo Tom. Dejó su llave sobre el mostrador—. ¿Y a usted?

—Estupendamente. ¿Una rosquilla? Cortesía de la casa.

—No, gracias.

—¿Todo listo para el cursillo?

—Bueno, supongo que saldremos del paso. Hasta luego.

—Adiós, Mr. Booker.

Mientras se dirigía hacia su furgoneta Tom notó que el aire de la mañana era húmedo y frío, pero las nubes estaban altas y sabía que al cabo de un par de horas haría mucho calor. Allá en Montana su rancho seguía bajo medio metro de nieve, pero cuando la noche anterior llegaron a ese motel de Marin County parecía primavera. «California —pensó—. Aquí sí que lo tienen todo resuelto, hasta el tiempo.» No veía el momento de regresar a casa.

Enfiló el Chevrolet rojo hacia la autopista y se desvió por la 101. El centro de equitación estaba en un valle arbolado que se extendía en leve pendiente a unos tres kilómetros del pueblo. La noche anterior había ido al centro con el remolque antes de tomar una habitación en el motel y dejar a *Rimrock* en el prado. Vio que alguien había estado poniendo rótulos en forma de flecha a lo largo de todo el trayecto señalando el lugar donde se realizaba el cursillo, y deseó que no lo hubiera hecho, fuera quien fuese. Si el sitio era difícil de encontrar, tal vez los más tontos no se presentarían.

Cruzó la verja y aparcó en la hierba muy cerca del gran ruedo, cuya arena había sido regada y peinada con esmero. No había nadie. *Rimrock* lo vio desde el otro extremo del prado y para cuando Tom estuvo junto a la cerca el caballo ya estaba esperándolo. Era un quarter castaño de dieciocho años con una estrella blanca en la cara y cuatro calcetines blancos que le daban el aspecto pulcro de un aficionado al tenis. Tom lo había criado y educado en persona. Le acarició el cuello y dejó que el caballo frotara el hocico contra su mejilla.

—Hoy vas a sudar la gota gorda, amigo —dijo Tom.

Por regla general le gustaba tener dos caballos por cursillo a fin de que pudieran repartirse el trabajo. Pero su yegua, *Bronty*, estaba a punto de parir y Tom había tenido que dejarla en Montana. Ése era otro de los motivos por los que quería regresar a casa.

Se volvió, se apoyó en la cerca y ambos examinaron en silencio el espacio vacío que en los próximos cinco días se llenaría de caballos nerviosos con sus respectivos dueños, más nerviosos aún. Cuando él y *Rimrock* hubieran terminado con ellos, la mayoría volvería a casa un poco menos nervioso, y por eso valía la pena el esfuerzo. Pero se trataba del cuarto cursillo en otras tantas semanas, y ver cada vez los mismos y estúpidos problemas resultaba un poco fatigoso.

Por primera vez en veinte años Tom iba a tomarse vacaciones en primavera y verano. Nada de cursillos, nada de viajes. Se quedaría en el rancho adiestrando algunos de sus propios potros, ayudando un poco a su hermano... Tal vez se estaba haciendo viejo. Tenía cuarenta y cinco años, caramba, no, casi cuarenta y seis. Cuando empezó a hacer cursillos era capaz de llevar un ritmo de uno a la semana durante todo el año, y, además, disfrutando cada momento. Lástima que la gente no fuera tan lista como los caballos.

Rona Williams, propietaria del centro donde cada año se celebraba ese cursillo, lo había visto y estaba bajando de las caballerizas. Era una mujer baja y nervuda con ojos de ocelote, y aunque pasaba de los cuarenta siempre llevaba el cabello recogido en dos largas trenzas, lo cual se contradecía con su varonil manera de andar. Su actitud era la de alguien acostumbrado a que lo obedecieran. A Tom le caía bien. Rona trabajaba de firme para que el cursillo fuese un éxito. La saludó llevándose un índice al sombrero y ella sonrió y luego alzó la vista al cielo.

—Va a hacer un buen día —dijo.

—Eso creo. —Tom señaló en dirección a la carretera—. Veo que has hecho poner unos carteles muy bonitos. Por si alguno de esos cuarenta caballos locos se pierde, ¿no?

—Son treinta y nueve.

—¿Sí? ¿Ha desertado alguien?

—No. Treinta y nueve caballos y un asno. —Rona sonrió—. El dueño es actor o algo así. Viene de Los Ángeles.

Tom suspiró y la miró de soslayo.

—Lo tuyo es crueldad, Rona. Dentro de nada traerás osos pardos para que los cure.

—No es mala idea.

Fueron juntos hasta el ruedo y hablaron del horario de trabajo. Esa mañana empezarían con los potros, estudiando cada caso por separado. Como eran veinte, a Tom le llevaría casi todo el día. La siguiente sesión sería la clase de equitación, y para los que quisieran también se hablaría, si había tiempo, de trabajo con ganado.

Tom había comprado unos altavoces nuevos y quería hacer una prueba de sonido, de modo que Rona lo ayudó a sacarlos del Chevrolet y los colocaron entre los dos, cerca del tendido donde se sentaría el público. Al conectarlos, los altavoces chillaron acoplándose y luego emitieron un amenazador zumbido mientras Tom cruzaba la arena virgen del ruedo y hablaba por el micrófono incorporado a sus auriculares.

—Hola, amigos. —Su voz retumbó entre los árboles impertérritos—. Bienvenidos al show de Rona Williams. Me llamo Tom Booker, domador de asnos para estrellas de cine.

Después de hacer las últimas comprobaciones fueron en coche hasta el pueblo para desayunar en el sitio de costumbre. Smoky y TJ, los dos muchachos que acompañaban a Tom desde Montana para ayudarlo en esa serie de cuatro cursillos, ya estaban comiendo. Rona pidió *muesli* y Tom huevos revueltos, tostadas y un vaso grande de zumo de naranja.

—¿Te has enterado de lo del puma que mató a una mujer mientras hacía footing? —preguntó Smoky.

—¿El puma también hacía footing? —dijo Tom, con cara de inocente. Todos rieron.

—¿Por qué no? —terció Rona—. Esto es California, chicos.

—Cierto —dijo TJ—. Parece ser que el bicho iba con chándal y llevaba puesto un walkman supermini.

—¿Un Prowlmen de esos que fabrica Sony? —preguntó Tom.

Smoky esperó a que terminaran la guasa pero sin enfadarse. Tomarle un poco el pelo se había convertido en el juego de cada mañada. Tom le tenía mucho cariño. El chico no era ningún premio Nobel pero sabía mucho de caballos. Algún día, si se esforzaba, sería bueno. Tom alargó el brazo y le desordenó el pelo.

—Tú tranquilo, Smoke —dijo.

La silueta de dos milanos que volaban perezosamente en círculos se recortaba contra el azul líquido del cielo de la tarde. Planeaban hacia arriba en las corrientes térmicas que se elevaban del valle, llenando el espacio intermedio entre árboles y cumbres con sus gritos misteriosos e intermitentes. Ciento cincuenta metros más abajo, en una nube de polvo, se desarrollaba el último de los veinte dramas del día. El sol y tal vez los carteles en el camino habían atraído a una multitud como Tom no había visto antes en ese recinto. El graderío estaba a rebosar y aún seguía llegando gente que, tras pagar diez dólares por cabeza a uno de los ayudantes de Rona, cruzaban la verja de entrada. Las mujeres del puesto de refrescos no daban a basto y el aroma de la barbacoa flotaba en el aire.

En mitad del ruedo había un pequeño corral de unos nueve metros de diámetro, dentro del cual estaban *Rimrock* y Tom, quien se limpiaba el sudor de la cara con la manga de una descolorida camisa tejana. Le ardían las piernas bajo los viejos zahones de cuero que llevaba encima de los vaqueros. Estaba trabajando con el duodécimo potro, un hermoso thoroughbred negro.

Solía empezar hablando un poco con el propietario para descubrir lo que él llamaba la verdadera «historia» del caballo. ¿Había sido montado alguna vez? ¿Había algún problema especial? Siempre los había, pero lo normal era que no fuese el propietario sino el caballo el que dijera cuáles eran esos problemas.

El pequeño thoroughbred era un buen ejemplo de ello. Su dueña aseguraba que era proclive a corcovear y que no había forma de moverlo de casa. Era perezoso y hasta maniático, decía la mujer. Pero ahora que Tom y *Rimrock* lo habían obligado a dar unas vueltas en el corral, el caballo estaba diciendo algo muy distinto. Tom siempre hacía algún comentario sobre la marcha por el micrófono a fin de que los espectadores supiesen qué estaba haciendo. Trataba de que el propietario del caballo no pareciese un imbécil, o no demasiado imbécil, al menos.

—En estos momentos me está llegando otra versión —dijo—. Siempre resulta interesante conocer el punto de vista del caballo. Vamos a ver, si fuera maniático o caprichoso, como usted dice, le habríamos visto sacudir la cola y, quizá, amusgar las orejas. Pero este caballo no es maniático sino que está asustado. ¿Ve usted qué tenso está?

La mujer observaba desde el exterior del corral, acodada en la baranda. Asintió con la cabeza. Tom hacía girar a *Rimrock* a pequeños y hábiles pasos, de modo que siempre estaba de frente al thoroughbred mientras éste daba vueltas al corral.

—¿Y cómo me apunta todo el rato con los cuartos traseros? Bien, yo diría que el motivo de que parezca reacio a moverse es que cada vez que lo hace se mete en problemas.

—No se le da nada bien, por ejemplo, pasar del trote al medio galope —dijo la mujer.

Tom tenía que morderse la lengua cuando oía cosas como aquélla.

—Ya —dijo—. Pues no es eso lo que estoy viendo. Usted puede creer que está pidiéndole un medio galope, pero con el cuerpo le dice otra cosa. Le pone demasiadas condiciones. Usted le dice: «Arre, ¡pero estate quieto!» O tal vez: «Arre, ¡pero no tan rápido!» Él lo sabe por el modo en que usted lo siente. Su cuerpo no puede mentir. ¿Le da con la bota cuando quiere que se mueva?

—Si no lo hago, no anda.

—Y entonces anda, pero a usted le parece que va demasiado aprisa, y le tira de las riendas, ¿no?

—Bueno, sí. A veces.

—A veces. Ya. Y entonces corcovea.

La mujer asintió.

Tom permaneció callado por un rato. Ella había recibido el mensaje y empezaba a ponerse a la defensiva. Su aspecto era imponente, un poco a lo Barbara Stanwyck, con todo el equipo necesario, y más. Sólo el sombrero debía de haberle costado sus buenos trescientos dólares. A saber lo que le habría costado el caballo. Tom procuraba que el thoroughbred estuviera concentrado en él. Lanzó los casi dos metros de cuerda que tenía arrollada de forma que las vueltas de la misma golpearan el flanco del potro, haciéndolo pasar a un medio galope. Recogió la cuerda y repitió el movimiento. Lo hizo varias veces, de modo que el animal pasara del trote al medio galope, dejándolo descansar y luego obligándolo otra vez a andar al paso largo.

—Quiero que el caballo lo entienda para que pueda cambiar de paso con verdadera suavidad —dijo—. Ya va haciéndose una idea. No está tan tenso como al principio. ¿Ve cómo endereza las ancas? ¿Y que no pone la cola tiesa como antes? Está encontrando su propia manera de andar. —Tom lanzó de nuevo la cuerda y esta vez la transición al medio galope fue mucho más suave—. ¿Ha visto? Qué le parece. Cada vez lo hace mejor. Si lo trabaja así, pronto podrá usted hacer todos esos cambios fácilmente con las riendas.

«Cuando las ranas crien pelo —pensó—. Esa mujer se llevará el caballo a casa, lo montará como siempre y todo esto no habrá servido de nada.» Como de costumbre, esa idea dio paso a otra. Si adiestraba el caballo lo bastante bien, tal vez pudiese inmunizarlo contra la estupidez y el miedo de su dueña. El thoroughbred estaba moviéndose muy bien, pero Tom sólo había trabajado un lado, de modo que le hizo dar media vuelta para que corriese en la otra dirección y empezó otra vez desde el principio.

Tardó casi una hora. Cuando concluyó, el thoroughbred estaba sudando a mares. Pero cuando Tom le permitió hacer un alto, el caballo pareció un poco decepcionado.

—Podría pasarse todo el día jugando —dijo Tom—. Oiga, caballero, ¿me devuelve usted la pelota? —La gente se echó a reír—. El caballo no le dará problemas, siempre y cuando no lo zurre.

Miró a la mujer. Ella asintió e intentó esbozar una sonrisa, pero Tom se dio cuenta de que estaba cabizbaja y de repente sintió lástima. Llevó a *Rimrock* hasta donde se encontraba la mujer y desconectó el micrófono para que sólo ella pudiera oír lo que iba a decirle.

—Se trata de puro instinto de conservación —dijo amablemente—. Verá, estos animales tienen un gran corazón, nada les gusta más que hacer lo que usted quiere que hagan. Pero si los mensajes que reciben son confusos, todo lo que hacen es intentar ponerse a salvo. —Le sonrió y añadió—: ¿Por qué no lo ensilla y lo comprueba?

La mujer estaba al borde del llanto. Trepó a la baranda y se acercó al caballo. El pequeño thoroughbred no le quitaba ojo de encima. La dejó acercarse y que le acariciase el cuello. Tom observaba.

—No le guardará rencor si usted no lo hace —dijo—. Son las criaturas más indulgentes que Dios ha creado.

La mujer se llevó el caballo del corral y Tom regresó lentamente al centro del ruedo a lomos de *Rimrock*, dejando que el silencio se prolongara unos instantes. Luego se quitó el sombrero y pestañeó al secarse el sudor de la frente. Los dos milanos seguían allá arriba. Tom pensó que sus gritos sonaban extraordinariamente lastimeros. Volvió a ponerse el sombrero y accionó el conmutador del micrófono.

—Muy bien. ¿Quién va ahora?

Le tocaba al tipo del asno.

8

Habían transcurrido más de cien años desde que Joseph y Alice Booker, los abuelos de Tom, hicieran el largo viaje hasta Montana, atraídos como otros millares de personas por la promesa de unas tierras. En el trayecto perdieron dos hijos, uno murió ahogado, el otro víctima de la escarlatina, pero consiguieron llegar hasta el río Clark's Fork y una vez allí reclamaron su derecho a ciento sesenta acres de terreno fértil.

Para cuando nació Tom, el rancho había crecido hasta ocupar veinte mil acres. Que hubiera prosperado de ese modo, por no hablar de que soportara las andanadas de la sequía, las inundaciones y la delincuencia, se debió sobre todo al abuelo de Tom, John. Tuvo su lógica, por tanto, que fuera él el encargado de destruirlo.

John Booker, hombre apacible y de gran fortaleza física, tuvo dos hijos. Más arriba de la casa que había sustituido hacía tiempo a la cabaña alquitranada de los colonos, se alzaban unos peñascos donde los chicos solían jugar al escondite y buscar puntas de flecha. Desde la cresta podía verse la curva del río, semejante al foso de un castillo, y a lo lejos los picos nevados de los montes Pryor y Bertooth. A veces los chicos se quedaban allí sentados sin decirse nada, contemplando las tierras de su padre. Lo que veía el menor de ellos era el mundo entero. Daniel, el padre de Tom, amaba el rancho con toda su alma y si alguna vez sus pensamientos se extraviaron más allá de sus límites, fue para reafirmar el sentimiento de que cuanto quería se encontraba allí. Para él las montañas eran como muros reconfortantes que protegían de la turbulencia exterior todo aquello que él más quería. Para Ned, tres años mayor que Daniel, eran los muros de una cárcel. No veía el momento de fugarse, y eso fue lo que hizo en cuanto cumplió dieciséis años. Se fue a buscar fortuna a California, pero todos sus intentos fracasaron.

Daniel ayudaba a su padre a llevar el rancho. Se casó con una chica oriunda de Bridger llamada Ellen Hooper, con quien tuvo tres hijos, Tom, Rosie y Frank. Gran parte de la tierra que el abuelo John había añadido a aquellos primeros acres ribereños estaba formada por pastos de mala calidad, escabrosas lomas cubiertas de salvia y de una tierra rojiza y arcillosa hendida por negras rocas volcánicas. Cuidaban del ganado a caballo y Tom aprendió a montar casi antes de pronunciar sus primeras palabras. Su madre solía contar que cuando el chiquillo tenía dos años lo encontraron un día en el establo, aovillado en la paja entre los imponentes cascos de un percherón. Era como si el caballo hubiera estado montando guardia, decía ella.

Solían domar a los potros en primavera, y el muchacho se sentaba a mirar en lo alto de la baranda del corral. Tanto su padre como su abuelo eran muy cariñosos con los caballos, y no fue hasta más tarde que el chico descubrió que existía otra forma de tratarlos.

—Es como sacar a una chica a bailar —acostumbraba decir el viejo—. Si no tienes confianza en ti mismo y te da miedo que ella te diga que no y te quedas mirándote las botas con timidez, como hay Dios que te dirá que no. Bueno, sí, siempre puedes agarrarla y obligarla a dar vueltas, pero seguro que a ninguno de los dos le gustará mucho ese baile.

El abuelo era un gran bailarín. Tom lo recordaba deslizándose con su abuela bajo una ristra de luces de colores en el baile del Cuatro de Julio. Parecía que estaban volando. Y lo mismo ocurría cuando montaba a caballo.

—No hay ninguna diferencia entre bailar y montar a caballo —solía decir—. El truco está en tener confianza y consentir. El hombre lleva pero no arrastra a su pareja, ella siente el tacto que él le ofrece y lo sigue. Entre los dos hay armonía, cada cual sigue el ritmo del otro, dejándose llevar por el tacto, nada más.

Todo eso Tom ya lo sabía, pero ignoraba cómo lo había aprendido. Comprendía el lenguaje de los caballos del mismo modo que comprendía la diferencia entre colores u olores. Sabía en cada momento qué les pasaba por la cabeza y tenía la certeza de que la cosa era mutua. Inició a su primer potro (nunca empleaba la palabra «domar») cuando sólo tenía siete años.

Los abuelos de Tom murieron con pocas semanas de diferencia, el mismo invierno, cuando Tom tenía doce años. Ned viajó en avión desde Los Ángeles para oír la lectura del testamento. Apenas había vuelto al rancho en todos aquellos años y todo lo que Tom recordaba de él era su mirada de perturbado y sus zapatos bicolores. Ned siempre le llamaba «socio» y le traía algún regalo inútil, una chuchería que estaba de moda entre los chicos de ciudad. Aquella vez se fue sin decir palabra. Pero sí tuvieron noticia de sus abogados.

El litigio se prolongó tediosamente durante tres años. Tom solía oír llorar a su madre por las noches y la cocina siempre estaba llena de abogados, agentes inmobiliarios y vecinos atraídos por el olor del dinero. Tom se mantuvo aparte en todo momento y dedicó su atención a los caballos. Solía hacer novillos para pasar más tiempo con ellos y sus padres estaban demasiado preocupados como para que les importara o siquiera notarlo.

La única vez que recordaba a su padre contento durante aquella época fue en primavera, cuando llevaron el ganado hasta los pastos de verano en una excursión de tres días. Su madre, Frank y Rosie fueron también, y los cinco cabalgaron todo el día y luego durmieron al raso.

—Ojalá el ahora pudiera durar siempre —dijo Frank una de aquellas noches, mientras estaban tumbados contemplando una enorme media luna que surgía de los negros lomos de la montaña. Frank tenía once años y no era filósofo por naturaleza. Todos permanecieron inmóviles, meditando acerca de ello. A lo lejos aulló un coyote.

—Supongo que lo eterno no es más que eso —contestó su padre—. Una larga sucesión de ahoras. Imagino que lo único que se puede hacer es tratar de vivir un ahora cada vez sin preocuparse demasiado por el último ahora o el siguiente.

A Tom le pareció una de las mejores fórmulas para vivir que había oído nunca.

Tres años de pleitos dejaron a su padre en la ruina. Finalmente el rancho fue vendido a una compañía petrolífera y el dinero que quedó después de que los abogados y el fisco se hubieran llevado su tajada fue dividido en dos. De Ned no se supo nada más. Daniel y Ellen se mudaron al Oeste con Tom, Rosie y Frank. Compraron siete mil acres de tierra y una vieja casa destartalada cerca de las montañas Rocosas, allí donde la meseta se daba de lleno con una pared de piedra caliza de cien millones de años, un lugar de rara y formidable belleza que Tom acabaría amando con el tiempo. Pero aún no estaba preparado para aquello. Acababa de quedarse sin un hogar y sólo quería estar a solas. Después de ayudar a sus padres a poner en marcha el nuevo rancho, Tom se levantó un día y se fue.

Viajó hasta Wyoming y trabajó como bracero. Allí vio cosas que jamás habría podido creer. Vaqueros que flagelaban y espoleaban sus caballos hasta hacerlos sangrar. En un rancho próximo a Sheridan vio con sus propios ojos por qué llamaban a aquello «quebrantar» al caballo. Un hombre había atado un potrillo a una cerca por el cuello y tras manearle una pata trasera empezó a pegarle con un trozo de tubería. Tom nunca olvidaría la mirada aterrorizada del animal ni la actitud de necio triunfo del hombre cuando, al cabo de muchas horas, el potro optó por salvar la piel y accedió a que le colocasen la silla de montar. Tom le dijo al hombre que era un imbécil, se liaron a puñetazos y a consecuencia de ello lo despidieron.

Se trasladó a Nevada y trabajó en algunos de los ranchos más importantes de la región. Adondequiera que iba, no dejaba de buscar los caballos más problemáticos y ofrecerse a montarlos. La mayoría de los hombres con que cabalgaba trabajaban en el oficio desde mucho antes de que él naciese y, al menos al principio, algunos se burlaban con disimulo al verlo montar algún animal perturbado que había derribado una docena de veces a casi todos los que lo habían intentado. Pero la burla terminó pronto cuando vieron lo diestro que era el muchacho y la forma en que cambiaba el caballo. Tom perdió la cuenta de los caballos gravemente malogrados por culpa de la estupidez o la crueldad humanas, pero no conoció ninguno al que no pudiera ayudar.

Así vivió por espacio de cinco años. Iba a casa cuando podía y siempre intentaba estar allí en los momentos en que su padre más le necesitaba. Para Ellen, aquellas visitas eran como una serie de instantáneas que ilustraban el avance de su hijo hacia la vida adulta. Estaba más alto y delgado y de los tres hijos era, con mucho, el más apuesto. Llevaba sus rubísimos cabellos más largos que antes y ella le reprendía por ello, pero en el fondo le gustaba así. Tom tenía la tez morena incluso en invierno y ello resaltaba aún más el azul claro de sus ojos.

La vida que les describía le parecía a su madre muy solitaria. Hablaba de amigos, sí, pero ninguno era realmente íntimo. Salía con chicas, sí, pero con ninguna iba en serio. Según sus propias palabras, cuando no estaba trabajando con los caballos pasaba el tiempo leyendo y estudiando, pues se había apuntado a un curso por correspondencia. Ellen advirtió que era más taciturno que antes, que sólo hablaba cuando tenía alguna cosa que decir. Pero a diferencia de su padre, su reserva no tenía nada de tristeza. Era más bien una especie de quietud concentrada.

Con el tiempo, la gente empezó a oír hablar del joven Booker, y dondequiera que se encontrara trabajando recibía llamadas pidiéndole que fuese a echar un vistazo a un caballo que estaba dando problemas.

—¿Cuánto les cobras por eso? —le preguntó su hermano Frank durante la cena un día de abril en que Tom había ido a ayudar a marcar ganado. Rosie estaba en la universidad y Frank, que ya tenía diecinueve años, trabajaba día y noche en el rancho. Poseía un fino olfato comercial y era quien, de hecho, llevaba el rancho, puesto que su padre se había refugiado aún más en el pesimismo originado a raíz de los pleitos.

—Oh, no les cobro nada —respondió Tom.

Frank dejó su tenedor sobre la mesa y lo miró de hito en hito.

—¿Que no les cobras nada? ¿Nunca...?

—No. —Tom probó otro bocado.

—¿Y por qué, si puede saberse? Esa gente tiene dinero, ¿no?

Tom reflexionó un momento. Sus padres también lo miraban

fijamente. Al parecer, todos encontraban aquel asunto muy interesante.

—Bueno, verás, no lo hago por la gente sino por los caballos.

Se produjo un silencio. Frank sonrió al tiempo que sacudía la cabeza. Era evidente que el padre de Tom también lo consideraba un poco chiflado. Ellen se puso de pie y empezó a amontonar platos.

—Pues a mí me parece una idea simpática —dijo.

Eso hizo pensar a Tom. Pero aún tuvieron que pasar dos años para que tomara cuerpo la idea de hacer cursillos. Entretanto, sorprendió a toda la familia anunciando que se había matriculado en la Universidad de Chicago.

Era un curso de ciencias sociales y humanidades y lo aguantó durante un año y medio. Si sólo duró ese tiempo fue porque se enamoró de una chica muy guapa de Nueva Jersey que tocaba el violonchelo en un cuarteto de cuerdas. Tom asistió a cinco conciertos antes de cruzar una palabra con ella. La chica tenía una espesa y lustrosa cabellera negra que le caía sobre los hombros, y solía ponerse aros de plata en las orejas como una cantante folk. Tom contemplaba la forma que tenía de moverse al tocar, como si de algún modo la música flotara dentro de su cuerpo. Era la chica más sexy que había visto en su vida.

Al sexto concierto ella estuvo observándolo todo el rato y él la esperó fuera al término de la actuación. Al salir, ella lo tomó del brazo sin decir palabra. Se llamaba Rachel Feinerman y esa noche, en su habitación, Tom creyó que había muerto y que estaba en el cielo. Vio cómo Rachel encendía unas velas y luego se volvía y lo miraba fijamente mientras se quitaba el vestido. A él le resultó extraño que se dejara los aros puestos, pero se alegró de que lo hiciera pues la luz se reflejaba en ellos mientras hacían el amor. Ella no cerró los ojos ni una sola vez y lo observaba acariciar maravillado su cuerpo. Tenía unos pezones grandes de color chocolate y el lujurioso triángulo de vello de su pubis relucía como el ala de un cuervo.

Tom la llevó a casa el día de Acción de Gracias y ella dijo que en su vida había pasado tanto frío. Se llevó bien con todos, inclusive con los caballos, y aseguró que jamás había estado en un sitio tan precioso. Tom supo lo que su madre estaba pensando con sólo mirar la expresión de su cara: que aquella joven de calzado y religión tan poco apropiados no era esposa para un ranchero.

Cuando Tom le dijo a Rachel que estaba harto de humanidades y de Chicago y que se volvía a Montana, ella se puso hecha una fiera.

—¿Te vuelves para hacer de vaquero? —le dijo cáusticamente.

Tom replicó que eso era ni más ni menos lo que tenía en mente, claro que sí. Estaban en la habitación de él y Rachel giró en redondo y señaló con gesto exasperado los libros apiñados en los estantes.

—¿Y qué pasa con todo esto? —dijo—. ¿Es que acaso no te importa?

Él meditó la respuesta y luego asintió con la cabeza.

—Sí. Claro que me importa. En parte es por eso que quiero dejarlo. Cuando trabajaba de bracero no veía el momento de volver a casa y seguir con la lectura que tenía entre manos. Los libros poseían cierta cualidad mágica. Pero estos profesores siempre dale que te pego a la lengua. Bah. Yo creo que si se habla demasiado la magia acaba por perderse y sólo queda la cháchara. En la vida hay cosas que simplemente... son.

Rachel lo miró por un instante con la cabeza echada hacia atrás. Luego le dio un bofetón en la mejilla.

—¡Eres un estúpido! —exclamó—. ¿Es que no vas a pedirme que me case contigo?

Y Tom lo hizo. Aunque los dos sabían que probablemente cometían un error, a la semana siguiente fueron a Nevada a casarse. Los padres de ella estaban furiosos. Los de él sólo ofuscados. Durante casi un año Tom y Rachel vivieron con los demás en la casa del rancho mientras arreglaban la cabaña, un sitio viejo y destartalado que miraba al arroyo. Había allí un pozo provisto de una vieja bomba de hierro fundido; Tom la reparó, restauró el marco y escribió sus iniciales y las de Rachel en el cemento todavía húmedo. Se mudaron justo a tiempo de que Rachel diera a luz a su primer hijo, al que pusieron por nombre Hal.

Tom trabajaba en el rancho con su padre y Frank, mientras veía cómo su esposa se deprimía cada vez más. Hablaba por teléfono con su madre durante horas y luego se pasaba la noche llorando y diciendo que se sentía muy sola y que era una tonta por sentirse así porque ella los quería mucho a él y a Hal, que eran todo cuanto necesitaba en el mundo. Rachel le preguntaba constantemente si la quería, en ocasiones incluso lo despertaba en plena noche para que se lo dijese, y él la estrechaba entre sus brazos y le aseguraba que sí.

La madre de Tom decía que a veces esas cosas sucedían después de tener un hijo y que tal vez les convenía irse una temporada, tomarse unas vacaciones. De modo que dejaron a Hal con su abuela y volaron a San Francisco, y aunque la semana que pasaron allí la ciudad estuvo cubierta de una niebla fría, Rachel empezó a sonreír de nuevo. Fueron a conciertos, al cine y a restaurantes elegantes e hicieron todo lo que hacen los turistas. Y cuando regresaron al rancho la cosa empezó a ir aún peor.

Llegó el invierno, que fue uno de los peores que se recordaban en la región. La nieve bajó a los valles y convirtió en pigmeos a los gigantescos álamos que bordeaban el arroyo. Una noche de ventolera polar perdieron treinta cabezas de ganado que rescataron una semana después convertidas en lo que parecían estatuas caídas pertenecientes a alguna antigua religión.

Rachel dejaba que su violonchelo acumulase polvo en un rincón de la casa, y cuando él le preguntaba por qué ya nunca tocaba ella respondía que allí la música no funcionaba. Que se perdía, tragada por todo aquel aire libre. Varios días después, una mañana en que estaba limpiando la chimenea, Tom encontró una cuerda chamuscada y al remover las cenizas descubrió la voluta renegrida del instrumento. Miró en la funda y sólo encontró el arco.

Al derretirse por fin la nieve, Rachel le dijo que regresaba a Nueva Jersey y se llevaba a Hal con ella. Tom asintió con la cabeza, le dio un beso y la abrazó. Ella le dijo que pertenecía a un mundo muy diferente, como los dos habían sabido desde el principio aunque no hubieran querido reconocerlo. Del mismo modo que no habría podido vivir en la luna, no podía hacerlo en un lugar tan ventoso y abierto. No había acritud en sus palabras, sólo una tristeza profunda. Y no dudaba de que el niño tenía que ir con ella, lo cual a Tom le pareció justo.

La mañana del jueves anterior a Pascua, Tom amontonó las cosas de Rachel en la trasera de la furgoneta para llevarlos al aeropuerto. El cielo estaba encapotado y una fría llovizna se aproximaba por la llanura. Tom sostuvo al hijo al que apenas conocía y conocería envuelto en una pequeña manta, y vio cómo Frank y sus padres formaban en incómoda hilera delante de la casa para despedirse de ellos. Rachel los abrazó por turnos, la madre de Tom en último lugar. Las dos lloraban.

—Lo siento —dijo Rachel.

Ellen le acarició el pelo.

—No, querida. Soy yo quien lo siente. Todos lo sentimos.

El primer cursillo de Tom Booker para caballos tuvo lugar en Elko, Nevada, la primavera siguiente. Fue, según la opinión general, un verdadero éxito.

9

Annie llamó a Liz Hammod desde el despacho la mañana siguiente a haber recibido su mensaje.

—Veo que me has encontrado un susurrador —dijo.

—¿Un qué?

—Tranquila. —Annie rió—. Es que ayer estuve leyendo sobre este asunto. Así es como llamaban antes a estos tipos.

—Susurradores. Vaya, me gusta. Pues éste parece más bien un vaquero. Vive en Montana.

Le explicó a Annie cómo había sabido de él. Era una larga cadena, un amigo que conocía a alguien que se acordaba de que alguien había dicho algo acerca de un tipo que había tenido un caballo con problemas y se lo había llevado a un sujeto de Nevada... Liz había seguido tenazmente todos los eslabones.

—¡Debe de haberte costado una fortuna, Liz! Te pagaré las llamadas.

—No te preocupes. Al parecer allá en el oeste hay varias personas dedicadas a esto, pero me han dicho que éste es el mejor. Tengo su número de teléfono.

Annie lo anotó y le dio las gracias.

—No es por nada, pero si resulta que es Clint Eastwood, me lo quedo para mí, ¿vale?

Annie le dio las gracias otra vez y colgó el auricular. Miró el número anotado en el cuaderno que tenía delante. No sabía por qué, pero de pronto sintió cierto recelo. Luego se dijo que no fuese estúpida, levantó el auricular y marcó.

En los cursillos que organizaba Rona siempre celebraban la primera noche con una barbacoa. Eso suponía un ingreso extra de dinero y la comida era buena, de modo que a Tom no le importó quedarse, aunque soñaba con quitarse aquella camisa sudada y polvorienta y meterse en una bañera humeante.

Comieron en mesas largas en la terraza de la casa de Rona, y Tom comprobó que le había tocado sentarse al lado de la propietaria del pequeño thoroughbred. Sabía que no era una casualidad pues la mujer había estado poniéndolo en evidencia toda la tarde. Ya no llevaba el sombrero y se había soltado el pelo. Tendría treinta y pocos años y sabía que Tom pensaba que era guapa, motivo por el cual no le quitaba sus negros ojos de encima, pero pasándose un poco, haciéndole toda clase de preguntas y escuchando sus palabras como si fuese el tipo más interesante que hubiera conocido jamás. Ella ya le había dicho que se llamaba Dale, que trabajaba en una inmobiliaria, que tenía una casita en Santa Bárbara, junto al mar. Ah, sí, y que estaba divorciada.

—Aún no puedo creer lo diferente que lo he notado debajo de mí después de que usted terminase con él —estaba diciendo Dale una vez más—. Era como, no sé, una especie de liberación. Algo así.

Tom asintió y se encogió ligeramente de hombros.

—Bien, de hecho así ha sido —dijo—. Él sólo necesitaba saber que todo iba bien y usted sólo necesitaba no estarle tanto encima.

Se oyeron carcajadas en la mesa contigua y los dos se volvieron. El hombre del asno estaba contando chismes sobre dos estrellas de Hollywood que Tom no conocía ni de oídas. Los habían pillado en un coche haciendo algo que él no acertaba a imaginar.

—¿Dónde aprendió todo esto, Tom? —oyó que le preguntaba Dale. Se volvió a mirarla.

—¿Esto?

—Me refiero a los caballos, ya sabe. ¿Tuvo usted, en fin, un gurú, un maestro o algo así?

La miró muy serio, como si se dispusiera a transmitirle sus conocimientos.

—Verá, Dale, gran parte de ello se reduce a una cuestión de mecánica.

—No le entiendo.

—Pues que si al jinete le falta un tornillo, el caballo se dispara.

Dale lanzó una carcajada exagerada y le puso una mano en el brazo. «Caray —pensó él—, tampoco era un chiste tan bueno.»

—No —dijo ella, e hizo un mohín—. Venga, en serio.

—Muchas de estas cosas no pueden enseñarse. Sólo se puede crear el ambiente o la situación adecuados para que la gente que quiere aprender aprenda. Los mejores profesores que he conocido eran los propios caballos. Uno encuentra mucha gente que tiene opiniones, pero si buscas hechos lo mejor es acudir al caballo.

Ella le lanzó una mirada con la que, según Tom supuso, pretendía comunicar a la vez una admiración religiosa por la profundidad de sus pensamientos y algo más bien carnal. Era el momento de irse.

Se levantó de la mesa con la excusa de que tenía que ir a ver a *Rimrock*, ya que llevaba rato en el establo. Cuando le dio las buenas noches a Dale, ella pareció llevarse un chasco tras haber malgastado tanta energía con él.

Mientras regresaba al motel Tom pensó que no era una casualidad que en California siempre hubieran proliferado los cultos que combinaban sexo y religión. La gente era muy incauta. Tal vez si aquel grupo de Oregon —esos que solían llevar pantalones anaranjados y venerar el tipo de los noventa Rolls-Royce— se hubiera instalado aquí, todavía estaría en pleno vigor.

Tom había conocido docenas de mujeres como Dale a lo largo de sus muchos cursillos. Todas buscaban algo. En muchos casos parecía ser algo extrañamente relacionado con el miedo. Habían comprado unos caballos fieros y carísimos y les tenían terror. Buscaban algo que las ayudara a vencer ese miedo, o tal vez el miedo en general. Igual podía haberles dado por el ala delta, la escalada o el cuerpo a cuerpo con tiburones grises, habían optado por montar a caballo de pura casualidad.

Esas mujeres acudían a sus cursillos en busca de consuelo e ilustración. Tom no sabía hasta qué punto salían de allí ilustradas, pero sí que más de una —y la cosa había sido mutua— había salido consolada. Diez años antes, una mirada como la que Dale le había lanzado habría sido suficiente para volver corriendo al motel y meterse desnudos en la cama casi sin tiempo de cerrar la puerta.

No era que Tom desdeñase ahora oportunidades como aquélla, sino que ya no creía que mereciese la pena tomarse la molestia. Porque siempre había alguna molestia. En muy pocas ocasiones las expectativas de la gente ante encuentros semejantes eran iguales. Había tardado un tiempo en darse cuenta de ello y de cuáles eran sus propias expectativas, para no hablar de las de la mujer en cuestión.

Tras la partida de Rachel, Tom había estado un tiempo culpándose por lo sucedido. Sabía que el problema no era sólo el rancho. Le parecía que Rachel necesitaba algo de él que no había sido capaz de darle. Cuando Tom le decía que la quería lo decía en serio. Y cuando Rachel se marchó con Hal, dejó en él un vacío de añoranza que, por más que lo intentó, nunca consiguió llenar con su trabajo.

Siempre había disfrutado de la compañía de las mujeres y tenía la impresión de que el sexo venía por sí solo, sin que él lo buscara. Y tanto los cursillos como los consiguientes viajes por todo el país, fueron para él una forma de hallar solaz. Casi siempre se trataba de aventuras muy breves, aunque sí había una o dos mujeres —tan ecuánimes como él en esos menesteres— que incluso cuando él estaba de paso le recibían alegremente en sus camas como a un viejo amigo.

La culpa con respecto a Rachel, no obstante, había seguido inalterable. Hasta que un buen día comprendió que lo que ella había necesitado de él era la necesidad misma, que él la necesitara como ella lo necesitaba a él. Y Tom sabía que eso era imposible. Jamás podría sentir esa necesidad, ni por Rachel ni por ninguna mujer, pues sin habérselo explicado a sí mismo con detalle y sin sensación alguna de autosatisfacción, sabía que en su vida había una especie de equilibrio innato, eso que otros parecían buscar ansiosamente sin encontrarlo nunca. No se le ocurría que eso fuera algo especial. Se consideraba parte de un modelo, de una cohesión de cosas animadas e inanimadas a la que estaba vinculado por la sangre y por el espíritu.

Entró en el aparcamiento del motel y justo delante de su habitación encontró un lugar donde estacionar el Chevrolet. Ya dentro, encontró que la bañera era demasiado corta para darse un buen remojón. Tenía que optar por que se le enfriaran los hombros o bien las rodillas. Salió de la bañera y se secó delante del televisor. La noticia del puma asesino seguía acaparando la atención de todo el mundo. Habían decidido darle caza y matarlo. Hombres provistos de rifles y chaquetas de un amarillo fluorescente estaban peinando una loma. Tom lo encontró cómico. Cualquier puma vería esa indumentaria desde una distancia de cien kilómetros. Se metió en la cama, apagó el televisor y telefoneó a su casa.

Contestó su sobrino Joe, el mayor de los tres hijos de Frank.

—Hola Joe, ¿cómo estás?

—Bien. ¿Y tú?

—Oh, estoy en un motel de mala muerte y a la cama le falta al menos un metro de largo. Creo que voy a tener que quitarme el sombrero y las botas.

Joe rió. Tenía doce años y era callado, como Tom a esa edad. También era muy bueno con los caballos.

—¿Qué tal está *Bronty*?

—Bien. Se ha puesto muy gorda. Papá cree que parirá a mitad de semana.

—Tú procura enseñarle a tu viejo lo que hay que hacer.

—Descuida. ¿Quieres hablar con él?

—Si está por ahí, sí.

Oyó que Joe llamaba a su padre. El televisor del salón estaba encendido y, como de costumbre, Diane estaba chillando a uno de los gemelos. Aún le resultaba extraño que siguieran viviendo en la casa grande. Tom todavía la consideraba la casa de sus padres pese a que hacía casi tres años que su padre había muerto y, que su madre había ido a vivir con Rosie a Great Falls.

Una vez casados, Frank y Diane habían ocupado la cabaña junto al arroyo, la misma en que habían vivido brevemente Tom y Rachel, y habían hecho algunos cambios. Pero con tres chicos que criar enseguida les quedó estrecha y al marcharse su madre Tom insistió en que Frank y su familia se mudaran a la casa grande. Él estaba mucho tiempo fuera, con sus cursillos, y cuando iba a la casa del rancho la encontraba demasiado grande y vacía. No le habría costado nada hacer un cambio y trasladarse a la cabaña, pero Diane insistió en que sólo se mudarían si él se quedaba, pues en la casa del rancho había sitio para todos. De modo que Tom seguía ocupando la habitación de siempre y ahora vivían todos juntos. De vez en cuando algún invitado, fuera pariente o amigo, se instalaba en la cabaña, pero por lo general estaba desocupada.

Tom oyó los pasos de Frank acercándose al teléfono.

—Hola hermanito, ¿cómo te va por ahí?

—Muy bien. Rona quiere batir el récord de número de caballos por sesión y el motel parece pensado para los siete enanitos, pero aparte de eso, todo va de maravilla.

Hablaron un rato de lo que pasaba en el rancho. Las vacas estaban de parto y a ellos les tocaba levantarse a cualquier hora de la noche y subir al prado. El trabajo era agotador, pero aún no habían perdido ningún ternero y Frank parecía contento. Le dijo a Tom que había habido muchas llamadas pidiendo que reconsiderara su decisión de no dar cursillos en verano.

—¿Qué les has dicho?

—Ah, sólo que te estás haciendo viejo y que estás quemado.

—Gracias, chico.

—Y también llamó una inglesa de Nueva York. No quiso decir de qué se trataba, sólo que era muy urgente. Me puso la cabeza como un bombo cuando me negué a darle tu número de teléfono. Le dije que te pediría que le telefoneases.

Tom cogió una libreta de la mesita de noche y anotó el nombre de Annie y los cuatro números de teléfono que había dejado, uno de ellos de un portátil.

—¿Ya está? ¿Sólo cuatro? ¿Y el número de la villa en la Costa Azul?

—Ése me falta.

Hablaron un rato de *Bronty,* la yegua que iba a parir, y se despidieron. Tom cogió la libreta. No conocía a mucha gente en Nueva York, sólo a Hal y Rachel. Quizá la llamada tenía que ver con ellos, aunque en ese caso la mujer, fuera quien fuese, lo habría mencionado. Miró su reloj. Eran las diez y media, la una y media en Nueva York. Dejó la libreta en la mesita y apagó la luz. La llamaría por la mañana.

No tuvo ocasión. Aún estaba oscuro cuando sonó el teléfono y lo despertó. Encendió la luz antes de descolgar y vio que sólo eran las cinco y cuarto.

—¿Es usted Tom Booker?

Por el acento él supo de inmediato quién debía de ser.

—Eso creo —dijo—. Es demasiado temprano para estar seguro.

—Lo sé y lo siento. Pensé que tal vez se levantaba usted temprano y no quería que se me escapara. Me llamo Annie Graves. Ayer hablé con su hermano. No sé si se lo habrá dicho.

—Sí, me lo dijo. Iba a telefonearle esta mañana. Frank me dijo que no le había dado mi número de aquí.

—Así es. Lo he conseguido por otra persona. Bueno, el motivo de mi llamada es que tengo entendido que usted ayuda a personas que tienen problemas con caballos.

—No. Le han informado mal.

Se produjo un silencio en el otro extremo de la línea. Tom adivinó que la había dejado perpleja.

—Ah —dijo ella—. Perdone, yo...

—De hecho es al revés. Yo ayudo a caballos que tienen problemas con personas.

No era el mejor modo de empezar, y Tom se arrepintió de hacerse el sabelotodo. Le preguntó qué problema tenía y la escuchó largo rato en silencio mientras ella le contaba lo sucedido a su hija y al caballo. La historia era horrible, y más aún por el modo desapasionado y comedido en que ella la refería. Tom presentía que, sin embargo, había emoción en sus palabras, pero que estaba bien soterrada y sometida a un férreo control.

—Eso es terrible —dijo cuando Annie hubo terminado—. De veras lo siento.

Oyó como ella inspiraba hondo.

—Sí, bueno. ¿Vendrá usted a verlo?

—¿A Nueva York?

—Sí.

—Señora, me temo que...

—Yo pago el viaje, claro está.

—No, lo que iba a decir es que no me dedico a esta clase de cosas. Aunque estuviera mucho más cerca, no me dedico a eso sino a hacer cursillos. Y, además, me tomaré unas vacaciones hasta el próximo otoño.

—En ese caso, si quisiera tendría tiempo para venir.

Aquello no era una pregunta. La mujer era bastante agresiva. Claro que tal vez se debiese a su acento.

—¿Cuándo termina su cursillo?

—Este miércoles. Pero...

—¿Podría venir el jueves?

No era sólo cuestión del acento. Ella había captado una ligera vacilación en sus palabras y estaba sacando partido de ello. Con los caballos se hacía lo mismo, escoger el camino menos resistente y trabajarlo a fondo.

—Lo lamento, señora —dijo él con firmeza—. Siento mucho lo que pasó, de veras, pero tengo trabajo pendiente en el rancho y me resulta imposible ayudarla.

—No diga eso, por favor. No diga eso. Al menos podría usted pensarlo.

Una vez más, no se trataba de una pregunta.

—Señora...

—Tengo que irme. Lamento haberlo despertado.

Y sin dejarle hablar ni decir adiós, colgó el auricular.

Cuando a la mañana siguiente Tom fue a recepción, el encargado del motel le entregó un paquete certificado urgente. Contenía una fotografía de una chica montada en un caballo morgan magnífico y un billete abierto de ida y vuelta en avión a Nueva York.

10

Tom apoyó el brazo en el respaldo de plástico del banco en que estaba sentado y observó a su hijo preparar hamburguesas tras el mostrador del restaurante. Por el modo de darles la vuelta en la parrilla y lanzarlas al aire como si tal cosa mientras charlaba y reía con uno de los camareros, parecía que llevaba toda la vida haciéndolo. Hal le aseguró que no había mejor sitio en todo Greenwich Village para comer hamburguesas.

El chico trabajaba allí gratis tres o cuatro veces a la semana a cambio de no pagar alquiler en una buhardilla que era propiedad del dueño, un amigo de Rachel. Cuando no trabajaba en el restaurante, Hal asistía a la escuela de cine. Un rato antes le había contado a Tom que estaba rodando un corto.

—Trata de un hombre que se come la moto de su novia pieza por pieza.

—Qué fuerte.

—Lo es. Viene a ser como una *road movie* pero rodada en un solo decorado. —Tom estaba casi seguro de que se trataba de una broma. Así lo esperaba, al menos. Hal prosiguió—: Cuando acaba con la moto, hace lo mismo con la chica.

Tom asintió, pensando en ello: «Chico conoce chica. Chico se come a chica.»

Hal rió. Tenía el cabello tan negro como su madre y era tan atractivo como ella. A Tom le gustaba mucho. No conseguían verse muy a menudo aunque sí se escribían, y cuando estaban juntos no había roces entre ellos. Hal era un chico de ciudad pero de tanto en tanto iba a Montana y cuando lo hacía le encantaba. Además, y dadas las circunstancias, montaba muy bien.

Hacía años que Tom no veía a la madre del chico, pero hablaban de Hal por teléfono, de cómo le iban las cosas, y tampoco eso resultaba un problema.

Rachel se había casado con un galerista llamado Leo y habían tenido tres hijos que ya eran adolescentes. Hal tenía veinte años y parecía haber disfrutado de una infancia feliz. Fue la oportunidad de verlo lo que por fin hizo que se decidiese a volar al este y echar un vistazo al caballo de la mujer inglesa. Tom pensaba ir allí esa misma tarde.

—Aquí tienes. Hamburguesa con queso y beicon —dijo Hal. Le dejó el plato delante y se sentó sonriendo al otro lado de la mesa. Él sólo tomaba café.

—¿Tú no comes? —preguntó Tom.

—Tomaré algo más tarde. Venga, pruébalo.

Tom dio un mordisco a la hamburguesa y asintió en señal de aprobación.

—Está buena —dijo.

—Los hay que simplemente dejan la carne en la parrilla y listo. Hay que trabajar, que suelten el jugo.

—¿No te dirán nada por estar aquí sentado conmigo?

—Tranquilo. Si viene gente iré a echar una mano.

Todavía no eran las doce y el local estaba casi vacío. Por lo general Tom no solía comer mucho a mediodía y, de hecho, últimamente apenas si comía carne, pero Hal se había mostrado tan dispuesto a prepararle una hamburguesa que fingió que le apetecía mucho. En la mesa de al lado, cuatro hombres con traje y mucha alhaja en la muñeca hablaban ruidosamente de un trato que habían hecho. Hal le había informado discretamente de que no eran los clientes típicos. Pero Tom había disfrutado mirándolos. Siempre le impresionaba la energía que destilaba Nueva York. Se alegraba de no tener que vivir allí.

—¿Cómo está tu madre? —preguntó.

—Muy bien. Ahora vuelve a tocar. Leo le ha organizado un concierto en una galería muy cerca de aquí, el domingo que viene.

—Me alegro.

—Iba a venir a verte, pero anoche hubo jaleo, el pianista los ha dejado plantados y ahora están buscando a otro a marchas forzadas. Me ha dado muchos recuerdos para ti.

—Pues dáselos tú también de mi parte.

Hablaron de los estudios del muchacho y de sus planes para el verano. Hal dijo que le gustaría ir a Montana un par de semanas y a Tom le pareció que era sincero, que no lo decía por quedar bien con él. Tom le explicó lo que pensaba hacer con los potrillos que había criado. Hablar de ello hizo que sintiese ganas de poner manos a la obra de inmediato. Sería su primer verano en años sin cursillos, sin viajes, dedicado sencillamente a estar en las montañas y ver nuevamente el campo.

El restaurante empezaba a llenarse y Hal tuvo que volver al trabajo. No dejó que Tom pagase la cuenta y lo acompañó hasta la acera. Tom se puso el sombrero y reparó en la mirada de Hal cuando se dieron la mano. Esperaba que al chico no le resultara embarazoso que lo viesen en compañía de un vaquero. Siempre les resultaba un poco incómodo despedirse —Tom pensaba que tal vez debía abrazar al chico—, pero de alguna manera habían adoptado la costumbre de darse la mano y nada más, y eso fue lo que hicieron.

—Suerte con el caballo —dijo Hal.

—Gracias. Y tú con la película.

—Gracias. Te mandaré una cinta.

—Me gustaría mucho. Bueno, Hal, adiós.

—Adiós.

Tom decidió andar un poco antes de parar un taxi. El día era frío y gris y de las tapaderas de las cloacas salían nubes de vapor que el viento arrastraba. Pasó junto a un joven que estaba mendigando en una esquina. Tenía el pelo como un manojo de sogas y la piel color pergamino amoratado, los dedos le salían de unos mitones de lana y como no llevaba abrigo saltaba para entrar en calor. Tom le dio un billete de cinco dólares.

Lo esperaban en las caballerizas hacia las cuatro, pero cuando llegó a la estación vio que salía un tren antes y decidió tomarlo. Pensó que cuanta más luz natural hubiera para ver al caballo, mejor. Y de ese modo tal vez pudiese echar un vistazo al animal a solas. Siempre era más sencillo si no tenía uno al propietario pegado al cogote. En caso contrario, el animal siempre notaba que había tensión. Estaba seguro de que a la mujer no le importaría.

Annie había dudado en contarle a Grace lo de Tom Booker. No habían mencionado el nombre de *Pilgrim* desde el día en que ella lo había visto en el establo. En una ocasión Annie y Robert habían intentado hablar de ello, pues pensaban que era mejor afrontar la cuestión de qué hacer con el caballo. Pero Grace se puso muy nerviosa y con tono interrumpió a Annie.

—No quiero saber nada —dijo—. Ya sabes cuál es mi opinión. Quiero que lo devolváis a Kentucky. Pero tú siempre lo sabes todo, así que decide.

Robert intentó calmarla poniéndole una mano en el hombro, pero al empezar a decir algo ella se lo sacudió violentamente de encima y exclamó:

—¡No, papá!

Tuvieron que dejarlo.

Finalmente, sin embargo, decidieron hablarle del hombre de Montana. Lo único que dijo Grace fue que ella no quería estar en Chatham cuando él llegara. De modo que se decidió que Annie fuese sola. Había ido en tren la noche anterior y había pasado la mañana en la casa, haciendo llamadas e intentando concentrarse en el manuscrito que le habían enviado por modem desde la oficina.

Fue imposible. El lento tictac del reloj en el vestíbulo, que normalmente la tranquilizaba, le resultó casi insoportable. Y a cada hora que pasaba con exasperante lentitud, ella estaba más nerviosa. Se preguntó cuál sería la razón y no logró encontrar una respuesta satisfactoria. A lo máximo que pudo llegar fue a la sensación, irracionalmente intensa, de que en cierto modo no era sólo el destino de *Pilgrim* el que iba a ser decidido por aquel extraño, sino el destino de todos ellos: el de Grace, el de Robert y el suyo propio.

No había taxis en la estación de Hudson cuando el tren llegó. Empezaba a lloviznar y Tom tuvo que esperar cinco minutos bajo la goteante marquesina del andén hasta que apareció uno. Subió con su bolsa y le dio al taxista las señas de las caballerizas.

Hudson daba la impresión de haber sido un lugar bonito en otro tiempo, pero ahora resultaba más bien triste. Edificios coloniales antaño majestuosos se pudrían sin remisión. Muchas tiendas de lo que Tom supuso era la calle mayor tenían las puertas y ventanas entabladas y las que no, parecían vender en su mayor parte pura chatarra. La gente iba por las aceras encorvada para protegerse de la lluvia.

Eran poco más de las tres cuando el taxi dobló por el camino de entrada de la casa de Mrs. Dyer y enfiló la colina en dirección a los establos. Tom miró desde la ventanilla los campos embarrados donde los caballos soportaban el aguacero. Aguzaron las orejas y vieron pasar el taxi. La entrada al patio de la caballeriza estaba obstruida por un remolque. Tom le pidió al taxista que esperara y se apeó.

Al pasar por el espacio entre la pared y el remolque pudo oír voces procedentes del patio y ruido de cascos.

—¡Entra, condenado! ¡Entra!

Los hijos de Joan Dyer intentaban meter en el remolque a potros asustados. Tim estaba en la rampa y trataba de arrastrar por el ronzal a uno de los animales. Era un tira y afloja donde llevaba las de perder, pero Eric estaba al otro lado del caballo obligándolo a avanzar a fuerza de latigazos al tiempo que esquivaba sus cascos. En la otra mano sostenía la cuerda del segundo potro, que a esas alturas estaba tan asustado como el otro. Todo eso vio Tom de un solo vistazo mientras rodeaba el remolque para entrar en el patio.

—Calma, chicos, ¿qué pasa aquí? —dijo. Los hijos de Mrs. Dyer se volvieron, lo miraron un momento y no respondieron. Luego, como si él no existiera, volvieron a lo que estaban haciendo.

—Así es inútil, joder —dijo Tim—. Prueba primero con el otro. —Apartó violentamente el primer potro, de forma que Tom se vio obligado a echarse rápidamente hacia atrás y pegarse a la pared para dejarlos pasar. Finalmente, Eric volvió a mirarlo.

—¿En qué puedo servirle? —Había tanto desdén en la voz y el modo en que el muchacho lo miró de arriba abajo, que Tom no pudo por menos que sonreír.

—Estoy buscando un caballo llamado *Pilgrim*. Es de una tal señora Annie Graves.

—¿Quién es usted?

—Me llamo Booker.

Eric señaló hacia el establo con la cabeza.

—Es mejor que vaya a ver a mamá —dijo.

Tom le dio las gracias y echó a andar hacia el establo. Oyó que uno de los chicos soltaba una risita burlona y decía algo sobre Wyatt Earp, pero hizo como que no lo oía. Mrs. Dyer salía del establo cuando él llegó. Tom se presentó y se dieron la mano después que ella hubiera limpiado la suya en su chaqueta. Miró a los chicos y sacudió la cabeza.

—Hay sistemas mejores para hacer eso —dijo Tom.

—Ya lo sé —dijo ella, cansinamente. Pero era evidente que no tenía ganas de insistir en ello—. Llega pronto. Annie todavía no ha venido.

—Lo siento. He cogido el primer tren que venía hacia aquí. Debería haber llamado. ¿Le parece bien que le eche un vistazo antes de que ella llegue?

Mrs. Dyer dudó. Él le lanzó una mirada cómplice dando a entender que ella, que sabía de caballos, comprendería lo que iba a decirle.

—Ya sabe como es esto. A veces es más fácil dar una ojeada a estos bichos si no está el propietario...

Ella mordió el anzuelo y asintió.

—Acompáñeme.

Tom fue con ella hasta la hilera de casillas viejas que había detrás del establo. Al llegar a la puerta de *Pilgrim*, la mujer se volvió y lo miró. De pronto parecía muy nerviosa.

—Debo advertirle que esto ha sido una catástrofe desde el principio. Ignoro qué le habrá contado Annie, pero la verdad es que, salvo en opinión de ella, este caballo debería haber sido sacrificado hace mucho tiempo. Ignoro por qué los veterinarios están de acuerdo con ella. Francamente, yo creo que dejarlo vivir es una crueldad y una estupidez.

El énfasis que puso en sus palabras desconcertó a Tom, que asintió lentamente con la cabeza y luego miró la puerta cerrada de la casilla. Se había fijado ya en el líquido pardo amarillento que rezumaba por debajo de la misma y olió la pestilencia encerrada al otro lado.

—¿Está aquí dentro?

—Sí. Tenga cuidado.

Tom descorrió el pestillo superior y de inmediato oyó un forcejeo. El hedor era nauseabundo.

—Santo Dios, ¿es que nadie lo limpia?

—A todos nos da mucho miedo —dijo Mrs. Dyer en voz baja.

Tom abrió suavemente la parte superior de la puerta y metió la cabeza. Divisó el caballo en la oscuridad; lo miraba con las orejas amusgadas y los dientes amarillos al descubierto. De repente el caballo embistió y se puso de manos, lanzando sus cascos contra aquel extraño. Tom se echó rápidamente hacia atrás y los cascos fallaron por centímetros, estrellándose contra la madera. Tom cerró la parte superior de la puerta y corrió el pestillo de golpe.

—Si esto lo viera un inspector, clausuraría la caballeriza inmediatamente —dijo. La furia controlada que se traslucía en su voz hizo que Mrs. Dyer bajara la vista.

—Lo sé, he intentado decirle...

Tom la cortó:

—Debería darle vergüenza —dijo. Se volvió y regresó al patio. Oyó el ruido de un motor y a continuación el grito asustado de un caballo al empezar a sonar un claxon. Cuando dobló la esquina del establo vio que uno de los potros ya estaba atado dentro del remolque. Tenía sangre en una de las patas traseras. Eric estaba intentando meter al otro caballo a la fuerza, azotándole las ancas con el látigo mientras su hermano, subido en una vieja furgoneta, aporreaba la bocina. Tom se acercó al vehículo, abrió la puerta y sacó al chico cogiéndolo por el cuello.

—¿Quién cojones se ha creído que es? —dijo el chico, pero

al final de la frase le salió en falsete mientras Tom lo lanzaba al suelo.

—Wyatt Earp —dijo Tom, y enseguida se dirigió hacia donde estaba Eric, que empezó a retroceder.

—Eh oiga, vaquero... —dijo.

Tom lo agarró del cuello, liberó al potro y le arrebató al chico el látigo que tenía en la otra mano retorciéndosela hasta hacerlo gritar. El potro corrió a ponerse a salvo. Tom tenía el látigo en una mano y con la otra atenazaba el cuello de Eric, que lo miraba aterrorizado. Tom acercó su rostro al del muchacho hasta que lo tuvo a menos de un palmo.

—Si creyera que merece la pena —dijo— te arrancaría el pellejo y lo cortaría a tiras para desayunar. —Empujó al muchacho, que chocó de espaldas con la pared, quedándose sin respiración. Luego miró hacia atrás y vio venir a Mrs. Dyer por el patio. Se volvió y comenzó a rodear el remolque por el otro lado.

Mientras cruzaba el espacio que separaba el remolque de la pared, una mujer se apeaba de un Ford Lariat aparcado junto al taxi que seguía esperando. Por un momento Tom y Annie Graves estuvieron frente a frente.

—¿Mr. Booker? —dijo ella. Tom respiraba con la boca abierta. Sólo se percató del pelo castaño rojizo y de los ojos verdes que transmitían preocupación. Asintió con la cabeza—. Soy Annie Graves. Veo que ha llegado muy puntual.

—No, señora. He llegado condenadamente tarde —replicó Tom. Subió al taxi, cerró la puerta y dijo al taxista que arrancara. Al llegar al pie del camino de entrada se percató de que aún tenía el látigo en la mano. Bajó la ventanilla y lo arrojó a la cuneta.

11

Finalmente fue Robert quien propuso ir a desayunar a Lester's. Fue una decisión que lo había tenido preocupado durante casi dos semanas. No lo hacían desde que Grace se había reincorporado a la escuela y aquel hecho tácito empezaba a pesar lo suyo. La razón de que no lo hubiesen mencionado era que el magnífico desayuno que solían tomar en Lester's sólo era una parte de la rutina. La otra parte, igual de importante, era tomar el autobús que los conducía hasta allí.

Era una de esas naderías que habían empezado cuando Grace era muy pequeña. A veces Annie los acompañaba, pero normalmente sólo iban Robert y Grace. Solían fingir que se trataba de una gran aventura y se sentaban en la parte de atrás para jugar a inventarse fantasías acerca de los demás pasajeros. El conductor era en realidad un pistolero androide y aquellas viejecitas eran estrellas de rock disfrazadas. Últimamente sólo se habían dedicado a chismorrear, pero hasta el accidente a ninguno de los dos se le había ocurrido no tomar el autobús. Ahora nadie sabía con certeza si Grace sería capaz de subir.

Hasta entonces había estado yendo a la escuela dos y luego tres días a la semana, sólo por las mañanas. Robert la llevaba en taxi y Elsa la recogía también en taxi, a mediodía. Él y Annie intentaban parecer despreocupados cuando le preguntaban cómo le iba. Bien, decía Grace. Le iba muy bien. ¿Y cómo estaban Becky y Cathy y Mrs. Shaw? Todos bien, también. Robert sospechaba que su hija se daba perfecta cuenta de qué querían preguntarle sin atreverse a hacerlo: ¿le miraban la pierna sus compañeras?, ¿le hacían muchas preguntas?, ¿las descubría hablando a escondidas de ella?

—¿Desayunamos en Lester's? —dijo Robert aquella mañana tratando de aparentar la mayor naturalidad. Annie tenía una reunión muy temprano y ya se había marchado. Grace se encogió de hombros.

—Bueno —dijo—. Si quieres.

Bajaron en ascensor y le dieron los buenos días a Ramón, el portero.

—¿Les pido un taxi? —preguntó el hombre.

Robert dudó, pero sólo por un instante.

—No, no. Iremos en autobús.

Mientras recorrían las dos manzanas hasta la parada, Robert no paró de hablar e intentó que andar tan despacio pareciera lo más natural del mundo. Sabía que Grace no lo escuchaba. Tenía la mirada fija en la acera, que escudriñaba a medida que andaba en busca de trampas, concentrada en colocar debidamente la punta de caucho de su bastón y a continuación avanzar la pierna ortopédica. A pesar del frío, cuando llegaron a la parada Grace estaba sudando.

Subió al autobús sin dificultad, como si lo hubiera estado haciendo toda la vida. El vehículo estaba lleno y tuvieron que quedarse un rato en la parte de delante. Un anciano advirtió que Grace llevaba bastón y le ofreció su asiento. Ella le dio las gracias y trató de declinar su ofrecimiento, pero el hombre insistió. Robert tenía ganas de gritarle que la dejara en paz pero no lo hizo y Grace, sonrojándose, cedió y se sentó. Después miró a su padre y le dedicó una sonrisa que a él le partió el corazón pues reflejaba toda la humillación que sentía.

Cuando entraron en la cafetería, Robert fue presa del pánico al pensar que habría debido avisar a fin de que nadie metiese bulla o preguntase cosas inoportunas. No tenía por qué haberse preocupado. Alguien del colegio debía de haberle avisado a Lester, pues él y los camareros se comportaron con la jovialidad y la energía habituales.

Se sentaron en la mesa de costumbre, junto a la ventana, y

pidieron lo que siempre pedían, bollos con requesón y salmón ahumado. Mientras esperaban, Robert hizo lo posible por que la conversación no decayera. La necesidad de llenar silencios entre los dos era algo nuevo para él. Hablar con Grace siempre había sido muy fácil. Advirtió que ella no dejaba de mirar a la gente que pasaba por la calle camino del trabajo. Lester, hombre vivaracho y con un bigote que parecía un cepillo de dientes, tenía la radio puesta y por primera vez Robert agradeció el constante y anodino parloteo acerca del estado del tráfico y las cuñas publicitarias. Grace apenas tocó sus bollos cuando llegaron.

—¿Te gustaría ir a Europa en verano? —preguntó él.

—¿Cómo? ¿Quieres decir de vacaciones?

—Sí. He pensado que podríamos ir a Italia, alquilar una casa en la Toscana, por ejemplo. ¿Qué te parece?

Ella se encogió de hombros.

—Bueno.

—No tenemos por qué ir.

—No, si me parece muy bien.

—Si eres buena, podemos ir incluso a Inglaterra a ver a tu abuela.

Grace sonrió. La amenaza de mandarla con la madre de Annie era un viejo chiste familiar. Grace miró por la ventana y luego posó otra vez sus ojos en Robert.

—Papá, creo que voy a irme.

—¿No tienes hambre?

Grace negó con la cabeza. Él comprendió. Quería llegar temprano a la escuela, antes de que el vestíbulo se llenara de chicas con la boca abierta. Robert terminó su café y pagó.

Grace le pidió que se despidiesen en la esquina en vez de dejar que la acompañase hasta la entrada de la escuela. Él le dio un beso y se alejó luchando contra las ganas de verla entrar. Sabía que si Grace lo sorprendía mirando podía tomar por compasión lo que era preocupación. Regresó andando enérgicamente a la Tercera Avenida y torció hacia el centro para ir a su oficina.

El cielo se había despejado mientras estaban dentro. Iba a ser uno de aquellos días fríos y claros típicos de Nueva York que a Robert tanto le gustaban. Era el tiempo perfecto para andar, y eso hizo, tratando de alejar de sí la imagen de aquella solitaria figura que cojeaba camino del colegio a fuerza de pensar en el trabajo que estaba esperándolo.

Primero, como de costumbre, telefonearía al abogado que habían contratado para que se ocupase de la complicada farsa legal en que el accidente de Grace parecía destinado a convertirse.

Sólo una persona juiciosa podía ser lo bastante tonta como para pensar que el caso se reduciría a si las chicas habían cometido negligencia al cabalgar por la carretera o si el conductor del camión había incurrido en lo mismo al chocar contra ellas. En lugar de eso, como era lógico, todo el mundo demandaba a todo el mundo: las compañías del seguro médico de las chicas, el conductor del camión, la compañía de seguros de éste, la compañía de transportes de Atlanta y su compañía de seguros, la empresa a la que el conductor había alquilado el camión, su compañía de seguros, los fabricantes del camión, los fabricantes de los neumáticos del camión, el condado, la fábrica de papel, el ferrocarril. Nadie le había puesto aún un pleito a Dios por hacer que nevara, pero ya llegaría. Aquello era el paraíso del demandante y a Robert le resultaba extraño verlo desde el otro bando.

Al menos, gracias a Dios, consiguieron que Grace no se viera demasiado mezclada en todo ello. Aparte de la declaración que había hecho en el hospital, lo único que había tenido que hacer era dar una deposición bajo juramento a su abogado. Grace había sido presentada a la mujer en un par de ocasiones y no había parecido que le importunara tener que hablar del accidente. Una vez más, había dicho que no recordaba nada a partir del momento en que empezaron a patinar.

A primeros de año el conductor del camión les había escrito una carta diciendo que lamentaba lo ocurrido. Robert y Annie habían discutido si convenía enseñarle la carta a Grace, y finalmente decidieron que estaba en su derecho. Grace la había leído, y su único comentario había sido que era muy amable de su parte. Para Robert era igual de importante decidir si había que enseñar la carta a su abogado, quien lógicamente caería sobre ella considerándola una admisión de culpabilidad. El abogado que había en Robert le decía que se la enseñase. Algo más humano le sugería lo contrario. Después de sopesar los pros y los contras, resolvió archivar la carta.

A lo lejos divisó el edificio de cristal donde tenía el despacho; el sol se reflejaba fríamente en él.

Perder una extremidad, había leído recientemente en una revista de leyes, podía suponer unos tres millones de dólares en concepto de daños. Se imaginó la pálida cara de su hija mirando por la ventana de la cafetería. «Han de ser muy expertos —pensó—, para determinar el precio.»

El vestíbulo del colegio estaba más atestado de lo normal. Grace recorrió rápidamente las caras con la mirada, esperando ver a alguna de sus compañeras de clase. Estaba la madre de Becky hablando con Mrs. Shaw, pero ninguna de las dos miraba hacia donde ella estaba y tampoco había rastro de Becky. Probablemente estuviera ya en la biblioteca, jugando con uno de los ordenadores. Eso era lo que Grace habría hecho también en los viejos tiempos. Tonteaban, se dejaban mensajes graciosos en el correo electrónico y permanecían allí hasta que sonaba el timbre. Luego subían todas corriendo a su clase, riendo y apartándose a codazo limpio.

Ahora que Grace no podía subir por las escaleras, todas se sentirían obligadas a tomar con ella el ascensor, un trasto lento y anticuado. Para ahorrarles el mal trago, Grace iba directamente a la clase por su cuenta, de modo de estar sentada en su sitio cuando sus compañeras llegasen.

Fue hasta el ascensor y pulsó el botón sin apartar los ojos de él para que si alguna de sus amigas pasaba por allí tuviese la oportunidad de evitarla.

Todo el mundo había sido muy amable con ella desde su vuelta al colegio. Ése era el problema. Ella sólo quería que se comportaran como siempre. Y habían cambiado más cosas. Durante su ausencia, sus compañeras parecían haber cerrado sutilmente filas. Becky y Cathy, sus dos mejores amigas, eran más íntimas que nunca. Las tres habían sido casi inseparables. Cada tarde chismorreaban por teléfono, se tomaban el pelo mutuamente y se consolaban la una a la otra. Había sido un trío perfectamente equilibrado. Pero ahora, aunque Becky y Cathy hacían lo posible por incluirla, no era lo mismo. ¿Cómo iba a serlo?

Grace entró en el ascensor dando gracias por tenerlo para ella sola. Pero en el momento en que la puerta se cerraba entraron corriendo dos chicas más jóvenes, entre risas y cuchicheos. Al ver a Grace, las dos se quedaron calladas.

—Hola —las saludó Grace con una sonrisa.

—Hola —respondieron las chicas al unísono, pero eso fue todo, y las tres esperaron incómodas a que el ascensor completara su renqueante ascensión. Grace notó que las dos chicas fijaban la vista en el techo y las paredes del ascensor, mirándolo todo a excepción de la única cosa que ella sabía deseaban mirar, su pierna. Siempre ocurría lo mismo.

Se lo había mencionado a la psicóloga, uno más de los especialistas que sus padres le hacían ir a ver cada semana. La mujer tenía buenas intenciones y seguramente era una gran profesional, pero a Grace sus sesiones le parecían una completa pérdida de tiempo. ¿Cómo iba a saber una desconocida —o cualquier otra persona— qué era lo que se sentía?

—Diles que no pasa nada si miran —le decía la psicóloga—. Diles que no pasa nada si hablan de ello.

Pero no era eso. Grace no quería que miraran, no quería que hablasen de su pierna. Hablar. Los psicólogos siempre pensaban que hablando se arreglaba todo, y no era verdad.

El día anterior había querido que hablase de Judith y eso era la última cosa que Grace deseaba hacer.

—¿Qué sientes acerca de Judith?

Grace había tenido ganas de chillar. Pero le dijo con frialdad:

—Ella está muerta, ¿cómo quiere que me sienta?

Por fin, la mujer captó el mensaje y cambió de tema.

Lo mismo había pasado semanas atrás cuando había intentado hacerle hablar de *Pilgrim.* El caballo estaba lisiado, igual que Grace, y cada vez que pensaba en él lo único que podía ver eran aquellos ojos terribles mirándola desde el rincón de la apestosa casilla donde lo tenía Mrs. Dyer. ¿Qué provecho podía sacar de hablar o pensar en ello?

El ascensor se detuvo en la planta anterior a la de Grace y las otras dos chicas salieron. Las oyó ponerse a hablar de inmediato mientras se alejaban por el pasillo.

Tal como había esperado, fue la primera en llegar a su aula. Sacó sus libros de la mochila, ocultó cuidadosamente el bastón bajo su pupitre y luego se sentó lentamente en el duro banco de madera. Tan duro era que al final de la mañana el muñón le hacía ver las estrellas. Pero podía soportarlo. Esa clase de dolor no era el problema.

Pasaron tres días antes de que Annie se sintiese capaz de hablar con Tom Booker. Ya se había hecho una idea clara de lo sucedido aquel día en las caballerizas. Después de verlo alejarse en el taxi, fue al patio y le bastó con observar las caras de los dos chicos Dyer para comprenderlo. La madre le dijo fríamente que *Pilgrim* debía estar fuera de su propiedad antes del lunes.

Annie telefoneó a Liz Hammond y juntas fueron a ver a Harry Logan. Cuando llegaron acababa de practicar una histerectomía a una perrita chihuaha. Salió con la bata de cirujano puesta y al ver a las dos mujeres dijo «Oh, oh» y simuló que se escondía. Tenía un par de casillas de recuperación detrás de la clínica y, tras mucho suspirar, accedió a que *Pilgrim* ocupara una de ellas.

—Sólo una semana —le dijo a Annie agitando un dedo.

—Dos —dijo ella.

Logan miró a Liz y sonrió con expresión de desamparo.

—¿Es amiga tuya? Está bien, que sean dos. Pero ni un día más. Entretanto, busca otro sitio.

—Eres un encanto, Harry —dijo Liz.

Él levantó las manos.

—Lo que soy es idiota. Menudo caballo. Me muerde, me tira coces, me arrastra a un río de hielo ¿y qué hago yo? Lo meto en mi casa de invitado.

—Gracias, Harry —dijo Annie.

A la mañana siguiente fueron los tres a las caballerizas. Los chicos no estaban por allí y Annie sólo vio a Joan Dyer una vez, asomada a una ventana de la planta superior de la casa. Tras dos horas de forcejeos con las consabidas magulladuras y tres veces la cantidad de sedantes que a Harry le habría gustado administrar al caballo, consiguieron subir a *Pilgrim* al remolque y llevarlo a la clínica.

El día siguiente a la visita de Tom Booker, Annie había intentado telefonearle a Montana. La mujer que respondió —la esposa de Booker, supuso ella— le dijo que esperaban que Tom llegase el día siguiente por la tarde. Por el tono poco amistoso de la mujer, Annie dedujo que estaba al corriente de lo sucedido. Aseguró que le diría a Tom que había llamado. Annie esperó dos largos días sin tener noticias. La segunda noche, cuando Robert estaba en la cama leyendo y ella tuvo la certeza de que Grace dormía, telefoneó otra vez. De nuevo fue la mujer quien contestó.

—Ahora está cenando —dijo.

Annie oyó una voz de hombre preguntando quién era y el rozar de una mano tapando el auricular. Pudo oír la voz amortiguada de ella diciendo: «Es la inglesa otra vez.» Siguió una larga pausa. Annie se dio cuenta de que estaba conteniendo la respiración y procuró calmarse.

—Mrs. Graves. Aquí Tom Booker.

—Mr. Booker. Quería disculparme por lo que sucedió en la caballeriza. —Se produjo un silencio al otro lado de la línea, de modo que siguió hablando—. Debí imaginarme lo que estaba pasando allí, pero supongo que preferí no darme por enterada.

—Comprendo.

Annie esperó a que continuara, pero él permaneció callado.

—En fin. Lo hemos trasladado a un sitio mejor, y me preguntaba si usted podría... —Se dio cuenta de la futilidad, de la estupidez de sus palabras antes incluso de decirlas—. Si consideraría la posibilidad de venir a verlo otra vez.

—Lo siento. No puedo. Y aunque tuviera tiempo, francamente no veo de qué serviría.

—¿No podría dedicarle un día o dos? No me importa lo que tenga que pagar.

Annie lo oyó soltar una risita y lamentó haberlo dicho.

—Mire señora, espero que no le importe que le hable claro, pero a ver si lo entiende. Existe un límite para el sufrimiento que esos animales pueden soportar. Creo que ese caballo suyo lleva viviendo en la sombra demasiado tiempo. Es inútil.

—Entonces ¿piensa que habría que sacrificarlo, como todos? —Hizo una pausa, luego añadió—: Si el caballo fuera suyo, Mr. Booker, ¿lo sacrificaría?

—Mire usted, el caballo no es mío y me alegro de no tener que tomar una decisión como ésa. Pero si estuviera en su lugar, eso es lo que haría, desde luego.

Annie intentó convencerlo una vez más, pero comprendió que era inútil. El hombre se mostró comedido, tranquilo y absolutamente inmutable. Ella le dio las gracias y colgó el auricular. Luego se dirigió hacia el salón. Todas las luces estaban apagadas y la superficie del piano brillaba débilmente en la oscuridad. Annie se acercó lentamente a la ventana y se quedó allí un buen rato, mirando los imponentes bloques al otro lado del parque, hacia el este. Parecía un telón de foro, diez mil ventanas minúsculas, alfilerazos de luz en un falso cielo nocturno. Era imposible creer que dentro de cada una de ellas hubiese una vida con sus penas y su destino concretos.

Robert se había quedado dormido. Annie le cogió el libro de las manos, apagó la lámpara de su lado y se desnudó a oscuras. Permaneció largo rato tumbada boca arriba a su lado, escuchándolo respirar y contemplando las formas anaranjadas que las farolas dibujaban en el techo al colarse la luz por los bordes de la persiana. Ya había tomado una decisión. Pero no pensaba decírselo a Robert ni a Grace hasta que lo tuviera todo arreglado.

12

Por su talento para criar jóvenes y despiadados reclutas capaces de administrar su poderoso imperio, Crawford Gates era conocido, entre otros muchos nombres lisonjeros, como la Cara que Lanzaba Mil Mierdas. Por esta razón Annie siempre experimentaba sentimientos contradictorios cuando tenía que reunirse con él.

Estaba sentado frente a ella, sin quitarle los ojos de encima mientras comía meticulosamente su chamuscado pez espada. Annie miraba intrigada cómo el tenedor acertaba cada vez el siguiente trozo como guiado hacia su objetivo por un imán infalible. Estaban en el mismo restaurante al que él la había llevado hacía casi un año, cuando le había ofrecido la dirección de la revista. Era un lugar enorme y desangelado con suelo de mármol blanco y decoración minimalista en negro mate. Por algún motivo, a Annie le hacía pensar en un matadero.

Sabía que pedir un mes era mucho, pero creía tener derecho a ello; hasta el accidente apenas se había tomado un día libre e incluso a partir de entonces no había disfrutado de muchos.

—Tendré el teléfono, el fax, el modem, todo —dijo—. Ni te enterarás de que no estoy.

Se maldijo a sí misma. Llevaba hablando un cuarto de hora y no conseguía dar con el tono adecuado. Parecía estar suplicando, cuando lo que debería hacer era decirle sin rodeos cuáles eran sus intenciones. Nada en los modales de él sugería hasta ese momento que desaprobara su petición. Se limitaba a oírla mientras el maldito pez espada viajaba como dirigido por un piloto automático hasta su boca. Cuando Annie se ponía nerviosa tenía la estúpida costumbre de sentirse obligada a llenar los silencios de la conversación. Decidió callar a la espera de una reacción. Crawford Gates terminó de masticar, asintió y sorbió un poco de su Perrier.

—¿Vas a llevarte a Robert y a Grace contigo?

—Sólo a Grace. Robert ya tiene demasiados problemas. Pero a Grace le conviene salir. Desde que volvió a la escuela ha empezado a deprimirse un poco. Un cambio le vendrá bien.

Lo que Annie no le explicó fue que ni Grace ni Robert tenían aún la menor idea de qué se traía entre manos. Decírselo a ellos era prácticamente lo único que quedaba pendiente. Todo lo demás lo había hecho desde su despacho, con ayuda de Anthony.

La casa que había alquilado estaba en Choteau, que era lo más parecido a un pueblo que podía encontrarse cerca del rancho de Tom Booker. No había podido escoger mucho, pero la vivienda estaba amueblada y, por los detalles que le había dado la agencia, parecía apropiada. Había encontrado cerca un fisioterapeuta para Grace y varias cuadras dispuestas a alojar a *Pilgrim*, aunque Annie no había sido del todo sincera a la hora de explicar las características del caballo. Lo peor sería arrastrar el remolque por siete estados hasta llegar a Choteau. Pero Liz Hammond y Harry Logan habían hecho varias llamadas para conseguir una serie de sitios donde los acogerían de camino.

Crawford Gates se limpió los labios con la servilleta y dijo:

—Annie querida, te lo dije antes y te lo digo ahora. Tómate el tiempo que necesites. Estos hijos nuestros son lo mejor que tenemos, y cuando algo va mal hemos de estar a su lado y hacer lo que sea conveniente.

Viniendo de alguien que había abandonado a cuatro esposas y el doble de hijos, a Annie le pareció bastante gracioso. Parecía Ronald Reagan al final de un mal día, y aquella sinceridad de película sólo sirvió para agudizar la cólera que ya sentía por su propia y malísima actuación. Lo más probable era que al día siguiente aquel mangante estuviera comiendo en la misma mesa con su sucesora. Casi había esperado que Gates se lo soltase allí mismo y la despidiera sin más.

Camino de la oficina en su ridículamente largo Cadillac negro, Annie decidió que esa misma noche se lo diría a su esposo y a su hija. Grace se pondría a gritar y Robert le diría que estaba loca. Pero acabarían aceptándolo porque siempre pasaba igual.

La otra persona a la que tenía que informar era precisamente aquella de la que dependía todo el plan: Tom Booker. Le extrañó que, sin embargo, ésta fuese la cosa que menos le preocupaba. Pero Annie a menudo se había visto en situaciones similares cuando era periodista; su especialidad era la gente que decía no. En una ocasión había viajado ocho mil kilómetros hasta una isla del Pacífico para llamar a la puerta de un famoso escritor que nunca concedía entrevistas. Acabó viviendo quince días con él y el artículo que escribió mereció varios premios y fue publicado simultáneamente en varios países.

Consideraba un hecho simple e irrebatible el que si una mujer llegaba a extremos épicos a la hora de poner toda su confianza en la misericordia de un hombre, éste no podía negarse.

13

La carretera se extendía en línea recta entre cercas que convergían en la amenazadora cúpula negra del horizonte. En aquel punto remoto, donde la carretera parecía ascender hacia el cielo, los relámpagos se sucedían como si los átomos del asfalto alimentaran de nuevo las nubes. A cada lado, la pradera de Iowa se extendía llana y monótona hacia la nada, caprichosamente iluminada a través de las nubes por ondulantes y súbitos rayos de sol, como si un gigante estuviera buscando su presa.

En aquel paisaje tanto el espacio como el tiempo parecían sufrir alguna clase de trastorno, y a Annie no le costó vislumbrar lo que, de haberse dejado llevar, habría podido convertirse en pánico. Escrutó el cielo en busca de algo a que aferrarse, un signo de vida, un silo, un árbol, un ave solitaria, algo. Al no encontrar nada, se puso a contar las estacas de las cercas o las franjas de la carretera que se le venían encima desde el horizonte como si el relámpago las hubiera encendido. Imaginó el Lariat y su remolque en forma de misil vistos desde arriba, tragándose aquellas franjas a bocados regulares.

En dos días habían viajado más de mil novecientos kilómetros y durante todo ese tiempo Grace apenas había hablado. Se pasaba la mayor parte del rato durmiendo, como hacía ahora, aovillada en el amplio asiento de atrás. Cuando despertaba se quedaba allí, con los cascos del walkman puestos o mirando fijamente el exterior. Sólo en una ocasión Annie miró por el espejo retrovisor y vio que su hija la observaba. Annie sonrió y Grace apartó inmediatamente la vista.

Grace había reaccionado ante el plan de su madre tal como ésta había previsto. Se puso a gritar y le dijo que no pensaba ir, que no podían obligarla y basta. Se levantó de la mesa, fue a su cuarto y cerró de un portazo. Annie y Robert se quedaron allí un rato en silencio. Ella ya se lo había contado a su esposo y había aniquilado toda su resistencia.

—Grace no puede seguir evitando el tema —dijo Annie—. Es su caballo. No puede desentenderse como si nada.

—Pero Annie, piensa en todo lo que ha pasado.

—Escurrir el bulto no va a ayudarla, sólo está empeorando las cosas. Sabes lo mucho que quería a *Pilgrim*. Ya viste cómo se puso el día que fuimos a verlo. ¿Te imaginas cómo debe de haberla obsesionado esa visión?

Robert no respondió, sólo bajó la vista y sacudió la cabeza. Annie le cogió una mano.

—Sé que podemos hacer algo al respecto, Robert —dijo, más calmada—. *Pilgrim* puede volver a ser lo que era. Este hombre es capaz de curarlo, y así Grace volverá a estar bien.

Robert la miró.

—¿De veras crees que puede hacerlo? —preguntó.

Annie dudó, pero no lo suficiente como para que él lo notase.

—Sí —dijo—. Era la primera vez que mentía sobre el particular. Robert naturalmente suponía que a Tom Booker se le había consultado sobre el viaje de *Pilgrim* a Montana. Annie había mantenido esa misma ilusión al hablar con Grace.

Al no encontrar un aliado en su padre, Grace se rindió, como Annie había esperado que hiciese. Pero el rencoroso silencio en que degeneró su cólera estaba durando mucho más de lo que Annie había supuesto. En los viejos tiempos, antes del accidente, Annie no tenía dificultad para cambiar esos estados de ánimo, ya fuera tomándoselos a broma o ignorándolos olímpicamente. Aquel silencio, sin embargo, era de una índole nueva. Era tan épico e inmutable como la aventura en que la chica había sido obligada a embarcarse, y a medida que consumían kilómetros Annie no pudo por menos que maravillarse de su vigor.

La mañana en que partieron, Robert las había ayudado con el equipaje y luego las había llevado a Chatham para acompañarlas a casa de Harry Logan. A ojos de Grace eso lo convertía en cómplice de su madre. Mientras cargaban a *Pilgrim* en el remolque, Grace permaneció inmóvil en el Lariat con los auriculares puestos, fingiendo que leía una revista. Los relinchos del caballo y el ruido de sus cascos aporreando los costados del remolque resonaban por todo el patio, pero Grace no se mostró alterada en ningún momento.

Harry administró a *Pilgrim* una fuerte dosis de sedantes y entregó a Annie una caja con ampollas y unas cuantas agujas por si se presentaba una emergencia. Se acercó al coche para saludar a Grace y empezó a hablarle del modo en que debía alimentar al caballo durante el viaje.

—Es mejor que se lo cuente a mamá —le interrumpió Grace.

Cuando fue el momento de partir, su respuesta al beso de Robert fue poco más que rutinaria.

Aquella primera noche la pasaron en casa de una pareja amiga de Logan que vivía a las afueras de una pequeña localidad al sur de Cleveland. Elliott, el marido, había estudiado veterinaria con Harry y trabajaba para una clientela muy numerosa. Era de noche cuando llegaron y Elliott insistió en que Annie y Grace entrasen a refrescarse un poco mientras él iba a ver a *Pilgrim*. Dijo que en otro tiempo también habían tenido caballos y dispuso una casilla en el establo.

—Harry ha dicho que lo dejemos en el remolque —explicó Annie.

—¿Cómo? ¿Todo el viaje?

—Eso es lo que ha dicho.

Elliott arqueó una ceja y esbozó una sonrisa entre profesional y paternalista.

—Ustedes entren en la casa. Echaré una ojeada.

Empezaba a llover y Annie no tenía intención de ponerse a discutir. La esposa de Elliott se llamaba Connie y era menuda y sumisa. Llevaba una frágil permanente que parecía hecha aquella misma tarde. Los hizo pasar y les enseñó sus habitaciones. La casa era espaciosa y en el silencio parecían resonar las voces de los niños que habían crecido allí y ya no estaban. Sus caras les sonreían desde las fotografías de instituto y graduaciones en días soleados.

Para Grace dispusieron el dormitorio de la hija y a Annie la alojaron en la habitación de huéspedes. Connie le mostró a Annie dónde estaba el baño y se fue diciendo que la cena estaría lista en cuanto ellas lo dijeran. Annie le dio las gracias y recorrió el pasillo para entrar un momento en el cuarto de Grace.

La hija de Connie se había mudado a Michigan después de casarse con un dentista, pero su antigua habitación conservaba fresca su presencia. Había libros y trofeos de natación y estantes repletos de animalitos de cristal. En medio del abandonado desorden de una infancia desconocida, Grace estaba junto a la cama buscando su neceser. No levantó la vista al entrar su madre.

—¿Todo bien?

Grace se encogió de hombros y siguió sin mirarla. Annie trataba de aparentar que no pasaba nada, fingiendo interés por las fotos de las paredes. Se desperezó.

—Uf. Tengo el cuerpo entumecido.

—¿Qué estamos haciendo aquí?

El tono fue frío y hostil. Annie se volvió y vio que Grace estaba con los brazos en jarras, mirándola.

—¿Qué has dicho?

Grace abarcó el conjunto de la habitación con un desdeñoso gesto del brazo.

—Todo esto; ¡qué estamos haciendo aquí!

Annie suspiró, pero antes de que pudiese pronunciar palabra Grace le dijo que lo olvidara, que daba igual. Cogió de un manotazo el bastón y la bolsa de aseo y fue hacia la puerta. Annie vio que estaba furiosa porque no podía hacer un mutis más efectista.

—Grace, por favor.

—He dicho que lo olvides, ¿de acuerdo?

Annie y Connie estaban hablando en la cocina cuando llegó Elliott procedente del patio. Estaba pálido y tenía un costado lleno de barro. También cojeaba, aunque trataba de disimularlo.

—Lo he dejado en el remolque —dijo.

En la cena Grace estuvo jugueteando con su comida y sólo

habló cuando se le preguntaba algo. Los tres adultos se esforzaron por mantener la conversación, pero hubo momentos en que el único sonido era el de los cubiertos. Hablaron de Harry Logan, de Chatham y de un nuevo brote de la enfermedad de Lyme que tenía a todos preocupados. Elliott dijo que conocían una chica de la edad de Grace que la había cogido y cuya vida había sufrido un cambio espantoso. Connie lo fulminó con la mirada y él se puso un poco colorado y cambió rápidamente de tema.

Tan pronto terminaron de cenar, Grace dijo que estaba cansada y que si no les importaba se iba a acostar. Annie se ofreció a acompañarla, pero su hija se negó. Dio educadamente las buenas noches a la pareja. Mientras caminaba hacia la puerta, el bastón resonó en el suelo hueco y Annie captó la mirada en los ojos de la pareja.

Al día siguiente, se levantaron muy temprano y Annie condujo prácticamente sin parar hasta Iowa cruzando Indiana e Illinois. Y durante todo el día, mientras el continente se abría alrededor, Grace se refugió en su silencio.

La última noche la pasaron cerca de Des Moines, en casa de una prima lejana de Liz Hammond casada con un agricultor. La casa, que se alzaba al final de ocho kilómetros de camino en línea recta, estaba aislada como en un planeta propio donde los inquebrantables surcos del arado se extendían hacia los cuatro puntos cardinales.

Eran gente callada y religiosa, baptistas, pensó Annie, y lo más distintos de Liz que uno podía imaginar. El agricultor dijo que Liz les había contado lo de *Pilgrim*, pero Annie se dio cuenta de que al ver el caballo se sobresaltó. La ayudó a darle de comer y beber y luego rastrilló y repuso cuanto pudo de la paja mojada y cubierta de excrementos sobre la que *Pilgrim* apoyaba sus peligrosos cascos.

Cenaron a una larga mesa de madera con los seis hijos del matrimonio. Todos tenían el pelo rubio y los ojos azules de su padre, miraban a Annie y Grace con una especie de cortés admiración. La comida era sencilla y sana, y para beber sólo había leche, servida con mucha nata y tibia aún en unas rebosantes jarras de cristal.

Por la mañana la mujer del agricultor les preparó huevos revueltos, menudillos y jamón casero, y justo cuando se disponían a partir (Grace ya había subido al coche), el hombre le entregó algo a Annie.

—Nos gustaría que aceptase esto —dijo.

Era un libro viejo con una descolorida cubierta de tela. La mujer del agricultor estaba de pie junto a él y ambos miraron cómo Annie lo abría. Era *The Pilgrim's Progress*,[1] de John Bunyan. Annie recordaba que cuando sólo tenía siete u ocho años solían leérselo en la escuela.

—Nos ha parecido apropiado —dijo el hombre.

Annie tragó saliva y le dio las gracias.

—Rezaremos por ustedes —dijo la mujer.

El libro todavía estaba sobre el asiento del acompañante, y cada vez que Annie lo veía recordaba las palabras de la mujer.

Aun cuando Annie llevaba muchos años en Estados Unidos, esa manera cándida y religiosa de hablar propiciaba una reserva típicamente inglesa anclada profundamente en su ser, que provocaba cierta inquietud en ella. Pero lo que más zozobra le causaba era que aquella perfecta desconocida hubiese visto con tanta claridad que los tres necesitaban sus oraciones. Los había considerado víctimas. No sólo a *Pilgrim* y a Grace —eso era comprensible— sino también a Annie. Nadie, jamás, había visto a Annie de esa manera.

Bajo los relámpagos que surcaban el cielo en el horizonte, algo atrajo su atención. Empezó siendo poco más que una mota parpadeante y creció lentamente a medida que ella miraba, tornando finalmente a la forma borrosa de un camión. Más allá del camión vio las torres de los elevadores de grano y algo más adelante los edificios, menos altos, de un pueblo, brotando alrededor de aquéllos. Una bandada de pequeños pájaros castaños irrumpió en la carretera y fue embestida por el viento. El camión estaba ahora casi a su altura y Annie observó que el reluciente cromado de su radiador crecía y crecía hasta que pasó de largo en medio de una ráfaga de viento que hizo que el coche y el remolque se estremecieran. Grace se agitó detrás.

1. El viaje del peregrino. (*N. del T.*)

—¿Qué ha sido eso?

—Nada. Un camión —respondió Annie. Miró a su hija por el espejo retrovisor: estaba frotándose los ojos de sueño—. Nos acercamos a un pueblo y necesito gasolina. ¿Tienes hambre?

—Un poco.

La carretera de salida describía una larga curva en torno a una iglesia blanca de madera, totalmente aislada en un campo de hierba seca. Ante la puerta un muchacho con una bicicleta los vio pasar, y en ese momento la iglesia quedó repentinamente bañada de sol. Annie casi esperó que entre las nubes apareciera un dedo señalando hacia abajo.

Había un pequeño restaurante junto a la gasolinera, y después de llenar el depósito comieron unos emparedados de huevo y ensalada rodeadas de hombres que llevaban gorras de béisbol en las que se leían nombres de productos agrícolas, que hablaban en voz muy baja del trigo en invierno y del precio de las habas de soja. Para Annie, fue como si se expresaran en una lengua desconocida. Fue a pagar la cuenta y luego volvió a la mesa para decirle a Grace que iba un momento al lavabo y que se encontrarían en el coche.

—¿Puedes mirar si *Pilgrim* necesita agua? —dijo.

Grace no respondió.

—¿Me has oído, Grace? —preguntó Annie. Se acercó a su hija, consciente de que los granjeros que las rodeaban habían dejado de hablar. El enfrentamiento era deliberado, pero ahora lamentaba haber suscitado la curiosidad del público. Grace mantuvo la mirada baja. Terminó su Coca-Cola y el ruido del vaso al dejarlo sobre la mesa interrumpiró el silencio.

—Hazlo tú —dijo Grace.

La primera vez que Grace había pensado en suicidarse fue aquel día en que regresaba en taxi de ver a la ortopeda. La pierna falsa se había incado en la cara inferior de su fémur, pero ella había fingido que la sentía bien mientras seguía el juego a la resuelta jovialidad de su padre y se preguntaba cuál sería la mejor forma de acabar con su vida.

Hacía dos años, una niña de octavo se había lanzado a la vía del metro. Al parecer nadie había logrado comprender el motivo y Grace, como todos, se había sentido profundamente conmocionada por la noticia. Pero también secretamente impresionada; pensó en el valor que habría necesitado la niña en ese momento decisivo. Recordaba haber pensado que ella nunca sería capaz de mostrar un valor semejante y que aunque lo intentase sus músculos se negarían de un modo u otro a ejecutar esa última flexión para lanzarse.

Sin embargo, ahora veía las cosas de una manera muy distinta y podía considerar la posibilidad —aunque no el método en concreto— de forma más o menos desapasionada. La sensación de que su vida era una ruina se veía reforzada por el modo en que quienes la rodeaban procuraban fervientemente demostrar lo contrario. Deseaba con todas sus fuerzas haber muerto aquel día en la nieve junto a Judith y *Gulliver.* Pero a medida que transcurrían las semanas empezó a pensar —casi con desilusión— que ella no era de las que se suicidaban.

Lo que la frenaba era la incapacidad de ver las cosas únicamente desde su punto de vista. Le parecía muy melodramático y extravagante, más en la línea de las excentricidades propias de su madre. No se le ocurrió que tal vez era la Maclean que llevaba dentro, esos genes de abogado maldito, lo que la hacía objetivar de tal forma su propia muerte. Pues en aquella familia la culpa siempre iba en la misma dirección. Las faltas sólo las cometía Annie.

Grace quería a su madre casi en la misma medida en que se sentía injuriada por ella, y muchas veces por el mismo motivo. Su aplomo, por ejemplo, y porque siempre tenía razón. Qué bien conocía a Grace, la manera en que reaccionaría, qué le gustaba y qué no, cuál sería su opinión sobre un tema concreto. Era probable que todas las madres tuviesen esa perspicacia con respecto a sus hijas, y a veces resultaba agradable sentirse tan comprendida. Pero en general, y sobre todo últimamente, se había convertido en una monstruosa invasión de su intimidad.

Por esa y otras mil injusticias menos específicas, Grace se estaba vengando. Pues al fin, gracias a su silencio, parecía disponer de un arma efectiva. Advertía que su actitud afectaba a su madre y lo encontraba gratificante. La tiranía de Annie solía ejercerse sin ápice de culpabilidad o desconfianza en sí misma. Pero Grace sentía las dos cosas. Parecía existir un reconocimiento tácito de que no estaba bien haber obligado a Grace a sumarse a aquella aventura. Vista desde el asiento de atrás del Ford Lariat, su madre parecía un jugador apostando la vida en una última y desesperada vuelta de ruleta.

Fueron siempre hacia el oeste hasta el Missouri y luego se desviaron al norte con el río, ancho y marrón, serpenteando a su izquierda. Al llegar a Sioux City cruzaron a Dakota del Sur y siguieron nuevamente hacia el oeste por el itinerario que las llevaría hasta Montana. Atravesaron los Badlands septentrionales y vieron cómo el sol descendía sobre Black Hills en una franja de cielo naranja sangre. Viajaban en silencio y la siniestra tristeza que había entre ambas parecía ensancharse hasta mezclarse con los otros millones de penas que hostigaban aquel paisaje inmenso e implacable.

Ni Liz ni Harry conocían a nadie que viviera en aquella zona, de modo que Annie había reservado una habitación en un pequeño hotel próximo a Mount Rushmore. Nunca había visto ese monumento y siempre había querido visitarlo en compañía de Grace. Pero cuando aparcaron en el desierto aparcamiento del hotel era de noche y llovía y Annie pensó que lo único bueno de estar en aquel sitio era que no tendría que dar conversación a unos anfitriones que no conocía de nada y a quienes no volvería a ver.

Todas las habitaciones llevaban nombres de presidentes. La suya era la Abraham Lincoln. La barba de Lincoln destacaba en las estampas plastificadas que llenaban las paredes, y encima del televisor, oscurecido en parte por un llamativo anuncio en cartulina de películas para mayores de dieciocho, había un extracto del famoso discurso de Gettysburg. Había dos camas grandes, una al lado de otra, y Grace se tumbó en la más apartada de la puerta mientras Annie salía otra vez para echar un vistazo a *Pilgrim*.

El caballo parecía habituarse poco a poco a la rutina del viaje.

Recluido en la angosta casilla del remolque, ya no se ponía furioso cuando Annie entraba en el espacio protegido que la separaba del caballo. *Pilgrim* se arrinconaba en la oscuridad, a la expectativa. Ella notaba su mirada mientras le ponía heno y empujaba hacia él los cubos de comida y agua. *Pilgrim* nunca los tocaba hasta que ella se iba. Annie percibió la menguante hostilidad del caballo, cosa que la asustó y emocionó a la vez, de modo que al cerrar la puerta del remolque el corazón le latía con violencia.

De regreso en la habitación, Annie vio que Grace se había desnudado y ya estaba acostada. Tenía la espalda vuelta hacia la puerta y Annie no supo si estaba dormida o sólo fingía.

—¿Grace? —dijo en voz baja—. ¿No quieres comer algo?

No obtuvo respuesta. Pensó en bajar al restaurante, pero no tuvo valor. Se dio un baño caliente, pensando que el agua la relajaría. Todo lo que consiguió fue que la incertidumbre se apoderase de ella. Flotaba en el aire cargado de vapor, envolviéndola. ¿Qué diablos se había creído, arrastrando a esos dos seres afligidos por todo el país en una nueva y horripilante versión de la locura de los colonos? El silencio de Grace y el vacío inexorable de los lugares que habían atravesado hicieron que de repente se sintiese terriblemente sola. Para eliminar aquellos pensamientos, deslizó las manos entre sus piernas, empezó a palparse, a tocarse, rehusando hacer concesiones al pertinaz entumecimiento inicial hasta que por fin sintió que se humedecía, y se dejó llevar.

Aquella noche soñó que caminaba con su padre por una montaña nevada, unidos por cuerdas como los escaladores, aunque era algo que nunca habían hecho. Abajo, en la ladera opuesta, se alzaban paredes de roca y hielo que se perdían en la nada. Se encontraban en una cornisa, sobre una delgada capa de nieve que, según había asegurado su padre, era segura. Él iba en cabeza y se volvía y le sonreía como lo había hecho en el momento en que le tomasen la fotografía favorita de Annie; era una sonrisa que expresaba con absoluta confianza que él estaba con ella y que todo iba bien. Y mientras sonreía, Annie vio que una grieta avanzaba en zigzag hacia ellos y de pronto el borde de la cornisa empezó a resquebrajarse y a caer. Ella quería gritar pero no podía, y un momento antes de que la grieta los alcanzara, su padre se volvió y la vio. Y entonces se hundió en el abismo y Annie advirtió que la cuerda que los unía serpenteaba tras él y comprendió que el único modo que tenían de salvarse era saltar al otro lado. Así, Annie se lanzó al vacío, hacia el otro lado del escollo. Pero en vez de sentir la sacudida de la cuerda al sujetarla, no hizo más que caer al vacío.

Cuando despertó era de mañana. Habían dormido mucho. Fuera llovía con más fuerza que la noche anterior. El monte Rushmore y sus efigies de piedra estaban ocultas tras un torbellino de nubes. La recepcionista les dijo que el tiempo no mejoraría pero que cerca de allí había otra talla en la roca que tal vez podrían ver, una efigie gigante de Caballo Loco.

—No, gracias —dijo Annie—. La tenemos muy vista.

Desayunaron, bajaron el equipaje y Annie condujo de nuevo hasta la interestatal. Cruzaron la frontera de Wyoming y luego de bordear el sur de Devil's Tower y Thunder Basin, cruzaron el río Powder y siguieron hasta Sheridan, donde por fin dejó de llover.

A medida que avanzaban crecía el número de conductores que lucían sombrero de vaquero. Algunos se tocaban el ala y levantaban ceremoniosamente la mano a modo de saludo. El sol dibujaba arcos iris en los penachos de humo que dejaban al pasar.

Llegaron a Montana por la tarde. Pero Annie no se sintió aliviada ni satisfecha en sentido alguno. Había intentado con todas sus fuerzas que el silencio de Grace no la afectase. No había parado de cambiar de emisora en la radio del coche, escuchando predicadores de Biblia y puñetazo en la mesa, informes ganaderos y más clases de música country de las que había creído que existiesen. Pero no hubo manera. Se sentía comprimida en un espacio cada vez más angosto, limitado por el peso del pesimismo de su hija y de su propia ira desbordante. Por fin, no pudo más. Ya llevaban recorridos unos sesenta kilómetros en Montana cuando, sin mirar ni preocuparse de a donde conducía, se desvió por la primera salida de la autopista.

Tenía ganas de aparcar, pero no encontraba un lugar apropiado. Había un imponente casino solitario y mientras ella miraba, su rótulo de neón no dejó de parpadear, rojo y extravagante en la luz que se extinguía. Condujo colina arriba, dejando atrás un bar y unas cuantas tiendas bajas con un aparcamiento de tierra delante. Al lado de una maltrecha camioneta había dos indios de larga melena negra y plumas en sus sombreros vaqueros, viendo cómo se acercaba el Lariat con el remolque. Algo en su mirada la inquietó y siguió colina arriba, giró a la derecha y se detuvo. Apagó el motor y por un rato permaneció muy quieta. Notó que Grace, sentada en la parte de atrás, la miraba. Finalmente, fue la muchacha quien rompió el silencio.

—¿Qué hacemos? —preguntó con voz muy cauta.

—¿Cómo? —dijo Annie bruscamente.

—Está cerrado. Mira.

Junto a la carretera había un cartel que rezaba: MONUMENTO NACIONAL. AQUÍ TUVO LUGAR LA BATALLA DE LITTLE BIGHORN. Grace estaba en lo cierto. Según el horario de visitas que constaba en el cartel hacía una hora que había cerrado. A Annie la enfureció aún más que Grace hubiera creído que había ido allí deliberamente, como una turista más. No quiso ni mirarla. Dirigió la vista al frente y respiró hondo.

—¿Cuánto tiempo va a durar esto, Grace?

—¿Qué?

—Sabes a qué me refiero. ¿Cuánto tiempo va a durar?

Siguió una larga pausa. Annie vio que una planta rodadora perseguía su propia sombra por la carretera en dirección a ellas. Rozó el coche al pasar. Annie se volvió a mirar a Grace y ésta apartó la vista al tiempo que se encogía de hombros.

—Quiero decir, ¿va a durar mucho? —prosiguió Annie—. Hemos recorrido tres mil kilómetros y no has abierto la boca. De modo que he pensado que lo mejor era preguntar, a ver si me entero. ¿Es así como vamos a estar a partir de ahora?

Grace tenía la mirada baja y jugueteaba con su walkman. Se encogió nuevamente de hombros.

—No lo sé.

—¿Quieres que demos la vuelta y regresemos a casa? —preguntó Annie, y al ver que por toda respuesta su hija soltaba una risita amarga, insistió—: Bueno, ¿qué?

Grace alzó la vista y miró de reojo por la ventanilla, en un intento por aparentar indiferencia, pero Annie advirtió que pugnaba por no echarse a llorar. Se oyó un ruido de pisadas al moverse *Pilgrim* en el remolque.

—Porque si es eso lo que quieres...

De pronto Grace se volvió con el rostro desencajado. Estaba llorando a moco tendido y su impotencia por aguantarse las lágrimas hacía que se sintiese aún más furiosa con Annie.

—¡Y a ti qué más te da! —exclamó—. ¡Siempre eres la que decide! Finges que te importa lo que quieren los demás pero es mentira.

—Grace —dijo pausadamente Annie, lavantando una mano. Pero ella la apartó de un manotazo.

—¡No! ¡Déjame en paz!

Annie la miró por un instante y luego abrió la puerta y se apeó. Echó a andar a ciegas, inclinando la cara al viento. El camino rodeaba un pinar y conducía a un aparcamiento y un edificio bajo, ambos desiertos. Siguió caminando. Tomó un sendero que ascendía por la colina y se encontró junto a un cementerio delimitado por barandillas negras de hierro. En lo alto de la colina había un sencillo monumento de piedra y fue allí donde se detuvo.

En esa misma ladera, una día de junio de 1876, George Armstrong Custer y más de doscientos soldados fueron aniquilados por aquellos a quienes pretendían masacrar. Los nombres estaban grabados al aguafuerte en la piedra. Annie miró colina abajo el camposanto de lápidas blancas que proyectaban sombras alargadas bajo los últimos rayos de sol de la tarde. Permaneció allí contemplando la vasta y ondulante llanura de hierba batida por el viento que se extendía desde aquel triste lugar hasta un horizonte donde la tristeza era infinita. Y rompió a llorar.

Más tarde le parecería extraño el que hubiese ido a aquel lugar casualmente. Nunca conseguiría saber si otro sitio visitado al azar habría provocado en ella el llanto tanto tiempo reprimido. El monumento era una especie de cruel anomalía, ya que honraba a los autores del genocidio en tanto que las innumerables tumbas de aquellos quienes habían asesinado sanguinariamente seguirían para siempre en el anonimato. Pero la sensación de sufrimiento y la presencia de tantos y tantos fantasmas trascendía cualquier detalle. Era sólo un lugar adecuado para el llanto. Y Annie agachó la cabeza y lloró. Lloró por Grace, por *Pilgrim* y por las almas en pena de los hijos que habían muerto en su vientre. Pero, sobre todo, lloró por sí misma y por aquello en que se había convertido.

Toda la vida había estado en lugares que no eran el suyo. Estados Unidos no era su hogar. Y tampoco lo era, cuando lo visitaba ahora, Inglaterra. En ambos países la trataban como si viniera del otro. Lo cierto era que no pertenecía a ninguna parte. No era de aquí ni de allá. No tenía hogar desde la muerte de su padre. Era una persona desarraigada, a la deriva.

En su momento ello había constituido una ventaja. Sabía cómo sacar provecho de las cosas. Podía adaptarse sin problemas a cualquier grupo, cultura o situación. Sabía por instinto qué hacer y con quién relacionarse para triunfar en la vida. Y en su trabajo, que tanto la había obsesionado, ese don la había ayudado mucho a ganar lo que merecía la pena ganar. Pero desde el accidente de su hija todo aquello le parecía despreciable.

En los últimos tres meses había sido la fuerte, engañándose al pensar que Grace necesitaba precisamente eso. El caso era que no sabía de qué otra forma reaccionar. Al haber perdido todo contacto consigo misma, lo había perdido también con su propia hija, y ello hacía que se sintiese consumida por la culpa. La acción se había convertido en un sustituto de los sentimientos. O cuando menos en la expresión de los mismos. Ése era el motivo, ahora lo comprendía, que se hubiera lanzado a esa aventura demencial con *Pilgrim*.

Annie siguió sollozando hasta que le dolieron los hombros, luego se dejó deslizar con la espalda pegada a la fría piedra del monumento y se quedó sentada con la cabeza entre las manos. Y así permaneció hasta que el sol se sumergió, pálido y líquido, tras los picos nevados de los distantes montes Bighorn, y los álamos que bordeaban el río se fundieron en una única cicatriz negra. Cuando levantó la vista, era de noche y el mundo la cúpula del cielo.

—Señora... —Era un guardabosque. Sostenía una linterna, pero con el haz de la luz convenientemente apartado de la cara de ella—. ¿Se encuentra bien, señora?

Annie se secó la cara y tragó saliva.

—Sí. Gracias —dijo—. Estoy bien. —Se levantó.

—Su hija estaba un poco preocupada.

—Sí. Lo siento. Ahora voy.

Cuando Annie se marchó el hombre se llevó una mano al ala del sombrero.

—Buenas noches. Vaya usted con Dios.

Bajó hasta el coche, consciente de que el guardabosques estaba observándola. Grace dormía en el asiento de atrás. Annie puso el motor en marcha, encendió las luces y cambió de dirección en lo alto de la carretera. Volvió a la interestatal dando un rodeo y condujo toda la noche hasta llegar a Choteau.

TERCERA PARTE

14

El rancho de los hermanos Booker recibía su nombre, Double Divide, de los dos arroyos que corrían por sus tierras. Nacían en sendos pliegues montañosos y en sus primeros ochocientos metros parecían gemelos. En ese lugar la sierra que los separaba era baja, tanto que en un punto determinado ambos cauces se encontraban, pero entonces ascendía abruptamente en escabrosa cadena de riscos, empujando cada arroyo hacia un lado. Forzados así a buscar caminos independientes, se convertían en dos pequeños ríos bastante distintos.

El de más al norte corría raudo y poco profundo por un amplio y diáfano valle. Sus márgenes, aunque a veces empinadas, daban fácil acceso al ganado, las truchas asomaban la cabeza en los remansos remontando su curso, en tanto que las garzas gustaban de acechar a sus presas en los guijarrales. La ruta que el arroyo del sur se veía obligado a tomar era más exuberante y llena de obstáculos y árboles. Serpenteaba entre enmarañados sotos de sauce y sanguiñuelo para desaparecer un trecho entre cenagales. Más abajo, dibujando meandros en una pradera tan llana que sus revueltas se enlazaban consigo mismas, formaba un laberinto de quietas charcas negras e islotes de hierba cuya geografía era constantemente transformada por los castores.

Ellen Booker solía decir que aquellos arroyos eran como sus dos hijos varones, Frank, el del norte y Tom, el del sur. Eso fue hasta que Frank, que tenía entonces diecisiete años, comentó una noche durante la cena que le parecía una injusticia porque a él también le gustaban los castores.[1] Su padre le dijo que fuera a lavarse la boca con agua y jabón y lo mandó a la cama. Tom no estaba muy seguro de que su madre hubiera captado el chiste, pero así debió de ser, porque nunca volvió a hacer aquel comentario.

La cabaña que llamaban la «casa del arroyo», donde Tom y Rachel, y luego Frank y Diane, habían vivido, ahora estaba desocupada. Se levantaba sobre un peñasco que dominaba un recodo del arroyo septentrional. Desde allí podía verse el valle y, más allá de las copas de los álamos, la casa grande a poco más de medio kilómetro, rodeada de graneros, establos y corrales blanqueados. Las dos casas estaban unidas por un camino de tierra que zigzagueaba hasta los prados inferiores donde el ganado pasaba el invierno. Ahora, a primeros de abril, en esa parte del rancho casi no quedaba nieve. Sólo se la veía en los barrancos umbríos y entre los pinos y abetos que salpicaban la cara norte de la sierra.

Tom miró hacia la casa del arroyo desde el asiento del acompañante del viejo Chevy y se preguntó, como hacía a menudo, sobre la posibilidad de mudarse allí. Él y Joe volvían de alimentar el ganado y el chico esquivaba los baches con mano experta. Joe era bajo para su edad y tenía que sentarse tieso como un palo para ver más allá del capó. Durante la semana era Frank quien se encargaba del forraje, pero los fines de semana le gustaba hacerlo a Joe y Tom le echaba una mano. Habían descargado los fardos de alfalfa y juntos disfrutaban al ver las vacas y los terneros acercarse en tropel para comer.

—¿Podemos ir a ver el potro de *Bronty*? —preguntó Joe.

—Claro que sí.

—En la escuela hay un chico que dice que deberíamos marcarlo y adiestrarlo.

—Ya.

—Dice que si se hace cuando acaban de nacer, luego es fácil manejarlos.

—Sí. Hay gente que lo dice.

—En la tele hicieron un programa en que un tipo lo hacía con

1. *Beaver*, «castor», en argot también designa los genitales femeninos. (*N. del T.*)

gansos. Tenía una avioneta y los gansos pequeños crecían pensando que era su madre. El tipo hacía volar la avioneta y los gansos la seguían.

—Algo de eso he oído.

—¿Tú qué opinas de esas cosas?

—Verás Joe, yo no soy un entendido en gansos. Puede que a ellos les parezca bien creer que son avionetas. —Joe rió—. Pero cuando se trata de un caballo mi opinión es que lo primero es dejarlo que aprenda a ser caballo.

Volvieron en coche al rancho y aparcaron junto al largo establo donde Tom guardaba varios de sus caballos. Los hermanos gemelos de Joe, Scott y Craig, salieron corriendo de la casa al verlos llegar. Tom advirtió que Joe ponía mala cara. Los gemelos tenían nueve años y como eran rubios, guapos y ruidosos siempre llamaban la atención más que su hermano.

—¿Vais a ver al potro? —chillaron al unísono—. ¿Podemos ir?

Tom les revolvió el pelo y dijo:

—Siempre que os estéis callados.

Los llevó al establo y los tres se quedaron junto a la casilla de *Bronty* mientras Joe entraba. *Bronty*, que era una yegua quarter de diez años, color bayo rojizo, adelantó el hocico hacia Joe, quien comenzó a frotarle el cuello suavemente con la mano. A Tom le gustaba ver que el chico se movía entre caballos con holgura y confianza. El potro, algo más oscuro que su madre, había estado tumbado en un rincón y ahora trataba de ponerse de pie, bamboleándose cómicamente sobre las patas rígidas para buscar el cobijo de su madre, sin dejar de mirar a Joe. Los gemelos rieron.

—Qué pinta tan graciosa tiene —dijo Scott.

—Yo tengo una foto vuestra a esa edad —dijo Tom—. ¿Y sabéis una cosa?

—Parecían un par de ranas —terció Joe.

Los gemelos se cansaron enseguida y se fueron. Tom y Joe llevaron los otros caballos a la explanada que había detrás del establo. Después de desayunar tenían pensado empezar el trabajo con algunos tusones. Mientras iban hacia la casa, los perros se echaron a ladrar y pasaron de largo a toda velocidad. Tom se volvió y vio el Ford Lariat doblando al pie de la loma y enfilando el camino de entrada a la casa. Dentro sólo iba el conductor, y cuando el coche estuvo más cerca Tom advirtió que se trataba de una mujer.

—¿Tu madre espera a alguien? —preguntó Tom. Joe se encogió de hombros. El coche se detuvo y los perros comenzaron a dar vueltas y ladrar sin parar alrededor de él. Entonces Tom reconoció a la conductora. Resultaba difícil de creer. Joe notó algo en su mirada.

—¿La conoces?

—Diría que sí.

Pero no sé qué ha venido a hacer aquí.

Hizo callar a los perros y echó a andar. Annie bajó del coche y se acercó a Tom, nerviosa. Llevaba tejanos, botas de marcha y un enorme jersey de color crema que le llegaba hasta la mitad del muslo. El sol encendía por detrás sus cabellos de rojo y Tom se dio cuenta de que recordaba perfectamente aquellos ojos verdes del día en las caballerizas. Ella lo saludó con un movimiento de la cabeza sin llegar a sonreír, un poco avergonzada.

—Buenos días, Mr. Booker.

—Buenos, en efecto. —Se quedaron quietos unos instantes—. Joe, te presento a Mrs. Graves. Joe es sobrino mío.

Annie tendió la mano hacia el muchacho.

—Hola, Joe. ¿Cómo estás?

—Bien.

Annie miró el valle, las montañas, y luego otra vez a Tom.

—Qué lugar tan hermoso.

—Así es —dijo Tom al tiempo que se preguntaba cuándo se decidiría aquella mujer a explicarle qué diablos estaba haciendo allí, aunque tenía una ligera idea.

Annie respiró hondo.

—Mr. Booker, creerá usted que estoy loca, pero seguramente habrá adivinado por qué he venido.

—Supongo que no pasaba sencillamente por aquí.

Annie casi sonrió.

—Perdone que me presente así por las buenas, pero sabía lo que me diría si le telefoneaba. Se trata del caballo de mi hija.

—*Pilgrim.*

—Sí. Sé que puede ayudarlo y he venido a pedirle, a rogarle, que le eche otro vistazo.

—Mrs. Graves...

—Por favor. Sólo una vez. Será poco tiempo.

Tom se echó a reír.

—¿El qué? ¿Ir a Nueva York? —Señaló el Lariat—. ¿O pensaba llevarme hasta allí en coche?

—Está aquí. En Choteau.

Tom le dirigió una mirada de incredulidad.

—¿Quiere decir que lo ha traído hasta aquí desde Nueva York?

Ella asintió. Joe los miraba intentando comprender algo. Dianne había salido al porche y estaba contemplando la escena con la mosquitera abierta.

—¿Usted sola? —preguntó Tom.

—Con mi hija Grace.

—¿Sólo para que yo le eche un vistazo?

—Sí.

—¿Venís a comer, chicos? —gritó Diane. «Quién es ésa», era lo que en el fondo quería saber. Tom puso la mano en el hombro de Joe.

—Dile a tu madre que ahora voy —dijo, y mientras el chico se iba se volvió a Annie.

Por unos segundos se miraron fijamente. Ella se encogió levemente de hombros y, por fin, sonrió. Tom reparó en la forma en que las comisuras de la boca se le doblaban hacia abajo aun sin alterar la inquietud de su mirada. Se sentía obligado a actuar apresuradamente y se preguntaba por qué le daba igual.

—Perdone que se lo diga, señora. Pero veo que no es usted de las que aceptan un no por respuesta.

—Supongo que no —dijo Annie.

Grace estaba boca arriba sobre el suelo del mohoso dormitorio, haciendo sus ejercicios y escuchando las campanas electrónicas de la iglesia metodista que se alzaba al otro lado de la calle. No sólo daban la hora, sino que tocaban canciones enteras. A ella casi le gustaba ese sonido, sobre todo porque a su madre la volvía loca. Annie estaba abajo hablando por teléfono con la agencia inmobiliaria y quejándose precisamente de ello.

—¿Es que no saben que hay leyes para estas cosas? —estaba diciendo—. Esta gente contamina el aire.

Era la quinta vez en dos días que llamaba al agente. El pobre hombre había cometido el error de darle el número de su casa y Annie estaba estropeándole el fin de semana bombardeándolo a quejas: la calefacción no iba, los dormitorios eran húmedos, el supletorio que había pedido no estaba instalado, la calefacción seguía sin funcionar. Y encima las campanas.

—No sería tan grave si al menos tocaran algo medianamente decente —proseguía—. Es absurdo, los metodistas tienen canciones muy buenas.

El día anterior Grace se había negado a acompañarla al rancho. Después de que su madre se hubo marchado, decidió salir a explorar. Choteau era básicamente una larga calle principal con el tren a un lado y una cuadrícula de calles residenciales al otro. Había una peluquería canina, un videoclub, una parrilla y un cine donde pasaban una película que Grace había visto un año atrás. La supuesta gloria del pueblo era un museo donde se exhibían huevos de dinosaurio. Entró en un par de tiendas y la gente se mostró afable pero reservada. Era consciente de que los demás la miraban andar lentamente por la calle con su bastón. Cuando regresó a la casa se sintió tan abatida que se echó a llorar.

Annie había vuelto eufórica y le dijo a Grace que Tom Booker había accedido a ver a *Pilgrim* el día siguiente. Todo el comentario de Grace fue:

—¿Cuánto tiempo tendremos que quedarnos en esta pocilga?

Era una casa grande e irregular con revestimiento de tablillas azul claro y totalmente enmoquetada con una lanilla teñida de un amarillo pardusco. El escaso mobiliario parecía proceder de una subasta. Annie se quedó de piedra al ver el sitio por primera vez. Grace estaba exultante. Su aspecto notoriamente insuficiente era para ella la perfecta vindicación.

Interiormente, Grace no se oponía tanto a la misión de su madre como aparentaba. De hecho, era un alivio dejar la escuela y no tener que estar poniendo buena cara todo el tiempo. Pero sus sentimientos hacia *Pilgrim* eran muy confusos. La asustaban. Era mejor apartarlo totalmente de sus pensamientos. Pero con su madre era imposible. Todos sus actos parecían forzarla a enfrentarse a la cuestión. Annie se lo había tomado como si *Pilgrim* fuese suyo, cuando lo cierto era que pertenecía a Grace. Por supuesto que ésta quería que el caballo se pusiera bien, sólo que... Entonces, por primera vez, se le ocurrió que tal vez no quería que se pusiera bien. ¿Acaso lo culpaba por lo que había sucedido? No, eso era una estupidez. ¿Acaso quería que se quedase como estaba, lisiado de por vida? ¿Por qué tenía él que recuperarse y ella no? No era justo. «Basta, déjalo», se decía. Aquellos pensamientos alocados y retorcidos eran culpa de su madre, y Grace no permitiría que se apoderaran de su mente.

Se concentró en la gimnasia hasta que notó que el sudor le bajaba por el cuello. Levantó una vez y otra el muñón hasta que le dolieron los músculos de la nalga derecha y el muslo. Ya podía mirarse la pierna y aceptar que le pertenecía. La cicatriz estaba limpia, ya no la atormentaba con aquel molesto escozor. Su musculatura empezaba a recobrarse, hasta el punto de que la manga de su pierna ortopédica empezaba a quedarle un poco apretada. Oyó que Annie colgaba el auricular.

—¿Has terminado, Grace? No tardará en llegar.

No respondió, dejó que las palabras quedaran en suspenso.

—¿Grace?

—Sí. ¿Y qué?

Pudo sentir la reacción de Annie, imaginar la expresión de fastidio en su rostro dando paso a la resignación. Oyó que suspiraba y regresaba al comedor que, como no podía de otra forma, Annie había transformado en su despacho.

15

Todo lo que Tom prometió fue que iría a echar otro vistazo al caballo. Era lo menos que podía hacer, teniendo en cuenta los kilómetros que ella había recorrido. Pero había puesto como condición que iría solo. No quería tenerla fisgando detrás de él, metiéndole prisa. Ya sabía lo bien que se le daba apremiar a la gente. Annie le había hecho jurar que después se pasaría por la casa y le diría su veredicto.

Tom conocía la casa de los Petersen, en las afueras de Choteau, donde tenían alojado a *Pilgrim*. Eran gente bastante simpática, pero si el caballo estaba tan mal como la última vez que lo había visto, probablemente no lo aguantaran mucho tiempo.

El viejo Petersen tenía cara de forajido, con su barba de tres días y unos dientes tan negros como el tabaco que siempre mascaba. Se los enseñó en una sonrisa malévola en cuanto Tom apareció en su Chevrolet.

—¿Cómo es el dicho...? Si vienes buscando problemas, has llegado al sitio exacto. Por poco me mata cuando intenté sacarlo del remolque. No ha dejado de tirar coces y chillar como un fantasma, condenado animal.

Acompañó a Tom por un camino enfangado al borde del cual podían verse las herrumbrosas carrocerías de coches abandonados, hasta un viejo establo con casillas a los lados. Habían sacado a los otros caballos. Tom oyó a *Pilgrim* antes de llegar allí.

—Coloqué esta puerta el verano pasado —dijo Petersen—. La vieja ya se la habría cargado. La mujer dice que se lo vas a arreglar...

—¿Eso ha dicho?

—Ajá. Déjame que te dé un consejo. Antes que nada ve a ver a Bill Larson para que le tome las medidas.

El viejo rió estrepitosamente y le dio a Tom una palmada en la espalda. Bill Larson era el dueño de la funeraria del pueblo.

El caballo tenía un aspecto más lamentable aún que la última vez. La pata delantera estaba en tal mal estado que Tom se preguntó cómo conseguía tenerse en pie, por no hablar de dar coces todo el rato.

—En sus tiempos debía de ser un animal precioso —dijo Petersen.

—Supongo.

Tom se volvió. Había visto suficiente.

Regresó en coche a Choteau y miró el papel donde Annie le había anotado la dirección. Cuando aparcó delante de la casa y fue hasta la puerta principal, las campanas de la iglesia estaban tocando una melodía que no había oído desde que era pequeño en la escuela dominical. Llamó al timbre y esperó.

La cara que apareció en la puerta lo dejó de piedra. No era que esperase ver a la madre, sino la franca hostilidad reflejada en el rostro pecoso y macilento de la muchacha. Recordó la foto que le había enviado Annie; el contraste con aquella chica feliz con su caballo era sorprendente. Sonrió.

—Tú debes de ser Grace. —Ella no devolvió la sonrisa, sólo asintió con la cabeza y se apartó para dejarlo pasar. Tom se quitó el sombrero y esperó a que ella cerrase la puerta. Oyó a Annie hablar en un cuarto junto al vestíbulo.

—Está al teléfono. Puede esperar aquí dentro.

Grace lo condujo a un salón en forma de L. Mientras la seguía, Tom miró la pierna y el bastón, diciéndose mentalmente que no debía volver a mirar. La habitación era lúgubre y olía a humedad. Había un par de butacas viejas, un sofá medio hundido y un televisor en el que daban una vieja película en blanco y negro. Grace se sentó y siguió mirándola.

Tom se acomodó en el brazo de una de las butacas. La puerta del fondo estaba entornada y vio un fax, una pantalla de ordenador y una maraña de cables. De Annie sólo se veía una pierna cruzada y un pie que se sacudía con impaciencia. Parecía muy nerviosa por algo.

—¡Cómo! ¿Que dijo qué? No me lo puedo creer. Lucy... Lucy, me da lo mismo. Eso no tiene nada que ver con Crawford. La directora soy yo, ¿entiendes?, y quiero esa portada y ninguna otra.

Tom vio que Grace arqueaba las cejas y se preguntó si lo hacía por él. En la pantalla del televisor, una actriz cuyo nombre no recordaba estaba de rodillas en el suelo aferrada a James Cagney, implorándole que no la abandonase. Siempre hacían lo mismo; Tom no comprendía por qué se tomaba la molestia.

—Grace, ¿quieres traerle un café a Mr. Booker? —gritó Annie desde la otra habitación—. Y otro para mí, por favor.

Volvió a su llamada. Grace apagó la tele y se levantó, visiblemente enojada.

—Déjalo, en serio —dijo Tom.

—Mi madre acaba de prepararlo. —Grace lo miró como si él hubiera dicho una grosería.

—Entonces bueno, gracias. Pero tú quédate viendo la película. Yo iré a buscarlo.

—Ya la he visto. Es una lata.

Grace cogió el bastón y fue hacia la cocina. Tom esperó un momento y la siguió. Ella lo fulminó con la mirada al verlo entrar e hizo más ruido del necesario con las tazas. Tom se acercó a la ventana.

—¿Qué hace tu madre?

—¿Qué?

—Tu madre, a qué se dedica.

—Dirige una revista. —Le pasó una taza de café—. ¿Nata y azúcar?

—No gracias. Debe de ser un trabajo muy estresante.

Grace rió. A Tom le sorprendió lo amarga que sonaba.

—Supongo que sí.

Se produjo un incómodo silencio. Grace apartó la vista y se

disponía a servir otra taza cuando se detuvo y lo miró otra vez. Tom reparó en el temblor que agitaba la superficie del café debido a lo tensa que estaba. Era fácil adivinar que Grace tenía algo importante que decir.

—Por si ella no lo ha mencionado, yo no quiero saber nada de todo esto, ¿de acuerdo?

Tom asintió en silencio y esperó a que ella siguiera hablando. Grace le había casi escupido las palabras y ahora estaba un poco desconcertada por su impasibilidad. Vertió bruscamente el café, pero con tal rapidez que derramó un poco. Dejó la cafetera sobre la mesa y cogió la taza.

—Todo ha sido idea de ella —dijo sin mirarlo—. Yo creo que es una estupidez. Lo mejor sería que se desembarazaran del caballo.

Pasó por su lado y salió de la cocina. Tom la vio irse y luego se volvió a mirar al pequeño y descuidado patio trasero. Un gato estaba comiéndose una cosa tendinosa junto a un cubo de basura volcado.

Tom había ido a la casa para decir por última vez a la madre de la chica que el caballo estaba desahuciado. No le resultaría fácil decirlo después del viaje que habían tenido que hacer. Tom lo había pensado mucho desde la visita de Annie al rancho. Para ser exactos, había pensado mucho en Annie y en la tristeza que había visto en sus ojos. Se le había ocurrido que si se ocupaba del caballo, tal vez no lo hiciese para ayudar a éste sino a ella. Y eso nunca. Era el peor motivo para hacerlo.

—Lo siento. Era importante.

Tom se volvió y vio entrar a Annie. Llevaba una holgada camisa tejana y el cabello peinado hacia atrás, mojado aún de la ducha. Parecía un chico.

—No se preocupe.

Annie fue a buscar el café y llenó su taza hasta arriba. Luego se acercó a él e hizo otro tanto con la suya sin preguntarle.

—¿Ha ido a ver a *Pilgrim*? —Dejó la cafetera pero se quedó de pie delante de Tom. Olía a jabón, o tal vez a champú, pero en cualquier caso a algo caro.

—Sí. Vengo de allí.

—¿Y bien?

Tom aún no sabía de qué manera iba a decírselo, ni siquiera cuando empezó a hablar.

—Pues está todo lo mal que puede estar un caballo. —Se interrumpió y advirtió que algo saltaba en los ojos de ella. Luego, detrás de Annie, vio el rostro de Grace asomado al hueco de la puerta, tratando de aparentar que con ella no iba la cosa pero fracasando estrepitosamente. Conocer a esa muchacha había sido para Tom como ver el último retrato de un tríptico; el conjunto era ahora más claro. Los tres —madre, hija, caballo— estaban inseparablemente unidos por el dolor. Si podía ayudar al caballo aunque sólo fuera un poco, tal vez los ayudase a todos. ¿Qué había de malo en ello? Y a decir verdad, ¿cómo podía dar la espalda a tanto sufrimiento?

Se oyó decir:

—Quizá podamos hacer algo.

Enseguida comprobó el efecto tranquilizador de sus palabras en la expresión de Annie.

—Eh oiga, un momento, señora. Sólo he dicho quizá. Antes de pensar en ello siquiera, tengo que saber una cosa. La pregunta es para Grace. —Advirtió que la chica se ponía rígida—. Verás, cuando trabajo con un caballo nunca lo hago solo. Es inútil. Tiene que implicarse también el dueño, la persona que va a montarlo. Conque éste es el trago. No sé si podré hacer algo por el pobre *Pilgrim*, pero con tu ayuda, estoy dispuesto a intentarlo.

Grace soltó de nuevo aquella risa amarga y apartó la cara como si no pudiera dar crédito a lo que oía. Annie agachó la cabeza.

—¿Tienes algún problema, Grace? —dijo Tom.

Ella lo miró con lo que sin duda pretendía ser desdén, pero cuando abrió la boca, la voz le salió trémula:

—¿No le parece, digamos, evidente?

Tom reflexionó unos instantes y luego sacudió la cabeza.

—Pues no. Yo no lo veo así. En fin, el trato es éste. Gracias por el café.

Tom dejó la taza en la mesa y fue hacia la puerta. Annie miró a

Grace, que desapareció por el salón. Entonces Annie fue corriendo tras él al vestíbulo.

—¿Qué tendría que hacer mi hija?

—Estar allí, echar una mano, interesarse. —Algo le dijo que por el momento no debía hablar de montar a caballo. Se puso el sombrero y abrió la puerta. Vio la desesperanza en los ojos de Annie—. Hace frío aquí dentro —añadió—. Debería hacer revisar la calefacción.

Estaba a punto de salir cuando Grace apareció en el umbral de la sala de estar. No lo miró. Dijo alguna cosa pero en voz tan baja que Tom no entendió.

—¿Perdón?

Grace miró hacia otro lado, incómoda.

—He dicho que de acuerdo. Lo haré.

Dio media vuelta y regresó a la cocina.

Diane había guisado un pavo y estaba trinchándolo como si el pobre se lo tuviera merecido. Uno de los gemelos intentó coger un pedazo y se llevó una guantada. Se suponía que estaba llevando los platos a la mesa donde todos los demás ya estaban sentados.

—Y los potros, ¿qué? —dijo Diane—. Yo creía que la idea de no hacer cursillos era para que pudieras trabajar con tus propios caballos, para variar.

—Habrá tiempo para eso —dijo Tom. No podía entender por qué Diane estaba tan furiosa.

—Quién se ha creído que es, presentarse aquí de esa manera, pensando que puede venir y obligarte a hacerlo. A mí me parece que es una desfachatez por su parte. ¡Largo! —Trató de abofetear otra vez al chico, pero éste consiguió escapar con su presa. Diane levantó el cuchillo de trinchar—. La próxima te doy con esto, ¿me has oído? ¿Tú no crees que es una fresca, Frank?

—Yo qué sé. A mí me parece que esto es cosa de Tom. Craig, pásame el maíz, por favor.

Diane sirvió un último plato para ella y fue a sentarse. Todos callaron para que Frank bendijera la mesa.

—Además —dijo Tom cuando su hermano hubo terminado—, tengo a Joe, que va a ayudarme con los tusones. ¿Verdad, Joe?

—Claro.

—Mientras haya escuela, ni lo sueñes —dijo Diane.

Tom y Joe intercambiaron miradas. Nadie dijo palabra durante un rato, ocupados únicamente en servirse verdura y salsa de arándanos. Tom confiaba en que Diane lo dejase estar, pero ella era como un perro con un hueso.

—Imagino que querrán comer y eso, si van a estar aquí todo el santo día.

—No creo que hayan pensado en ello —dijo Tom.

—¿Y qué? ¿Van a conducir sesenta kilómetros hasta Choteau cada vez que quieran tomar café?

—Té —dijo Frank.

Diane le lanzó una mirada de pocos amigos.

—¿Cómo?

—Té. Es inglesa. Los ingleses toman té. Vamos Diane, déjalo respirar.

—¿A que es curiosa la pierna de la chica? —dijo Scott con la boca llena de pavo.

—¡Curiosa, dice! —Joe sacudió la cabeza—. Mira que eres raro...

—No, quiero decir ¿qué es?, ¿de madera o algo así?

—Tú come y calla, Scott —dijo Frank.

Comieron en silencio durante un rato. Tom advirtió que Diane estaba de un humor de perros y no podía sacudírselo de encima. Era una mujer alta y robusta, endurecida por el sitio en que vivía. A sus cuarenta y tantos años su expresión y su ánimo de oportunidad perdida se acrecentaban. Se había criado en una finca próxima a Great Falls y Tom fue el primero que la conoció. Salieron juntos un par de veces, pero él dejó bien claro que no tenía intención de establecerse tan pronto y al final la cosa fue muriendo por sí sola. De modo que Diane se casó con el hermano pequeño. Tom sentía mucho cariño por ella, aunque algunas veces, sobre todo desde que la madre de ellos se mudara a Great Falls, la encontraba excesivamente sobreprotectora. Le preocupaba un poco que le prestara más atención a él que a Frank, si bien no parecía que éste se diese cuenta.

—¿Cuándo crees que habrá que ponerse a marcar? —le preguntó a su hermano.

—Este fin de semana no, el otro. Si el tiempo acompaña.

En muchos ranchos lo dejaban para más adelante, pero Frank marcaba en abril porque a los chicos les gustaba echar una mano y los terneros eran aún lo bastante pequeños para que pudieran manejarlos solos. Solía ser todo un acontecimiento. Acudían amigos de los alrededores y Diane solía preparar una comilona para después del trabajo. Era una tradición que había iniciado el padre de Tom y una de las muchas que Frank aún conservaba. Otra era que ellos seguían empleando caballos cuando muchos rancheros utilizaban modernos vehículos. Reunir ganado en motocicleta no era lo mismo.

Tom y Frank siempre habían pensado lo mismo respecto de esas cosas. Nunca discutían acerca del modo que debía llevarse el rancho; en realidad, no discutían acerca de nada. Ello se debía en parte a que Tom consideraba la finca más de Frank que suya. Era Frank el que había permanecido allí todos aquellos años mientras él estaba de viaje haciendo cursillos por todo el país. Y Frank siempre había sabido más de negocios y ganado de lo que él sabría jamás. Los dos hermanos se llevaban muy bien y Frank estaba verdaderamente entusiasmado ante la idea de que Tom se dedicara más seriamente a criar caballos, porque de ese modo permanecería más tiempo en casa. Aunque las reses eran cosa de Frank y los caballos de Tom, siempre que podían se ayudaban mutuamente. El año anterior, mientras Tom estaba fuera dictando una serie de cursillos, fue Frank quien había supervisado la construcción de un ruedo y un estanque de adiestramiento que Tom había ideado para los caballos.

De pronto, Tom reparó en que uno de los gemelos le había preguntado algo.

—Perdona, ¿qué decías?

—Si es famosa —dijo Scott.

—Famosa quién, por Dios —le espetó Diane.

—La mujer de Nueva York.

Diane no le dejó a Tom oportunidad de contestar.

—¿Tú has oído hablar de ella? —le preguntó al chico. Él negó con la cabeza—. Entonces no es famosa, ¿está claro? Acaba de comer.

16

Un tiranosaurio de cuatro metros de altura guardaba el lado norte de Choteau. Montaba su guardia desde el aparcamiento del Old Trail Museum y se lo veía justo después de pasar el cartel de la carretera 89 que rezaba: BIENVENIDOS A CHOTEAU - BUENA GENTE, MEJOR PAÍS. Consciente tal vez del desánimo que su criatura podía originar tras semejante bienvenida, el escultor había modelado los afiladísimos dientes del bicho dando forma a una sonrisa cómplice. El resultado era inquietante. El visitante no sabía si el saurio quería comerlo o matarlo a lambetazos.

Cuatro veces al día, desde hacía ya dos semanas, Annie pasaba por delante del reptil en sus idas y venidas al Double Divide. Salían cerca del mediodía después de que Grace hubiera hecho algunos deberes o pasado una agotadora mañana en casa de la fisioterapeuta. Annie la dejaba en el rancho, regresaba a la casa, se peleaba con los teléfonos y el fax y luego, a eso de las seis, se ponía de nuevo en camino, como estaba haciendo en ese momento, para ir a buscarla.

El viaje duraba casi tres cuartos de hora y desde que el tiempo había cambiado a Annie le gustaba sobre todo el último de la tarde. El cielo llevaba cinco días despejado y se veía más grande y azul de lo que ella creía que podía ser el cielo. Tras una tarde de locos llamando a Nueva York, viajar por aquel paisaje era como zambullirse en una enorme y relajante piscina.

El trayecto tenía forma de una L alargada y durante los primeros treinta kilómetros rumbo al norte por la carretera 89, Annie, no solía cruzarse con nadie. La llanura se extendía, interminable, a su derecha, y a medida que el sol descendía formando un arco hacia las montañas Rocosas, la hierba fatigada por el invierno se volvía de un dorado pálido.

Torció al oeste por el camino de grava sin señalizar que seguía en línea recta unos veinticinco kilómetros más en dirección al rancho y las montañas que se elevaban más allá. El Lariat dejaba a su paso una nube de polvo que la brisa arrastraba lentamente. Unos zarapitos se pavonearon en mitad del camino y en el último momento alzaron vuelo perezosamente en dirección a los pastos. Annie bajó la visera para protegerse del sol y notó que algo en su interior se aceleraba.

Los últimos días había partido hacia el rancho un poco más temprano para poder ver a Tom Booker en plena tarea, aunque el verdadero trabajo con *Pilgrim* aún no había empezado. Hasta ese momento sólo se había tratado de una terapia física destinada a fortalecer en el estanque la enflaquecida espaldilla del caballo y los músculos de su pata. *Pilgrim* nadaba en círculos, y por la expresión de sus ojos cualquiera hubiese dicho que lo perseguía un cocodrilo. Ahora se alojaba en el rancho, en una casilla muy cerca al estanque, y el único contacto directo que Tom había tenido con él era para meterlo y sacarlo del agua, lo cual era de por sí bastante peligroso.

El día anterior Annie había estado con Grace mirando cómo Tom sacaba a *Pilgrim* de la piscina. El caballo no quería salir del agua, temiendo alguna trampa, y Tom había tenido que bajar por la rampa con el agua hasta la cintura. *Pilgrim* se había debatido, empapándolo a él e incluso encabritándose a escasa distancia. Pero Tom no se había alterado siquiera. A Annie le parecía un milagro el modo en que aquel hombre conservaba la calma estando tan cerca de la muerte. ¿Cómo podía calcularse semejante margen? También *Pilgrim* se había mostrado desconcertado ante esa falta de miedo, y por fin salió tambaleándose del agua y se dejó conducir a su casilla.

Tom fue a donde estaban Annie y Grace y se detuvo delante de ellas, chorreando. Se quitó el sombrero y le escurrió el agua del ala. Grace empezó a reír y él la miró torciendo el gesto, lo que hizo que ella riese aún más. Él se volvió a Annie y sacudió la cabeza.

—Esta hija suya no tiene corazón —dijo—. Pero lo que no sabe es que la próxima vez irá ella a la piscina.

Desde aquel instante Annie no podía olvidar el sonido de la risa de Grace. Mientras regresaban a Choteau, Grace le había contado lo que habían estado haciendo con *Pilgrim* y las preguntas que sobre él le había hecho Tom. Le había hablado del potro de *Bronty,* de Frank, de Diane y de los chicos, de que los gemelos eran unos latosos pero que Joe era muy simpático. Era la primera vez que Annie la veía contenta desde que habían partido de Nueva York, y tuvo que esforzarse para no exagerar su reacción y dejar las cosas como si no hubiera ocurrido nada especial. Pero no duró mucho. Al pasar por delante del dinosaurio, Grace se quedó callada, como si el enorme lagarto le recordara cómo se estaba comportando últimamente con su madre. Pero al menos, pensó Annie, había sido un comienzo.

Los neumáticos del Lariat rechinaron en la gravilla al doblar hacia el valle bajo el cartel de madera con la doble D que señalaba el camino de entrada al rancho. Annie pudo ver varios caballos correr en el gran ruedo contiguo a la caballeriza, y al acercarse un poco más divisó a Tom montando entre ellos. En una mano llevaba un palo largo provisto de una banderola anaranjada en un extremo que agitaba hacia los animales para que se alejaran de él. Allí dentro había por lo menos una docena de potros, y en general procuraban mantenerse pegados unos a otros. Había uno, sin embargo, que siempre estaba solo y Annie advirtió que se trataba de *Pilgrim.*

Grace estaba acodada en la baranda al lado de Joe y los gemelos, mirando. Annie aparcó el coche y se les acercó al tiempo que acariciaba las cabezas de los perros que ya no le ladraban cuando llegaba al rancho. Joe sonrió y fue el único que la saludó.

—¿Qué está haciendo? —preguntó Annie.

—Oh, darles unas vueltas, nada más.

Annie se apoyó en la baranda al lado de Joe y observó. Los potros se desbocaban y hacían extraños de un extremo al otro del ruedo, dibujando en la arena sombras alargadas y levantando nubes ambarinas que atrapaban la luz de un sol sesgado. Tom hacía mover a *Rimrock* alrededor de los caballos sin esfuerzo aparente, apeándose a veces para obstruirles el paso o abrir una brecha entre ellos. Era la primera vez que Annie lo veía montar. El caballo, con sus calcetines blancos, ejecutaba intrincados pasos sin recibir órdenes visibles, guiado únicamente, o así se lo parecía a Annie, por los pensamientos del jinete. Era como si Tom y *Rimrock* fuesen una sola cosa. Annie no podía quitarle los ojos de encima. Al pasar por delante, Tom se tocó el ala del sombrero y sonrió.

—Annie.

Era la primera vez que no la llamaba señora o Mrs. Graves, y oírle pronunciar espontáneamente su nombre de pila le gustó, hizo que se sintiese aceptada. Entonces observó que se acercaba a *Pilgrim,* que se había detenido como los otros al fondo del ruedo. El caballo estaba aparte de los demás y era el único que sudaba. Sus cicatrices destacaban al sol de la tarde y no paraba de cabecear y bufar. Parecía tan inquieto por los otros caballos como por Tom.

—Lo que estamos haciendo, Annie, es tratar de que aprenda a ser un caballo otra vez. Los otros ya lo saben, ¿comprende? Así son en estado salvaje, animales de manada. Cuando se les presenta un problema, como tienen ahora conmigo y esta banderola, se buscan unos a otros con la mirada. Pero el viejo *Pilgrim* lo ha olvidado por completo. Cree que no le queda ningún amigo en este mundo. Si los dejara sueltos por el monte estos potros se desenvolverían bien. Pero el pobre *Pilgrim* sería víctima de los osos. No es que no quiera tener amigos, es que no sabe cómo hacerlo.

Tom guió a *Rimrock* hacia los caballos y levantó la banderola agitándola en el aire. Los potros escaparon al mismo tiempo hacia la derecha y esta vez, en lugar de doblar hacia la izquierda como antes, *Pilgrim* los siguió. Pero en cuanto estuvo lejos de Tom, se separó de los demás y se detuvo. Tom sonrió.

—Lo conseguirá.

Para cuando devolvieron a *Pilgrim* a su casilla, el sol ya se había ocultado y empezaba a refrescar. Diane llamó a cenar a los chicos y Grace entró en la casa con ellos para coger una chaqueta que había dejado dentro. Tom y Annie caminaron lentamente hacia el coche. De pronto ella fue muy consciente de que estaban solos. Por un rato ninguno dijo nada. Un búho pasó volando bajo hacia el arroyo y Annie vio cómo se fundía en la oscuridad de los álamos. Notó que Tom la miraba y se volvió. Él sonrió y le dirigió una mirada que no era la de un virtual desconocido, sino la de alguien que la conocía desde hacía mucho tiempo. Annie se las apañó para devolver la sonrisa y sintió alivio al ver que Grace venía ya de la casa.

—Mañana vamos a marcar —dijo Tom—. Pueden venir las dos a echar una mano, si quieren.

Annie se echó a reír.

—Me parece que sólo estorbaríamos —dijo.

Él se encogió de hombros.

—Es probable —dijo—. Pero mientras no meta la mano delante del hierro de marcar, no tiene demasiada importancia. Y aunque lo hiciera, la marca es muy bonita. Allá en la ciudad se sentiría orgullosa de llevarla.

Annie se volvió a Grace y se dio cuenta de que ella tenía ganas pero intentaba disimularlo. Volvió a mirar a Tom.

—De acuerdo —respondió—. ¿Por qué no?

Tom le dijo que empezarían alrededor de las nueve de la mañana pero que podían presentarse cuando quisieran. Luego se despidieron. Mientras se alejaba por el camino, Annie miró por el espejo retrovisor. Él seguía allí de pie, observándolas partir.

17

Tom recorrió a caballo un lado del valle y Joe el otro. La idea era recoger a las vacas rezagadas, pero ellas necesitaban pocos alicientes. Podían ver allá abajo, en el prado, el viejo Chevrolet donde siempre lo aparcaban en horas de pastar y oían a Frank y los gemelos chillando y aporreando el saco de pienso para que las vacas vinieran a comer. Bajaban de las colinas en tropel, mugiendo, seguidas de sus terneros, que también mugían, angustiados por no quedarse atrás.

El padre de Tom había criado vacas de pura raza hereford pero desde hacía unos años Frank optaba por un cruce de hereford y black angus. Las angus eran buenas madres y se adaptaban mejor al clima porque no tenían las ubres rosadas como las hereford sino negras, y de ese modo el reflejo del sol en la nieve no se las quemaba. Tom estuvo observando un rato cómo se alejaban colina abajo y luego hizo dar media vuelta a *Rimrock* y descendió a toda carrera en dirección al sombreado cauce del arroyo.

De la superficie del agua se elevaban volutas de vapor hacia el aire caliente y un mirlo acuático echó a volar en línea recta aguas arriba a tal velocidad y tan escasa altura que con sus alas color pizarra casi rozó la superficie. Allí abajo los berridos de las reses llegaban amortiguados y el único sonido era el suave chapoteo del caballo a medida que se dirigían hacia lo alto del prado. A veces algún ternero quedaba enganchado en las espesas matas de salicaria. Pero ese día no encontraron ninguno y Tom condujo a *Rim-*

rock de vuelta a la orilla para luego seguir a paso largo hacia el sol en lo alto de la colina y allí se detuvieron.

A lo lejos, al otro lado del valle, vio a Joe en su poni castaño y blanco. El chico agitó un brazo y Tom le devolvió el saludo. Abajo, las reses convergían hacia el Chevrolet, rodeándolo de forma que el coche parecía un bote en medio de un remolino de aguas negras. Los gemelos estaban lanzando unas pelotillas de pienso para tener a las vacas entretenidas mientras Frank se subía al asiento del conductor y empezaba a avanzar lentamente en dirección al prado. Atraídas por el pienso, las reses echaron a andar detrás del vehículo.

Desde la colina podía verse todo el valle hasta el rancho y los corrales a donde el ganado estaba siendo conducido. Y mientras Tom contemplaba la escena, vio lo que toda la mañana había esperado ver. El coche de Annie se acercaba por el camino de entrada, dejando una estela de polvo gris. Al doblar frente a la casa grande, el sol sacó destellos del parabrisas.

Casi dos kilómetros lo separaban de las dos figuras que se apearon del coche. Eran pequeñas y Tom no podía distinguir sus facciones, pero se imaginaba el rostro de Annie como si la tuviera al lado. La veía tal como estaba la noche anterior, mientras miraba pasar el búho antes de advertir que él la observaba. La había visto tan perdida y hermosa que había sentido ganas de abrazarla. «Es la mujer de otro», se había dicho mientras las luces traseras del Lariat se difuminaban por el camino. Pero eso no le había impedido seguir pensando en ella. Empezó a descender por la colina para seguir el ganado.

Sobre el corral flotaba un aire lleno de polvo y olor a carne chamuscada. Separados de sus madres, que no dejaban de mugir, los terneros eran conducidos a través de una serie de corrales comunicados entre sí hasta que llegaban a un angosto conducto del que no podían regresar. Cuando salían de uno en uno de allí, eran sujetados con abrazaderas y puestos de costado sobre una mesa donde cuatro pares de manos empezaban de inmediato a trabajar. Casi sin darse cuenta, cada ternero recibía una inyección, una chapa contra insectos en una oreja, una píldora para el crecimiento en la otra y luego una quemadura en el culo con un hierro de marcar. Después la mesa recuperaba la vertical, el animal se veía libre de las abrazaderas y al instante se marchaban de allí. Salían trotando aturdidos en dirección al lugar donde sus madres los llamaban y se consolaban al fin con sus ubres.

Todo ello lo presenciaban con regio y perezoso desinterés sus padres, cinco descomunales toros hereford que rumiaban tumbados en un corral contiguo. También Annie presenciaba la escena, bien que con algo semejante al horror. Los terneros berreaban de un modo espantoso y se vengaban en la medida de sus posibilidades cagándose en las botas de sus atacantes o dando coces a la primera pantorrilla desprevenida que encontraban. Varios de los vecinos que echaban una mano habían venido acompañados de sus hijos y estaban poniéndolos a prueba en el arte de lazar e inmovilizar a los terneros más pequeños. Annie vio que Grace los miraba y pensó que había sido un gran error haber ido al rancho. Todas aquellas tareas requerían un despliegue extraordinario de aptitudes físicas ante las cuales la invalidez de su hija resultaba aún más evidente.

Tom debió de notarlo en el rostro de Annie porque se acercó a ella y rápidamente le buscó una ocupación. La puso a trabajar en el alimentador junto a un gigantón risueño con gafas de espejo y una camiseta con la leyenda «Cereal Killer». El hombre se presentó como Hank y estrujó la mano de Annie hasta hacerle crujir los nudillos. Dijo que era del rancho de al lado.

—El simpático psicópata de nuestro vecindario —explicó Tom.

—No se preocupe, ya he comido —aclaró Hank en tono confidencial.

Mientras ponía manos a la obra, Annie vio que Tom se acercaba a Grace, le ponía una mano en el hombro y se la llevaba, pero no tuvo tiempo de saber a dónde, pues en ese momento un ternero le pisó el pie y luego le atizó una coz a la rodilla. Annie soltó un grito y Hank se rió y le enseñó a empujarlos por el conducto sin salir muy magullada o manchada de mierda. El trabajo era duro y Annie tuvo que concentrarse. Al cabo de un rato, entre las bromas de Hank y el tibio sol de primavera, empezó a sentirse mejor.

Después, cuando por fin tuvo un momento para mirar, observó que Tom había llevado a Grace hasta primera línea y la hacía empuñar el hierro de marcar. Al principio Grace cerró los ojos, pero Tom la obligó a concentrarse en la técnica y pronto consiguió que toda su aprensión desapareciese.

—No aprietes tanto —le oyó decir Annie. Tom estaba detrás de Grace con las manos suavemente apoyadas en sus antebrazos—. Déjalo caer con suavidad. —El hierro al rojo vivo chisporroteó al tocar el pellejo del ternero—. Eso es, con firmeza pero sin apretar. Le duele, pero lo superará, ya verás. Ahora hazlo rodar un poco. Muy bien. Ahora levántalo. Grace, te ha salido una marca perfecta. La mejor doble D del día.

Todos la vitorearon. La muchacha se había ruborizado hasta las orejas y los ojos le brillaban. Rió e hizo una breve reverencia. Tom advirtió que Annie miraba y la señaló.

—La próxima usted, Annie —dijo con una sonrisa.

A media tarde sólo quedaban por marcar los terneros más pequeños y Frank dijo que era hora de ir a comer. Todo el mundo empezó a desfilar hacia la casa grande, con los niños en cabeza lanzando gritos. Annie buscó a Grace con la mirada. Nadie había dicho que estuviesen invitadas y Annie pensó que era el momento de marcharse. Vio a Grace más adelante, caminando en dirección a la casa en compañía de Joe, con quien charlaba afablemente. La llamó y Grace se volvió.

—Tenemos que irnos —dijo Annie.

—¿Cómo? Pero ¿por qué?

—Sí, ¿por qué? Prohibido marcharse ahora —dijo Tom. Se había puesto a su lado y estaban junto al corral de los toros. Apenas habían hablado en todo el día. Annie se encogió de hombros.

—Bueno, se hace tarde...

—Sí, claro. Y usted tiene que volver a casa a mandar un fax y hacer un montón de llamadas telefónicas y todo eso. ¿Me equivoco?

Tom tenía el sol detrás y ella ladeó la cabeza y lo miró pestañeando, con cierta arrogancia. Los hombres no solían burlarse de ella de esa manera. Le gustó.

—Es que, verá —prosiguió Tom—, aquí seguimos una especie de tradición. El que pone la mejor marca tiene que pronunciar un discurso al terminar la cena.

—¿Qué? —exclamó Grace.

—Lo que oyes. O beberse diez jarras de cerveza. Así que, Grace, es mejor que entres y te vayas preparando. —Grace miró a Joe para asegurarse de que no iba en serio. Tom, imperturbable, señaló hacia la casa—. Joe, enséñale el camino.

Joe se la llevó hacia la casa, haciendo lo posible por aguantar la risa.

—¿Seguro que estamos invitadas...? —preguntó Annie.

—Lo están.

—Gracias.

—No hay de qué.

Sonrieron. Los mugidos del ganado llenaron brevemente el silencio que siguió. Sus voces eran ya más suaves una vez terminado el delirio de la jornada. Fue Annie quien primero tuvo necesidad de hablar. Miró a los toros que holgazaneaban bajo el último sol de la tarde.

—Para qué ser vaca cuando puedes pasarte todo el día tumbado como esos —dijo.

Tom miró a los toros y asintió.

—Sí. Se pasan el verano haciendo el amor y en invierno sólo comen y descansan. —Hizo una pausa, pensando en algo mientras los observaba—. Sin embargo, son pocos los que pueden hacerlo. Nacer toro es tener un noventa por ciento de probabilidades de que te castren y termines convertido en hamburguesas. Bien pensado, creo que yo preferiría ser vaca.

Se sentaron a una mesa larga cubierta por un almidonado mantel blanco en la que había fuentes humeantes de jamón, pavo glaseado, maíz, judías y boniatos. La habitación en que estaban era sin duda el salón principal de la casa, pero a Annie le pareció más bien un amplio vestíbulo que dividía las dos alas de la casa. Tenía el techo alto, y el suelo y las paredes eran de una madera teñida de oscuro. Había cuadros de indios cazando búfalos y viejas fotografías color sepia de hombres con largos bigotes y mujeres de cara seria vestidas con sencillez. A un lado, una escalinata subía describiendo una curva a un amplio descansillo con barandas desde el que se dominaba la estancia de abajo.

Annie se había sentido incómoda al entrar. Se daba cuenta de que mientras ella había estado fuera marcando terneros, la mayoría de las mujeres había estado en la casa preparando la comida. Pero a nadie parecía importarle. Diane, que hasta ese día no se había mostrado excesivamente amable, la hizo sentir como en casa ofreciéndole incluso ropa para que se cambiase. Como todos los hombres estaban llenos de polvo y porquería, Annie le dio las gracias y declinó el ofrecimiento.

Los niños ocupaban una parte de la mesa y el alboroto que armaban era tal que los adultos sentados en la otra parte, tenían que esforzarse para oír lo que decían. De vez en cuando Diane pedía a gritos a los niños que bajaran la voz, pero con escasos resultados, y muy pronto, encabezado por Frank y Hank, que ocupaban los asientos a derecha e izquierda de Annie, el barullo fue general. Grace estaba al lado de Joe. Annie oyó cómo le hablaba de Nueva York y de un amigo al que habían asaltado en el metro para robarle las Nike que acababa de comprarse. Joe la escuchaba con expresión de asombro.

Tom estaba sentado frente a Annie entre su hermana Rosie y la madre de ambos. Habían llegado de Great Falls aquella tarde con las dos hijas de Rosie, que tenían cinco y seis años. Ellen Booker era una mujer dulce y delicada de cabello absolutamente blanco y los ojos de un azul tan intenso como los de Tom. Hablaba poco, se limitaba a escuchar y a sonreír a cuanto sucedía alrededor. Annie se fijó en el modo en que Tom la cuidaba y le hablaba quedamente del rancho y de los caballos. Por la manera en que Ellen lo observaba se dio cuenta de que aquél era su hijo predilecto.

—Bueno Annie, ¿va a publicar un gran artículo sobre nosotros en su revista? —dijo Hank.

—Puede estar seguro de ello. Usted va en la página central.

Hank soltó una gran risotada.

—Eh Hank —dijo Frank—, tendrás que hacerte una succión de esas o como se llame.

—Liposucción, ignorante —dijo Diane.

—Yo preferiría una labiosucción —dijo Hank—. Claro que depende de quién sea el que succione.

Annie preguntó a Frank por el rancho y él le explicó que se habían mudado allí cuando él y Tom eran pequeños. La llevó a ver las fotografías y le dijo quiénes eran los que salían en ellas. Había algo en las caras solemnes de esas fotos que Annie encontró conmovedor. Era como si su mera supervivencia en aquella tierra maravillosa constituyese de por sí una especie de enorme triunfo. Mientras Frank le hablaba de su abuelo, Annie volvió la cabeza distraídamente hacia la mesa y advirtió que Tom levantaba la vista, la miraba y sonreía.

Cuando ella y Frank fueron a sentarse de nuevo, Joe le estaba hablando a Grace de una mujer hippie que vivía cerca de allí, cerca de las montañas. Unos años atrás, le dijo, había comprado varios potros mesteños de raza pryor mountain que dejaba correr libremente por la zona. Habían criado y ahora ya tenía una pequeña manada.

—También hay un montón de críos que van todo el día sin nada encima. Papá la llama Doña Integral. La mujer es de Los Ángeles.

—¡Californicación! —salmodió Hank. Todo el mundo rió.

—¡Hank, ándate con ojo! —exclamó Diane.

Más tarde, mientras tomaban tarta de calabaza y helado casero de cereza, Frank dijo:

—¿Sabes qué, Tom? Mientras trabajas con ese caballo suyo, Annie y Grace tendrían que mudarse a la casa del arroyo. Es una locura que estén todo el santo día de acá para allá en coche.

Annie captó la mirada hiriente que Diane dirigió a su marido. Era evidente que no habían hablado del particular. Tom miró a Annie.

—Pues claro —dijo—. Buena idea.

—Son muy amables, pero la verdad...

—Caray, conozco ese caserón de Choteau donde se alojan —dijo Frank—. Está que casi se caen las paredes.

—Oye Frank, la casa del arroyo no es que sea un palacio, por el amor de Dios —dijo Diane—. Además, estoy segura de que Annie necesita intimidad.

Antes de que Annie pudiera decir nada, Frank se inclinó y miró hacia un extremo:

—Grace, ¿usted qué opina?

Grace miró a Annie, pero con la cara ya había contestado, lo cual fue suficiente para Frank.

—Entonces arreglado.

Diane se puso de pie.

—Voy a preparar café —dijo.

18

Cuando Tom salió al porche un cuarto de luna color hueso moteado pendía aún en el cielo que comenzaba a clarear. Se puso los guantes y sintió el aire frío en las mejillas. El mundo era una frágil capa de escarcha blanca y ninguna brisa agitaba las nubes que salían de su boca al respirar. Los perros corrieron a saludarlo, contoneándose al ritmo de sus colas, y él les tocó la cabeza y con un gesto casi imperceptible los mandó hacia los corrales, cosa que hicieron entre carreras, mordiscos y empellones, hollando la hierba de color magnesio. Tom se subió el cuello de su chaqueta verde de lana y descendió los escalones del porche para dirigirse a los corrales.

Las persianas de la planta superior de la casa del arroyo estaban bajadas. Annie y Grace aún debían de estar durmiendo. Tom las había ayudado a mudarse la tarde anterior después de que él y Diane la hubieran limpiado un poco. Diane apenas había abierto la boca en toda la mañana, pero él adivinó cómo se sentía por su expresión avinagrada y el modo metódicamente violento con que esgrimía el aspirador y hacía las camas. Annie dormiría en el dormitorio principal, orientado al arroyo. Era donde habían dormido Diane y Frank y, previamente, Tom y Rachel. Grace ocuparía el antiguo cuarto de Joe en la parte de atrás.

—¿Cuánto tiempo tienen pensado quedarse? —preguntó Diane mientras terminaba de hacer la cama de Annie. Tom estaba junto a la puerta, mirando si funcionaba un radiador. Se volvió, pero Diane no estaba mirándolo.

—No lo sé. Supongo que depende de como vaya la cosa con el caballo.

Diane no hizo ningún comentario, sólo arrimó de nuevo la cama empujando con la rodilla de modo que la cabecera chocó ruidosamente con la pared.

—Oye, si hay algún problema...

—¿Quién ha dicho que hay algún problema? Por mí no lo hay. —Pasó hecha una fiera por su lado y cogió una pila de toallas que había dejado en el rellano—. Sólo espero que sepa cocinar, eso es todo. —Y se fue escaleras abajo.

Diane no estaba allí cuando Annie y Grace llegaron un poco más tarde. Tom las ayudó a descargar el equipaje y lo subió al piso de arriba. Suspiró aliviado al ver que habían traído dos cajas grandes con comida. El sol entraba sesgado por el ventanal de la sala de estar y hacía que la estancia pareciese etérea y luminosa. Annie dijo que le gustaba mucho. Preguntó si no pasaba nada si acercaba la mesa del comedor a la ventana para poder utilizarla como escritorio y contemplar el arroyo y los corrales mientras trabajaba. Tom cogió de un extremo y ella del otro y después él la ayudó a trasladar el ordenador, el fax y demás artilugios electrónicos cuyo objeto Tom no acertaba ni de lejos a adivinar.

Le había resultado muy extraño que la primera cosa que Annie quisiera hacer en aquel sitio nuevo, antes incluso de deshacer las maletas y ver dónde iba a dormir, fuese organizar su lugar de trabajo. Por la cara que ponía Grace mientras contemplaba la escena supo que a ella no le parecía nada raro; siempre había sido así.

La noche anterior había salido a echar el vistazo de rigor a los caballos, y de regreso había mirado la casa del arroyo; al ver luz se había preguntado qué estarían haciendo aquella mujer y su hija, y de qué podían estar hablando, si es que hablaban. Al contemplar la casa, cuya silueta se recortaba contra el despejado cielo nocturno, pensó en Rachel y en lo mal que lo había pasado entre aquellas cuatro paredes, en el dolor que encerraban. Ahora, después de tantos años, volvían a albergar dolor, un dolor profundo, delicadamente fraguado por sentimientos mutuos de culpabilidad y utilizado por unas almas agraviadas para castigar a quienes más amaban.

Tom dejó atrás los corrales. La hierba escarchada ronzaba bajo las suelas de sus botas. Junto al arroyo, las ramas de los álamos lucían adornos de plata, y en lo alto el cielo empezaba a sonrosarse por el este allí donde pronto empezaría a asomar el sol. Los perros estaban esperándolo delante de la puerta del establo, impacientes. Sabían que nunca los dejaba entrar con él, pero siempre pensaban que valía la pena intentarlo. Tom los ahuyentó y entró a ver los caballos.

Una hora después, cuando el sol había fundido varios trechos negros en el tejado cubierto de escarcha del establo, Tom sacó uno de los potros que había adiestrado la semana anterior y se subió de un solo impulso a la silla. El caballo, como todos los otros que él había criado, era dócil, y caminó suavemente por el camino de tierra en dirección a los prados.

Cuando pasaban cerca de la casa del arroyo, Tom observó que las persianas del dormitorio de Annie ya estaban subidas. Luego encontró huellas en la escarcha y decidió seguirlas hasta que se perdieron entre los sauces donde el camino cruzaba el arroyo en un vado de escasa profundidad. Había piedras que podían servir de pasaderas y, juzgando por las señales entrecruzadas y húmedas que en ellas había, dedujo que quienquiera que hubiese pasado por allí, las había utilizado para eso.

El potro la vio antes que él. Al advertir que el animal aguzaba las orejas, Tom alzó la vista y vio a Annie que volvía corriendo del prado. Llevaba una sudadera gris claro, leotardos negros y unas zapatillas como esas de cien dólares que anunciaban en la televisión. Ella aún no lo había visto y Tom detuvo el potro al borde del agua y esperó a que se acercara. Entre el grave murmullo de la corriente, distinguió ligeramente el sonido de su respiración. Annie llevaba el cabello recogido en un moño y tenía la cara sonrosada por el aire frío y el esfuerzo de la carrera. Iba mirando al suelo, tan concentrada en ver dónde ponía los pies que si el potro no hubiera bufado suavemente habría chocado de cabeza contra ellos. Pero el ruido le hizo que levantase la vista y se detuvo a unos diez metros de Tom.

—¡Hola!

Tom se llevó un índice al sombrero.

—Conque haciendo footing, ¿eh?

Ella lo miró con fingida altanería.

—Nada de footing, Mr. Booker. Yo corro.

—Pues tiene suerte, aquí los osos pardos sólo se comen a los que hacen footing.

Ella abrió los ojos como platos.

—¿Osos pardos? ¿Lo dice en serio?

—Bien, procuramos tenerlos bien alimentados, ¿sabe? —Tom advirtió su preocupación y sonrió—. Es broma. Oh, haberlos, los hay, pero les gusta vivir un poco más arriba. Considérese a salvo. —Pensó añadir «excepto de los pumas», pero si Annie sabía lo de la californiana devorada, tal vez no lo encontrase muy gracioso.

Ella lo miró entrecerrando los ojos por haberle tomado el pelo. Luego esbozó una sonrisa y se aproximó de forma que el sol le dio de lleno en la cara, de modo que hizo visera con una mano para mirarlo. Sus pechos y sus hombros subían y bajaban al compás de su respiración y un ligero vapor escapaba de ella fundiéndose en el aire.

—¿Ha dormido bien ahí arriba? —preguntó Tom.

—Yo no duermo bien en ningún sitio.

—¿Funciona la calefacción? Hace mucho que...

—Todo está muy bien. Realmente han sido muy amables al dejarnos la cabaña.

—Las casas necesitan que se las habite.

—Bueno, de todos modos, gracias.

Por un instante, ambos se quedaron sin saber qué decir. Annie alargó la mano para tocar el caballo, pero lo hizo con un punto de brusquedad y el animal apartó la cabeza y retrocedió unos pasos.

—Perdone —dijo Annie.

Tom alargó el brazo y acarició el cuello del potro.

—Estire la mano. Un poco más abajo, así, que él pueda percibir su olor.

El potro bajó el hocico hacia la mano de Annie y lo exploró con las puntas de sus bigotes, husmeándola. Annie lo observó con una sonrisa dibujada en los labios, y Tom reparó de nuevo en esas comisuras que parecían misteriosamente dotadas de vida propia, modificando cada sonrisa según la ocasión.

—Es hermoso —dijo Annie.

—Sí, está saliendo muy bien. ¿Monta usted?

—Oh. Hace muchos años que no lo hago. Desde que tenía la edad de Grace.

Algo cambió en la expresión de su rostro y Tom lamentó al momento haber hecho aquella pregunta. Se dijo que era un tonto pues era evidente que en cierto modo ella se culpaba por lo que le había sucedido a su hija.

—Tengo que volver, me está entrando frío. —Annie avanzó dejando sitio al caballo al pasar junto a Tom—. ¡Creía que estábamos en primavera!

—Bueno, ya conoce el dicho, si no te gusta el tiempo de Montana, espera cinco minutos.

Tom giró en la silla y la observó regresar por las pasaderas del vado. Annie resbaló y se maldijo al sumergir una zapatilla en el agua helada.

—¿Necesita ayuda?

—No, estoy bien.

—Pasaré sobre las dos a buscar a Grace —dijo él a voz en grito.

—¡De acuerdo!

Annie alcanzó el otro extremo del arroyo y se volvió para saludar. Tom se tocó el sombrero y la vio dar media vuelta y echar a correr de nuevo sin mirar alrededor, preocupada únicamente por ver dónde ponía los pies.

Pilgrim irrumpió en el ruedo como si fuese una bala. Corrió sin detenerse hasta el extremo opuesto y allí se detuvo, levantando una rociada de arena roja. Tenía la cola prieta y crispada y movía las orejas hacia atrás y hacia adelante. Su mirada desorbitada estaba fija en la puerta abierta por la que había entrado y por donde sabía que vendría el hombre.

Tom iba a pie y llevaba en la mano una banderola anaranjada y una cuerda arrollada. Entró en el ruedo, cerró la puerta y caminó hasta el centro. En el cielo, unas nubecillas blancas pasaban a toda velocidad haciendo cambiar constantemente la luz de la penumbra al fulgor.

Casi un minuto estuvieron allí quietos, hombre y caballo, estudiándose mutuamente. Fue *Pilgrim* el que se movió primero. El caballo bufó, agachó la cabeza y dio unos pasitos hacia atrás. Tom permaneció inmóvil como una estatua, con la punta de la banderola apoyada en el suelo. Entonces avanzó un paso en dirección a *Pilgrim* al tiempo que levantaba la banderola en la mano derecha y la hacía restallar. El caballo echó a correr de inmediato hacia la izquierda.

Dio vueltas y más vueltas, levantando arena, bufando ruidosamente y cabeceando sin parar. Su cola enmarañada, tiesa, ondeaba detras de él azotando el viento de un lado a otro. Corría con las ancas hacia adentro y la cabeza torcida hacia afuera, y hasta el último gramo de su masa muscular estaba tenso y concentrado únicamente en el hombre. Torcía de tal forma la cabeza que para ver a Tom tenía que forzar al máximo el ojo izquierdo hacia atrás. Pero no se desviaba en absoluto, extasiado por el miedo hasta tal punto que, en su otro ojo, el mundo no era sino una nada confusa que daba vueltas sin cesar.

Pronto los flancos empezaron a brillarle de sudor y en las comisuras de su boca aparecieron puntitos de espuma. Pero el hombre seguía urgiéndolo a avanzar, y cada vez que *Pilgrim* aflojaba el paso, la banderola se izaba y restallaba en el aire, forzándolo a seguir y seguir.

Grace observaba todo aquello desde el banco que Tom le había colocado justo al borde del ruedo. Era la primera vez que lo veía trabajar a pie y había en él una intensidad que Grace había advertido enseguida cuando al dar las dos apareció en el Chevrolet para llevarla a los establos. Pues ese día, como ambos sabían, comenzaría el trabajo de verdad.

La masa muscular de la pata de *Pilgrim* había aumentado mucho con las sesiones en el estanque, y las cicatrices de la cara y el pecho mejoraban día a día. Había llegado el momento de curar las cicatrices de su mente. Tom había aparcado junto al establo y la había dejado ir en cabeza por la hilera de casillas hasta la mayor de todas, que ahora ocupaba *Pilgrim.* La parate superior de la puerta estaba provista de barrotes y vieron que el caballo no dejaba de observarlos mientras se aproximaban a él. Siempre que llegaban a la puerta, *Pilgrim* reculaba hacia el fondo de la casilla, agachando la cabeza y echando las orejas hacia atrás. Pero ya no embestía cuando entraban y últimamente Tom dejaba que fuese Grace quien le ponía la comida y el agua. *Pilgrim* tenía el pelo apelotonado y las crines sucias y enmarañadas y Grace ansiaba poder pasarle un cepillo.

La pared del fondo de la casilla disponía de una puerta corrediza que daba a un pasillo de hormigón donde había otras puertas que conducían al estanque y al ruedo. Para que entrase y saliese de ellas era cuestión de abrir la puerta adecuada. Ese día, como si presintiese una nueva jugada, el caballo no había querido obedecer y Tom había tenido que acercarse mucho y palmearle los cuartos traseros.

Mientras *Pilgrim* pasaba por enésima vez, Grace observó que volvía la cabeza para mirar de frente a Tom, preguntándose por qué de golpe y porrazo se le permitía aflojar el paso sin que se levantara la banderola. Tom lo dejó pasar del trote al paso y detenerse finalmente. El caballo permaneció quieto, mirando en torno, resoplando. Intrigado. Unos momentos después Tom echó a andar hacia él. *Pilgrim* echó las orejas hacia atrás, luego las enderezó. Sus músculos temblaban en ondulantes espasmos.

—¿Ves eso Grace? ¿Ves los músculos de los costados, llenos de nudos? Este caballo es de lo más testarudo que he conocido nunca. Vas a necesitar mucho tiempo de cocción, amigo mío.

Grace sabía a qué se refería Tom. Días atrás le había hablado de un viejo de Wallowa County, Oregon, llamado Dorrance, el mejor jinete que Tom había visto jamás. Cuando Dorrance trataba de hacer que un caballo se relajara, solía hincarle el dedo en los músculos diciendo que quería ver si las patatas ya estaban cocidas. Pero Grace comprendía que *Pilgrim* no iba a permitir una cosa así. Estaba moviendo la cabeza hacia un lado, estudiando con temor al hombre que se acercaba, y cuando Tom estuvo a cinco metros de distancia, echó a andar en la misma dirección que antes. Sólo que ahora Tom le bloqueó el paso con la banderola. El caballo frenó de golpe y torció repentinamente a la derecha. Giró hacia afuera, lejos de Tom, y en el momento en que sus ancas pasaban junto a él, Tom se puso astutamente detrás de él y lo golpeó con la banderola. *Pilgrim* arrancó de nuevo hacia adelante y comenzó a dar vueltas en el sentido de las agujas del reloj, y el proceso volvía a empezar de cero.

—Quiere portarse bien otra vez —dijo Tom—. Sólo que no sabe qué significa portarse bien.

«Y si alguna vez lo consigue —pensó Grace—, ¿qué?» Tom no había dicho en ningún momento a dónde conducía todo aquello. Se estaba tomando las cosas con calma, dejando que *Pilgrim* se diera el tiempo necesario, dejándolo elegir. Pero ¿y luego? Si *Pilgrim* se recuperaba, quién iba a montarlo, ¿ella?

Grace sabía muy bien que había gente tan minusválida como ella, o más, que montaba a caballo. Los había incluso que aprendían a montar en ese estado. Ella los había visto en campeonatos deportivos e incluso había tomado parte en un concurso de saltos donde toda la recaudación iba a parar al club de equitación local para minusválidos. Había pensado en lo valerosas que eran aquellas personas, pero no sin dejar de sentir compasión. Ahora no soportaba la idea de que la gente sintiera lo mismo por ella. No quería darles esa oportunidad. Había dicho que jamás volvería a montar y pensaba cumplir con su palabra.

Un par de horas más tarde, después de que Joe y los gemelos hubieran vuelto del colegio, Tom abrió la puerta del ruedo y dejó que *Pilgrim* regresara corriendo a su casilla. Grace ya la había limpiado y cubierto el suelo con virutas nuevas. Tom montó guardia mientras la miraba entrar el cubo de la comida y colgar una nueva red con heno.

Mientras volvía en coche por el valle a la casa del arroyo, Tom contempló el sol bajo y las rocas y los pinos blancos de las laderas superiores que proyectaban sombras alargadas sobre la pálida hierba. No hablaron, y Grace se preguntó por qué con aquel hombre al que conocía tan poco el silencio nunca resultaba incómodo. Sabía que le rondaba algo por la cabeza. Rodeó la casa con el Chevrolet y aparcó delante del porche trasero. Luego apagó el motor, se retrepó, se volvió y la miró a los ojos.

—Grace, tengo un problema. —Hizo una pausa. Ella no supo si le tocaba decir algo, pero él prosiguió—: Verás, cuando trabajo con un caballo me gusta conocer su historia. Normalmente el caballo por sí solo puede contarme todo lo que necesito, y mucho mejor de lo que podría hacerlo el dueño. Pero en ocasiones el pobre animal está tan hecho polvo mentalmente que hace falta algo más para seguir adelante. Necesitas saber qué fue lo que falló. Y a menudo no se trata de lo más evidente sino de una cosa que ocurrió justo antes que eso, tal vez incluso algo insignificante.

Grace no comprendía y él vio que fruncía el entrecejo.

—Es como si yo fuese en este viejo Chevy y chocase contra un árbol y alguien me preguntase qué ha pasado. Bueno, yo no respondería: «Pues, nada, he chocado contra un árbol.» Más bien diría que he bebido demasiada cerveza o que había aceite en la carretera o tal vez que el sol me daba en los ojos, algo así. ¿Entiendes?

Grace asintió.

—Bien, no sé si tendrás ganas de hablar de ello y me hago cargo de que quizá no quieras hacerlo. Pero si tengo que imaginar qué le pasa a *Pilgrim* por la cabeza, me ayudaría mucho saber algo del accidente y qué ocurrió exactamente ese día.

Grace aspiró hondo. Apartó la vista, miró hacia la casa y reparó en que se veía la sala de estar a través de la cocina. Pudo ver el resplandor azulado de la pantalla del ordenador y a su madre sentada delante, enmarcada por la tenue luz del gran ventanal del salón.

No le había contado a nadie lo que realmente recordaba de aquel día. Con la policía, los abogados, los médicos y hasta con sus padres, siguió fingiendo que había olvidado casi todo lo ocurrido. El problema era Judith. Aún no sabía si era capaz de hablar de su amiga. O de *Gulliver.* Se volvió hacia Tom Booker y él sonrió. En su mirada no había un ápice de compasión y Grace supo en aquel instante que no estaba siendo juzgada sino aceptada. Quizá sólo se debiese a que él conocía a la persona que era ahora, la chica incompleta, desfigurada, y no a la que había sido antes.

—No quiero decir ahora. —Tom habló con suavidad—. Cuando estés preparada, y sólo si tú quieres hacerlo.

Algo atrajo la atención de Tom; Grace siguió su mirada y vio que su madre salía al porche. Grace se volvió hacia él y asintió.

—Pensaré en ello —dijo.

Robert se subió las gafas a la frente, se retrepó en su silla y se frotó un buen rato los ojos. Tenía la camisa remangada y la corbata descansaba arrugada entre el montón de papeles y libros de leyes que cubría su escritorio. En el pasillo se oían las mujeres de la limpieza hablando de vez en cuando entre ellas en español. Todo el mundo se había ido a casa hacía cuatro o cinco horas. Bill Sachs, uno de los socios más jóvenes, había intentado convencerlo de que fuera con él y su esposa a ver una nueva película de Gerard Depardieu de la que por lo visto hablaba todo el mundo. Robert le dio las gracias pero dijo que tenía mucho trabajo pendiente y que de todos modos la nariz de Depardieu siempre le había resultado un poco inquietante.

—Verás, es que me recuerda a un pene —dijo.

Bill, que podía haber pasado perfectamente por psiquiatra, lo miró por encima de sus gafas de concha para luego preguntarle en un cómico acento freudiano por qué esa asociación le parecía inquietante. Después hizo reír a Robert refiriéndole la charla de dos mujeres que había oído en el metro hacía unos días.

—Una de ellas había estado leyendo ese libro que habla de los sueños y cómo interpretarlos y le estaba contando a la otra que si sueñas con serpientes significa que estás realmente obsesionado por los penes, y la otra le dijo menos mal, qué peso me quitas de encima, porque yo no hago más que soñar con penes.

Bill no era el único que parecía hacer un esfuerzo especial por alegrarle la vida a Robert. A éste le conmovía tanta atención, pero en general habría preferido no ser objeto de ella. Estar solo unas semanas no justificaba tanta solidaridad, de modo que sospechaba que sus colegas veían en ello algo más profundo. Uno incluso había llegado a proponerle hacerse cargo del caso Dunford. Santo Dios, si eso era casi lo único que lo mantenía en activo.

Noche tras noche durante casi ya tres semanas había estado levantado hasta muy tarde trabajando en ese caso. El disco duro de su ordenador portátil estaba a punto de reventar. Se trataba de uno de los casos más complicados en que había trabajado jamás y estaban en juego bonos por valor de muchos millones de dólares que se perdían en un laberinto de compañías a lo largo y ancho de tres continentes. Acababa de mantener una conferencia de dos horas con abogados y clientes de Hong Kong, Ginebra, Londres y Sydney. Las diferencias horarias eran una pesadilla. Pero curiosamente el trabajo lo mantenía cuerdo y, lo que era más importante, demasiado ocupado para torturarse pensando en lo mucho que echaba de menos a Grace y a Annie.

Abrió los ojos fatigados y se inclinó para pulsar el botón de repetición de llamada de uno de sus teléfonos. Después se apoyó en el respaldo y contempló por la ventana las diademas iluminadas en la aguja del edificio Chrysler. El número de teléfono que Annie le había dado, el de la casa donde ahora se alojaban, seguía comunicando.

Había ido andando hasta la esquina de la Quinta y la 59 en vez de coger un taxi. El aire frío de la noche le sentaba bien y había acariciado la idea de regresar caminando a casa cruzando el parque. No habría sido la primera vez que lo hacía de noche, aunque sólo en una ocasión fue tan torpe como para contárselo a Annie, quien le estuvo chillando durante diez minutos seguidos y le dijo que cómo podía cometer la locura de meterse por allí de noche, que si quería que lo destriparan vivo... Robert se preguntó si se habría pasado por alto alguna noticia sobre el particular pero le pareció que no era buen momento para preguntarlo.

Por el nombre que aparecía en la trasera del taxi, supo que el conductor era senegalés. Últimamente había bastantes en la ciudad y Robert disfrutaba sorprendiéndolos al hablarles como si tal cosa en wolof o jola. Aquel taxista en particular se sorprendió tanto que a punto estuvo de tragarse un autobús. Hablaron de Dakar y de lugares que ambos conocían. El tráfico estaba tan mal que Robert pensó si no habría sido mejor y más seguro ir por el parque. Cuando pararon delante del bloque de apartamentos, Ramón bajó a abrir la puerta del taxi y el joven senegalés le agradeció a Robert la propina y dijo que rezaría para que Alá lo bendijera con muchos y robustos hijos varones.

Después de que Ramón le hubiera comunicado la noticia, al parecer candente, de que cierto jugador estaba a punto de firmar contrato con los Mets, Robert tomó el ascensor y fue a su apartamento. El lugar estaba a oscuras y el ruido de la puerta al cerrarse resonó en el inane laberinto de habitaciones.

Fue hasta la cocina y encontró la cena que invariablemente le cocinaba Elsa, con la nota acostumbrada explicando qué era y cuánto tiempo tenía que calentarlo en el microondas. Robert hizo lo de siemprre, vaciar la fuente en el cubo de basura y sentirse culpable. Le había dejado notas dándole las gracias pero diciendo que por favor no se molestara en cocinarle nada, que cenaría fuera o se prepararía él mismo alguna cosa. Pero cada noche se encontraba la cena a punto. Pobre Elsa.

La verdad era que ver el apartamento vacío lo deprimía y, de hecho, evitaba en lo posible estar allí. Era peor durante los fines de semana. Había intentado ir a Chatham pero la soledad le había resultado aún más acuciante. No le ayudó llegar a la casa y encontrarse con que el termostato de la pecera de Grace se había estropeado y todos los peces tropicales habían muerto de frío. La visión de sus minúsculos y descoloridos cadáveres flotando en el agua lo había inquietado profundamente. No había dicho nada a Grace ni a Annie sino que intentó sobreponerse, tomó debida nota de las características de los peces y encargó otros idénticos en la tienda de animales.

Desde la partida de Annie y Grace, hablar con ellas por teléfono se había convertido para Robert en el punto álgido de la jornada. Y ese día, tras horas de intentarlo sin resultados, sentía una necesidad más acuciante que nunca de oír sus voces. Cerró la bolsa de la basura para que Elsa no descubriese el vergonzoso destino de lo que había preparado. Mientras estaba tirando la bolsa, oyó sonar el teléfono y volvió corriendo por el pasillo tan rápidamente como pudo. El contestador automático se había puesto en marcha cuando él llegó y tuvo que hablar en voz alta para competir con su propia voz grabada.

—No cuelgues. Estoy aquí... Hola. Acabo de llegar.

—Hola, ¿dónde te habías metido?

—Oh, bueno, por ahí de fiesta. Ya sabes, la ronda de siempre: bares, clubes, en fin. Es una lata.

—No me digas.

—No pensaba hacerlo. ¿Y cómo van las cosas ahí en el país del ciervo y el antílope? He estado todo el día intentando llamar.

—Perdona. Aquí sólo hay una línea y los de la oficina parece que quieren sepultarme bajo una montaña de faxes.

Annie dijo que Grace había intentado telefonearle media hora antes a la oficina, probablemente cuando él acababa de salir. Ya se había acostado, pero le mandaba besos. Annie parecía cansada y abatida y Robert intentó, sin mucho éxito, animarla un poco.

—¿Cómo está ella? —preguntó Robert. Hubo una pausa y oyó suspirar a Annie. Cuando ella volvió a hablar, su tono fue grave y cansino.

—Mira, no lo sé. Con Tom Booker y con Joe, ya sabes, el chico de doce años, han hecho buenas migas. Con ellos da la impresión de encontrarse muy bien. Pero cuando estamos solas, no lo sé. Ni siquiera me mira. —Suspiró de nuevo—. En fin.

Permanecieron un momento en silencio y a lo lejos Robert oyó sirenas ululando en la calle camino de otra tragedia anónima.

—Te echo de menos, Annie.

—Lo sé —dijo ella—. Nosotras también.

19

Annie dejó a Grace en la clínica poco antes de las nueve y volvió al centro de Choteau para cargar gasolina. Llenó el depósito al lado de un hombre de baja estatura, rostro curtido como cuero y un sombrero bajo cuya ala habría podido guarecerse un caballo. El hombre estaba mirando el aceite de una vieja camioneta Dodge enganchada a un remolque de ganado. Eran vacas de raza black angus como las que había en el Double Divide y Annie tuvo que luchar contra las ganas de hacer algún comentario de entendida basándose en lo poco que había podido sonsacar a Tom y a Frank el día que marcaron. Lo ensayó mentalmente. Bonito ganado. No, nadie decía ganado. ¿Qué vacas tan bonitas? ¿Reses, quizá? Se rindió. En realidad no tenía la menor idea de si las reses eran buenas o malas o si tenían muchas pulgas, de modo que mantuvo la boca cerrada y se limitó a saludarlo con la cabeza y sonreír brevemente.

Cuando salía de pagar, alguien la llamó por su nombre y al volverse vio a Diane apearse de su Toyota al otro lado del surtidor. Annie agitó un brazo y se acercó a ella.

—Conque es verdad que de vez en cuando se permite un descanso de tanto teléfono, ¿eh? —dijo Diane—. Empezábamos a dudarlo...

Annie sonrió y le dijo que tenía que llevar a Grace a la clínica tres días a la semana para las sesiones de fisioterapia. Ahora iba al rancho para trabajar un poco y a mediodía vendría otra vez a recogerla.

—Caray, si eso puedo hacerlo yo —dijo Diane—. Tengo un montón de recados que hacer en el pueblo. ¿Está en el centro médico Bellview?

—Sí, pero francamente no tiene por qué...

—Bah, tonterías. Es de locos pasarse la mañana conduciendo arriba y abajo.

Annie puso reparos, pero finalmente cedió ante la insistencia de Diane, que aseguró que no había ningún problema. Charlaron unos minutos más acerca de la casa del arroyo y de si Annie y Grace tenían todo lo que les hacía falta, y luego Diane dijo que se le hacía tarde.

En el camino de regreso al rancho Annie se devanaba los sesos pensando en aquel encuentro. En esencia, el ofrecimiento de Diane había sido amable, pero no tanto ya la manera en que lo había expresado. Había detectado en su voz cierto tono acusatorio, casi como si estuviera diciéndole que difícilmente podía ser una buena madre con tanto trabajo como tenía. O tal vez Annie se estaba volviendo paranoica.

Viajó rumbo al norte y contempló a su derecha los llanos donde las oscuras siluetas de las reses destacaban contra la hierba pálida como espectros de búfalos de otra era. Delante, el sol reverberaba en el asfalto; Annie bajó la ventanilla y el viento le echó el cabello hacia atrás. Corría la segunda semana de mayo y por fin parecía que la primavera había llegado de verdad, que no era una broma. Al torcer a la izquierda por la 89, el Rocky Mountain Front se irguió ante ella coronado de nubes que parecían estrujadas por un galáctico bote de chantillí. Sólo faltaba, se dijo, una cereza y una sombrillita de papel. Entonces se acordó de todos los faxes y mensajes telefónicos que estarían esperándola cuando llegase al rancho y uno o dos segundos después advirtió que sólo el pensar en ello había hecho que apretase el acelerador.

Ya había consumido gran parte del mes de permiso que le había pedido a Crawford Gates; iba a tener que pedirle más y eso no le hacía ninguna gracia. A pesar de los aspavientos de Gates sobre que ella era libre de tomarse el tiempo que necesitase, Annie no se hacía ilusiones al respecto. En los últimos días Gates había dado muestras de que se estaba poniendo nervioso. Se habían producido pequeñas interferencias, ninguna de ellas demasiado importante para que Annie pusiera el grito en el cielo pero que, en conjunto, señalaban peligro.

Gates había criticado el artículo de Lucy Friedman sobre los gigolós que a Annie le parecía brillante; había interrogado al equipo de diseño por dos portadas, no de mala manera pero sí lo suficiente como para tenerlo en cuenta; y le había mandado a Annie una extensa nota según la cual la cobertura de Wall Street estaba quedándose atrás con respecto a las revistas de la competencia. Lo cual no habría sido problema si Gates no hubiese mandado copias a otros cuatro directores antes de hablar con ella. Pero si el muy cerdo quería pelea, la tendría. Ella no le había telefoneado. En cambio, escribió de inmediato una enérgica réplica, llena de hechos y cifras, y la mandó a esas mismas personas y, por si las moscas, a otras dos con las que podía contar como aliadas. *Touché.* Pero el trabajo que le había costado...

Cuando llegó a lo alto de la colina y empezó a bajar hacia los corrales divisó los potros de Tom correteando por el ruedo, pero no vio rastro de Tom; se sintió desilusionada y al instante sonrió por haber tenido ese sentimiento. Al torcer hacia la parte de atrás de la casa del arroyo vio que había un camión de la compañía telefónica aparcado delante, y al bajar del coche un hombre de mono azul salió al porche. La saludó y dijo que le había instalado dos nuevas líneas.

Una vez dentro, encontró dos teléfonos nuevos al lado del ordenador.

El contestador automático parpadeaba indicando que había cuatro mensajes, y habían llegado tres faxes, uno de ellos de Lucy Friedman. Se disponía a leerlo cuando sonó uno de los teléfonos nuevos.

—Hola. —Era una voz de hombre y al principio Annie no la reconoció—. Sólo quería comprobar si funcionaba.

—¿Quién es? —dijo Annie.

—Perdone. Soy Tom, Tom Booker. He visto al chico de la compañía telefónica salir de la casa y quería ver si funcionaban las nuevas líneas.

Annie rió.

—Ya veo que sí —continuó él—, al menos una. Espero que no le importe que haya entrado en la casa.

—Claro que no. Gracias. No hacía falta, en serio.

—No tiene importancia. Grace me dijo que a veces su padre tenía problemas para comunicar con ustedes.

—Ha sido muy amable de su parte.

Hubo una pausa. Luego, por decir algo, Annie le contó que se había encontrado con Diane en Choteau y que ella se había ofrecido amablemente a recoger a Grace.

—Si lo hubiésemos sabido también habría podido llevarla ella.

Annie le agradeció nuevamente los teléfonos y se ofreció a pagar, pero él desechó la idea, dijo que la dejaba tranquila para que pudiera utilizarlos y colgó. Annie empezó a leer el fax de Lucy, pero al advertir que le costaba concentrarse fue a la cocina y se preparó un café.

Veinte minutos después estaba de nuevo ante su mesa y tenía una de las líneas a punto ya para el modem y la otra exclusivamente para el fax. Se disponía a llamar a Lucy, que volvía a estar indignada con Gates, cuando oyó pasos en el porche trasero y unos golpecitos en la puerta.

Entre el resplandor de la pantalla pudo ver a Tom Booker junto a la puerta; él empezó a sonreír en cuanto la distinguió. Annie fue a abrir y al apartarse él vio que había venido con dos caballos ensillados, *Rimrock* y otro de los potros. Se cruzó de brazos, se apoyó en el quicio de la puerta y le dedicó a Tom una sonrisa escéptica.

—La respuesta es no —dijo.

—Todavía no sabe cuál es la pregunta.

—Me parece que la adivino.

—¿En serio?

Eso creo.

—Bien, es que he pensado que como se ha ahorrado cuarenta minutos de ir a Choteau y otros tantos de volver y eso, tal vez tendría ganas de despilfarrar unos pocos yendo a tomar el fresco.

—A caballo, ¿no?

—Pues sí.

Se miraron unos segundos, sonriendo sin más. Él llevaba una

camisa de un rosa descolorido y encima de los tejanos las chaparreras de cuero que siempre usaba para montar. Tal vez fuese sólo efecto de la luz, pero sus ojos parecían tan claros y azules como el cielo que tenía a su espalda.

—La verdad es que si viniese me haría un favor. Tengo muchos potrillos que montar y el pobre *Rimrock* me echa un poco de menos. Le estará tan agradecido, el pobre, que puedo asegurarle que cuidará de usted a la perfección.

—¿Esto es a cambio de los teléfonos?

—No señora, me temo que va aparte.

La fisioterapeuta que atendía a Grace era una mujer pequeña con un montón de rizos y unos ojos grises tan grandes que siempre parecía perpleja. Terri Carlson tenía cincuenta y un años y era Libra; sus padres habían muerto y tenía tres hijos varones que su marido le había dado casi seguidos hacía una treintena de años antes de largarse con una Miss Rodeo de Texas. El tipo había insistido en llamar a los chicos John, Paul y George, y Terri dio gracias al cielo de que la abandonara antes de que tuviesen un cuarto. Todo eso lo averiguó Grace en su primer día de visita, y en sesiones posteriores Terri había retomado el hilo allí donde lo había dejado. Grace podría haber llenado varias libretas sobre la vida de la fisioterapeuta. Y no es que le importara. Le gustaba porque de esa manera podía tumbarse en el banco de ejercicios, como estaba haciendo en ese momento, y entregarse por entero no tanto a las manos de la mujer como a su charla.

Grace había protestado al anunciarle Annie que había quedado en llevarla tres mañanas por semana. Sabía que después de todos esos meses era más de lo que necesitaba. Pero el fisioterapeuta de Nueva York era de la idea de que cuanto más trabajase menos probabilidades habría de que terminara coja.

—¿A quién le importa si cojeo o no? —dijo Grace.

—A mí —replicó Annie, y no se habló más del asunto.

De hecho, a Grace le gustaban más esas sesiones que las de Nueva York. Primero hacían los ejercicios. Terri le hacía trabajar todos los músculos. Además de una lista exhaustiva de tareas, le ponía unas pesas con velcro en el muñón, la hacía sudar en la bicicleta estática y hasta la hacía bailar música disco frente a los espejos que cubrían las paredes de extremo a extremo. Aquel primer día Terri había visto la cara de Grace cuando empezó a sonar la cinta.

—¿No te gusta Tina Turner?

Grace dijo que Tina Turner estaba bien, sólo que un poco...

—¿Vieja? ¡Largo de aquí! ¡Tiene la misma edad que yo!

Grace se ruborizó y las dos rieron; a partir de entonces todo fue sobre ruedas. Terri le dijo que podía traer sus propias cintas y eso fue motivo de nuevas bromas entre las dos. Siempre que Grace aparecía con una cinta Terri la examinaba, sacudía la cabeza, suspiraba y decía: «Más cantos de ultratumba.»

Tras los ejercicios, Grace solía relajarse un rato para luego trabajar sola en la piscina. Después, durante la última hora, una nueva sesión delante de los espejos para hacer prácticas de caminar. Grace no se había sentido tan en forma en toda su vida.

Aquel día Terri había hecho una pausa en el relato de la historia de su vida y estaba hablándole de un chico indio al que visitaba todas las semanas en la reserva de los pies negros. Tenía veinte años, le contó, y era altivo y hermoso, parecía sacado de un cuadro de Charlie Russell. Eso había sido hasta un día del verano anterior, cuando al lanzarse al agua se había dado de cabeza contra una roca. Se había partido el cuello y ahora estaba tetrapléjico.

—La primera vez que lo visité, el chico se subía por las paredes —dijo Terri. Estaba accionando el muñón de Grace como si fuera el asa de una bomba hidráulica—. Me dijo que no quería saber nada de mí y que si no me iba yo se iría él, que no pensaba quedarse para que lo humillaran. No llegó a decir que no quería que lo humillara una mujer, pero era su intención. Me pregunté qué querría decir con «irse», si no podía ir a ninguna parte. Pero ¿sabes una cosa? Realmente se fue. Y cómo. Empecé a trabajar con él y al rato observé su rostro y el chico... no estaba allí. —Se dio cuenta de que Grace no comprendía qué quería decir—. Su mente, su espíritu, como quieras llamarlo. Sencillamente se levantó y se fue. Como suena. Y te aseguro que no fingía. Estaba en otro mundo. Y cuando terminé, fue igual que si volviera de alguna parte. Siempre que voy a verlo hace lo mismo. Bien, cariño, ahora tú. A ver cómo se te da imitar a Jane Fonda.

Grace giró sobre su lado izquierdo y empezó a ejecutar saltos de tijera.

—¿Y te dice adónde va? —preguntó.

Terri se echó a reír.

—Un día se lo pregunté y me dijo que no pensaba explicármelo porque si no le iría detrás a fisgar qué hacía. Así me llama, la Fisgona. Hace como que le caigo mal, pero sé que no es así. Es su manera de conservar intacto el orgullo. Supongo que todos lo hacemos. Muy bien, Grace. Ahora un poco más arriba. ¡Bien!

Terri la llevó a la sala de la piscina y la dejó allí. Era un lugar apacible y ese día Grace pudo disfrutarlo para ella sola. El aire olía a limpio, a cloro. Se puso el bañador y se dispuso a descansar un poco en la bañera de hidromasaje. El sol entraba por la claraboya, iluminando la superficie de la piscina. Una parte rebotaba reflejándose en el techo de la sala, mientras el resto se colaba sesgado hasta el fondo, donde formaba ondulantes dibujos como una colonia de serpientes azules que vivían, morían y renacían constantemente.

El agua arremolinada le sentaba bien al muñón y Grace se tumbó de espaldas y pensó en el muchacho indio. Qué suerte poder hacer lo que él, abandonar el cuerpo cuando uno quisiera e irse a otra parte. Eso le hizo recordar cuando había estado en coma. Quizá era eso lo que había pasado entonces. Pero ¿adónde había ido y qué había visto allí? No recordaba nada de aquella experiencia, ni un sueño siquiera, sólo el momento de salir, cuando cruzó a nado el túnel de cola de pegar siguiendo la voz de su madre.

Grace siempre había podido recordar sus sueños. Era sencillo, lo único que tenía que hacer era contárselos a alguien en cuanto despertaba, aunque fuera a ella misma. Cuando era más pequeña, por las mañanas solía subirse a la cama de sus padres y acurrucarse bajo el brazo de su padre para contarle un sueño. Él le hacía toda clase de preguntas y a veces Grace había tenido que inventarse detalles para llenar sus lagunas. Era siempre con su padre, porque a esa hora Annie ya estaba levantada a punto de irse o en la ducha chillándole a Grace que se vistiera y se pusiera a hacer los ejercicios de piano. Robert solía decirle que escribiera todos sus sueños porque de mayor le haría gracia leerlos, pero Grace nunca se tomó esa molestia.

Había esperado tener pesadillas espantosas sobre el accidente. Pero no había soñado con ello ni una sola vez. Y la única vez que *Pilgrim* apareció en sus sueños había sido dos noches atrás. El caballo estaba en la orilla opuesta de un gran río marrón y resultaba extraño porque era muy joven, poco más que un potrillo, pero sin duda se trataba de *Pilgrim* y Grace lo llamaba y él probaba el agua con una pata y luego se metía y empezaba a nadar hacia ella. Pero no tenía fuerzas para aguantar la corriente, que empezaba a arrastrarlo aguas abajo, y ella veía cómo se iba empequeñeciendo en la distancia y se sentía impotente y angustiada porque lo único que podía hacer era gritar su nombre. Entonces reparaba en que a su lado había alguien, y al girar veía a Tom Booker, quien le decía que no se preocupara, que *Pilgrim* estaría bien porque aguas abajo el río no era muy profundo y seguro que encontraría un sitio por donde vadear.

Grace no le había contado a Annie que Tom Booker le había pedido que hablase del accidente. Temía que su madre pudiera poner el grito en el cielo o intentara decidir por ella. Annie no tenía por qué meterse. Se trataba de algo privado entre ella y Tom, acerca de ella y de su caballo y nadie más que ella podía decidir. Y entonces se dio cuenta de que ya había tomado una decisión. Aunque la perspectiva la aterraba, hablaría con Tom. Y quizá después se lo contase a Annie.

Terri abrió la puerta, entró y le preguntó qué tal le iba. Dijo que acababa de llamarla su madre; Diane Booker pasaría a recogerla sobre las doce.

Cabalgaron siguiendo el arroyo y cruzaron por el vado donde habían coincidido la mañana anterior. A medida que se adentraban en el prado inferior las reses se apartaban perezosamente para dejarlos pasar. Las nubes se habían abierto sobre las cumbres cubiertas de nieve y el aire olía a nuevo, a raíz abriéndose camino bajo la tierra. En la hierba asomaban ya el azafrán rosado y las prímulas, y los brotes de las hojas cubrían cual verde neblina las ramas de los álamos.

Tom la dejó ir delante y contempló la brisa jugueteando con sus cabellos. Ella sólo había montado en silla inglesa y le dijo que sobre aquella montura se sentía como en una barca. Antes de salir le había hecho acortar los estribos de *Rimrock*, cuya medida se aproximaba ahora a la utilizada para lazar caballos o separar terneros de un rebaño, pero ella de ese modo lo dominaba mejor. Tom advirtió enseguida que sabía montar por la forma en que se sujetaba y por la facilidad con que su cuerpo se movía al ritmo del caballo.

Cuando estuvo claro que Annie se había habituado, Tom se puso a su altura y cabalgaron juntos sin hablar más que cuando ella le preguntaba el nombre de un árbol, una planta o un ave. Mientras él respondía ella lo traspasaba con sus ojos verdes y luego asentía, muy seria, registrando la información. Vieron grupos de álamos temblones cuyas características Tom le describió para mostrarle a continuación las cicatrices negras que podían apreciarse en sus pálidos troncos allá donde en invierno los uapitis en busca de forraje habían mordisqueado la corteza.

Cabalgaron por un largo y escarpado cerro, cubierto de pinos y potentila, y llegaron al borde de un risco elevado desde el que se veían los valles gemelos que daban nombre al rancho y allí se detuvieron para dejar descansar un rato a los caballos.

—Qué vista —dijo Annie.

Él asintió.

—Cuando mi padre se mudó aquí con toda la familia, Frank y yo solíamos subir a este cerro y hacer una carrera hasta el corral. El ganador se llevaba diez centavos, o veinticinco, si nos sentíamos ricos. Él iba por un arroyo y yo por el otro.

—¿Quién ganaba?

—Bueno, Frank era más pequeño y casi siempre corría tanto que se caía y yo tenía que esperar entre unos árboles y calcular el tiempo justo para que llegáramos parejos. A él le encantaba ganar, así que eso era lo que sucedía casi siempre.

Ella sonrió.

—Monta usted muy bien —dijo Tom.

Annie hizo una mueca.

—Con un caballo como éste, cualquiera monta bien —respondió. Acarició el cuello de *Rimrock* y por un instante el único sonido fue el húmedo sorber de los caballos por sus ollares. Se irguió en la silla y contempló nuevamente el valle. Podía divisarse la punta de la casa del arroyo sobresaliendo entre los árboles.

—¿Quién es R.B.? —dijo.

Él arqueó una ceja.

—¿R.B.?

—Sí, en el pozo que hay junto a la casa. Hay unas iniciales, T.B., que supongo que es usted, y R.B.

Tom se echó a reír.

—Es Rachel, mi esposa.

—¿Está casado?

—Mi ex. Nos divorciamos. Hace ya mucho tiempo.

—¿Tiene hijos?

—Sí, uno. Tiene veinte años. Vive con su madre y su padrastro en Nueva York.

—¿Cómo se llama?

Desde luego, no se cansaba de hacer preguntas. Al fin y al cabo, pensó él, era su oficio, y no le importaba en absoluto. En realidad le gustaba esa manera de ir al grano, de mirar a los ojos y soltarlo. Sonrió.

—Hal.

—Hal Booker. Suena bien.

—El chico es muy simpático. Parece sorprendida. —De inmediato se sintió mal por haberlo dicho pues vio que la había incomodado, a juzgar por el modo en que se le habían subido los colores.

—Oh no, qué va. Es que...

—Hal nació allá abajo, en la casa del arroyo.

—Entonces ¿vivía usted allí?

—Así es. Rachel no consiguió adaptarse a esto. Los inviernos pueden ser realmente duros si uno no se acostumbra.

Una sombra sobrevoló las cabezas de los caballos; Tom alzó los ojos al cielo y ella lo imitó. Era una pareja de águilas reales y él le explicó cómo podían distinguirse por la forma y color de sus alas. Y juntos, en silencio, observaron cómo planeaban valle arriba hasta perderse bajo la imponente pared de roca.

—¿Aún no has ido? —preguntó Diane, mientras el tiranosaurio los observaba pasar por delante del museo cuando salían del pueblo. Grace respondió que no. Diane conducía a trompicones, como si el coche necesitara que le diesen una lección.

—A Joe le chifla. Los gemelos prefieren el Nintendo.

Grace rió. Le gustaba Diane. Era un poquito brusca pero se había portado bien con ella desde el primer momento. Bueno, en realidad todos lo habían hecho, pero en el modo en que Diane le hablaba había algo especial, un toque casi fraternal, de confidencia. A Grace se le ocurrió que tal vez se debiese a que no había tenido hijas.

—Dicen que los dinosaurios utilizaron esta zona como tierra de cría —prosiguió Diane—. ¿Sabes una cosa, Grace? Todavía rondan algunos por aquí. No es difícil encontrar un macho en las inmediaciones.

Hablaron del colegio y Grace le contó que su madre, cuando no tenía que ir a la clínica, la obligaba a hacer los deberes. Diane estuvo de acuerdo en que eso era duro.

—¿Qué dice tu padre de que estéis las dos aquí?

—Creo que se siente un poco solo.

—Me lo imagino.

—Pero en estos momentos tiene entre manos un caso muy importante y supongo que aunque estuviera en casa tampoco podría serlo mucho.

—Tus papás son una pareja de relumbrón, ¿eh? Mucha carrera y todo eso...

—Oh, papá no es así.

Le salió sin querer, y el silencio resultante no hizo sino empeorar la cosa. No había sido intención de Grace criticar a su madre, pero por el modo en que Diane la miró supo que eso había parecido.

—¿Es que nunca se toma vacaciones?

El tono era comprensivo, de complicidad, e hizo que Grace se sintiese una traidora, como si le hubiera proporcionado a Diane una especie de arma y tuviese ganas de decir «no, un momento, me ha entendido mal, no es eso». Pero se limitó a encogerse de hombros y responder:

—Oh sí, a veces.

Apartó la vista y durante unos kilómetros ninguna de las dos dijo palabra. Había cosas que la gente no comprendería nunca, pensó Grace. Al parecer, todo tenía que ser forzosamente blanco o negro, y las cosas eran más complicadas que eso. Ella estaba orgullosa de su madre, por descontado. Aunque jamás se le había pasado por la cabeza decirle semejante cosa, Annie era lo que ella quería ser de mayor. No exactamente quizá, pero sí le parecía normal y correcto que las mujeres tuvieran profesiones como la de su madre. Le gustaba que sus amigas la conocieran, supiesen que era una persona exitosa y todo eso. No le habría gustado que las cosas fueran de otra manera, y aunque a veces la ponía verde por no estar en casa como hacía el resto de las madres, si lo pensaba bien, nunca se había sentido desatendida. Sí, casi siempre estaban solos ella y su padre, pero lo cierto era que a veces lo prefería así. La verdad era que Annie estaba tan, bueno, tan segura de todo... Era tan resuelta, tan tajante. Daban ganas de llevarle la contraria aunque se estuviera de acuerdo con ella.

—Bonito, ¿verdad? —dijo Diane.

—Mucho.

Grace había estado contemplando los llanos pero sin fijarse en nada, y ahora que lo hacía la palabra «bonito» no le pareció nada oportuna. Aquel lugar parecía el colmo de la desolación.

—Nadie diría que allí hay enterradas suficientes armas nucleares como para volar todo el planeta, ¿verdad?

Grace la miró boquiabierta.

—¿En serio?

—Como lo oyes. —Sonrió—. Hay silos de misiles por todas partes. Puede que esta región no tenga muchos habitantes, pero en bombas y bueyes no le vamos a la zaga a nadie.

Annie tenía el teléfono hincado en el cuello y escuchaba a medias a Don Farlow mientras jugueteaba en el teclado con una frase que acababa de escribir. Estaba intentando redactar un editorial, que era lo único que conseguía hacer últimamente. Esta vez se trataba de poner por los suelos la última campaña contra la delincuencia anunciada días atrás por el alcalde de Nueva York, pero le estaba costando dar con la antigua combinación de ingenio y vitriolo que había caracterizado a la mejor Annie Graves.

Farlow la había llamado para despachar algunos asuntos legales en que había estado trabajando y que a Annie no interesaban ni remotamente. Dejó estar la frase y miró por la ventana. El sol se estaba poniendo y en el gran ruedo vio a Tom acodado en la baranda hablando con Grace y Joe. Echó la cabeza atrás y rió de algo. Detrás de él el establo proyectaba una larga cuña de sombra sobre la arena roja.

Habían trabajado toda la tarde con *Pilgrim,* que en ese momento los observaba desde el otro extremo del ruedo, con el lomo brillante de sudor. Joe acababa de llegar a la escuela y como de costumbre enseguida había ido a verlos. Durante las últimas horas, Annie había mirado de vez en cuando hacia allí a Tom y Grace y había tenido un atisbo de algo que, de no ser porque se conocía bien, habría interpretado como celos.

Le dolían los muslos a causa del paseo matinal. Unos músculos que no había ejercitado en treinta años estaban pasándole ahora factura y Annie gozó del dolor como si fuese una prenda. Hacía años que no disfrutaba como lo había hecho aquella mañana. Era como si alguien la hubiera dejado salir de una jaula. Presa aún del entusiasmo, le había contado a Grace lo de su paseo a caballo no bien Diane la dejó en casa. El rostro de la chica había vacilado un instante antes de asumir la expresión de desinterés con que últimamente recibía cualquier noticia que ella le daba, y Annie se maldijo por haber sido tan impulsiva. Pensó que había demostrado poca sensibilidad, aunque más tarde, al reflexionar, no supo decir muy bien por qué.

—Y ha dicho que lo paremos —estaba diciendo Farlow.

—¿Qué? Lo siento Don, ¿puedes repetir eso?

—Ha dicho que abandonemos el pleito.

—¿Quién dice eso?

—¡Annie! ¿Te encuentras bien?

—Lo siento Don, tenía la cabeza en otra cosa.

—Gates me ha dicho que abandonemos lo de Fiske. ¿Te acuerdas de él? Fenimore Fiske. El de «¿y quién es Martin Scorsese?»

Era una de las muchas meteduras de pata de Fiske. Años más tarde la había acabado de meter cuando llamó «Taxi Driver» a una sórdida peliculilla de un genio de segunda categoría.

—Gracias Don, me acuerdo muy bien. ¿De veras ha dicho eso Gates?

—Como lo oyes. Afirma que está costando demasiado dinero y que a ti y a la revista os hará más mal que bien.

—¡Será hijo de puta! ¿Cómo se atreve a hacer eso sin hablar conmigo?

—No le digas que te lo he contado, por Dios.

—¡Será posible! —exclamó Annie, y al girar en su butaca tiró sin querer una taza de café que tenía sobre la mesa—. ¡Mierda!

—¿Estás bien?

—Sí. Escucha Don, necesito pensarlo un poco. Te telefonearé más tarde, ¿de acuerdo?

—Muy bien.

Annie colgó el auricular y se quedó mirando un rato la taza rota y la mancha de café que corría por el suelo.

—Mierda.

Y fue a la cocina por un trapo.

20

—Yo pensé que era la máquina quitanieves, ¿sabe? La oí desde muy lejos. Teníamos todo el tiempo del mundo. Si hubiéramos sabido de qué se trataba, habríamos apartado los caballos de la carretera, al campo o a donde fuese. Debería haberle dicho algo a Judith, pero no se me ocurrió. Además, siempre que salíamos a caballo ella llevaba la voz cantante. Si había alguna decisión que tomar, era ella la que tenía que hacerlo. Y otro tanto pasaba con *Gulliver* y *Pilgrim. Gulliver* era el jefe, el más sensato. —Se mordió el labio y miró hacia un lado. La luz que entraba por la parte de atrás del establo le dio de lleno en la mejilla. Estaba oscureciendo y del arroyo empezaba a soplar una brisa fresca. Los tres habían ido a sacar a *Pilgrim* y después, bastó una mirada de Tom para que Joe se esfumase diciendo que tenía deberes que hacer. Tom y Grace bajaron dando un paseo hasta el corral donde guardaban los tusones. En un momento dado ella metió el pie de su pierna ortopédica en una rodera y se tambaleó un poco; Tom estuvo a punto de alargar el brazo para evitar que cayera, pero Grace recuperó el equilibrio. Él se alegró de no haber intervenido. Ahora estaban los dos acodados en la valla del corral contemplando los potros.

Grace había reconstruido paso a paso la mañana del accidente. Habló de cómo subieron por el bosque nevado y lo gracioso que había estado *Pilgrim* jugueteando con la nieve, y de cómo habían equivocado el camino y habían tenido que descender por aquella cuesta empinada junto al riachuelo. Grace hablaba sin mirarlo, con la vista fija en los caballos, aunque Tom sabía que lo que veía en aquel momento era lo que había visto aquel día, otro caballo y una amiga, ambos muertos. Y Tom se compadeció de ella con todo su corazón.

—Entonces encontramos el sitio que buscábamos. Era un terraplén así de alto que subía hasta el puente del ferrocarril. Habíamos estado allí antes, de modo que sabíamos dónde quedaba el camino. Bueno. Judith se adelantó y verá, fue muy extraño, como si *Gulliver* intuyera que algo iba mal porque no quería andar, y no es propio de él hacer algo así. —Se dio cuenta de que había empleado mal el tiempo verbal. Miró a Tom brevemente y éste sonrió—. Así que empezamos a subir y yo le pregunté si el camino estaba bien y ella dijo que sí pero que fuera con cuidado, de modo que empecé a seguirla.

—¿Tuviste que espolear a *Pilgrim*?

—No, qué va. No hizo lo que *Gulliver. Pilgrim* caminó tan contento. —Bajó la vista y se quedó un momento callada. Uno de los tusones relinchó suavemente desde el fondo del corral. Tom le puso una mano en el hombro.

—¿Estás bien?

Grace asintió y continuó:

—Entonces *Gulliver* empezó a patinar. —Lo miró, repentinamente seria—. ¿Sabe una cosa?, luego averiguaron que ese lado del camino estaba cubierto de hielo. Si hubiera estado sólo unos palmos más a la izquierda, no habría pasado nada. Pero debió de apoyar una pata en el hielo y así empezó todo.

Volvió a desviar la mirada y Tom supo por el modo en que movía los hombros que estaba luchando por acompasar su respiración.

—De modo que empezó a resbalar. Se veía que *Gulliver* trataba con todas sus fuerzas de aferrarse al suelo, pero cuanto más lo intentaba peor era, y seguía patinando. Venía directo hacia nosotros. Judith chilló para que nos apartásemos. Estaba como colgada del cuello de *Gulliver* y yo intenté hacer doblar a *Pilgrim,* y sé que lo hice con demasiada brusquedad, bueno, de hecho le di un tirón. Si hubiese mantenido un poco la calma y lo hubiera hecho con suavidad, *Pilgrim* se habría apartado. Pero imagino que lo asusté aún más de lo que estaba y se negó... ¡se negó a moverse de allí! —Calló un momento y tragó saliva—. Entonces chocaron con nosotros. Cómo seguí montada, no lo sé. —Soltó una risita—. Habría sido mucho más lógico caerse. A menos que hubiera quedado enganchada como Judith. Cuando ella cayó fue como, no sé, como si alguien agitara una bandera o algo, parecía toda fláccida, inmaterial. Al caer, la pierna se le trabó en el estribo y allá fuimos todos, resbalando juntos. Aquello no acababa nunca. ¿Y sabe una cosa? Me pasó una cosa rarísima. Mientras bajábamos recuerdo que al ver aquel cielo tan azul y el sol radiante y la nieve en los árboles y todo eso, me dio por pensar, caramba, qué día tan precioso. —Se volvió a mirarlo—. ¿No le parece lo más raro del mundo?

Tom no creía que fuese raro en absoluto. Sabía que en ciertos momentos el mundo decidía revelarse a sí mismo, no, como podría parecer, para mofarse de nuestra situación o de nuestra inoportunidad sino sencillamente para confirmarnos el hecho mismo de existir. Sonrió a Grace y asintió con la cabeza.

—No sé si Judith lo vio enseguida —prosiguió ella—, me refiero al camión. Debió de darse muy fuerte en la cabeza y *Gulliver* se había vuelto loco y estaba, bueno, arrastrándola de acá para allá. Pero en cuanto lo vi venir por la dirección en que antes había estado el puente pensé que no podría frenar y que si conseguía agarrar a *Gulliver* tal vez sacase a todos de allí en medio. Qué tonta fui. ¡Dios mío, qué tonta! —Sepultó la cara entre sus manos y cerró los ojos con fuerza pero sólo un momento—. Lo que habría tenido que hacer es desmontar. Habría sido mucho más fácil coger a *Gulliver.* Quiero decir, había perdido la chaveta, sí, pero tenía una pata herida y no podía salir corriendo. Yo podría haberle dado una patada en el culo a *Pilgrim* y sacarlo de allí y luego apartar a *Gulliver* de la carretera. Pero no lo hice.

Guardó silencio. Sorbió por la nariz, recobró la compostura, y continuó:

—*Pilgrim* estuvo increíble. Quiero decir, también se puso bastante histérico, pero se recuperó al momento. Daba la impresión de que sabía lo que yo quería. Podría haber pateado a Judith, qué sé yo, pero no lo hizo. Sabía lo que hacía. Y si el del camión no hubiera hecho sonar la bocina, lo habríamos logrado, porque estábamos muy cerca. Yo tenía los dedos así de cerca, estaba a punto de tocarlo... —Tenía la cara contorsionada de dolor por lo que pudo ser y no fue, y al final llegaron las lágrimas. Tom la estrechó en sus brazos y ella apoyó la cara en su pecho y sollozó—. Vi la cara de Judith allá en el suelo, mirándome, un momento antes de que sonara la bocina. Se la veía tan poca cosa, tan asustada. Podría haberla salvado. A ella y a todos.

Tom no dijo nada, pues sabía que las palabras no cambiarían las cosas y que incluso con los años la certidumbre de Grace se mantendría viva como en ese momento. Permanecieron así largo rato mientras la noche los envolvía y él acercó la nariz a la nuca de Grace y olió el perfume de sus jóvenes cabellos. Y cuando ella terminó de llorar y él notó que su cuerpo se relajaba, le preguntó con suavidad si deseaba continuar. Grace asintió con la cabeza y respiró hondo.

—Fue la bocina la que desencadenó todo. *Pilgrim* se volvió hacia el camión. Fue una locura, pero parecía como si no quisiera permitirlo. No quería dejar que aquel monstruo enorme nos hiciera daño a los cuatro, él se disponía a luchar. ¡Santo Dios, luchar contra un camión de cuarenta toneladas! ¿Qué le parece? Pero yo noté que era eso lo que pretendía hacer. Y cuando el camión estuvo justo delante de nosotros, *Pilgrim* se encabritó. Entonces caí y me di en la cabeza. Es todo lo que recuerdo.

Tom conocía el resto, al menos en líneas generales. Annie le había dado el teléfono de Harry Logan y hacía un par de días el hombre le había contado su versión de lo sucedido. Logan le había explicado el final de Judith y *Gulliver* y la forma en que *Pilgrim* había escapado y de qué manera lo encontraron en el arroyo con aquel boquete enorme en el pecho. Tom hizo un montón de preguntas concretas, algunas de las cuales sabía que a Logan le sonaban desconcertantes. Pero el hombre parecía bien dispuesto y tuvo la paciencia de enumerar con detalle las heridas del caballo y lo que había hecho para tratarlas. Le contó a Tom cómo habían llevado a *Pilgrim* a la clínica de Cornell —cuya fama había llegado a oídos de Tom— y todo lo que le habían hecho allí.

Cuando Tom le dijo, con toda la sinceridad del mundo, que

no conocía ningún veterinario capaz de curar un caballo tan malherido, Logan rió y dijo que ojalá él no lo hubiera hecho. Dijo que las cosas se habían puesto feas en la caballeriza de los Dyer y que sólo Dios sabía lo que aquellos chicos le habían hecho pasar al pobre animal. Añadió que se sentía culpable de haber permitido cosas como trabar la cabeza del caballo en la puerta para ponerle las inyecciones.

Grace empezaba a tener frío. Era tarde y su madre estaría preguntándose dónde se encontraba. Volvieron caminando lentamente al establo, atravesaron su oscuro y resonante vacío, y salieron por el otro extremo en dirección al coche. Las luces del Chevrolet saltaban y se inclinaban mientras iban dando saltos por el camino que conducía a la casa del arroyo. Durante un rato los perros estuvieron corriendo delante de ellos y cuando volvían la cabeza para mirar el coche sus ojos despedían destellos de un verde fantasmal.

Grace preguntó a Tom si lo que ahora sabía le ayudaría para hacer que *Pilgrim* se pusiera bien, y él respondió que tendría que pensar un poco pero que esperaba que sí. Cuando se detuvieron él se alegró de que a Grace no se le notara que había llorado, y cuando ella se apeó y le dedicó una sonrisa comprendió que intentaba darle las gracias pero sentía demasiada vergüenza. Tom miró hacia la casa esperando ver a Annie, pero no estaba a la vista. Sonrió a Grace y se tocó el ala del sombrero.

—Hasta mañana.

—Bueno —dijo ella, y cerró la puerta.

Cuando entró los demás ya habían comido. Frank estaba sentado a la mesa del salón ayudando a Joe con un problema de matemáticas y diciendo a los gemelos por última vez que bajaran el volumen del televisor o lo apagaría. Sin decir palabra, Diane cogió la cena que le había guardado y la puso en el microondas mientras Tom iba a lavarse al cuarto de baño de abajo.

—¿Le han gustado los nuevos teléfonos? —preguntó Diane.

Por la puerta entreabierta Tom vio que reanudaba su labor en la cocina.

—Oh, sí, estaba encantada.

Se secó las manos y volvió a entrar. Estaba sonando el timbre del microondas. Diane le había preparado pastel de carne con judías verdes y una enorme patata asada. Ella siempre había creído que esa era su comida favorita y Tom no quería desilusionarla, de modo que aunque no tenía hambre se sentó a comer.

—Lo que no entiendo es qué va a hacer con el tercer teléfono —dijo Diane, sin levantar la vista.

—¿Qué quieres decir?

—Bueno, que yo sepa sólo tiene dos orejas.

—Sí, pero tiene un fax y otros aparatos que necesitan una línea para ellos solos y como la gente la llama constantemente, necesita tres líneas. Se ha ofrecido a pagar lo que le han instalado.

—Y tú has dicho que no, claro.

Tom no se atrevió a negarlo, y advirtió que Diane sonreía para sí. Sabía que era mejor no discutir cuando estaba de aquel humor. Diane había dejado claro desde el principio que no le entusiasmaba la idea de tener a Annie allí y Tom creyó que lo mejor era dejarla hablar. Siguió comiendo y durante un rato ninguno de los dos dijo nada.

Frank y Joe discutían sobre si una cifra había que dividirla o multiplicarla.

—Me ha dicho Frank que esta mañana la has dejado montar a *Rimrock*.

—Sí. No se subía a un caballo desde que era una cría. Lo hace bien.

—Y esa chiquilla. Las cosas que pasan...

—Sí.

—Parece tan sola. Estaría mejor en la escuela, creo yo.

—No sé qué decirte. Yo la veo bien.

Cuando terminó de comer fue a echar un vistazo a los caballos y luego dijo a Diane y a Frank que tenía que leer un poco y les dio a todos las buenas noches.

La habitación de Tom ocupaba la esquina noroeste de la casa y desde su ventana lateral podía contemplarse el valle. Era una habitación amplia y aún lo parecía más por las pocas cosas que en ella había. La cama era la misma en que habían dormido sus padres, alta y estrecha con un cabezal de arce con volutas. Estaba cubierta por una gruesa colcha que había hecho la abuela de Tom. En tiempos había sido roja y blanca, pero el rojo era ahora un rosa pálido y en algunos lugares la tela estaba tan gastada que por debajo asomaba el relleno. Había también una pequeña mesa de pino con una silla solitaria, una cómoda y un viejo sillón de cuero situado bajo una lámpara al lado de la negra estufa de hierro.

En el suelo había unas alfombras mejicanas que Tom había conseguido años atrás en Santa Fe, pero eran demasiado pequeñas para que el sitio resultara acogedor y producían más bien el efecto contrario, desperdigadas como islotes perdidos en un mar de tablas teñidas de oscuro. En la pared del fondo había dos puertas, una era la del armario donde guardaba la ropa, y la otra la de un cuarto de baño pequeño. En la pared sobre la cómoda había unas pocas fotografías de su familia modestamente enmarcadas. Había una de Rachel con el niño en brazos que había empezado a perder color. Había otra más reciente de Hal, con la sonrisa misteriosamente idéntica a la que lucía su madre en la foto de al lado. Pero pese a las fotos, los libros y los números atrasados de revistas de caballos que llenaban las paredes, un desconocido se habría preguntado cómo un hombre de la edad de Tom podía vivir con tan escasas pertenencias.

Tom se sentó a la mesa y repasó una pila de viejos *Quarter Horse Journal*, buscando un artículo que recordaba haber leído un par de años atrás. Era de un preparador californiano al que había conocido una vez y trataba de una yegua joven que había sufrido un grave accidente. La transportaban desde Kentucky con otros seis caballos y en algún punto de Arizona el conductor se había dormido y el vehículo había salido de la carretera y dado una vuelta de campana. El remolque quedó sobre el costado en que estaba la puerta y el equipo de salvamento tuvo que abrirse paso con sierras de cadena. Descubrieron que los caballos estaban atados en sus compartimientos y que colgaban del cuello de lo que ahora era el techo, todos muertos a excepción de la yegua.

Ese preparador tenía la teoría de que una manera de ayudar al caballo era utilizar su reacción natural ante el dolor. Era un poco complicado y Tom no estaba seguro de haberlo entendido del todo. Parecía basarse en la idea de que aunque el instinto primario del caballo lo inducía a huir, cuando realmente sentía dolor se enfrentaba a él con decisión.

El preparador respaldaba su teoría diciendo que en estado salvaje los caballos huían ante una manada de lobos, pero que cuando notaban el contacto de sus dientes en la piel plantaban cara al dolor. Argumentaba que era como el proceso semejante al de la dentición; el bebé no elude el dolor sino que le hinca el diente. Y afirmaba que esa teoría le había ayudado a solucionar los problemas de la traumatizada yegua que sobrevivió al accidente.

Tom encontró el ejemplar que buscaba y volvió a leer el artículo con la esperanza de que pudiese arrojar luz sobre el problema de *Pilgrim.* Era parco en detalles pero, aparentemente, lo único que había hecho el hombre era empezar con la yegua desde cero, desde los primeros pasos del adiestramiento, haciendo que lo correcto resultara fácil y lo incorrecto difícil. No estaba mal, pero no constituía ninguna novedad para Tom. Era justamente lo que él estaba haciendo. Y en cuanto a eso de «plantar cara» al dolor, aún no le veía mucho sentido. Pero ¿qué estaba haciendo, buscar un truco nuevo? Ya debía saber que no había trucos. Era una cosa entre el caballo y él, un entendimiento de lo que a cada uno le pasaba por la cabeza. Dejó a un lado la revista, se retrepó y suspiró.

Aquella tarde, al escuchar a Grace y antes a Logan, había intentado hallar en sus palabras algo a que aferrarse, alguna clave que le sirviera para actuar. Pero no encontró nada. Y ahora por fin comprendía qué había estado viendo todo el tiempo en los ojos de *Pilgrim.* La ruina absoluta. La confianza del animal, en sí mismo y en cuantos lo rodeaban, se había hecho añicos. Aquellos a los que amaba y en quienes confiaba lo habían traicionado. Grace, *Gulliver,* todos; le habían hecho subir por aquella cuesta como si fuese segura, y después, cuando resultó que no lo era, le habían gritado y hecho daño.

Tal vez el propio *Pilgrim* se culpaba de lo sucedido. Pues ¿qué motivo tenían los humanos para pensar que tenían el monopolio de la culpa? Tom a menudo había visto caballos que protegían a sus jinetes, especialmente si eran niños, de los peligros a que los conducía su inexperiencia. *Pilgrim* había defraudado a Grace y luego, al intentar protegerla del camión, no había conseguido a cambio más que dolor y castigo. Y después todos aquellos desconocidos que lo habían engañado y encerrado y pegado y atravesado con sus agujas y apresado en la oscuridad, la mierda y la pestilencia.

Más tarde, luchando contra el insomnio, con la luz apagada y la casa sumida en el silencio, Tom notó que algo flotaba pesadamente dentro de él y se alojaba en su corazón. Por fin tenía la imagen que había buscado o todo lo que de ella quizá lograse conseguir, y era la imagen más sombría y desesperanzadora que había visto jamás.

No había ninguna clase de engaño, nada disparatado ni caprichoso en el modo en que *Pilgrim* había evaluado los horrores que le habían acontecido. Simplemente era lógico, y eso hacía que ayudarlo fuese extremadamente difícil. Y Tom quería ayudarlo con toda su alma. Por el caballo en sí y por la chica. Pero sabía también —y al mismo tiempo sabía que eso no estaba bien— que por encima de todo quería hacerlo por la mujer con la que había salido a cabalgar esa mañana y cuyos ojos y boca podía imaginar ahora tan claramente como si la tuviera a su lado en la cama.

21

La noche en que murió Matthew Graves, Annie y su hermano estaban con unos amigos en las montañas Azules de Jamaica. Eran los últimos días de las vacaciones navideñas y sus padres habían vuelto a Kingston dejando allí unos días más a sus hijos, que lo estaban pasando en grande. Annie y George, su hermano, compartían una cama doble provista de una enorme mosquitera en la que, en mitad de la noche, la madre de sus amigos se introdujo en camisón para despertarlos. La mujer encendió la luz de la mesita de noche y se sentó al pie de la cama esperando a que Annie y George se despabilaran un poco. A través de la gasa de la mosquitera, Annie distinguió al marido, inmóvil en su pijama a rayas y con la cara en sombras.

Annie siempre recordaría la extraña sonrisa de la mujer. Más tarde comprendió que se trataba de una sonrisa nacida del miedo a lo que tenía que decirles, pero en ese momento en que el sueño y la conciencia se omiten su expresión le pareció graciosa, y cuando la mujer les dijo que tenía malas noticias y que su padre había muerto, Annie creyó que era una broma. No muy graciosa, pero broma al fin.

Muchos años después, cuando Annie decidió que era hora de poner remedio a su insomnio (impulso que sentía cada cuatro o cinco años y que sólo conducía a grandes desembolsos de dinero para oírse decir cosas que ya sabía), fue a ver a una hipnoterapeuta. La mujer utilizaba una técnica «orientada a los hechos», lo cual significaba, aparentemente, que sus clientes debían tratar de sugerir incidencias que pudieran marcar el inicio del conflicto en que estuviesen metidos, fuera cual fuese. Entonces ella ponía al cliente rápidamente en trance, lo hacía volver y solucionaba el problema.

Tras la primera sesión de cien dólares la pobre mujer empezó a poner en tela de juicio que Annie lograra recordar un solo incidente adecuado, de modo que Annie se devanó los sesos durante una semana tratando de encontrar alguno. Lo había hablado con Robert, y fue éste quien dio con ello: el día en que Annie despertó a sus diez años para enterarse de que su padre había muerto.

La hipnoterapeuta casi se cayó de la silla de pura excitación. Annie se mostró, asimismo, extremadamente complacida, como aquellas chicas del colegio a las que siempre había odiado que se sentaban en la primera fila y levantaban la mano. «No te duermas porque alguien a quien amas podría morir.» La cosa no pasaba de eso. El que en los veinte años siguientes Annie hubiera dormido todas las noches como un tronco no pareció preocupar a la mujer.

Le preguntó a Annie cuáles eran sus sentimientos respecto a su padre y cuáles respecto a su madre, y cuando ella se lo hubo explicado, le preguntó qué le parecía hacer un «pequeño ejercicio de separación». Annie respondió que le parecía muy bien. Entonces la mujer intentó hipnotizarla, pero fue tal su entusiasmo que lo hizo demasiado deprisa, con lo que las esperanzas de que la cosa funcionara se reducían al mínimo. Por no defraudarla, Annie hizo cuanto pudo para fingir un trance, pero le costó mucho aguantarse la risa cuando la mujer puso a sus padres en unos discos plateados y los mandó, diciéndoles adiós con la mano, al espacio exterior.

Pero si como Annie creía realmente la muerte de su padre no guardaba relación alguna con su incapacidad para dormir, su efecto en casi todo lo demás era ciertamente inconmensurable.

Transcurrido un mes de la muerte, la madre de Annie había desmontado la casa de Kingston y se había deshecho de cosas de las cuales sus hijos siempre habían creído que dependía su vida. Vendió el bote en que su padre les había enseñado a navegar y con el que los llevó a islas desiertas para bucear entre corales en busca de langostas y correr desnudos por la arena blanca salpicada de palmeras. Y la perra, un híbrido de labrador que se llamaba *Bella*, la regaló a un vecino que apenas conocían. La vieron junto a la verja mientras el taxi los llevaba al aeropuerto.

Viajaron los tres a Inglaterra, un país extraño, húmedo y frío donde nadie sonreía. Allí los dejó en Devon, en casa de sus padres, mientras ella se trasladaba a Londres, según dijo, para solucionar los asuntos de su marido. Al menos uno no tardó en solucionarlo, pues al cabo de seis meses se casaba por segunda vez.

El abuelo de Annie era un pobre hombre, inútil y bondadoso, que fumaba en pipa y hacía crucigramas y cuya principal preocupación en la vida era eludir la ira o incluso el menor disgusto de su esposa. La abuela de Annie era una mujer menuda y aviesa con una severa permanente blanca a través de la cual relucía como una advertencia su sonrosado cuero cabelludo. Su aversión a los niños no era mayor ni menor que su aversión a casi todo en la vida. Pero mientras que estas cosas eran casi todas abstractas, inanimadas o simplemente ajenas a la aversión que pudiese sentir hacia ellas, de sus únicos nietos obtenía una recompensa mucho más gratificante, y así se dispuso a hacer de su estancia, en los meses siguientes, una auténtica pesadilla.

Prefería a George, no porque su aversión hacia él fuera menor sino a fin de dividir a los hermanos y hacer que Annie, en cuya mirada quiso ver enseguida un deje de provocación, fuese lo más infeliz posible. Decía a la niña que su vida en «las colonias» le había dado unos modales sumamente vulgares, que empezó a subsanar de inmediato mandándola a la cama sin cenar o pegándole en las piernas, por la más trivial de las travesuras, con una cuchara de madera de mango largo. Su madre, que cada fin de semana viajaba en tren para verlos, escuchaba con imparcialidad lo que sus hijos le contaban. Se celebraban encuestas de una pasmosa objetividad y Annie aprendió por primera vez cómo los hechos podían ser sutilmente explicados para dar lugar a verdades diferentes.

—Qué imaginación tiene esta niña —decía su abuela.

Reducida a un mudo desprecio y actos de insignificante venganza, Annie robaba cigarrillos del bolso de la bruja y se los fumaba detrás de unos rododendros chorreantes, reflexionando sobre lo imprudente que era amar, pues aquellos a quienes uno amaba morían o nos abandonaban.

Su padre había sido un hombre de carácter alegre, el único que alguna vez había pensado que su hija valía para algo. A partir de su muerte la vida de Annie fue una prueba interminable para demostrar que él tenía razón. Tanto en la escuela como en su época de estudiante y luego a lo largo de su carrera profesional, la había movido un único propósito: «Ahora verían esos bastardos.»

Durante un tiempo, después de tener a Grace, pensó que el asunto había quedado resuelto. Aquel rostro contraído y sonrosado que se aferraba ciegamente a su pezón le trajo la calma, como si el trayecto hubiera llegado a su fin. Había sido el momento de definirse. «Ahora —se decía—, ya puedo ser lo que soy, no lo que hago.» Luego vino el aborto. Después otro y otro y otro más, el fracaso agravado por el fracaso, y Annie no tardó en volver a ser aquella niña airada que fumaba detrás de los rododendros. Les había dado una lección y volvería a hacerlo.

Pero no fue lo mismo. Desde sus primeros días en *Rolling Stone*, los medios informativos que se ocupaban de esos asuntos le habían puesto el sambenito de «brillante y fogosa». Ahora, reencarnada como jefa de su propia revista —la clase de trabajo que había jurado no hacer jamás—, el primer epíteto era el que prevalecía. Pero, como un premio a la frialdad que parecía impulsarla, lo de «fogosa» se había convertido en «despiadada». Annie había sido la primera en sorprenderse de la fortuita brutalidad que había aportado a su último puesto de trabajo.

El otoño anterior había topado con una antigua compañera de internado en Inglaterra, y cuando Annie le habló de las carnicerías que se organizaban en la revista, la amiga se había reído diciendo si se acordaba de cuando hacía de Lady Macbeth en el teatro del colegio. Annie se acordaba. De hecho, aunque no lo dijo, recordaba que se le daba muy bien.

—¿Te acuerdas de cuando metiste los brazos en aquel cubo lleno de sangre de mentira para recitar: «¡Fuera, mancha maldita!» ¡Te pusiste de salsa de tomate hasta los codos!

—Sí. A eso lo llamo yo mancharse.

Annie rió también, pero estuvo toda una tarde preocupada

por aquella imagen, hasta que decidió que no tenía la menor relevancia para su situación actual porque Lady Macbeth lo hacía por la carrera del marido, no por la suya, y de todos modos ella no estaba en un aprieto. Al día siguiente, quizá por aquello de reafirmarse, despidió a Fenimore Fiske.

Desde la posición ilusoriamente ventajosa de su actual despacho en el exilio, Annie reflexionó sobre aquellas acciones y los motivos que las habían provocado. Algunas de esas cosas las había vislumbrado la noche de su paseo en Little Bighorn cuando había llorado junto a la lápida grabada con los nombres de los muertos en la batalla. En el pedazo de cielo donde habitaba ahora, podía verlas con mayor claridad, como si los secretos que escondían brotasen al mismo tiempo que la primavera. Y con una acongojada quietud nacida de ese conocimiento, vio que el mundo exterior cobraba calor y verdor a medida que transcurría el mes de mayo.

Sólo cuando estaba con Tom se sentía parte de ese mundo. Tres veces más había acudido él a verla con los caballos, y juntos habían salido a montar por otros lugares que deseaba mostrarle.

El que los miércoles Diane fuese a recoger a Grace se había convertido en una rutina, y en ocasiones ella y Frank la llevaban también a la clínica si tenían cosas que hacer en Choteau. Esos días Annie esperaba ansiosa que Tom la llamara para preguntarle si quería salir a cabalgar, y llegado el momento ella procuraba no parecer ansiosa o impaciente.

La última vez estaba hablando por teléfono y al mirar hacia los corrales lo había visto sacar a *Rimrock* y un potro del establo, ambos ensillados, y casi había perdido el hilo de la conversación. De pronto se dio cuenta de que en Nueva York se habían quedado mudos.

—¿Annie? —dijo uno de los jefes de redacción.

—Sí, sí, perdona —se disculpó Annie—. Hay muchas interferencias. No he oído lo último que has dicho.

Al llegar Tom, ella aún estaba al teléfono, y le hizo señas de que pasara. Él se quitó el sombrero, entró y Annie le expresó en silencio sus disculpas y le indicó que se sirviera café. Tom lo hizo y se sentó en el brazo del sofá.

Había un par de ejemplares recientes de la revista. Tom cogió uno y le echó un vistazo. Encontró el nombre de ella en lo alto de la página donde aparecía la lista de los que trabajaban en la revista, y puso cara de impresionado. Luego ella lo vio sonreír ante un nuevo artículo de Lucy Friedman, titulado «Los nuevos campesinos». Habían llevado a un par de modelos publicitarios al último rincón de Arkansas y las habían fotografiado con todo el equipo junto a genuinos hombres toscos, barrigudos de cerveza, tatuados y con pistolas asomando por la ventanilla de sus camionetas. Annie se preguntaba cómo había logrado escapar con vida el fotógrafo, un hombre extravagante y genial que usaba rímel y gustaba de enseñar a todo el mundo sus pezones perforados.

La conferencia tardó diez minutos más en concluir y Annie, consciente de que Tom la escuchaba, empezó a sentirse cada vez más cohibida. Se percató de que para impresionarlo estaba hablando con mayor mesura de la habitual, y al instante se avergonzó de su estupidez. Reunidos en torno al altavoz del teléfono de su despacho en Nueva York, Lucy y los demás debían de estar preguntándose qué le pasaba. Cuando terminó de hablar, colgó el auricular y se volvió hacia Tom.

—Lo siento.

—Tranquila. Me gusta oírla trabajar. Ahora ya sé qué debo ponerme la próxima vez que vaya a Arkansas. —Arrojó la revista al sofá—. Esto es muy divertido.

—De eso nada. No paro de recibir patadas.

Annie ya se había puesto la ropa de montar. Una vez en el establo, dijo que probaría con los estribos un poco más largos. Tom le enseñó el modo de hacerlo, porque las correas eran un poco distintas de las que ella conocía. Annie se le acercó para ver cómo lo hacía y por primera vez fue consciente del olor de Tom, un olor limpio y tibio, a cuero y jabón corriente. Sus brazos se tocaron, pero ninguno de los dos se apartó.

Esa mañana fueron al arroyo del sur y subieron lentamente hasta un lugar donde él dijo que tal vez viesen castores. Pero todo lo que vieron fueron dos nuevos e intrincados islotes que habían construido. Desmontaron y se sentaron en el tronco grisáceo de un álamo caído mientras los caballos bebían sus propios reflejos en la charca.

Un pez o una rana quebró la superficie del agua delante del potro, que retrocedió asustado como un personaje de dibujos animados. *Rimrock* lo miró con fastidio y siguió bebiendo. Tom rió. Luego se puso de pie, se acercó a la charca y una vez allí puso una mano en el pescuezo del potro y la otra sobre su propia cara. Estuvo un rato así. Annie no pudo oír si hablaba pero advirtió que el caballo parecía estar escuchando. Y sin que Tom le hiciese ningún mimo, el animal volvió al agua y tras olfatearla con cautela bebió como si nada hubiera ocurrido. Tom regresó al tronco y observó que ella sonreía y sacudía la cabeza.

—¿Qué ocurre? —preguntó.

—¿Cómo lo hace?

—¿El qué?

—Darle a entender que no pasa nada.

—Oh, él ya lo sabía. —Annie esperó a que prosiguiera—. A veces se pone un poco melodramático.

—¿Y usted cómo lo sabe?

Tom le dedicó la misma mirada divertida que el día en que ella le había hecho todas aquellas preguntas sobre su mujer y su hijo.

—Son cosas que se aprenden —respondió. Pero a juzgar por la expresión de Annie, Tom debió de pensar que se sentía como censurada, porque añadió con una sonrisa—: Es la única diferencia entre ver y mirar. Si uno mira lo suficiente y lo hace bien, acaba por ver cómo son las cosas. En su trabajo es igual. Usted sabe cuando un artículo es bueno para su revista porque ha invertido tiempo en conseguir saberlo.

Annie soltó una carcajada y dijo:

—Como esos campesinos de diseño, ¿verdad?

—Sí, exacto. A mí jamás se me habría ocurrido que eso es lo que la gente quiere leer.

—No lo es.

—Claro que sí. Es divertido.

—No, es una estupidez. —Lo dijo de manera tan brusca y concluyente que provocó un silencio entre los dos. Él la miraba y ella se templó y le dedicó una sonrisa de desaprobación—. Y por si fuera poco, es paternalista y falso.

—También se dicen cosas serias, creo yo.

—Oh sí. Pero ¿quién quiere leerlas?

Él se encogió de hombros. Annie dirigió la mirada hacia los caballos. Habían bebido hasta hartarse y ahora pacían en la hierba que crecía al borde del agua.

—Lo que usted hace es real —dijo ella.

De regreso, Annie le habló de los libros que había encontrado en la biblioteca pública sobre susurradores, brujería y todo eso, y él rió y dijo que también había leído algo sobre el particular y que naturalmente más de una vez había deseado ser brujo. Sabía quiénes eran Sullivan y J. S. Rarey.

—Algunos de ellos (Rarey no, él era un verdadero caballista), hacían cosas que parecían pura magia, pero de hecho eran pura crueldad. Ya sabe, cosas como meterle una perdigonada en la oreja al caballo para que el ruido lo paralizara de miedo y la gente dijese: «Caray, mira, ¡ha domado al caballo loco!» Lo que no sabían era que probablemente también lo había matado.

Tom dijo que muchas veces un caballo con problemas se ponía peor antes de mejorar y que había que dejarlo así, permitirle que fuera hasta las puertas del infierno si hacía falta. Ella no hizo ningún comentario porque sabía que no estaba refiriéndose a *Pilgrim* sino que hablaba de algo más grande que los implicaba a todos.

Annie sabía que Grace había hablado con Tom del accidente, no por él sino porque días atrás había pillado a su hija contándoselo por teléfono a Robert. Dejar que Annie se enterase de las cosas por otros para que de ese modo pudiera calibrar el verdadero alcance de su exclusión se había convertido en uno de los trucos preferidos de Grace. La noche de marras, Annie se encontraba en el piso de arriba después de darse un baño y escuchó por la puerta entornada... como Grace debía de saber, pues en ningún momento bajó la voz.

No había entrado en detalles, sólo le había dicho a su padre que recordaba más de lo que esperaba sobre lo sucedido y que se sentía mejor después de haber hablado de ello. Luego, Annie había hecho tiempo para que se lo contara a ella, aun sabiendo que eso no iba a pasar.

Había sentido cierta rabia hacia Tom, como si de alguna manera se hubiera inmiscuido en sus vidas. Al día siguiente se mostró lacónica con él.

—Parece que Grace le ha hablado del accidente, ¿no?

—Así es —respondió él como si tal cosa.

Y eso fue todo. No había duda de que Tom lo consideraba un asunto entre él y Grace, y cuando Annie superó su enfado lo respetó por ello y recordó que no era él quien había invadido sus vidas sino al revés.

Tom raramente le hablaba de Grace, y si lo hacía era sobre cosas puramente objetivas y que no suponían conflicto alguno. Pero a nadie se le escapaba, y menos a él, cómo estaban las cosas entre madre e hija, y Annie lo sabía.

22

Los terneros se apiñaban al fondo del embarrado corral, tratando de ocultarse los unos detrás de los otros y empleando sus húmedos hocicos negros para empujarse entre sí hacia adelante. Cuando uno de ellos llegaba involuntariamente a la primera fila, aguantaba hasta que el pánico lo vencía y luego daba media vuelta, se ponía a la cola y el proceso se repetía una vez más.

Era la mañana del sábado anterior al Memorial Day y los gemelos estaban enseñando a Joe y Grace sus progresos con el lazo. Le tocaba el turno a Scott, quien llevaba puestas unas flamantes chaparreras y un sombrero de una talla más grande que la suya. Ya había fallado en un par de ocasiones al lanzar el lazo. En ambas, Joe y Craig habían soltado grandes risotadas; Scott no pudo evitar ruborizarse, pero hizo todo lo posible para aparentar que él también lo encontraba gracioso. Había estado tanto rato volteando el lazo que Grace empezaba a sentirse mareada de tanto mirar.

—Bueno, ¿venimos la semana que viene? —dijo Joe.

—Estoy escogiendo, ¿de acuerdo?

—Mira, están allí, ¿no ves? Negros, con cola y cuatro patas.

—Está bien, sabelotodo.

—Pero venga, lanza ese lazo de una vez.

—¡Está bien! ¡Está bien!

Joe secudió la cabeza, miró a Grace y sonrió. Estaban sentados uno al lado del otro en la baranda superior y Grace se sentía orgullosa de haber subido allí sin ayuda de nadie. Lo hizo como si tal cosa, y aunque le dolía muchísimo allí donde el barrote se le clavaba en el muñón, no pensaba pestañear siquiera.

Llevaba unos Wrangler nuevos que a Diane y a ella les había costado lo suyo encontrar en Great Falls, y Grace sabía que le sentaban bien porque aquella mañana se había pasado media hora delante del espejo del baño probándoselos. Gracias a los oficios de Terri los músculos de su nalga derecha los rellenaban muy bien. Era curioso, en Nueva York habrían tenido que matarla para que se pusiera otro pantalón que no fuese un Levi's, pero allí todo el mundo llevaba Wrangler. El hombre de la tienda había dicho que era porque las costuras del interior de la pernera estaban hechas de manera que resultaban más cómodos para montar a caballo.

—Además, soy mejor que tú —dijo Scott.

—El lazo lo haces más grande, eso sí.

Joe saltó al corral y caminó por el barro hacia los terneros.

—¡Joe! Sal de en medio.

—Tranquilo, hombre. Voy a facilitarte un poco las cosas.

Mientras Joe se aproximaba los terneros se retiraron hasta quedar amontonados en un rincón. Su única forma de escapar era superarse, y Grace advirtió que entre ellos crecía la inquietud hasta resultarles insoportable. Joe se detuvo. Un paso más y echarían a correr.

—¿Preparado? —dijo.

Scott se mordió el labio inferior y volteó el lazo con tanta rapidez que éste produjo un zumbido en el aire. Asintió con la cabeza y Joe dio un paso al frente. Al momento los terneros corrieron hacia la otra esquina. Scott soltó un involuntario grito de esfuerzo al lanzar la cuerda, que serpenteó en el aire y cayó con el lazo abierto sobre la cabeza del primer ternero.

—¡Viva! —exclamó Scott y dio un fuerte tirón a la cuerda. Pero el triunfo le duró muy poco pues tan pronto el ternero notó la tensión del lazo echó a correr arrastrando a Scott. El sombrero voló por los aires y él cayó de bruces en el fango como si se hubiera lanzado de cabeza a una piscina.

—¡Suelta! ¡Suéltalo! —le gritaba todo el rato Joe, pero o Scott no lo oía o quizá su orgullo no se lo permitía porque se aferró a la cuerda como si tuviera las manos pegadas a ella con cola. Lo que al ternero le faltaba en tamaño le sobraba en espíritu y saltaba, corcoveaba y daba coces, como un novillo en un rodeo, arrastrando detrás a Scott como si fuera un trineo.

Alarmada, Grace se llevó las manos a la cara y a punto estuvo de caer de espaldas. Pero en cuanto comprendieron que Scott seguía cogido a la cuerda porque él quería, Joe y Craig empezaron a reír y a lanzar vítores. El ternero lo llevó de una punta a la otra del corral. Mientras sus compañeros lo miraban perplejos.

El ruido hizo salir a Diane de la casa, pero Tom y Frank, que estaban en el corral, se le adelantaron. Llegaron a la baranda en el momento en que Scott soltaba la cuerda.

El chico se quedó inmóvil, boca abajo en el barro, y todos callaron de repente. «Oh no —pensó Grace—, no.» En ese momento llegaba Diane. Lanzó un grito de terror.

Una mano cubierta de lodo se agitó lentamente a modo de cómico saludo. Después, con mucho teatro, el chico se incorporó y los miró a todos, irguiéndose en mitad del corral para que pudieran reír a gusto. Y eso hicieron todos. Y cuando Grace vio asomar los blanquísimos dientes de Scott en aquella cara absolutamente marrón, ella también rió. Las risas se prolongaron sin malicia y Grace se sintió una más de la familia y pensó que la vida aún podía deparar cosas buenas.

Al cabo de media hora todo el mundo se había desperdigado. Diane se había llevado dentro a Scott para que se lavara y Frank, que quería saber la opinión de Tom sobre un ternero que le preocupaba, fue con su hermano y Craig hasta el prado. Annie había ido a Great Falls a comprar comida para lo que insistía en llamar, para vergüenza de Grace, «la fiesta» a que había invitado aquella noche a la familia Booker. De modo que Grace y Joe estaban solos, y éste le propuso echar un vistazo a *Pilgrim*.

Pilgrim disfrutaba ahora de un corral para él solo cerca de los potros que Tom estaba adiestrando y cuyo interés, desde el otro lado de la cerca doble, devolvía él con una mezcla de suspicacia y desdén. Vio a Joe y a Grace desde muy lejos y enseguida se puso a bufar y relinchar y trotar arriba y abajo del enfangado sendero que él mismo había abierto junto a la valla del fondo.

A Grace le resultaba un poco difícil andar entre la hierba crecida pero procuró concentrarse en balancear su pierna, y aunque sabía que Joe caminaba más despacio de lo que era normal en él, no le dio importancia. Se sentía tan a gusto en compañía del muchacho como de su tío. Llegaron a la puerta del corral y se asomaron para mirar a *Pilgrim*.

—Era un caballo tan bonito —dijo ella.

—Todavía lo es.

Grace asintió y le habló a Joe del día en que habían ido a verlo a Kentucky. Y mientras ella hablaba, *Pilgrim*, en el otro extremo del corral, parecía ejecutar una perversa parodia de los hechos que ella relataba. Se paseaba junto a la baranda con un pavoneo burlón y la cola en alto, pero la tenía apelotonada, retorcida y crispada, lo cual, como Grace sabía muy bien, no era signo de altivez sino de miedo.

Mientras Joe escuchaba con atención ella percibió en sus ojos la misma calma contenida que había en los de Tom. Era sorprendente lo mucho que en ocasiones se parecía a su tío. Aquella sonrisa llana, el modo de quitarse el sombrero y echarse el pelo hacia atrás. Grace se había encontrado más de una vez deseando que Joe fuera uno o dos años mayor, claro que esto no se debía a que quisiese llamar su atención sobre ella. Así no, con aquella pierna... Se conformaba con que sencillamente fuesen amigos.

Grace había aprendido mucho viendo la manera en que Joe manejaba los potros más jóvenes, y en especial el potrillo de *Bronty*. Nunca trataba de imponerse sino que dejaba que ellos mismos se le ofrecieran para entonces aceptarlos con una desenvoltura que, como Grace podía ver, los hacía sentir a la vez acogidos y seguros. Joe jugaba con los potros, pero si no los veía seguros y confiados se retiraba y los dejaba en paz. «Tom dice que hay que marcarles un rumbo —le había explicado él un día—. Pero si los fuerzas demasiado se ponen intratables. Hay que darles tiempo. Él sostiene que es una cuestión de instinto de conservación.»

Pilgrim se había detenido y los miraba desde el punto más alejado que le era posible.

—Bueno, ¿vas a montarlo? —preguntó Joe.

Grace lo miró ceñuda.

—¿Qué?

—Cuando Tom lo haya enderezado.

Ella soltó una carcajada que sonó hueca hasta para ella misma.

—Bah, yo no pienso volver a montar.

Joe se encogió de hombros y asintió. Oyeron ruido de cascos en el corral vecino y al volverse observaron que los potros jugaban a una versión equina del marro. Joe se agachó, cogió una brizna de hierba y se la llevó a la boca.

—Lástima —dijo.

—¿El qué?

—Dentro de un par de semanas, papá llevará el ganado hasta los pastos de verano y vamos a ir todos. Es bastante divertido y, además, allá arriba es muy bonito.

Fueron a ver los potros y Joe les dio unas bayas que guardaba en el bolsillo. Mientras se dirigían al establo y Joe chupaba su brizna de hierba, Grace se preguntó por qué seguía fingiendo que no quería volver a montar a caballo. Tenía la sensación de haber caído en una trampa. Y, como le sucedía con casi todo, pensaba que de alguna manera estaba relacionado con su madre.

A Grece no pudo por menos que resultarle sospechoso el que Annie apoyase su decisión de manera tan vehemente. Era, por supuesto, una típica muestra de la arrogancia inglesa: cuando uno cae del caballo vuelve a montar enseguida para no amilanarse. Y aunque lo que había pasado era, obviamente, mucho más que un tropezón, Grace había acabado por pensar que Annie se había avenido a una resolución justamente para incitarla a lo contrario. Lo único que la hacía dudar de eso era el que Annie hubiera vuelto a montar a caballo después de tantos años. Grace envidiaba en secreto aquellos paseos matutinos con Tom Booker. Pero lo raro era que Annie debía saber que lo más probable era que con esa actitud desanimara a su hija.

¿En qué la afectaba a ella, se preguntaba ahora Grace, tanta perspicacia? ¿Qué sentido tenía negarle a su madre un triunfo tal vez imaginario, cuando eso significaba negarse a sí misma algo que estaba casi segura de desear?

Sabía que nunca volvería a montar a *Pilgrim*. Aunque el caballo se pusiera bien, jamás volvería a haber aquella confianza entre los dos y él notaría sin duda el miedo latente dentro de ella. Pero Grace podía intentarlo con un caballo no tan bueno. Ojalá pudiera hacerlo, pensaba, sin que se convirtiera en un acontecimiento, de forma que si fallaba, parecía tonta o algo así, no tuviera importancia.

Llegaron al establo y Joe abrió la puerta y entró el primero. Como hacía buen tiempo todos los caballos estaban fuera y Grace no entendía qué hacían allí. El sonido metálico de su bastón sobre el suelo de cemento resonaba en el vacío. Joe torció hacia el cuarto de los aperos y Grace se detuvo en el umbral, preguntándose qué se traería entre manos.

El cuarto olía al nuevo revestimiento de pino y a cuero curtido. Grace lo vio acercarse a las hileras de sillas apoyadas en sus soportes a lo largo de la pared. Cuando Joe habló lo hizo sin volverse del todo, con la brizna de hierba aún entre los labios y con un tono informal, como si le estuviera dando a escoger entre varios refrescos de la nevera.

—¿Mi caballo o *Rimrock*?

En cuanto los invitó Annie se arrepintió de haberlo hecho. La cocina de la casa del arroyo no estaba concebida precisamente para grandes alardes culinarios, aunque los de Annie no podían considerarse ciertamente grandes. Annie se basaba en su instinto para cocinar, en cierta medida porque le parecía más creativo pero sobre todo porque era muy impaciente. Y aparte de los tres o cuatro platos que sabía guisar con los ojos cerrados, había tantas probabilidades de que la comida saliera exquista como nada apetitosa. Y tenía la sospecha de que tal como estaban las cosas había más posibilidades de que fuera lo segundo que lo primero.

Para evitar correr riesgos, había optado por hacer pasta. Un plato que el año anterior se había hartado de preparar. Era fino pero fácil. A los chicos les gustaría e incluso podía ocurrir que Diane lo encontrara fantástico. También había notado que Tom evitaba comer demasiada carne y, más de lo que ella se dignaba reconocer, quería quedar bien con él. No había ingredientes estrambóticos, lo único que necesitaba era *penne regata,* mozarella y un poco de albahaca fresca y tomates maduros, todo lo cual, creyó, seguramente encontraría sin problemas en Choteau.

Sin embargo, el dependiente la miró como si le hablara en urdu. Finalmente tuvo que ir hasta el hipermercado de Great Falls, pero tampoco allí consiguió los ingredientes. No supo qué hacer. Tuvo que replantearse el menú sobre el terreno, patearse todos los pasillos, cada vez más fastidiada y diciéndose que de ninguna manera iba a ceder y servirles carne a la plancha. Había decidido que comerían pasta y pasta sería. Acabó cogiendo espaguetis, un frasco de salsa boloñesa y algunos ingredientes de fiar para poder fingir que lo había preparado ella. Salió con dos botellas de buen Chianti y el orgullo lo bastante intacto.

Para cuando llegó al Double Divide se encontraba bastante mejor. Quería quedar bien con los Booker, era lo menos que podía hacer por ellos. Habían sido muy amables, aun cuando la amabilidad de Diane ocultase cierta reticencia. Siempre que Annie sacaba a relucir el asunto del pago, tanto del alquiler como del trabajo que Tom estaba haciendo con *Pilgrim*, él le decía que no se preocupara, que ya lo arreglarían más adelante. La misma respuesta había obtenido de Frank y Diane. Así, la cena de esa noche constituía para Annie una especie de agradecimiento provisional.

Dejó la compra a un lado y llevó el montón de periódicos y revistas que había comprado en Great Falls a la mesa bajo la cual había ya una pequeña montaña de papel impreso. Comprobó si había mensajes en sus máquinas: sólo uno, de Robert, por el correo electrónico.

Tenía previsto ir a pasar el fin de semana con ellas pero en el último momento lo habían convocado para una reunión en Londres el lunes. De allí debía partir hacia Ginebra. Había llamado la noche anterior y tras media hora de pedir disculpas había prometido a Grace que iría en cuanto le fuera posible. El mensaje del correo electrónico era una broma que había enviado un momento antes de salir rumbo al aeropuerto JFK, escrito en un lenguaje críptico que él y Grace llamaban «ciberlengua» y que Annie sólo entendía a medias. Al pie Robert había puesto una imagen generada por ordenador de un caballo sonriendo de oreja a oreja. Annie la imprimió sin pararse a leerla.

La primera reacción que había tenido la noche anterior al decirle Robert que no iría, había sido de alivio. Luego le había parecido preocupante tener ese sentimiento y desde entonces había hecho todo lo posible por no analizarlo más.

Se sentó y se preguntó distraídamente dónde estaría Grace. No había visto a nadie en el rancho a su vuelta de Great Falls. Suponía que estarían todos en la casa o en los corrales de la parte de atrás. Iría a ver, se dijo, cuando se hubiera puesto al día con los semanarios, el ritual de cada sábado que todavía conservaba, pese a que ahora le exigía un esfuerzo mayor. Abrió el *Time Magazine* y mordió una manzana.

Grace tardó diez minutos en bajar de los corrales y cruzar la alameda para dirigirse al lugar del que Joe le había hablado. Era la primera vez que iba allí, pero al salir de entre los árboles comprendió el por qué de la elección.

Más abajo, al pie de un margen curvilíneo, había un prado de forma perfectamente elíptica y rodeado por un recodo del arroyo. Aquel lugar formaba un ruedo natural, retirado de todo lo que no fuera árboles y cielo. La hierba era alta, de un exuberante verde azulado, y crecían allí flores silvestres como Grace no había visto nunca.

Esperó, atenta a su llegada. Soplaba una leve brisa que no conseguía agitar las hojas de los majestuosos álamos que se erguían a su espalda, y todo lo que oía era el zumbido de los insectos y los latidos de su corazón. Nadie tenía que saberlo, ése era el trato. Habían oído el coche de Annie y la habían visto pasar por una grieta de la puerta del establo. Scott no tardaría en salir, y Joe le había dicho que si los veían siguiera adelante. Él había ensillado el caballo y luego, tras comprobar que no había nadie a vista, la había seguido.

Joe sabía que a Tom no iba a importarle que Grace montara a *Rimrock,* pero a Grace no le hacía mucha gracia, de modo que optaron por *Gonzo,* el pequeño pinto de Joe. Como los demás caballos que había conocido en el rancho, *Gonzo* era dulce y tranquilo y Grace ya se había hecho amiga de él. También era de un tamaño más apropiado para ella. Oyó partirse una rama y el resoplar del caballo. Al volverse los vio venir entre los árboles.

—¿Te ha visto alguien? —preguntó Grace.

—No.

Joe cabalgó a su lado y condujo a *Gonzo* por la pendiente hasta el prado. Grace lo siguió, pero la pendiente era difícil y un metro antes de llegar abajo tropezó y cayó. Terminó hecha un lío que parecía peor de lo que en realidad era. Joe desmontó y fue hacia ella.

—¿Estás bien?

—¡Mierda!

Joe la ayudó a ponerse de pie.

—¿Te has hecho daño?

—No, estoy bien. ¡Mierda, mierda y mierda!

La dejó desahogarse y sin decir palabra le sacudió el polvo de la espalda. Grace vio que en una de las perneras de sus nuevos tejanos había quedado una marca de barro, pero qué más le daba.

—¿La pierna, bien?

—Sí. Lo siento. Es que a veces me pone frenética.

Él asintió y se quedó un momento callado, dejando que ella se recobrara.

—¿Aún quieres probarlo?

—Sí.

Joe guió a *Gonzo* y los tres caminaron hacia el prado. A su paso las mariposas se echaban a volar y de la hierba alta calentada por el sol se elevaba un aroma dulzón. En ese punto el arroyo corría poco profundo sobre un lecho de grava, y al aproximarse más Grace oyó el sonido del agua. Una garza alzó el vuelo y se inclinó perezosamente, encogiendo sus patas al pasar.

Llegaron a un tocón bajo de álamo, nudoso y enorme; Joe se paró junto a él y situó a *Gonzo* de modo que el tacón sirviera de plataforma para que Grace pudiera montar.

—¿Te sirve eso? —preguntó.

—Ajá. Si es que puedo subirme —respondió ella.

Joe se quedó al lado del caballo, sujetándolo firmemente con una mano y a Grace con la otra. *Gonzo* se movió un poco y Joe le acarició el cuello y le dijo que no pasaba nada. Apoyándose en el hombro del muchacho, Grace subió al tocón con la pierna buena.

—¿Qué tal?

—Bien, creo.

—¿Demasiado cortos los estribos?

—No, no. Están bien.

Grace seguía teniendo la mano izquierda en el hombro de él. Se preguntó si Joe sentiría los golpetazos de su sangre.

—Bueno. Cógete a mí y cuando estés lista pon la mano derecha en la perilla de la silla.

Grace tomó aire e hizo lo que Joe le decía. *Gonzo* movió un poco la cabeza pero dejó las patas quietas. Cuando Joe estuvo seguro de que ella se sostenía, apartó la mano y alcanzó el estribo.

Eso iba a ser lo más difícil. Para poner el pie izquierdo en el estribo, Grace tendría que apoyar todo el peso de su cuerpo en la prótesis. Ella pensó que podría resbalar pero notó que Joe se apuntalaba bien y soportaba gran parte de su peso, y en un abrir y cerrar de ojos Grace tuvo el pie metido en el estribo como si lo hubieran hecho muchas veces. Lo único que pasó fue que *Gonzo* volvió a moverse un poco, pero Joe lo calmó, esta vez con más firmeza, y el potro se quedó quieto al momento.

Todo lo que tenía que hacer Grace ahora era pasar la pierna ortopédica por encima, pero le resultaba extraño no sentir nada y entonces recordó que la última vez que había hecho aquel movimiento había sido el día del accidente.

—¿Qué tal? —dijo Joe.

—Bien.

—Pues adelante.

Grace aseguró su pierna izquierda, dejando que el estribo soportara su peso y luego intentó pasar la derecha por encima de la grupa.

—No puedo levantarla tanto.

—Ven, apóyate más en mí. Inclínate hacia afuera para tener más ángulo.

Grace así lo hizo, y después de reunir todas sus fuerzas como si en ello le fuese la vida, levantó la pierna derecha y se dio impulso. Mientras lo hacía, giró el cuerpo y se izó apoyándose en la perilla; notó que Joe también la subía y acabó por pasar la pierna por el flanco del caballo.

Se acomodó en la silla y se sorprendió de que la sensación no le resultase más extraña. Joe advirtió que estaba buscando el otro estribo y rápidamente rodeó el caballo y la ayudó a meter el pie. Grace notó la cara interna del muslo ortopédico en contacto con la silla, y aunque la sensación era suave nadie podía decir dónde terminaba el tacto y empezaba la nada.

Joe se apartó con la mirada fija en ella por si algo ocurría, pero Grace estaba demasiado pendiente de sí misma como para apreciarlo. Cogió las riendas y picó ligeramente a *Gonzo.* El caballo echó a andar sin dudarlo y ella le hizo describir una larga curva a lo largo del arroyo, sin mirar atrás. Podía ejercer más presión con la pierna de la que había imaginado, aunque como no tenía gemelos se veía forzada a ejercer esa presión con el muñón y calcular el efecto en función del modo en que respondía el caballo. *Gonzo* parecía saber todo eso y para cuando llegaron al fondo del prado y giraron sin un solo movimiento en falso, jinete y caballo ya eran uno solo.

Grace levantó la vista por primera vez y vio a Joe entre las flores, esperándola. Cabalgó dibujando una ese en dirección a él, frenó y él le sonrió con el sol en los ojos y el prado extendiéndose a su espalda, y de repente Grace sintió ganas de llorar. Pero se mordió el labio por dentro y, en cambio, le devolvió la sonrisa.

—Coser y cantar —dijo él.

Grace asintió y tan pronto estuvo segura de que podía confiar en su voz dijo que, en efecto, era como coser y cantar.

23

La cocina de la casa del arroyo era poco menos que espartana, con su ristra de tubos fluorescentes cuya envoltura se había convertido en féretro de un surtido de insectos. Al mudarse Frank y Diane a la casa grande se habían llevado consigo todo lo que merecía la pena. Los cacharros procedían de diversas baterías de cocina y el lavaplatos sólo funcionaba si se le daba un golpe en el punto adecuado. La única cosa que Annie no había conseguido dominar aún era el horno, que parecía dotado de una mente propia. El contorno de la puerta estaba podrido y el marcador de temperatura suelto, de modo que cocinar en él requería una combinación de vigilancia, don de adivinación y buena suerte.

Hornear la tarta de manzana al estilo francés que les iba a dar de postre no había sido, sin embargo, ni la mitad de difícil que averiguar cómo iban a comerla. Annie había descubierto demasiado tarde que no tenía suficientes platos, cuchillos ni sillas. Y no sin vergüenza (pues de alguna manera eso burlaba todo el proyecto), había tenido que telefonear a Diane e ir a su casa a pedirle lo que faltaba. Luego se había percatado de que la única mesa lo bastante grande para la ocasión era la que usaba como escritorio, de modo que tuvo que quitar de ella toda su maquinaria y arrumbarla en el suelo junto con sus periódicos y revistas.

La tarde había empezado con un ataque de pánico. Annie estaba habituada a recibir gente que pensaba que cuanto más tarde llegaba uno más fino era, conque no se le había ocurrido que todos se presentaran a la hora en punto. Pero a las siete, cuando ni siquiera se había cambiado, los vio subir por la colina; a todos menos a Tom. Llamó a Grace a gritos, subió volando por la escalera y se puso un vestido que ya no tenía tiempo de planchar. Para cuando oyó sus voces en el porche, había conseguido pintarse los ojos y los labios, cepillarse el pelo, darse un toque de perfume y bajar a recibirlos.

Al verlos a todos allí de pie, Annie pensó que había sido una estupidez invitar a aquellas personas a su propia casa. Todo el mundo parecía sentirse incómodo. Frank dijo que Tom se había retrasado por un problema que había tenido con uno de los tusones, pero que estaba duchándose, y no tardaría en llegar. Annie les preguntó qué querían tomar y en ese instante recordó que no había comprado cerveza.

—Yo una cerveza —dijo Frank.

Pero la cosa mejoró. Annie abrió una botella de vino mientras Grace se llevaba a Joe y a los gemelos y los hacía sentar en el suelo delante del ordenador de su madre, donde al poco rato los tuvo a todos boquiabiertos con el Internet. Annie, Frank y Diane sacaron sillas al porche y se sentaron a charlar mientras contemplaban el último fulgor del sol de la tarde. Rieron al comentar la aventura de Scott con el ternero, suponiendo que Grace se lo habría contado a su madre. Annie fingió que así era. Luego Frank explicó una larga historia sobre un desastroso rodeo de instituto donde había quedado humillado ante la chica a la que pretendía impresionar.

Annie escuchaba con fingida atención mientras esperaba el momento de ver llegar a Tom por una esquina de la casa. Y cuando eso ocurrió, la sonrisa de Tom y el modo en que se quitó el sombrero y dijo que sentía llegar tarde fueron tal como ella había imaginado.

Mientras le hacía pasar se disculpó por no tener cerveza antes de que a él se le ocurriera pedir una. Tom dijo que vino estaba bien y esperó a que ella lo sirviera. Annie le pasó la copa, lo miró fijamente a los ojos por primera vez, olvidó lo que estaba a punto de decirle, fuera lo que fuese. Se produjo un silencio engorroso hasta que él acudió al rescate.

—Huele bien.

—Me temo que no es nada del otro mundo. ¿El caballo está bien?

—Oh sí. Tiene un poco de fiebre, pero se pondrá bien. ¿Cómo le ha ido el día?

Antes de que pudiera responder, entró Craig llamando a Tom y diciéndole que tenía que ir a ver lo que salía en el ordenador.

—Oye, estoy hablando con la mamá de Grace —dijo Tom.

Annie rió y les dijo que no se preocuparan, la mamá de Grace tenía que ir a vigilar la comida. Diane entró en la cocina para echarle una mano y charlaron un rato de los hijos mientras preparaban las cosas. Y a cada momento Annie miraba de soslayo hacia el salón y veía a Tom con su camisa azul claro, acuclillado entre los chicos, que se disputaban su atención.

Los espaguetis fueron un éxito. Diane incluso le pidió la receta de la salsa, y Annie habría confesado de no ser porque Grace se le adelantó y les dijo a todos que la salsa era de bote. Annie había colocado la mesa en mitad de la sala y había encendido unas velas compradas en Great Falls. Grace había opinado que aquello era pasarse, pero Annie se alegraba ahora de haber insistido en ponerlas pues daban a la habitación una luz cálida y proyectaban sombras danzarinas sobre las paredes.

Y pensó en lo agradable que era el que la casa, siempre tan silenciosa, estuviese llena de voces y risas. Los chicos estaban en un extremo y los cuatro adultos en el otro, ella y Frank frente a Tom y Diane. A Annie se le ocurrió que un desconocido los habría tomado por parejas.

Grace estaba explicando a los demás lo que se podía hacer con el Internet, como tener acceso al Hombre Visible, un asesino de Texas condenado a muerte que había donado su cuerpo a la ciencia.

—Lo congelaron y lo cortaron en dos mil trocitos y luego fotografiaron cada pedazo —explicó Grace.

—Qué guarrada —dijo Scott.

—¿No podríamos hablar de otra cosa mientras comemos? —pidió Annie. Era un comentario hecho a la ligera pero Grace quiso tomárselo como una reprimenda. Fulminó a su madre con la mirada.

—Es la biblioteca Nacional de la Medicina, mamá. Eso es cultura, caray, y no un juego de marcianitos.

—Vamos Grace, sigue —dijo Diane—. Es fascinante.

—En realidad eso es todo —dijo Grace. Hablaba sin entusiasmo, dando a entender a todos que como de costumbre su madre no sólo la había desanimado sino que había echado a perder un momento interesante y divertido—. Simplemente volvieron a juntarlo y ahora puedes tenerlo en la pantalla y diseccionarlo, como si fuera en tres dimensiones.

—¿Y todo eso se puede hacer en la pantallita?

—Pues claro.

El modo de decirlo fue tan concluyente que todos guardaron silencio. Duró apenas un instante, aunque a Annie le pareció una eternidad y Tom debió de notar la desesperación en su mirada, porque hizo un gesto con la cabeza en dirección a Frank y con tono sarcástico dijo:

—Ya ves hermanito, si quieres ser inmortal, aprovecha.

—Dios nos asista —dijo Diane—. El cuerpo de Frank Booker a la vista de todo el país.

—Eh, ¿qué le pasa a mi cuerpo si puede saberse?

—Por dónde quieres que empecemos —dijo Joe. Todos rieron.

—Caramba —dijo Tom—. Con dos mil pedazos, digo yo que se podría recomponer la cosa y obtener un resultado más atractivo.

El ambiente volvió a distenderse y cuando Annie estuvo convencida de que así era dedicó a Tom una mirada de alivio y agradecimiento que él retribuyó suavizando imperceptiblemente la mirada. A ella le sorprendía que aquel hombre que apenas había conocido a su propio hijo pudiera comprender el menor conflicto entre ella y Grace.

La tarta no era nada del otro mundo. Annie se había olvidado de la canela y tan pronto como hubo cortado el primer trozo se dio cuenta de que podía haberla horneado quince minutos más. Pero a nadie pareció importarle. Los chicos comieron helado y enseguida volvieron al ordenador mientras los adultos tomaban café sentados a la mesa.

Frank se lamentaba de los conservacionistas, los «verdosos», como él los llamaba, y de que no entendieran absolutamente nada de criar ganado. Se dirigía a Annie, porque Diane y Tom ya habían oído sus quejas un centenar de veces. Aquellos maníacos dejaban sueltos a los lobos que traían de Canadá para que pudieran comerse las reses además de los osos pardos. Hacía un par de semanas, explicó, a un ranchero de Augusta le habían matado dos vaquillas.

—Y esos verdosos vinieron desde Missoula con sus helicópteros y sus conciencias ecologistas y le dijeron, lo sentimos tío, nos llevamos el lobo de aquí pero ni se te ocurra poner trampas o cazarlo porque te ponemos un pleito por menos de nada. El bicho ése debe de estar tomando el fresco en una piscina de algún hotel de cinco estrellas, mientras nosotros pagamos la factura. —Advirtió que Tom le sonreía a Annie y señalándolo con el dedo, agregó—: Aquí donde lo ves, Annie, él es uno de ellos. Lleva el rancho en la sangre, pero es más verde que un sapo mareado en una mesa de billar. Espera a que el lobo se meriende uno de sus potrillos y verás la que se arma.

Tom rió y vio que Annie fruncía el entrecejo.

—Disparar, enterrar y a otra cosa mariposa —dijo—. Es la respuesta del ranchero humanitario a la naturaleza.

Annie soltó una carcajada y de pronto reparó en que Diane estaba mirándola. La miró a su vez y Diane sonrió de un modo que no hizo sino resaltar el hecho de que lo de antes no había sido una sonrisa.

—¿Qué opina usted, Annie? —preguntó.

—Bueno, yo vivo en un lugar muy distinto.

—Pero tendrá una opinión al respecto.

—La verdad es que no.

—Imposible. En su revista debe de salir este tema más de una vez.

A Annie le sorprendió ese acoso. Se encogió de hombros y dijo:

—Imagino que toda criatura tiene derecho a la vida.

—¿Ah sí? ¿Hasta las ratas y los mosquitos que transmiten la malaria?

Diane seguía sonriendo y el tono era jovial, pero Annie percibió algo que la puso en guardia.

—Tiene razón —dijo al cabo—. Supongo que depende de a quién muerdan.

Frank soltó una risotada y Annie miró a Tom con el rabillo del ojo. Él le estaba sonriendo. Y así, de un modo que costaba comprender, fue Diane quien finalmente pareció dispuesta a dejarlo correr. Nadie supo si era así en realidad, pues de pronto se oyó un chillido y Scott apareció detrás de ella agarrándola del hombro, las mejillas encendidas de rabia.

—¡Joe no me deja el ordenador!

—No te toca a ti —dijo Joe desde donde los otros seguían apiñados en torno a la pantalla.

—¡Sí, me toca!

—¡Que no!

Diane llamó a Joe e intentó poner paz. Pero los gritos arreciaron y pronto se vio también envuelto Frank y la discusión pasó de lo concreto a lo general.

—¡Nunca me dejas probar nada! —exclamó Scott, al borde del llanto.

—No seas crío —dijo Joe.

—Chicos, chicos. —Frank había apoyado las manos sobre los hombros de sus hijos.

—Te crees muy importante...

—Venga, calla de una vez.

—... porque le das clases de equitación a Grace y todo eso. Todos se quedaron callados excepto una caricatura de pájaro que graznaba en el monitor. Annie miró a Grace y ésta apartó rápidamente la vista. Nadie parecía saber qué decir. Scott estaba un poco perplejo por el efecto que su revelación había causado.

—¡Os he visto! —su tono era ahora más insultante pero menos seguro—. ¡Ella montaba a *Gonzo,* abajo en el arroyo!

—Serás cerdo —dijo Joe entre dientes, y al mismo tiempo arremetió contra él.

Todo el mundo explotó. Scott fue a dar de espaldas contra la mesa y empezaron a volar tazas y vasos. Los dos chicos cayeron al suelo trabados de brazos y piernas al tiempo que Frank y Diane se arrojaban sobre ellos chillando e intentando separarlos. Craig se acercó corriendo con la intención de intervenir en la pelea, pero Tom alargó una mano y lo retuvo con suavidad. Annie y Grace sólo pudieron ponerse en pie y mirar.

Un momento después Frank sacaba a los chicos de la casa; Scott gemía, Craig lloraba como muestra de solidaridad y Joe mostraba una furia callada que se hacía oír más que el llanto de los otros dos. Tom los acompañó hasta la cocina.

—Lo siento mucho, Annie —dijo Diane.

Estaban de pie junto a la mesa como aturdidos supervivientes de un huracán. Grace estaba pálida al otro lado de la sala. Al mirarla Annie, algo que no era ni miedo ni pena sino un híbrido de ambas cosas pareció cruzar el rostro de la chica. Tom lo advirtió también al regresar de la cocina, se acercó a Grace y le puso una mano en el hombro.

—¿Estás bien?

Ella asintió sin mirarlo y dijo:

—Me voy arriba. —Cogió su bastón y cruzó la estancia con desmañada prisa.

—Grace... —dijo Annie con suavidad.

—¡No, mamá!

Salió y los tres se quedaron escuchando el irregular sonido de sus pasos en la escalera. Annie vio que Diane estaba desconcertada. En Tom percibió una compasión que, de haberse dejado llevar, la habría hecho deshacerse en lágrimas. Aspiró hondo y trató de sonreír.

—¿Sabían algo de esto? —preguntó—. ¿Lo sabía todo el mundo menos yo?

Tom negó con la cabeza.

—No creo que ninguno de nosotros lo supiera.

—Quizá quería darnos una sorpresa —aventuró Diane.

Annie rió:

—Sí, ya.

Sólo quería que se fueran todos, pero Diane insistió en quedarse a poner orden, de modo que llenaron el lavaplatos y quitaron los cristales rotos de la mesa. Después, Diane se remangó y empezó con los cacharros. Evidentemente pensaba que era mejor estar alegre, y mientras fregaba se puso a hablar del baile que Hank iba a organizar el lunes en su rancho y al que todos estaban invitados.

Tom apenas pronunció palabra. Ayudó a Annie a trasladar otra vez la mesa junto a la ventana y esperó mientras ella desconectaba el ordenador. Luego, entre los dos, empezaron a poner todas sus cosas de nuevo sobre la mesa.

Annie nunca supo qué la impulsó a hacerlo, pero de pronto preguntó cómo estaba *Pilgrim*. Tom no respondió al momento, sino que siguió ordenando cables sin mirarla, mientras pensaba. Cuando por fin habló, su tono fue casi de indiferencia.

—Oh, creo que saldrá adelante.

—¿De veras?

—Sí.

—¿Estás seguro?

—No, pero verá, donde hay dolor hay sentimiento, y donde hay sentimiento hay esperanza. —Le pasó el último cable—. Ya está —dijo.

Se volvió a mirarla y sus ojos se encontraron.

—Gracias —dijo Annie en voz baja.

—Ha sido un placer. No deje que ella la rechace.

Cuando regresaron a la cocina Diane ya había terminado y todo estaba en su sitio excepto las cosas que ella había llevado para la cena. Una vez que hubo quitado importancia a las muestras de agradecimiento de Annie y pedido disculpas por la conducta de los chicos, ella y Tom dijeron buenas noches y se fueron.

Annie se quedó bajo la luz del porche y los observó alejarse. Y mientras sus siluetas eran tragadas por la oscuridad, sintió ganas de llamarlos para que se quedaran y la abrazaran y la preservaran del frío que nuevamente invadía la casa del arroyo.

Tom se despidió de Diane al lado del establo y entró a ver a la potranca enferma. Al bajar de la casa del arroyo, Diane había comentado lo tonto que era Joe por llevar a montar a la chica sin decírselo a nadie. Tom dijo que a él no le parecía ninguna tontería, que comprendía la razón de que Grace hubiera querido mantenerlo en secreto. Joe se estaba portando con ella como un amigo, y nada más. Diane replicó que eso no era asunto del chico y que francamente se alegraría cuando Annie hiciera las maletas y se llevara la chica de vuelta a Nueva York.

La potranca no había empeorado, aunque sí seguía respirando un poco deprisa. La temperatura le había bajado a treinta y nueve. Tom le frotó el cuello y le habló suavemente mientras con la otra mano le tomaba el pulso por detrás del codo. Contó los latidos durante veinte segundos y luego multiplicó por tres. Eran cuarenta y dos por minuto, un poco por encima de lo normal. Pensó que por la mañana tal vez tuviese que avisar al veterinario si la cosa seguía igual.

Cuando salió del establo vio que la luz de la habitación de Annie estaba encendida, y así seguía cuando él acabó de leer y apagó la luz de su dormitorio. Se había habituado a mirar por última vez la casa del arroyo donde las persianas iluminadas del cuarto de Annie destacaban en la oscuridad de la noche. A veces veía su sombra cruzar la ventana mientras ella hacía su desconocido ritual vespertino, y en una ocasión la había visto detenerse allí, enmarcada por el fulgor de la luz, para desvestirse, y de pronto, se sintió como si fuese un fisgón.

Ahora la persiana estaba abierta y él supo que algo había pasado o estaba pasando quizá en ese mismo instante. Pero sabía que era algo que sólo ellas podían resolver y, aunque parecía una tontería, se dijo que las persianas tal vez no estuviesen abiertas para impedir que entrara la oscuridad sino para dejarla salir.

Nunca había querido o necesitado tanto a una mujer desde que conociera a Rachel, hacía ya tantos años.

Había sido el primer día que la veía con un vestido. Era sencillo, de algodón estampado con un sinfín de pequeñas flores rosadas y negras y botones de nácar por la parte de delante. Le llegaba más abajo de las rodillas y dejaba sus brazos al descubierto.

Al llegar él y decirle Annie que fuera a la cocina a tomar una copa no había podido quitarle los ojos de encima. Había ido detrás de ella aspirando la estela de su perfume, y mientras le servía el vino él se había fijado en el modo en que se mordía la punta de la lengua en un gesto de concentración. Notó también un atisbo de tirante de raso que durante toda la velada intentó sin éxito no mirar. Y ella le había pasado la copa con una sonrisa, arrugando las comisuras de la boca de un modo que deseó fuera sólo para él.

Así lo había creído durante la cena, porque las sonrisas que había dedicado a Frank, Diane y los chicos eran muy diferentes. Y tal vez lo había imaginado, pero cuando ella hablaba, si bien aparentemente para todos, le pareció que siempre se dirigía a él. Nunca la había visto con los ojos maquillados y advirtió que la luz de la vela se reflejaba en ellos cuando reía.

Después del incidente de los chicos y de que Grace saliese hecha una fiera, únicamente la presencia de Diane había impedido que tomara a Annie entre sus brazos y la dejara llorar como comprendió que tenía ganas de hacer. No fue tan tonto como para pensar que ese impulso era sólo para consolarla. No, se debía a que deseaba abrazarla y conocer de cerca su tacto, sus formas, su olor.

No era que Tom pensara que habría sido una actitud indecorosa, aunque sabía que otros podían pensar así. El dolor de aquella mujer, su hija, el dolor de esa hija formaban parte de ella, ¿no? ¿Y qué hombre podía considerarse Dios como para decidir sobre el sutil reparto de sentimientos apropiado a cada una, a ambas o a cualquiera de ellas?

Todas las cosas eran, en el fondo, una sola y lo mejor que un hombre podía hacer era cogerle el aire al caballo, cabalgar en armonía con él y ser todo lo fiel a ese aire que su alma le permitiera.

Annie apagó las luces de la planta baja y al subir por la escalera vio que la habitación de Grace estaba cerrada y que no salía luz por debajo de la puerta. Annie se dirigió a su dormitorio y encendió la lámpara. Se detuvo en el vano de la puerta, consciente de que en ese momento cruzar el umbral tenía un significado especial. No podía olvidar lo sucedido. ¿Cómo iba a permitir que el vacío entre las dos se ahondara aún más durante la noche como si de un inexorable fenómeno geológico se tratase? No tenía por qué ser así.

Annie abrió la puerta y la luz procedente del descansillo entró en el cuarto de Grace. Le pareció que las sábanas se movían, pero no pudo asegurarlo pues la cama estaba más allá del triángulo iluminado y a Annie le costó acostumbrarse a la oscuridad.

—¿Grace?

Estaba de cara a la pared y en la forma de sus hombros bajo la sábana había una especie de estudiada quietud.

—Grace.

—¿Qué? —No se movió.

—¿Podemos hablar?

—Tengo ganas de dormir.

—Yo también, pero creo que estaría bien que hablásemos.

—¿De qué?

Annie se acercó a la cama y se sentó en ella. La pierna ortopédica estaba apoyada en la pared junto a la mesita de noche. Grace suspiró y se puso boca arriba, mirando el techo. Annie aspiró hondo. «Hazlo bien —se repetía—. No te hagas la ofendida, tranquila, sé simpática.»

—Así que vuelves a montar a caballo...

—He hecho un intento.

—¿Y qué tal ha ido?

Grace se encogió de hombros.

—Bien. —Seguía intentando poner cara de fastidio.

—Es estupendo.

—¿Ah sí?

—¿No te lo parece?

—No lo sé, dímelo tú.

Annie luchó contra los latidos de su corazón, diciéndose que debía conservar la calma, darle tiempo, aceptar las cosas. En cambio, se oyó preguntar:

—¿No podías habérmelo dicho?

Grace la miró y el odio que había en sus ojos casi le cortó la respiración.

—¿Decírtelo? ¿Por qué?

—Grace...

—¿Por qué? Dímelo. ¿Acaso te importa? ¿O es porque tienes que saberlo y controlarlo todo y no dejar que nadie haga nada a menos que tú lo mandes? ¿Es por eso?

—Oh, Grace.

Annie sintió un súbita necesidad de luz y alargó la mano para encender la lámpara de la mesita de noche, pero su hija se lo impidió.

—¡Deja eso! ¡La quiero apagada! —exclamó, y lanzó un golpe que alcanzó a Annie en la mano e hizo caer la lámpara al suelo. La base de cerámica se partió en tres limpios pedazos—. Haces como que te importa pero lo único que te importa eres tú y lo que la gente piense de ti. Y tu trabajo y tus amigos famosos.

Grace se afianzó en los codos como si quisiera reforzar la rabia que sus lágrimas no hacían sino acrecentar.

—Además ¿no dijiste que no querías que volviera a montar? Entonces ¿por qué mierda tengo que decírtelo? ¡Por qué tengo que decirte nada! ¡Te odio!

Annie intentó cogerla en brazos pero Grace la apartó.

—¡Vete! ¡Déjame en paz! ¡Vete!

Annie se puso de pie, sintió que se tambaleaba y por un instante pensó que iba a caerse. Casi a ciegas avanzó hacia el charco de luz que sabía la conduciría a la puerta. No tenía una idea clara de qué haría una vez allí, sólo que estaba obedeciendo una orden que la obligaba a marcharse. Al llegar a la puerta oyó que su hija decía algo y se volvió y miró hacia la cama. Grace estaba otra vez de cara a la pared y le temblaban los hombros.

—¿Qué? —dijo Annie.

Esperó, y no supo si fue su propia aflicción o la de Grace la que amortiguó nuevamente las palabras, pero hubo algo en el modo en que fueron pronunciadas que la hizo retroceder. Se acercó a la cama hasta una distancia en que podía tocarla, pero no lo hizo por miedo a que la rechazara.

—Grace... No he oído lo que has dicho.

—Digo que... me ha venido. —Lo dijo entre sollozos y al principio Annie no comprendió.

—¿Qué te ha venido?

—La regla.

—¿Cómo? ¿Esta noche?

Grace asintió.

—Lo he notado cuando estaba abajo y al llegar aquí tenía las bragas manchadas de sangre. Las he lavado en el baño pero no quedan limpias.

—Oh, Gracie.

Annie puso una mano en el hombro de su hija y ésta se volvió. Ya no había ira en su rostro, sólo dolor y pena. Annie se sentó en la cama y estrechó a su hija entre sus brazos. Grace la abrazó y Annie notó que sus sollozos de niña hacían que ambas se agitaran como si fueran un solo cuerpo.

—¿Quién me va a querer?

—¿Qué, cariño?

—¿Quién me va a querer? Nadie.

—Oh Gracie, eso no es verdad...

—¿Por qué iban a quererme?

—Por ti misma. Porque eres increíble. Eres hermosa y fuerte. Y la persona más valiente que he conocido en toda mi vida.

Se abrazaron y lloraron juntas. Y cuando pudieron hablar otra vez Grace le dijo que no había querido decir las cosas terribles que había dicho y Annie contestó que ya lo sabía pero que había parte de verdad en ellas y que era consciente de haber hecho muchas cosas mal. Permanecieron cada una con la cabeza apoyada en el hombro de la otra, y dejaron hablar a sus corazones como nunca se habían atrevido a hacerlo.

—Todos estos años que tú y papá intentabais tener otro hijo, yo rezaba cada noche para que esa vez saliera bien. Y no por ti o porque quisiera tener un hermano, sino porque así ya no tendría que seguir siendo... tan, no sé.

—Dilo.

—Tan especial. Porque yo era la única, notaba que los dos esperabais de mí que fuera la mejor en todo, y yo no era tan perfecta, yo era yo y nada más. Y ahora voy y lo estropeo todo.

Annie la estrechó y le acarició el pelo y le dijo que las cosas no eran como ella decía. Y pensó, sin llegar a decirlo, que el amor era una mercancía peligrosa y que la exacta graduación de lo que uno daba y tomaba era demasiado precisa para los simples humanos.

Estuvieron mucho rato allí sentadas, hasta que Annie notó que la humedad de sus lágrimas se le había enfriado en el vestido.

Grace se quedó dormida en sus brazos y no despertó ni siquiera cuando Annie la acostó y se tendió a su lado.

Escuchó el respirar de su hija, un sonido uniforme y confiado, y permaneció un rato contemplando cómo la brisa agitaba los visillos. Luego se durmió con un sueño profundo, mientras fuera la tierra, enorme y silenciosa, giraba bajo el firmamento.

24

Desde la ventanilla salpicada de lluvia del taxi negro Robert miró a la mujer de la valla anunciadora que había estado agitando el brazo durante los últimos diez minutos gracias a uno de esos artilugios electrónicos. Ella llevaba unas Rayban y un bañador fucsia y en la otra mano tenía lo que se suponía era una piña colada. La mujer hacía lo posible por convencer a Robert y varios centenares de viajeros más embotellados por el tráfico y empapados de lluvia de que lo mejor que podían hacer era comprar un billete de avión a Florida.

Lo cual era discutible. Y un timo peor de lo que parecía, porque la prensa inglesa no había escatimado espacio a la hora de informar sobre unos turistas británicos que recientemente habían sido atracados, violados y asesinados precisamente en Florida. Mientras el taxi avanzaba lentamente, Robert advirtió que un bromista había garabateado junto a los pies de la mujer la frase «Y no olvide llevar la Uzi».

Comprendió demasiado tarde que habría sido mejor tomar el metro. En los últimos diez años cada vez que iba a Londres, estaban excavando para ampliar la carretera al aeropuerto, y se sentía inclinado a creer que no lo hacían a propósito. El vuelo a Ginebra salía al cabo de treinta y cinco minutos y a este paso lo iba a perder por un par de años. El taxista ya le había informado, con algo sospechosamente parecido al regocijo, de que en el aeropuerto había un auténtico «puré de guisantes», que era como los ingleses se referían a la niebla.

Y la había. Pero no perdió su avión porque el vuelo había sido cancelado. Fue a sentarse al vestíbulo de la clase *business* y durante un par de horas disfrutó de la camaradería de un número cada vez mayor de enojados ejecutivos, cada cual ahondando en su particular camino hacia la trombosis coronaria. Trató de llamar a Annie pero le salió el contestador y se preguntó dónde podían estar. Había olvidado preguntarles qué pensaban hacer ese Memorial Day, el primero en muchos años que no pasaban juntos.

Dejó un mensaje y cantó unos compases de *Halls of Moctezuma* especialmente para Grace, algo que solía hacer por esas fechas en el desayuno, lo que daba pie a las protestas de su hija. Después echó una última ojeada a las notas de la reunión del día (que habían salido bien) y al papeleo de la del día siguiente (que también podía salir bien si es que conseguía llegar a tiempo) y luego lo guardó todo y fue a dar otra vuelta por la zona de embarque.

Mientras contemplaba unos jerseys de cachemir para jugar al golf que no habría regalado ni a su peor enemigo, alguien lo saludó y al levantar la vista vio a un hombre que se acercaba a aquella categoría más que ningún otro conocido suyo.

Freddie Kane era un personajillo en el mundo editorial, una de esas personas a las que uno no preguntaba demasiado acerca de la verdadera naturaleza de sus asuntos, no por temor a ponerlas en un aprieto a ellas sino a uno mismo. Él compensaba cualquier deficiencia que pudiera haber en aquel tenebroso terreno dejando claro que poseía una fortuna personal y que, además, conocía todos los chismes que había que conocer sobre cualquiera que fuese «alguien» en Nueva York. Al olvidar el nombre de Robert en cada una de las cuatro ocasiones en que habían sido presentados, Kane había dejado igualmente claro que entre esos «alguien» no contaba al marido de Annie Graves. En cambio, a Annie sí, y mucho.

—¡Hola! ¡Me parecía que eras tú! ¿Cómo te va? —Cogió con una mano el hombro de Robert y utilizó la otra para sacudir la de éste de un modo extrañamente violento y fláccido a la vez. Robert sonrió y vio que el hombre usaba unas gafas como las que los artistas de cine llevaban últimamente con la esperanza de tener un aspecto más intelectual. Sin duda alguna había olvidado otra vez el nombre de Robert.

Charlaron un rato sobre los jerseys de golf, intercambiando información sobre sus respectivos destinos, hora aproximada de llegada y las propiedades de la niebla. Robert se mostró evasivo sobre los motivos de su estancia en Europa, no porque fuera un secreto sino porque el que lo hiciera decepcionaba a Freddie. Y tal vez fue en venganza por eso que Freddie hizo el siguiente comentario:

—Parece ser que Annie tiene problemas con Gates —dijo.

—¿Perdón?

Freddie se tapó la boca con una mano y puso cara de colegial pillado en falta.

—Uy. A lo mejor no tenías que saberlo.

—Lo siento, Freddie. Sabes más que yo.

—Bueno, es que un pajarito me ha dicho que Gates ha iniciado otra caza de brujas. Seguramente no hay nada de cierto.

—¿A qué te refieres con eso de caza de brujas?

—Oh, ya sabes cómo son estas cosas, los mismos perros pero con distinto collar. He oído decir que le estaba haciendo la vida imposible a Annie, eso es todo.

—Pues es la primera noticia que...

—Bah, chismorreos. No tenía que haberlo mencionado. —Sonrió satisfecho de haber conseguido lo único que debía de haberse propuesto al saludar a Robert, y dijo que tenía que volver al mostrador para quejarse una vez más a la compañía aérea.

De vuelta en el vestíbulo, Robert se tomó otra cerveza y ojeó un ejemplar de *The Economist*, mientras meditaba sobre lo que le había dicho Freddie. Aunque se había hecho el cándido, al instante había sabido de qué estaba hablando el otro. Era la segunda vez en una semana que oía decir algo parecido.

El martes anterior había asistido a una recepción ofrecida por uno de los clientes importantes de su firma. Era la clase de fiestas para la que normalmente daba cualquier excusa a fin de no ir, pero que en esa ocasión, estando Annie y Grace fuera, en realidad había esperado con cierta ilusión. Se celebraba en unas suntuosas oficinas de unos cuantos acres cuadrados cerca del Rockefeller Center, con montañas de caviar en las que uno casi podía practicar esquí.

Llamaran como llamasen ahora a una reunión de abogados (cada semana le adjudicaban un nombre nuevo y más despectivo), aquella era sin duda uno de ellas. Había muchos rostros conocidos de otros bufetes y Robert supuso que el motivo por el que los anfitriones los habían invitado a todos era mantener a la firma de Robert en estado de alerta. Entre los otros abogados estaba Don Farlow. Sólo habían coincidido una vez, pero a Robert le caía bien y sabía que Annie le tenía en gran estima profesional.

Farlow lo saludó efusivamente y a Robert le gustó comprobar mientras charlaban que no sólo compartían un apetito rayano en la voracidad por el caviar, sino una postura saludablemente cínica respecto a aquellos que lo suministraban. Se parapetaron junto al enorme vivero y Farlow escuchó con paciencia las explicaciones de Robert sobre los avances del pleito sobre el accidente de Grace, que con las complicaciones que estaban surgiendo parecía condenado a durar varios años. Luego hablaron de otras cosas. Farlow preguntó por Annie y qué tal le iban las cosas en el oeste.

—Annie es sensacional —dijo Farlow—. La mejor. Lo malo es que ese crápula de Crawford también lo sabe.

Robert le preguntó qué quería decir y Farlow pareció sorprendido y, acto seguido, incómodo. Rápidamente cambió de tema y la única cosa que dijo, al marcharse, fue que le dijese a Annie que volviera pronto. Al llegar a casa Robert llamó a su esposa de inmediato y le mencionó el comentario de Farlow, pero ella restó importancia al asunto.

—Aquello es el palacio de la paranoia —dijo. Sí claro, Gates le hacía la vida imposible, pero no más de lo acostumbrado—. Ese bastardo sabe que me necesita más que yo a él.

Robert lo dejó estar, aun cuando le parecía que las bravatas de Annie estaban pensadas más para convencerse a sí misma que a él.

Ahora bien, si Freddie Kane estaba al corriente, se podía apostar a que casi todo Nueva York lo sabía o lo sabría pronto. Y aunque Robert no estaba metido en ese mundo, lo conocía suficientemente para saber qué importaba más, lo que se decía o lo que era verdad.

25

Hank y Darlene solían organizar el baile para la fiesta del Cuatro de Julio. Pero ese año Hank tenía fecha para hacerse operar las varices a finales de junio y no estaba para dar saltos, de modo que lo habían adelantado aproximadamente un mes a fin de que coincidiera con el Memorial Day.

Eso implicaba un riesgo. Unos años atrás, para esas fechas habían caído más de dos palmos de nieve, y algunos de los invitados de Hank pensaban que un día dedicado a honrar a aquellos que habían muerto por su país no era el más adecuado para festejar nada. Hank dijo que puestos en ese plan, también era una tontería celebrar la independencia cuando uno llevaba tanto tiempo casado como él con Darlene, y que todos sus conocidos que habían estado en Vietnam tenían ganas de armar una buena, así que al diablo.

Y como para darle una lección, llovió.

Ríos de lluvia caían sobre los toldos, hinchándolos y haciendo sisear las hamburguesas, las costillas y los filetes en la barbacoa. Por si eso fuera poco, un rayo hizo explotar una caja de fusibles y apagó todas las luces de colores que habían colgado en el patio. A nadie pareció importarle mucho. Se apiñaron todos en el establo. Alguien le dio a Hank una camiseta que él se puso de inmediato; en la parte de delante ponía en grandes letras negras: «Ya te lo decía yo.»

Tom tardaba en llegar porque el veterinario no había podido ir al Double Divide hasta después de las seis. Le había puesto otra inyección a la potranca pensando que con eso bastaría. Seguían ocupados con ella cuando los otros se fueron a la fiesta. Desde la puerta del establo había visto como Annie y Grace se amontonaban con los chicos en el Lariat. Annie lo había saludado con el brazo y le había preguntado si iba con ellos. Tom respondió que iría más tarde. Le gustó ver que llevaba puesto el mismo vestido que dos noches atrás.

Ni ella ni Grace habían mencionado lo sucedido aquella noche. El domingo Tom se levantó antes del alba y mientras se vestía vio que las persianas de Annie seguían abiertas y la luz encendida. Sintió ganas de ir allí y ver si todo iba bien, pero pensó que era mejor esperar para no dar la impresión de que quería entrometerse. Cuando hubo terminado con los caballos y entró para desayunar, Diane le dijo que Annie acababa de llamar para preguntar si les parecía bien que ella y Grace los acompañaran a la iglesia.

—Será que quiere hacer un artículo para su revista —dijo Diane. Tom replicó que eso era injusto y que a ver si no atosigaba a Annie. Diane no había vuelto a decirle nada.

Habían ido a la iglesia en dos coches y estaba claro, al menos para Tom, que algo había cambiado entre madre e hija. Había una quietud nueva. Notó que ahora cuando Annie hablaba Grace la miraba a los ojos y que, después de aparcar los coches, se tomaron del brazo y caminaron juntas hasta la iglesia.

Como en un banco no había espacio para todos, Annie y Grace se sentaron en la fila de delante donde un rayo de sol entraba sesgado por una ventana, atrapando en su luz finas nubecillas de polvo. Tom se percató de que los otros feligreses miraban a las recién llegadas, y descubrió que él mismo no dejaba de mirar la nuca de Annie cuando ella se levantaba para cantar o inclinaba la cabeza en el momento de rezar una oración.

Después, ya de regreso en el rancho, Grace volvió a montar a *Gonzo*, sólo que esta vez en el ruedo grande y delante de todos. Lo hizo andar un rato al paso y luego, cuando Tom se lo dijo, lo puso al trote. Al principio iba un poco tensa, pero en cuanto le hubo cogido el aire y se relajó, Tom apreció que montaba muy bien. Le dijo un par de cosas sobre el modo en que utilizaba la pierna ortopédica y luego la animó a seguir a medio galope.

—¡A medio galope!

—Claro, ¿por qué no?

Lo hizo y todo fue bien, y mientras abría las caderas y se movía al compás del caballo, Tom vio que en su cara se dibujaba una sonrisa.

—¿No debería llevar sombrero? —preguntó Annie en voz baja. Se refería a uno de esos cascos que los jinetes llevaban en Inglaterra y en el este, y Tom le dijo que no hacía falta, a menos que pensara caerse del caballo. Sabía que habría tenido que tomárselo más en serio, pero Annie pareció confiar en él y no insistió en ello.

Grace aflojó el paso en perfecto equilibrio e hizo parar a *Gonzo* delante de ellos; todo el mundo la aplaudió y vitoreó. El potro tenía aspecto de haber ganado el derbi de Kentucky. Y la sonrisa de Grace fue grande y diáfana como el cielo por la mañana.

Al marcharse el veterinario, Tom se duchó, se puso una camisa limpia y se dirigió bajo la lluvia a casa de Hank. Llovía de tal manera que el limpiaparabrisas del viejo Chevrolet se rindió y Tom tuvo que pegar la nariz al cristal para esquivar los anegados cráteres de la vieja carretera de grava. Había muchos coches cuando llegó y tuvo que aparcar en el camino de entrada, y gracias a que recordó coger el impermeable evitó llegar empapado al establo.

Hank lo vio nada más entrar y se acercó con una cerveza en la mano. Tom se rió de la camiseta y antes de quitarse el impermeable siquiera se dio cuenta de que ya estaba buscando a Annie con la mirada. El establo era grande, pero no lo bastante para toda la gente que había dentro. Sonaba música country, apenas audible debido al tumulto de voces y risas. La gente aún estaba comiendo. De vez en cuando el viento impulsaba hacia adentro una nube de humo procedente de la barbacoa. Casi todos comían de pie porque las mesas que habían entrado al empezar a llover todavía estaban húmedas.

Mientras charlaba con Hank y un par de amigos más, Tom paseó la mirada por el establo. Una de las casillas del fondo había sido convertida en bar y vio a Frank sirviendo copas. Varios de los chicos mayores, incluidos Grace y Joe, estaban reunidos en torno al equipo de sonido, mirando cintas y comentando la perspectiva de ver a sus padres bailando al ritmo de los Eagles o Fleetwood Mac. Cerca estaba Diane, diciendo a los gemelos que dejaran de tirar la comida o se los llevaría inmediatamente a casa. Había muchas caras que Tom conocía, y muchos lo saludaban. Pero él sólo buscaba a una persona, y finalmente la vio.

Estaba en un rincón con un vaso vacío en la mano hablando con Smoky, que había llegado de Nuevo México donde había estado trabajando desde el último cursillo de Tom. Era Smoky quien parecía llevar la voz cantante. De vez en cuando Annie estiraba el cuello para mirar y Tom se preguntó si estaría buscando a alguien en concreto y, en ese caso, si él sería esa persona. Luego se dijo que era una tontería y fue por un poco de comida.

Smoky supo quién era Annie tan pronto como los presentaron.

—¡Usted es la que le telefoneó cuando estábamos en Marin County haciendo aquel cursillo! —exclamó.

—Exacto —dijo Annie con una sonrisa.

—Me acuerdo que me llamó al volver de Nueva York diciendo que no pensaba trabajar con aquel caballo por nada del mundo. Y ya ve.

—Cambió de opinión.

—Y que lo diga, señora. Nunca he visto a Tom haciendo algo que no quisiera hacer.

Annie le preguntó acerca de su trabajo con Tom y del funcionamiento de sus cursillos, y por el modo en que respondía se dio cuenta de que Smoky adoraba a Tom. Le explicó que había muy poca gente que hiciese esa clase de cosas en la actualidad, pero que ninguno de ellos le llegaba a Tom a la altura del zapato. Le contó cómo había ayudado a caballos que cualquier otro habría sacrificado sin pensarlo dos veces.

—Les pone las manos encima y es como si los problemas los abandonaran de repente.

Annie dijo que eso no lo había hecho aún con *Pilgrim*, y Smoky replicó que debía de ser porque el caballo aún no estaba preparado.

—Parece cosa de magia —dijo ella.

—No, señora. Es más que eso. La magia sólo son trucos.

Fuera lo que fuese, Annie lo había sentido, al ver trabajar a Tom, al salir a cabalgar con él. A decir verdad, lo sentía casi siempre que estaba a su lado.

Era justamente lo que había estado pensando la mañana anterior al despertar en el lecho de Grace, que seguía durmiendo, y ver las primeras luces del alba colarse por los visillos que ya no se agitaban. Había permanecido un buen rato inmóvil, acunada por la serena respiración de su hija. De algún sueño lejano, Grace murmuró una cosa que Annie trató en vano por descifrar.

Fue entonces cuando advirtió que entre los libros y revistas amontonados al pie de la cama se hallaba el ejemplar de *The Pilgrim's Progress* que los primos de Liz Hammond le habían regalado. No lo había abierto ni tenía la menor idea de por qué estaba en la habitación de Grace. Annie se levantó sin hacer ruido, cogió el libro y se sentó en la silla que se hallaba junto a la ventana, donde había luz suficiente para leer.

Se acordó de cuando escuchaba la historia siendo niña, totalmente cautivada por la historia del heroico viaje del pequeño Cristiano a la Ciudad Celestial. Al volver a leerla, la alegoría parecía demasiado obvia y torpe. Pero hacia el final topó con un pasaje que le hizo interrumpir la lectura.

«Vi en mi sueño que habían pasado ya los peregrinos la Tierra Encantada y estaban a la entrada del país de Beulah. Muy dulce y agradable era el aire de este país, y como quiera que el camino iba por medio de él, se solazaron allí por algún tiempo. Allí se recreaban agradablemente en oír el canto de los pájaros y la voz dulce de la tórtola, y en ver las flores que aparecían en la tierra. En este país brilla de día y de noche el sol, por lo cual está ya fuera enteramente del Valle de la Muerte y también del alcance del gigante Desesperación, y de allí no se veía ni la más mínima parte del Castillo de la Duda; allí, además, estaban a la vista de la ciudad a donde iban, y más de una vez encontraron alguno que otro de sus habitantes. Porque por ese país solían pasearse los Resplandecientes, por lo mismo que estaba casi dentro de los límites del cielo.»

Annie leyó el pasaje entero tres veces y luego dejó el libro. Era por eso que había llamado a Diane para preguntarle si Grace y ella podían acompañarlos a la iglesia. No obstante, aquel impulso —tan poco característico en ella que hasta la hizo reír— tenía muy poco que ver, si es que algo tenía, con la religión. Con quien tenía que ver era con Tom Booker.

Había sido él, y Annie lo sabía, quien en cierto modo había dado pie a los últimos cambios. Había abierto una puerta a través de la cual Grace y ella se habían encontrado la una a la otra. «No deje que ella la rechace», le había dicho. Y ahora Annie sencillamente quería darle las gracias, pero de un modo ritual que no molestara a nadie. Grace se había burlado de ella cuando Annie se lo dijo, y le preguntó cuántos siglos hacía que no pisaba una iglesia. Cierto que lo había dicho con cariño y Grace estuvo contentísima de acompañarla.

Annie volvió sus pensamientos a la fiesta de Hank. Smoky no parecía haber advertido sus devaneos. Estaba explicando una larga y complicada historia sobre el propietario del rancho donde había trabajado en Nuevo México. Mientras escuchaba, Annie volvió a hacer lo que había estado haciendo casi toda la velada, tratar de localizar a Tom. Quizá había decidido no ir al baile.

Hank y los otros hombres sacaron de nuevo las mesas fuera del establo y empezó el baile. La música seguía siendo country, de modo que, liderados por los que estaban más al día, los chicos pudieron seguir con sus quejas, aliviados sin duda interiormente de no tener que bailar. Reírse de los padres era mucho más divertido que ver cómo ellos se reían de uno. Dos de las chicas de más edad habían roto filas y estaban bailando. Annie no pudo evitar sentirse preocupada; hasta ese momento no se le había ocurrido que ver bailar a otras pudiera inquietar a Grace. Dio una excusa trivial a Smoky y fue a buscar a su hija.

Grace estaba sentada con Joe junto a las casillas. Vieron acercarse a Annie y Grace dijo algo al oído de Joe que a éste le hizo sonreír. La sonrisa había desaparecido de sus labios cuando Annie llegó a donde estaban. Joe se puso de pie para saludarla.

—¿Me permite este baile, señora?

Grace soltó una risita y Annie la miró con suspicacia y dijo:

—Esto no ha sido premeditado, ¿verdad?

—Por supuesto que no, señora.

—¿Y no será, por casualidad, una apuesta?

—¡Mamá! ¡Qué grosería! —exclamó Grace—. ¡Qué cosas más horribles se te ocurren!

Joe seguía muy serio.

—No, señora. En absoluto.

Annie miró otra vez a Grace, que pareció leer sus pensamientos.

—Mamá, si crees que voy a bailar con él esta música, olvídalo.

—Entonces de acuerdo, Joe. Será un placer.

Y empezaron a bailar. Joe bailaba bien y aunque los demás chicos lo abucheaban, no se inmutó. Fue mientras bailaban que Annie vio a Tom. Estaba observándola desde la barra y agitó un brazo. El mero hecho de verlo la emocionó de tal forma que al momento sintió vergüenza de que alguien pudiera percatarse de ello.

Cuando la música terminó Joe hizo una reverencia y la acompañó de nuevo a donde estaba Grace, que no había parado de reír. Annie notó que alguien le tocaba el hombro y se volvió. Era Hank. Quería el siguiente baile y no pensaba aceptar una negativa. Al terminar la pieza Annie se estaba riendo tanto que le dolían las costillas. Pero no tuvo un respiro. El siguiente fue Frank, y después Smoky.

Mientras bailaba, Annie vio que Grace, Joe, los gemelos y otros chicos estaban bailando en plan de broma, o al menos lo bastante en broma para que Grace y Joe se hicieran la ilusión de que en realidad no bailaban el uno con el otro.

Vio a Tom bailar con Darlene y luego con Diane, y después, más pegado, con una chica muy guapa que Annie no conocía ni deseaba conocer. Quizá se tratase de una novia de la que no había tenido noticia. Y cada vez que la música paraba, Annie trataba de buscarlo y se preguntaba por qué no venía él a pedirle un baile.

Tom la vio abrirse paso hasta la barra después de haber bailado con Smoky, y tan pronto se vio capaz de hacerlo con educación dio las gracias a su pareja y la siguió. Era la tercera vez que lo intentaba, pero siempre se le adelantaba alguien.

Pasó entre la acalorada muchedumbre y la vio secarse el sudor de la frente con el dorso de ambas manos igual que había hecho el día en que la había visto correr. En la espalda del vestido tenía un trecho más oscuro donde el tejido se le había pegado a la piel a causa de la humedad. Al acercarse pudo oler su perfume mezclado con otro aroma más sutil e intenso que le era propio.

Frank, que seguía atendiendo la barra, vio a Annie y por encima de las cabezas de otras personas le preguntó qué quería tomar. Ella le pidió un vaso de agua. Frank le dijo que sólo tenía Dr. Peppers. Le pasó un vaso y tras darle las gracias Annie se volvió y allí estaba Tom, delante de ella.

—¡Hola! —dijo Annie.

—Hola. Conque a Annie Graves le gusta bailar...

—En realidad, lo detesto. Pero es que aquí nadie te deja escoger.

Él rió y decidió que no se lo pediría, aunque había tenido ganas toda la tarde. Alguien se abrió paso a empujones, separándolos unos instantes. Volvía a sonar la música y para oírse el uno al otro tuvieron que hablar a voz en cuello.

—A usted sí, desde luego —dijo ella.

—¿Cómo?

—Que le gusta bailar. Lo he visto.

—Bueno, sí. Pero yo también la he visto bailar y me parece que le gusta más de lo que dice.

—Oh, a veces, ya sabe. Cuando estoy de humor.

—¿Quiere un poco de agua?

—Me muero de sed.

Tom pidió a Frank un vaso limpio y le devolvió la Dr. Peppers. Luego apoyó levemente una mano en la espalda de ella para conducirla entre la gente y sintió la calidez de su cuerpo a través del vestido mojado.

—Vamos.

Tom encontró la forma de pasar entre la gente y ella no pudo pensar en otra cosa que en el contacto de su mano en su espalda, bajo los omóplatos y el cierre del sujetador.

Mientras bordeaban la pista de baile, Annie se arrepintió de haber dicho que no le gustaba bailar, pues de no haberlo hecho él se lo habría pedido y en ese momento ella no deseaba otra cosa.

La gran puerta del establo estaba abierta y las luces de discoteca iluminaban la lluvia del exterior como una cortina de cuentas de colores cambiantes. Ya no soplaba viento, pero la lluvia caía con tal fuerza que levantaba cierta brisa y en la entrada había otras personas resguardándose del frío que Annie notaba ahora en la cara.

Se quedaron en el umbral y atisbaron entre la lluvia, cuyo fragor ahogaba la música que sonaba a sus espaldas. Ya no había motivo para que él tuviera su mano en la espalda de ella, y aunque Annie deseó que no lo hiciera, Tom la apartó. Al otro lado del patio distinguió la casa, que con las luces encendidas semejaba un barco perdido. Suponía que era allí a donde irían a buscar su vaso de agua.

—Nos quedaremos hechos una sopa —dijo ella—. No es que esté tan desesperada.

—¿No decía que se moría por un vaso de agua?

—«Por», pero no «en». Aunque dicen que ahogarse es la mejor manera de acabar. Siempre me he preguntado cómo pueden saberlo.

Tom rió.

—Se pasa el día pensando, ¿no es así?

—Pues sí. Siempre estoy dándole al coco, como dicen algunos. No puedo evitarlo.

—Le vienen cosas a la cabeza, ¿verdad?

—Sí.

—Como ahora. —Tom advirtió que no le entendía. Señaló hacia la casa—. Estamos aquí mirando llover y usted sólo piensa en que se ha quedado sin su vaso de agua.

Annie lo miró con ironía y le cogió el vaso de la mano.

—Ya, como eso de los árboles que no dejan ver el bosque, ¿no?

Él sonrió y ella alargó el brazo desnudo hacia la noche. Se sobresaltó al sentir los alfilerazos casi dolorosos de la lluvia. Su fragor al caer lo excluía todo a excepción de ellos dos. Y mientras el vaso se llenaba se miraron a los ojos en una comunión de la cual el humor sólo era la superficie. Duró menos de lo que parecía o de lo que ambos parecían querer.

Annie le ofreció el vaso, pero él negó con la cabeza y se la quedó mirando. Ella le devolvió la mirada por encima del vaso mientras bebía. El agua era fresca, pura y estaba tan perfectamente hecha de nada que sintió ganas de llorar.

26

Grace supo que algo pasaba en cuanto subió al Chevrolet y se ubicó al lado de él. La sonrisa lo delataba, como al niño que ha escondido el tarro de los caramelos. Grace cerró la puerta y Tom arrancó de la parte posterior de la casa del arroyo en dirección a los corrales. Ella acababa de volver de su sesión matinal con Terri y aún estaba comiendo un bocadillo.

—¿Qué pasa? —preguntó.

—¿Qué pasa de qué?

Grace entrecerró los ojos y lo miró a la cara, pero él parecía completamente inocente.

—Para empezar, llegas más pronto de lo normal.

—¿De veras? —Tom sacudió su reloj—. Vaya trasto.

Ella vio que no había manera y siguió comiendo el bocadillo. Tom volvió a sonreír y se concentró en el volante.

La segunda pista fue la cuerda que Tom cogió del establo antes de bajar al corral de *Pilgrim*. Era mucho más corta y blanda que la que utilizaba como lazo, y estaba hecha de un intrincado conjunto de hilos morados y verdes.

—¿Qué es eso?

—Una cuerda. Bonita, ¿verdad?

—Quería decir, para qué es.

—Bueno, verás, no sabes la de cosas que se podrían hacer con una cuerda como ésta.

—Como columpiarse de un árbol, atarse de pies y manos...

—Esa clase de cosas, sí.

Cuando llegaron al corral Grace se apoyó en la baranda como hacía siempre y Tom entró con la cuerda. En el rincón más apartado, también como siempre, *Pilgrim* empezó a bufar y a moverse de un lado a otro, como si estuviera echando mano de un último y vano recurso. Cola, orejas y músculos de los flancos parecían conectados a una corriente convulsiva. Mantenía la vista fija en Tom.

Pero Tom, en cambio, no lo miró. Mientras caminaba iba haciendo algo con la cuerda, pero debido a que estaba de espaldas a ella Grace no atinaba a saber qué era. Fuera lo que fuese, siguió con ello después de pararse en medio del corral sin levantar la vista.

Grace vio que *Pilgrim* estaba tan intrigado como ella. Había dejado de pasearse y ahora lo observaba con atención. Y aunque continuaba sacudiendo la cabeza y escarbando la tierra, sus orejas apuntaban hacia Tom como estiradas por una goma elástica. Grace se desplazó un poco para conseguir un mejor ángulo de visión. No tuvo que ir muy lejos porque Tom se volvió a mirarla, pero de forma que con su hombro ocultaba lo que hacía a la mirada de *Pilgrim*. Grace sólo pudo ver que parecía estar haciendo una serie de nudos en la cuerda. Brevemente, Tom alzó la vista, la miró y sonrió bajo el ala del sombrero.

—Parece que le pica la curiosidad.

Grace miró a *Pilgrim*. Curiosidad era decir poco. Y como no podía ver qué hacía Tom, imitó lo que Grace había hecho momentos antes y dio unos pasos para ver mejor. Tom lo oyó moverse y al mismo tiempo se alejó unos cuantos pasos, volviéndose para dar la espalda al caballo. *Pilgrim* esperó un rato y desvió la vista hacia un lado, evaluando la situación. Después volvió a mirar a Tom y dio unos cuantos pasos más hacia él a modo de ensayo. Tom lo oyó otra vez y se movió de forma que el espacio que quedó entre los dos fue casi el mismo, pero no del todo.

Grace vio que había terminado de hacer los nudos, pero seguía trabajándolos y entonces, de repente, comprendió qué había hecho. Era, sencillamente, un ronzal. Grace no se lo podía creer.

—¿Va a tratar de ponerle eso?

Tom sonrió y dijo en un susurro teatral:

—Sólo si me lo pide bien.

Grace estaba demasiado metida en ello para saber cuánto rato tardó. Diez o quince minutos, pero no mucho más. Cada vez que *Pilgrim* se acercaba a él, Tom se apartaba negándole el secreto de lo que tenía en las manos y estimulando su deseo de averiguarlo. Y luego Tom se detenía, pero reduciendo cada vez unos centímetros la distancia que los separaba. Cuando hubieron dado dos vueltas al corral y Tom hubo regresado al centro del mismo se encontraban a una docena de pasos el uno del otro.

Tom giró de manera de quedar en ángulo recto, sosteniendo todo el tiempo la cuerda, y aunque en un momento dado miró a Grace y le sonrió, no hizo otro tanto con el caballo. Al sentirse ignorado, *Pilgrim* resopló y miró alternativamente a ambos lados. Luego avanzó dos o tres pasos. Grace comprendió que esperaba que el hombre se moviera de nuevo, pero esta vez él no lo hizo. El cambio sorprendió al caballo, que se detuvo y miró en derredor una vez más para ver si algo o alguien, incluyendo a Grace, podía ayudarlo a entender qué estaba pasando. Al no obtener respuesta, se acercó un poco más. Y luego más, resoplando y estirando el hocico para olfatear cualquier peligro que el hombre pudiera tenerle reservado y calculando el riesgo de la ahora abrumadora necesidad de saber qué tenía en las manos.

Al final estaba tan cerca de Tom que con los bigotes casi le rozaba el ala del sombrero y él debió de notar su aliento en la nuca.

Tom se apartó unos pasos y aunque el movimiento no fue brusco, *Pilgrim* saltó como un gato asustado y relinchó. Pero no se alejó. Y cuando vio que Tom se volvía hacia él, se tranquilizó. Reparó en la cuerda. Tom la sostenía en ambas manos para que *Pilgrim* la mirase con detenimiento. Pero, como Grace sabía, mirar no era suficiente. También tendría que olerla.

Tom lo miraba por primera vez, como si quisiera decirle algo, pero el qué, Grace no estaba lo bastante cerca para saberlo. Se mordió el labio, deseando que el caballo avanzara. «Vamos —pensó—, él no te hará daño, vamos.» Pero *Pilgrim* no necesitaba otro impulso que el de su propia curiosidad. Vacilante, pero con una confianza que aumentaba a cada paso, se aproximó a Tom y acercó el hocico a la cuerda. Una vez que hubo olisqueado ésta, se puso a olfatear las manos de Tom, que lo dejó hacer sin moverse del sitio.

En el momento en que se producía el contacto entre caballo y hombre, Grace sintió que muchas cosas comenzaban a encajar. No podía explicárselo, sencillamente sabía que una especie de lacre había sellado todos los acontecimientos de los últimos días: el reencuentro con su madre, montar a caballo, la confianza en sí misma que había sentido en la fiesta, cosas de las que no se había atrevido a fiarse por miedo a que en cualquier momento alguien pudiera desbaratarlo todo. Pero era tal la esperanza, la promesa de luz en aquel intento que estaba haciendo *Pilgrim*, que sintió que algo se abría paso en su interior y supo que era definitivo.

Con un gesto que no demostraba sino aquiescencia, Tom movió lentamente una mano hacia el cuello del caballo. Se produjo un temblor y de pronto pareció como si *Pilgrim* quedara paralizado. Pero era mera cautela, y cuando sintió el contacto de la mano y comprobó que no suponía daño alguno para él, se relajó y permitió que Tom le frotara el cuello.

Demorándose todo lo necesario, Tom fue pasando la mano hasta cubrir la totalidad del pescuezo, y *Pilgrim* no se lo impidió. Y luego permitió que hiciese lo mismo en el otro lado e incluso que le palpara la crin. La tenía tan enmarañada que sobresalía entre los dedos de Tom como si fueran pinchos. Después, suavemente pero sin prisa, Tom le pasó el ronzal por la cabeza. Y *Pilgrim* no se repropió ni puso la menor objeción.

La única cosa que le molestaba de tener que enseñarle aquello a Grace era que llegase a darle más importancia de la que tenía. Siempre era delicado cuando un caballo daba ese paso, y tratándose de *Pilgrim* delicado era decir poco. Era tan frágil como la membrana interior de una cáscara de huevo. En los ojos del caballo y en el temblor de sus flancos podía ver que estaba a punto de rechazarlo. Y si lo rechazaba, la próxima vez —si había tal— sería aún peor.

Durante muchos días Tom había trabajado con *Pilgrim* sin que Grace lo supiera. Por las tardes, cuando ella estaba presente, se dedicaba a otras cosas, como hacerlo correr a golpe de banderola y acostumbrarlo al contacto de una cuerda arrojada desde lejos. Pero trabajar con el ronzal era algo que quería hacer solo. Y hasta aquella misma mañana no había sabido si la cosa saldría bien, si la chispa de esperanza de la que había hablado a Annie se produciría o no. Entonces la vio y se detuvo, pues quería que Grace estuviera presente cuando él soplara esa chispa y la hiciera brillar.

No necesitó mirarla para saber lo emocionada que estaba. Lo que ella no sabía, y tal vez él habría tenido que decírselo en vez de hacerse el listo, era que no todo iba a ser un camino de rosas. Era probable que *Pilgrim* volviera a comportarse, aparentemente, como un caballo demente. Pero eso podía esperar. Tom aún no iba a empezar, porque ese momento le pertenecía a Grace y él no quería echarlo a perder.

Por eso le había dicho que entrara, como sabía que ella ansiaba hacer. La vio apoyar el bastón en la puerta del corral y cruzar éste sólo con un leve atisbo de cojera. Cuando casi estuvo a la altura de ellos, Tom le dijo que se detuviese. Era mejor que *Pilgrim* fuese hacia ella que lo contrario, y sin mediar más que un pequeño tirón al ronzal eso fue lo que ocurrió.

Tom observó entonces que Grace se mordía el labio, intentando no temblar al extender sus manos bajo el hocico del caballo. Ambos tenían miedo y aquel fue un saludo menos importante de lo que Grace debía de recordar de otra época. Pero en ese olisquearle las manos y después la cara y el pelo, Tom creyó advertir por fin un vislumbre de lo que la muchacha y el caballo habían sido, y tal vez volviesen a ser, el uno para el otro.

—Annie, soy Lucy. ¿Estás ahí?

Annie dejó la pregunta en suspenso. Estaba redactando una importante nota para todos sus colaboradores clave sobre el modo en que debían manejar las interferencias por parte de Crawford Gates. En esencia, el mensaje era mandarle a tomar por el culo. Había puesto el contestador para tener un poco de paz y buscar una manera sólo ligeramente más velada de decirlo.

—Mierda. Seguro que estás por ahí cortando cojones de vaca

o metida en cualquier otra lindeza de la vida rural. Mira, yo... Bueno llámame, ¿de acuerdo?

El tono preocupado de su voz hizo que Annie levantara el auricular.

—Las vacas no tienen cojones.

—¡Eso lo dirás tú! Conque espiando, ¿eh?

—Pura ocultación, nada más. ¿Qué quieres?

—Me ha despedido, Annie.

—¿Cómo?

—Ese hijo de puta me ha despedido.

Hacía semanas que Annie se temía aquello. Lucy era la primera persona que había contratado, su mejor aliada. Despidiéndola, Gates estaba enviándole una señal clarísima. Annie escuchó con una sensación de opresión en el pecho lo que Lucy le contaba acerca de lo sucedido.

El pretexto había sido un artículo sobre camioneras. Annie había visto el original y aunque, como era previsible, hablaba sobre todo de sexo, era muy divertido. Y las fotos eran buenísimas. Lucy había propuesto un gran titular que dijera: «Camioneros con tetas.» Gates lo había vetado alegando que Lucy era «una obsesa de la sordidez». Habían tenido una violenta discusión delante de toda la oficina y Lucy le dijo a Gates sin rodeos eso para lo que Annie estaba buscando un eufemismo.

—No pienso permitirle una cosa así —dijo Annie.

—Ya está hecho, cariño. Estoy en la calle.

—Gates no puede hacer eso.

—Claro que puede. Lo sabes perfectamente, Annie, y, además, estoy hasta la coronilla. Esto es un infierno.

Siguieron unos segundos de silencio durante los cuales ambas reflexionaron sobre aquellas últimas palabras. Annie suspiró.

—Annie...

—Qué.

—Será mejor que vuelvas. Y cuanto antes mejor.

Grace llegó un poco tarde y no paró de hablar de lo que había pasado con *Pilgrim*. Ayudó a Annie a servir la sopa y mientras cenaban le contó la sensación que había experimentado al tocarlo de nuevo, y el modo en que había temblado el caballo. No había dejado que la acariciase, como había hecho con Tom, y ella se había tomado un poco mal que la tolerase tan poco rato a su lado. Pero Tom decía que había que darle tiempo, que todo llegaría.

—No me miraba, ¿sabes? Ha sido muy raro. Como si tuviese vergüenza o algo.

—¿Por lo que pasó?

—No. Bueno, no lo sé. A lo mejor de ser como es ahora.

Le explicó que después Tom lo había llevado al establo y entre los dos lo habían lavado. Incluso había permitido que Tom le levantara las pezuñas y le limpiara la mugre compacta que tenía allí acumulada, y pese a que no se había dejado tocar la cola ni la crin, habían podido pasarle un cepillo prácticamente por todo el cuerpo. Grace dejó de hablar de repente y miró a Annie con cara de preocupación.

—¿Estás bien?

—Sí. ¿Por qué lo dices?

—No lo sé. Pareces inquieta o algo así.

—Supongo que estoy cansada, eso es todo.

Cuando casi habían terminado de comer, Robert llamó por teléfono y Grace fue a sentarse ante la mesa de Annie y le contó toda la historia mientras su madre recogía los platos.

De pie delante del fregadero de uno de los fluorescentes le llegó el frenético trapaleo de un bicho atrapado entre cadáveres que tal vez conocía. La llamada de Lucy le había puesto de un humor meditabundo y pesimista que ni las novedades de Grace habían conseguido disipar por completo.

De pronto se había sentido algo más animada al oír el chirrido de las ruedas del Chevrolet que traía a su hija de los corrales. No hablaba con Tom desde el día del baile, aunque no había dejado de pensar en él, y rápidamente se había mirado en el cristal del horno, pensando, esperando, que Tom entrara. Pero sólo la había saludado desde fuera, para marcharse enseguida.

La llamada de Lucy la había devuelto bruscamente —como en otro sentido la de Robert ahora— a lo que era su vida real; aun cuando ya no supiera qué quería decir eso de «real». En cierto modo, nada podía ser más real que la vida que había encontrado en este sitio. ¿Cuál era, pues, la diferencia entre aquellas dos vidas?

Una, le parecía a Annie, constaba de obligaciones, y la otra de posibilidades. De ahí, quizá, la noción de realidad; las obligaciones eran algo palpable, sólidamente arraigado en actos recíprocos, mientras que las posibilidades eran utopías, algo endeble y carente de valor, cuando no peligroso. Y cuanto mayor y más sabio era uno, más se daba cuenta de ello y las descartaba. Era mejor así. Por descontado.

El bicho del fluorescente estaba intentando una nueva táctica: tomarse primero un largo descanso para luego abalanzarse sobre el plástico con denodado esfuerzo. Grace estaba diciéndole a Robert que dentro de dos días iba a ayudar a los Booker a conducir el ganado a los pastos de verano y que todos dormirían al raso. Pues claro que iría a caballo, ¿de qué otra forma iba a ir?

—Tú no te preocupes, papá. *Gonzo* es un buen potro.

Annie terminó lo que estaba haciendo y apagó la luz para darle un respiro al bicho. Fue hacia la sala de estar y se detuvo detrás de la silla donde estaba sentada Grace, arreglándole los cabellos sobre la parte posterior de los hombros.

—No, ella no vendrá —dijo Grace—. Dice que tiene mucho trabajo que hacer. Está aquí mismo, ¿quieres hablar con ella? Sí, yo también te quiero.

Le cedió la silla a Annie y subió a la planta superior a darse un baño. Robert aún estaba en Ginebra. Dijo que probablemente regresaría a Nueva York el lunes siguiente. Le había contado ya a Annie lo que había dicho Freddie Kane y ahora fue Annie quien, cansadamente, le dio la noticia de que Gates había despedido a Lucy. Robert escuchó en silencio y luego le preguntó qué pensaba hacer al respecto. Annie suspiró.

—No lo sé. ¿Tú qué crees que debería hacer?

Hubo una pausa y Annie tuvo la sensación de que Robert estaba pensando meticulosamente lo que iba a decir.

—Bien, desde donde estás ahora, no creo que puedas hacer gran cosa.

—¿Estás diciendo que deberíamos volver a casa?

—No, yo no he dicho eso.

—Ahora que todo va tan bien con Grace y *Pilgrim*...

—No, Annie, no quería decir eso.

—Pues lo parecía.

Lo oyó aspirar hondo y de pronto se sintió culpable de haber tergiversado sus palabras cuando ella no estaba siendo sincera sobre sus motivos para quedarse. El tono de Robert, al volver a hablar, fue muy comedido.

—Siento que te lo haya parecido. Claro que lo de Grace y *Pilgrim* me parece estupendo. Es importante que os quedéis ahí todo el tiempo que haga falta.

—¿Más importante que mi empleo?

—¡Por Dios, Annie!

—Perdona.

Hablaron de otras cosas menos conflictivas, y cuando se despidieron ya habían hecho las paces, aunque él no le dijo que la quería. Annie colgó el auricular y permaneció un rato sentada. No había sido su intención agredirlo de aquella manera. Era más bien que se castigaba a sí misma por su propia incapacidad —o renuencia— para solucionar la maraña de deseos realizados a medias que hervía en su interior.

Grace tenía la radio puesta en el cuarto de baño. Una emisora nostálgica estaba haciendo lo que seguían llamando «gran retrospectiva» de los Monkees. Acaban de poner *Daydream Believer* y ahora sonaba *Last Train to Clarksville*. Grace debía de haberse dormido o tenía las orejas debajo del agua.

De pronto, y con claridad suicida, Annie supo qué era lo que iba a hacer. Le diría a Gates que si no volvía a aceptar a Lucy, dimitiría. El día siguiente le enviaría su ultimátum por fax. Si a los Booker aún les parecía bien, iría, después de todo, a conducir el maldito ganado a los pastos. Y al regreso, sabría si aún tenía un empleo o no.

27

El rebaño ascendía hacia él por el saliente de la loma como un río negro desbordándose en marcha atrás. En ese punto el terreno facilitaba las cosas, obligando a las reses a subir por un sendero curvilíneo que, aun sin estar marcado ni vallado, constituía su única alternativa. Al llegar allí a Tom le gustaba ir en cabeza y detenerse en lo alto de la cuesta para ver venir a las reses.

Los otros jinetes ya estaban llegando, dispuestos estratégicamente más arriba y en torno a los contornos del rebaño, Joe y Grace a la derecha, Frank y Annie a la izquierda y, apareciendo ahora por detrás, Diane y los gemelos. Al fondo, la meseta que acababan de cruzar era un mar de flores silvestres a través del cual habían levantado a su paso una ola de un verde más intenso y a cuya lejana orilla habían descansado bajo un sol de mediodía observando cómo bebía el ganado.

Desde donde Tom se encontraba se veía apenas rielar el estanque y el valle quedaba oculto allí donde el terreno descendía hacia los prados y los álamos que bordeaban el Double Divide. Era como si la meseta se prolongara en línea recta sin solución de continuidad hasta la enorme pradera y el borde oriental del cielo.

Los terneros eran robustos y de pelaje lustroso. Tom sonrió al recordar las pobres bestias que habían conducido aquella primavera de hacía una treintena de años cuando su padre fue a vivir allí con su familia. Algunas eran tan flacuchas que casi se oía el entrechocar de sus costillas.

Daniel Booker había soportado algunos inviernos duros allá

en la hacienda de Clarks Fort pero ninguno tan crudo como el que encontró en el Rocky Mountain Front. Aquel primer invierno perdió casi tantos terneros como los que pudo salvar y el frío y las dificultades dibujaron señales más profundas aún en un rostro que había quedado transformado para siempre a raíz de la venta forzada de su hogar. Pero en la loma donde Tom se hallaba en ese momento había sonreído al ver aquel panorama sabiendo por primera vez que su familia podría sobrevivir allí e incluso prosperar.

Tom le había comentado todo eso a Annie mientras cabalgaban por la meseta. Por la mañana e incluso cuando pararon a comer, estuvieron demasiado ocupados para tener oportunidad de hablar. Pero ahora tanto el ganado como los jinetes sabían a qué atenerse y podían charlar a sus anchas. Tom cabalgó al lado de Annie, quien le preguntó el nombre de las flores. Él le enseñó el lino azul, la cincoenrama, la balsamina y unas que se llamaban cabeza de gallo. Ella lo escuchó con su habitual seriedad, registrando toda la información como si algún día pudieran someterla a un examen.

Era una de las primaveras más cálidas que Tom recordaba. La hierba era exuberante y producía un untuoso sonido húmedo contra las patas de sus caballos. Tom señaló hacia la loma y le contó que aquel día tan lejano había ido con su padre hasta la cima para ver si seguían el camino que los conduciría a los pastos altos.

Tom montaba una de sus yeguas jóvenes, una hermosa roana fresa. Annie montaba a *Rimrock*. Él no había podido quitarse de la cabeza lo bien que se la veía a lomos de su caballo. Annie y Grace llevaban los sombreros y botas que él les había ayudado a comprar el día anterior después de que Annie dijese que los acompañaba. En la tienda se habían reído con ganas al verse en el espejo una junto a la otra. Annie preguntó si también tenían que llevar pistola, y él respondió que eso dependía de quién fuese el blanco. Ella dijo que el único candidato era su jefe de Nueva York, de modo que lo mejor tal vez fuese un misil Tomahawk.

Cruzaron la meseta con mucha calma. Pero a medida que se acercaban al pie de la loma las reses parecieron presentir que de allí en adelante empezaba una larga ascensión y apretaron el paso, llamándose entre ellas como si de ese modo pretendieran darse ánimo. Tom le había pedido a Annie que fuera con él a la cabeza pero ella sonrió y dijo que sería mejor que se quedara atrás y viera si Diane necesitaba ayuda. Así que Tom había subido solo.

El rebaño estaba casi a su altura. Hizo doblar a su caballo y recorrió la cresta de la loma. Un pequeño tropel de ciervos se alejó corcoveando ante él, deteniéndose después a una distancia segura para mirarlo. Las hembras no tardarían en parir a sus cervatos y, precavidas, evaluaban al extraño con sus grandes orejas ladeadas antes de que el macho las instara otra vez a avanzar. Más allá, divisó el primero de los angostos desfiladeros bordeados de pinos que desembocaban en los pastos altos y, cerniéndose imponentes más arriba, los picos seminevados de la divisoria.

Habría querido estar al lado de Annie y ver su cara al descubrir esa panorámica, y se había sentido algo decepcionado al declinar ella su ofrecimiento. Tal vez ella había interpretado su oferta como una propuesta de intimidad que él no había pretendido, o más bien que él ansiaba pero no había tenido intención de transmitir.

Cuando llegaron al desfiladero, éste estaba ya a la sombra de las montañas. Y a medida que ascendían lentamente entre los márgenes de pinos en penumbra, miraron atrás y observaron que la sombra se extendía hacia el este como una mancha hasta que sólo los llanos distantes retuvieron la luz del sol. Sobre las copas de los árboles, escarpadas paredes de roca gris los cercaban por ambos lados, haciéndose eco de los gritos de los niños y el murmullo de las reses.

Frank arrojó otra rama al fuego y su impacto despertó un volcán de chispas en la noche. La leña era de un árbol caído que habían encontrado y estaba tan seca que parecía sedienta de las llamas que la consumían, elevándose muy alto en el aire sin viento con un vigor totalmente propio.

Entre el bailoteo de las llamas Annie observaba el resplandor del fuego en los rostros infantiles, cuyos ojos y dientes centelleaban cuando reían. Estaban contándose acertijos y Grace los tenía a todos intrigadísimos con uno de los favoritos de Robert. Se había echado el sombrero a un lado y su cabello, que le caía en cascada sobre los hombros, captaba la luz de la lumbre en un espectro de rojos, ámbares y dorados. Annie nunca había visto a su hija tan hermosa.

Habían terminado su cena preparada en la lumbre: judías, chuletas y beicon con patatas enteras cocidas en las brasas. La habían encontrado deliciosa. Mientras Frank se ocupaba del fuego, Tom fue por agua al riachuelo que corría junto al prado a fin de preparar café. Diane se había sumado al juego de los acertijos. Todos suponían que Annie sabía la respuesta, y aunque ella la había olvidado se contentó con poder estar callada y observar con la espalda apoyada en la silla de montar.

Habían llegado a ese lugar poco antes de las nueve, cuando los últimos rayos del sol se desvanecían en los llanos más distantes. El último desfiladero había sido muy escarpado, con las montañas cerniéndose sobre sus cabezas como paredes de una catedral. Finalmente habían seguido el ganado a través de un paso rocoso de época ignota y al salir vieron abrirse los pastos ante ellos.

La hierba aparecía espesa y oscura a la luz de la tarde y debido, pensó Annie, a que la primavera llegaba tarde a ese paraje, aún no había muchas flores. Más arriba sólo quedaban los picos más altos, cuyo ángulo permitía ahora una pequeña vislumbre de la vertiente occidental donde una astilla de nieve despedía reflejos rosados y dorados al sol puesto ya hacía rato.

Los pastos estaban circundados de bosque y en un lado, donde el terreno se elevaba levemente, había una pequeña cabaña de troncos con un sencillo corral para los caballos. El arroyo serpenteaba entre los árboles del otro lado y fue ahí a donde todos se dirigieron nada más llegar para abrevar a los caballos y las reses, que forcejeaban a empellones. Tom les había advertido que podía haber heladas por la noche y que debían llevar ropa de abrigo. Pero el clima seguía siendo ideal.

—¿Cómo va eso, Annie?

Frank se había sentado a su lado después de alimentar la hoguera. Ella vio surgir a Tom de la oscuridad donde las reses mugían de vez en cuando.

—Pues aparte de dolerme el trasero, todo bien.

Frank rió. No era sólo el trasero. También le dolían las pantorrillas y tenía la cara interna de los muslos tan dolorida que sólo moverlos la hacía gemir. Grace había montado aún menos que ella últimamente, pero cuando Annie le preguntó si le dolía todo como a ella, respondió que estaba bien y que la pierna no le hacía el menor daño. Annie no se lo creyó, pero no quiso insistir.

—¿Te acuerdas de aquellos suizos del año pasado, Tom?

Tom estaba poniendo agua en la cafetera. Soltó una carcajada y dijo que sí, y luego puso el cacharro en la lumbre y se sentó a escuchar junto a Diane.

Frank explicó que él y Tom iban en coche por Pryor Mountains cuando encontraron la carretera bloqueada por un rebaño de vacas. Detrás había unos vaqueros muy elegantes con sus ropas nuevas.

—Uno de ellos llevaba puestas unas zahonas hechas a mano que debían de haberle costado mil dólares. Lo curioso era que no montaban sino que iban andando y llevando los caballos de las riendas. Su aspecto era más que penoso. Bueno, pues yo y Tom bajamos las ventanillas y preguntamos si todo iba bien, pero ellos no entendieron una palabra.

Annie observaba a Tom, que miraba a su hermano con una amplia sonrisa en el rostro. Él debió de notarlo, pues desvió la mirada de Frank para posarla en ella y sus ojos no expresaron sorpresa, sino una calma tan acogedora que Annie creyó desfallecer. Aguantó su mirada el tiempo que creyó oportuno y luego sonrió y se volvió de nuevo hacia Frank.

—Nosotros tampoco entendíamos nada, de modo que les hicimos señas de que pasasen. Un poco más adelante encontramos a un viejales dormitando al volante de un flamante Winnebago, el modelo más caro. Y entonces el tipo se levantó el sombrero y supe quién era. Se llama Lonnie Harper, tiene un rancho bastante grande en esa dirección pero nunca ha sabido administrarlo para vivir de él. En fin, lo saludamos y le preguntamos si era suyo aquel rebaño y él dijo que por supuesto, y que los vaqueros eran unos suizos que estaban de vacaciones.

»Nos explicó que se había establecido como ranchero para

turistas. Los suizos pagaban miles de dólares por venir a hacer lo que a él le costaba antes unos buenos jornales. Le preguntamos por qué iban a pie, y él se echó a reír y respondió que eso era lo mejor, porque al segundo día estaban tan doloridos que encima los caballos no sufrían el menor desgaste.

»Esos pobres suizos han de dormir en el suelo y cocinarse sus propias judías a la lumbre mientras él duerme en el Winnebago, mira la tele y come como un rey.

Cuando el agua empezó a hervir Tom preparó café. Los gemelos habían terminado con los acertijos y Craig le pidió a Frank que hiciese el truco de las cerillas para que lo viera Grace.

—Oh no —rezongó Diane—. Ya estamos otra vez...

Frank sacó dos cerillas de la caja que guardaba en el bolsillo del chaleco y se puso una en la palma de la mano derecha. Luego, con expresión muy seria, se inclinó y frotó la cabeza de la otra cerilla en el pelo de Grace. Ella rió, un poco confusa.

—Supongo, Grace, que en la escuela estudias física y todo eso.

—Sí.

—Entonces sabrás lo que es la electricidad estática. Aquí no hay más truco que éste. Digamos que ahora la estoy cargando de electricidad.

—Sí, sí —dijo Scott con tono sarcástico. Joe lo conminó a callar. Sosteniendo la cerilla cargada entre el índice y el pulgar de la mano izquierda, Frank la acercó lentamente a la palma derecha de modo que la cabeza del fósforo cargado se aproximara a la del otro. Tan pronto entraron en contacto se produjo una crepitación y la primera cerilla saltó de la mano de Frank. Grace soltó un grito de sorpresa y todos rieron.

Se lo hizo hacer otra vez y luego otra y después lo probó ella misma y, lógicamente, no le salió. Frank sacudió teatralmente la cabeza como si aquello lo desconcertara. Todos los chicos disfrutaban enormemente. Diane, que debía de haberlo visto un centenar de veces, dedicó a Annie una sonrisa indulgente y cansada.

Se estaban llevando las dos muy bien, mejor que nunca a juicio de Annie, aunque sólo el día anterior había percibido en ella cierta frialdad sin duda originada por el hecho de que a último momento había cambiado de opinión y había decidido acompañarlos. Cabalgando juntas aquella mañana habían hablado de toda clase de cosas. Pero con todo y eso, detrás de su afabilidad, Annie presentía una cautela que era menos que aversión pero más que desconfianza. Y por encima de todo, notó el modo en que la observaba cuando estaba cerca de Tom. Era eso lo que, contra sus deseos, había inducido a Annie a declinar la invitación que él le había hecho para que lo acompañara hasta lo alto de la loma.

—¿Tú qué crees Tom? —dijo Frank—. ¿Probamos con agua?

—Creo que será lo mejor.

Cómplice perfecto, Tom le pasó a su hermano la cantimplora que había llenado en el arroyo y Frank le dijo a Grace que se remangara e introdujera ambos brazos hasta el codo. Grace se reía tanto que se derramó la mitad del agua en la camisa.

—Es para que la carga no se pierda, ¿sabes?

Diez minutos después, todavía en babia y más mojada, Grace se rindió. Durante ese lapso de tiempo tanto Tom como Joe consiguieron hacer saltar la cerilla; Annie lo intentó pero no consiguió hacerla mover. Tampoco los gemelos lo lograron. Diane le confió a Annie que la primera vez que Frank lo probó con ella, la había hecho sentar totalmente vestida en un abrevadero.

Scott le pidió a Tom que hiciese el truco de la cuerda.

—Eso no es ningún truco —dijo Joe.

—Sí que lo es.

—No lo es, ¿verdad Tom?

—Bueno —dijo Tom con una sonrisa—, depende de lo que entiendas por truco. —Extrajo algo del bolsillo de los tejanos. No era más que un trozo de cordel gris de unos sesenta centímetros de largo. Anudó los extremos para hacer un lazo—. Muy bien —dijo—: Ésta va por Annie. —Se levantó y se acercó a ella.

—Si implica dolor físico o muerte, no quiero ni probarlo —dijo ella.

—Le aseguro que no sentirá nada, señora.

Tom se arrodilló a su lado y le pidió que levantara el dedo índice de la mano derecha. Annie lo hizo y él pasó el lazo por encima y le dijo que observara atentamente. Mientras con la mano izquierda sostenía tirante el otro extremo del lazo, pasó un lado de éste por encima del otro con el dedo medio de la mano derecha. Luego giró la mano de manera que quedase debajo del lazo y luego volvió a pasarla por encima y unió su dedo medio con el de Annie, yema con yema.

Daba la impresión de que el lazo circundaba sus yemas unidas y que sólo podía ser retirado si el contacto se rompía. Tom hizo una pausa y ella lo miró. Él sonrió y la proximidad de sus ojos azules casi logró abrumarla.

—Mire —dijo él suavemente. Y ella volvió a mirar sus dedos que se tocaban, y entonces Tom tiró del cordel con suavidad y éste quedó libre sin haber perdido sus nudos ni haber roto el contacto entre las yemas de sus dedos.

Se lo enseñó varias veces más y luego Annie, Grace y los gemelos lo probaron por turnos sin que ninguno consiguiera hacerlo. Joe fue el único que lo logró, aunque Annie comprendió por su sonrisa que Frank también conocía el truco. Si Diane lo sabía o no era difícil de decir, pues se limitó a sorber su café y a mirar con una suerte de imparcialidad más o menos divertida.

Cuando todo el mundo hubo terminado de probar, Tom se puso de pie y arrolló el cordel en torno a sus dedos con mucha pulcritud. Se lo pasó a Annie.

—¿Es un regalo? —preguntó ella al cogerlo.

—No —respondió él—. Sólo hasta que aprenda a hacerlo.

Annie despertó y al principio no supo qué estaba mirando. Luego recordó dónde se encontraba y se dio cuenta de que estaba mirando la luna. Le pareció que la tenía al alcance de la mano, que podía meter los dedos en sus cráteres. Giró la cabeza y vio a Grace, que dormía con el rostro vuelto hacia ella. Frank les había ofrecido la cabaña que en general sólo utilizaban cuando llovía. Annie estuvo tentada de aceptar, pero Grace insistió en dormir al raso con los demás, que ya estaban en sus sacos de dormir junto al menguante resplandor de la lumbre.

Sintió sed y comprendió que estaba demasiado despierta para intentar dormirse otra vez. Se incorporó y miró alrededor. No podía ver la lata del agua y estaba segura de que si se ponía a buscar despertaría a todo el mundo. Al fondo del prado las negras formas de las reses arrojaban sombras más negras aún en la hierba, pálida a la luz de la luna. Sacó quedamente las piernas del saco y volvió a notar los estragos que el montar había producido en su musculatura. Se habían acostado vestidas a excepción de las botas y los calcetines. Annie llevaba puestos unos tejanos y una camiseta estampada. Una vez de pie echó a andar descalza hacia el riachuelo.

Notaba en los pies la hierba vibrante y empapada de rocío, aunque procuraba mirar por dónde caminaba por miedo a pisar alguna cosa menos romántica. Un búho ululó sobre las copas de los árboles, y Annie se preguntó si la habría despertado eso, la luna o bien la fuerza de la costumbre. Las reses levantaron la cabeza para verla pasar y Annie las saludó en voz baja y luego se sintió como una tonta por haberlo hecho.

La hierba de la orilla más próxima estaba toda revuelta por las pezuñas del ganado. El agua corría lenta y silenciosa, y en su acristalada superficie sólo se reflejaba la negrura del bosque que había al otro lado. Annie caminó aguas arriba y encontró un sitio donde la corriente se escindía en torno a un islote en el que crecía un árbol. De dos zancadas alcanzó la otra orilla y regresó aguas abajo hasta un saliente en forma de huso donde se arrodilló para beber.

Desde ese punto, el agua sólo reflejaba el cielo. Y tan perfecta era la luna en aquel momento que Annie dudó en molestarla. La impresión que le produjo el agua, cuando por fin se decidió a hacerlo, la dejó sin aliento. Estaba más fría que el hielo, como si procediera del antiguo corazón glacial de la montaña. Annie ahuecó las manos de un pálido espectral y se mojó la cara. Luego cogió un poco más de agua y bebió.

Le vio primero en el agua al asomarse él sobre la luna cuyo reflejo había dejado traspuesta a Annie hasta hacerle perder la noción del tiempo. Pero no se asustó. Antes incluso de alzar la vista, supo que era él.

—¿Se encuentra bien? —preguntó Tom.

La orilla en que estaba él era algo más elevada y Annie tuvo que pestañear para verlo contrastado con la luna. Advirtió que estaba preocupado.

—Sí —respondió con una sonrisa.

—Me he despertado y he visto que no estaba.

—Tenía sed.

—El beicon.

—Supongo que sí.

—¿El agua sabe tan bien como el vaso de lluvia de la otra noche?

—Casi. Pruébala.

Tom miró el agua y vio que era más fácil beber desde donde estaba ella.

—¿Le importa que le haga una visita? La estoy molestando.

—En absoluto. —Annie casi rió—. Adelante.

Tom fue hasta el islote, cruzó, y Annie supo que había cruzado algo más que el agua. Él sonrió al aproximarse, se arrodilló a su lado y sin decir palabra ahuecó las manos y bebió. Se le escurrió un poco entre los dedos, avivando el claro de luna con hilillos de plata.

Le pareció entonces a Annie, y se lo parecería ya siempre, que no hubo ni un ápice de casualidad en lo que sucedió después. Había cosas que eran así y no podían interpretarse de ninguna otra manera. Tembló entonces y temblaría después al pensar en ello, aunque ni una sola vez se arrepentiría.

Tom terminó de beber, se volvió hacia ella y cuando estaba a punto de enjugarse la cara Annie alargó la mano y lo hizo por él. Notó en sus dedos el agua helada y podría haberlo tomado como una negativa y retirado la mano de no haber sentido entonces el reconfortante calor de la carne de él. Y con ese roce, el mundo quedó paralizado.

Los ojos de Tom sólo tenían la palidez unificadora de la luna. Desprovistos de su azul intenso parecían dotados de una profundidad ilimitada en la que ahora ella se adentraba con asombro pero sin recelo. Él llevó una mano a la que ella aún tenía en su mejilla. La tomó y apretó la palma contra sus labios, como si de esa forma sellase una acogida largamente esperada.

Annie lo observó y tomó aire con un largo escalofrío. Luego

alargó la otra mano y acarició la cara de Tom, desde la mejilla sin afeitar hasta la suavidad de su cabello. Notó que él le rozaba la parte inferior del brazo y le acariciaba la cara como había hecho ella. Al sentir su mano Annie cerró los ojos y dejó que él dibujara un tierno camino desde las sienes hasta las comisuras de la boca. Cuando sus dedos llegaron a los labios de ella los separó y permitió que explorase con delicadeza su contorno.

Annie no osaba abrir los ojos por temor a ver en los de él cierta reticencia, duda o incluso compasión. Pero cuando miró únicamente encontró sosiego y certidumbre y una necesidad tan manifiesta como la suya. Él puso sus manos en los codos de ella y los deslizó con suavidad por debajo de las mangas de su camiseta para acariciarle los antebrazos. Annie notó que su piel se erizaba. Con ambas manos en el pelo de él, atrajo hacia sí su cabeza y notó la misma presión en sus brazos.

En el instante en que sus bocas se iban a tocar, Annie tuvo el súbito impulso de decir que lo sentía, que por favor la perdonase, que no había sido ésa su intención. Él debió de advertir en sus ojos cómo cobraba forma ese pensamiento, pues antes de que pudiera expresarlo verbalmente le impuso silencio con un levísimo movimiento de los labios.

Cuando se besaron, Annie creyó estar volviendo a casa. Era como si siempre hubiera conocido el sabor y el tacto de Tom. Y aunque casi se estremeció al contacto de su cuerpo, no supo a ciencia cierta en qué momento terminaba su propia piel y empezaba la de él.

Cuánto duró aquel beso, Tom sólo pudo adivinarlo por la sombra cambiante en la cara de ella cuando se separaron un poco para mirarse.

Annie le sonrió con tristeza, luego miró la luna en su nuevo emplazamiento y atrapó en sus ojos fragmentos de ella. Él podía saborear aún la dulce humedad de su boca reluciente y sentir la tibieza de su aliento en su cara. Entonces pasó sus manos por los brazos de ella y la sintió tiritar.

—¿Tienes frío?

—No.

—En junio nunca había hecho una noche tan cálida como la de hoy.

Ella bajó la vista, tomó una mano de él entre las suyas y la acunó con la palma hacia arriba en su regazo, recorriendo con sus dedos las callosidades.

—Tienes la piel muy dura.

—Sí. No es una mano bonita, desde luego.

—En absoluto. ¿Notas mi roce?

—Claro.

Ella no levantó la vista. A través del cabello que le caía sobre la cara él vio que una lágrima surcaba su mejilla.

—Annie...

Ella sacudió la cabeza y siguió sin mirarlo. Tom le cogió las manos.

—Todo va bien, Annie. No te preocupes.

—Ya. Es que va tan bien que no sé cómo tomármelo.

—Somos dos seres humanos, eso es todo.

Ella asintió.

—Que se han conocido demasiado tarde —dijo. Lo miró por fin, sonrió y se secó los ojos. Tom le devolvió la sonrisa pero permaneció en silencio. Si lo que ella acababa de decir era cierto, él no quiso confirmarlo. En cambio, le contó lo que había dicho su hermano en una noche muy parecida bajo una luna más delgada hacía un montón de años; Frank había deseado que el presente durase siempre y su padre había dicho que el presente era, sencillamente, una estela de ahoras sucesivos y que lo mejor era vivir plenamente cada uno de ellos a su debido tiempo.

Annie no dejó de mirarlo mientras hablaba y cuando hubo terminado permaneció en silencio, de modo que a él le preocupó que hubiera podido tomarse a mal sus palabras y ver en ellas cierta instigación egoísta. El búho empezó a ulular de nuevo a sus espaldas, siendo ahora contestado por otro desde el fondo del prado.

Annie se inclinó y buscó de nuevo su boca, y él notó en ello un apremio que no había habido antes. Probó la sal de sus lágrimas en sus comisuras, ese lugar que tanto había ansiado tocar sin imaginar siquiera que llegaría a besarlo. Y mientras la estrechaba entre sus brazos, recorría su cuerpo con las manos y sentía la presión de sus pechos, no pensó que aquello estuviera mal sino que ella tal vez llegase a pensar que lo estaba. Pero si eso estaba mal, ¿qué había en la vida que estuviese bien?

Finalmente ella se apartó un poco, respirando con dificultad como si la acobardara su propia avidez y a dónde podía conducirla.

—Es mejor que vuelva —dijo ella.

—Creo que sí.

Annie lo besó otra vez dulcemente y luego apoyó la cara en su hombro para que él no pudiera verla. Tom rozó su cuello con los labios y aspiró su tibio olor como si quisiera guardarlo, tal vez para siempre.

—Gracias —susurró ella.

—¿Por qué?

—Por lo que has hecho por nosotros.

—Yo no he hecho nada.

—Tom, ya sabes que sí. —Se separó de él y se quedó con las manos ligeramente apoyadas en sus hombros. Le sonrió y le acarició el pelo, y él le tomó una mano y se la besó. Luego ella se fue andando hasta el islote y cruzó el arroyo.

Una sola vez se volvió para mirarlo, aunque con la luna detrás de ella, Tom no consiguió adivinar qué expresión tenían sus ojos. Observó que su camisa blanca atravesaba el prado y su sombra dibujaba pisadas en el gris del rocío mientras las reses se deslizaban alrededor de ellas, negras y calladas como buques.

Cuando Annie llegó al campamento la lumbre se había extinguido. Diane se movió un poco pero sólo en sueños, pensó. Deslizó quedamente sus pies mojados dentro del saco de dormir. Los búhos dejaron pronto de ulular y el único sonido fue el suave roncar de Frank. Más tarde, cuando la luna se hubo ido, oyó volver a Tom pero no se atrevió a mirar. Estuvo un buen rato contemplando las estrellas, pensando en él y en lo que él debía de estar pensando de ella. Era esa hora en que la duda solía asentarse pesadamente en ella, y Annie esperó sentir vergüenza por lo que acababa de hacer. Pero no fue así.

Por la mañana, cuando por fin se atrevió a mirarlo, no advirtió indicio alguno que delatara lo que había pasado entre los dos. Ninguna mirada furtiva y tampoco, cuando él habló, ninguna segunda intención en sus palabras que sólo ella pudiera comprender. De hecho, tanto su conducta como la de los demás fue exactamente la misma de siempre, de modo que Annie llegó a sentirse decepcionada, tan radical era el cambio que experimentaba dentro de ella.

Mientras desayunaban, miró hacia el prado buscando el lugar donde habían estado besándose, pero la luz del día parecía haber alterado su geografía y le fue imposible localizarlo. Hasta las pisadas que ambos habían dejado habían sido desbaratadas por las reses y no tardaron en perderse para siempre bajo el sol de la mañana.

Al terminar de comer, Tom y Frank fueron a echar un vistazo a los pastos vecinos mientras los chicos jugaban cerca del arroyo y Annie y Diane se ocupaban de recoger las cosas y lavar los platos. Diane le habló de la sorpresa que ella y Frank les tenían preparada a los chicos. La semana próxima irían todos a Los Ángeles.

—Ya sabe, Disneylandia, los estudios de la Universal, todo eso.

—Qué bien. ¿Y ellos no saben nada?

—No. Frank ha intentado convencer a Tom, pero él ha prometido ir a Sheridan para ver un caballo con problemas.

Añadió que era prácticamente la única época del año en que podían ir. Smoky cuidaría del rancho. Aparte de él, no iba a haber nadie.

La noticia le cayó como un jarro de agua fría, y no sólo porque Tom no se lo hubiera mencionado. A lo mejor esperaba haber terminado con *Pilgrim* para entonces. Pero lo que más la impresionaba era el mensaje implícito en las palabras de Diane. En definitiva, estaba sugiriéndole claramente que había llegado el momento de llevarse a Grace y a *Pilgrim* a casa. Annie se dio cuenta de que había estado eludiendo deliberadamente la cuesción, dejando pasar cada día sin llevar la cuenta, con la esperanza de que el tiempo le devolviera el favor y la ignorara a ella también.

A media mañana ya habían llegado al pie del último desfiladero. El cielo estaba encapotado. Sin las reses avanzaban mucho más rápido, aunque en los puntos más escarpados el descenso era más duro que la ascensión y mucho más cruel para los castigados músculos de Annie. Ya no había el alborozo del día anterior y hasta los gemelos, concentrados en el descenso, apenas decían palabra. Annie iba reflexionando sobre lo que le había dicho Diane y más aún sobre lo que Tom le había dicho la noche anterior; que sólo eran dos seres humanos y que el presente era el presente y nada más que el presente.

Cuando ganaron la cresta de la loma a la que Tom había querido llevarla, Joe dio una voz, señaló con el dedo y todos se detuvieron a mirar. Allá a lo lejos, hacia el sur, había caballos en la meseta. Tom le explicó a Annie que eran los potros mesteños de la mujer hippie. Fue casi lo único que le dijo en todo el día.

Atardecía y empezaba a llover cuando llegaron al Double Divide. Estaban todos demasiado cansados para hablar mientras desensillaban los caballos.

Annie y Grace se despidieron de los Booker junto al establo y subieron al Lariat. Tom dijo que iría a ver cómo estaba *Pilgrim*. Cuando dio las buenas noches a Annie lo hizo en apariencia con el mismo tono de voz con que se despidió de Grace.

Camino de la casa del arroyo Grace dijo que notaba la pierna ortopédica un poco tirante y quedaron en que al día siguiente irían a ver a Terri Carlson para que le echara un vistazo. Mientras Grace iba a darse un baño, Annie escuchó los mensajes que había en el contestador automático.

El contestador estaba repleto, el fax había desparramado por el suelo todo un nuevo rollo de papel y su correo electrónico zumbaba. En su mayor parte, los mensajes expresaban diversos grados de asombro, rabia y conmiseración. Había dos que no, y fueron esos los únicos que ella se molestó en leer enteros, uno con alivio y el otro con una mezcla de emociones que no sabía cómo calificar.

El primer mensaje, de Crawford Gates, decía que lo lamentaba muchísimo pero que se veía obligado a aceptar su dimisión. El segundo era de Robert. Anunciaba que el siguiente fin de semana iría a Montana para pasarlo con ellas. Decía que las quería mucho a las dos.

CUARTA PARTE

28

Tom Booker vio desaparecer el Lariat tras la loma y se preguntó una vez más cómo sería el hombre al que Annie y Grace iban a recoger. Lo que sabía de él era sobre todo por Grace. Como si existiera un consentimiento tácito, Annie sólo le había hablado de su marido en raras ocasiones e incluso entonces de un modo impersonal, más propio de su oficio que de su carácter.

Pese a las muchas cosas buenas que Grace le había contado (o quizá precisamente por ellas) y pese a sus propios esfuerzos en contra, Tom no podía quitarse de encima una predisposición a la antipatía que, sabía muy bien, no era propia de su personalidad. Había intentado racionalizarlo con la esperanza de encontrar alguna razón más aceptable. Al fin y al cabo, el hombre era abogado. ¿A cuántos conocía él que hubiesen caído bien? Pero, por supuesto, no se trataba de eso. La causa principal era el mero hecho de que ese abogado en particular fuese el marido de Annie Graves. Y dentro de unas horas estaría allí poseyéndola abiertamente una vez más. Tom dio media vuelta y se metió en el establo.

La brida de *Pilgrim* seguía colgada del mismo gancho en el cuarto de los aperos donde él la había dejado el día en que Annie se había presentado en el rancho con el caballo. La cogió y se la echó al hombro. La silla inglesa también estaba donde la había dejado. Tenía encima una ligera capa de polvo de heno que Tom limpió con la mano. Levantó silla y sudadera y recorrió el pasillo flanqueado de casillas vacías hasta la puerta posterior.

Fuera el día era apacible y caluroso. Varios de los tusones que estaban en la explanada buscaban ya la sombra de los álamos. Mientras Tom se dirigía al corral de *Pilgrim*, miró hacia las montañas y por su claridad y un primer movimiento de nubes supo que más tarde habría tormenta y lluvia.

La había evitado durante toda la semana, rehuyendo esos momentos que siempre había perseguido, momentos en que pudiera estar a solas con ella. Se había enterado por Grace de que Robert iría a verlas. Pero incluso antes de saberlo, cuando descendían de los pastos, él ya había decidido qué era lo que tenía que hacer. No había pasado una hora sin que recordara el olor de ella, el contacto de su piel, el modo en que sus bocas se habían fundido. Se trataba de un recuerdo demasiado intenso, demasiado físico, para ser un sueño, pero así pensaba él considerarlo, pues ¿qué otra cosa podía hacer? Iba a venir su marido y ella se marcharía; era sólo cuestión de días. Tanto por él como por ella, por todos en realidad, lo mejor era que guardase las distancias y la viera únicamente cuando Grace estuviese delante. Sólo así prosperaría la determinación que había tomado.

La primera tarde fue ya una durísima prueba. Cuando dejó a Grace en la casa, Annie estaba esperando en el porche. La saludó con el brazo y se disponía a marcharse cuando ella se acercó al coche para hablar con él mientras Grace se metía en la casa.

—Me ha dicho Diane que la semana próxima irán todos a Los Ángeles.

—Sí. Los chicos no saben nada. Será una gran sorpresa.

—Y tú te vas a Wyoming.

—Así es. Prometí hace algún tiempo visitar a un amigo; tiene un par de potros que quiere entrenar.

Ella asintió y por un instante sólo se oyó el impaciente ronroneo del motor del Chevrolet. Se sonrieron y él notó que Annie tampoco estaba muy segura del territorio que pisaban. Tom hizo cuanto pudo por evitar que sus ojos mostraran nada que pudiera ponerle las cosas difíciles a ella. Con toda seguridad Annie lamentaba lo sucedido. Y quizá otro tanto le ocurriría a él más adelante. Se oyó el portazo de la mosquitera y Annie se volvió.

—Mamá. ¿Puedo llamar a papá por teléfono?

—Claro que sí.

Grace entró nuevamente en la casa. Cuando Annie se volvió, Tom vio en sus ojos que quería decirle algo. Si se trataba de arrepentimiento, él no quería saber nada, de modo que habló antes para impedirlo.

—Me he enterado de que vendrá este fin de semana.

—Sí.

—Grace está hecha un manojo de nervios, no ha parado de hablar de ello en toda la tarde.

Annie asintió.

—Lo echa de menos.

—Ya lo veo. Tendremos que hacer un esfuerzo por poner presentable al viejo *Pilgrim*. A ver si Grace puede montarlo.

—¿Hablas en serio?

—No veo por qué no. Esta semana aún nos queda la parte más dura, pero si todo va bien lo probaré yo primero, y si conmigo no hay problemas, Grace podrá hacerle una demostración a su padre.

—Y luego podremos llevárnoslo a Nueva York.

—Así es.

—Tom...

—Naturalmente, podéis quedaros todo el tiempo que queráis. Que nos vayamos todos no significa que tengáis que marcharos.

Annie sonrió con expresión irónica.

—Gracias.

—Supongo que recoger todos los aparatos, el ordenador, el fax, te llevará una o dos semanas.

Ella rió y él tuvo que apartar la vista por temor a delatar el dolor que sentía en el pecho al pensar en su partida. Puso el coche en marcha, sonrió y le dio las buenas noches.

Desde aquel momento Tom había procurado no estar a solas con ella. Se había concentrado de lleno en trabajar con *Pilgrim*; desde sus primeros cursillos no había puesto tanta energía en un caballo.

Por las mañanas trabajaba a lomos de *Rimrock*, obligando a *Pilgrim* a dar vueltas al corral hasta que conseguía ir del paso al medio galope y volver al paso de un modo suave, como Tom estaba convencido de que había sabido hacer, y sus patas traseras encajaban impecablemente en las huellas de las delanteras. Por las tardes Tom trabajaba a pie, adiestrándolo con el ronzal. Lo hacía girar en círculos, acercándose y obligándolo a doblar y poner la grupa de través.

En ocasiones *Pilgrim* intentaba plantarle cara y retroceder, y cuando lo hacía Tom corría con él, manteniendo la misma posición hasta que el caballo entendía que correr no tenía sentido porque el hombre siempre estaría allí y que, después de todo, tal vez no pasaba nada por hacer lo que se le pedía. Entonces aflojaba el paso y se quedaban los dos parados un rato, empapados del sudor propio y del otro y apoyados el uno en el otro como dos sparrings recobrando el aliento después de entrenar.

Al principio *Pilgrim* estaba perplejo por la urgencia del trabajo, pues ni siquiera Tom tenía manera de explicarle que debían cumplir un plazo. Tampoco era que Tom pudiese explicar, ni siquiera a sí mismo, por qué se le había metido entre ceja y ceja que el caballo estuviera bien cuando con ello se iba a privar para siempre de lo que más quería. Pero en cualquier caso, *Pilgrim* parecía beneficiarse de aquel vigor nuevo, extraño e implacable, y pronto participó tanto del empeño como el propio Tom.

Y por fin había llegado el día en que Tom iba a montarlo.

Pilgrim lo vio cerrar la puerta y caminar hasta el centro del corral con la silla de montar y la brida echada al hombro.

—Sí, amigo. No estás viendo visiones. Pero no te fíes ni un pelo de mis palabras —dijo Tom. Dejó la silla en la hierba y se apartó unos pasos. *Pilgrim* desvió por un momento la mirada, fingiendo que no se inmutaba en absoluto. Pero no pudo evitar que sus ojos volvieran a la silla y al rato echó a andar hacia ella.

Tom lo vio acercarse pero no se movió. El caballo se detuvo como a un metro de donde estaba la silla y alargó cómicamente el hocico para olfatear los alrededores.

—¿Tú qué crees? ¿Que va a morderte?

Pilgrim le dirigió una mirada hosca y luego volvió a mirar la silla. Aún llevaba puesto el ronzal que Tom le había hecho. Escarbó la tierra un par de veces, se acercó un poco más y empujó la silla con el hocico. De un solo movimiento, Tom se bajó la brida del hombro y la sostuvo entre las manos, arreglándola. *Pilgrim* oyó el tintineo y levantó la cabeza.

—No te hagas el sorprendido. Me has visto venir de un kilómetro lejos.

Tom esperó. Resultaba difícil imaginar que ése fuera el mismo animal que había visto en aquel horror de casilla en la región norte de Nueva York, apartado del mundo y de todo cuanto él había sido. Tenía el pelaje lustroso, la mirada diáfana, y el modo en que había sanado su hocico le daba un aspecto casi noble, como de romano herido en combate. Tom creía que nunca había conseguido una transformación más espectacular. Ni conocido un caballo del que estuvieran pendientes tantas vidas.

Pilgrim se acercó a él, tal como Tom sabía que haría, y dedicó a la brida el mismo ritual olfatorio que a la silla. Y cuando Tom desató el ronzal y le puso la brida, el caballo no se arredró. Seguía habiendo cierta tirantez y un ligerísimo temblor en sus músculos, pero dejó que Tom le frotara el cuello y deslizara la mano hasta el lugar donde le colocaría la silla, y no retrocedió ni agitó la cabeza al contacto del bocado. Aunque precaria, la confianza por la que Tom había luchado durante semanas se había establecido definitivamente.

Tom lo guió de la brida como habían hecho tantas veces con el ronzal, dando vueltas alrededor de la silla y deteniéndose por fin delante de ésta. Asegurándose de que *Pilgrim* pudiera observar todos sus movimientos, Tom levantó la silla y la colocó sobre el lomo del caballo, tranquilizándolo en todo momento con la mano, la palabra o ambas cosas. Con mucha suavidad le ajustó la cincha y luego lo hizo andar para que supiera cómo sentiría la silla al moverse.

Pilgrim no dejó de mover las orejas todo el tiempo pero sin mostrar el blanco de los ojos, y de vez en cuando producía ese ligero soplido que Joe llamaba «soltar las mariposas». Tom se agachó y le apretó la cincha para luego ponerse a través sobre la silla y dejar que el caballo caminara un poco más a fin de que tomase conciencia de su peso, siempre sin dejar de tranquilizarlo. Y cuando por fin lo creyó oportuno, pasó la pierna por encima y se sentó en la silla.

Pilgrim caminó en línea recta y, aunque sus músculos seguían temblando debido a cierto inalterable vestigio de temor que tal vez no desaparecería nunca, caminó con valentía, y Tom supo que si el caballo no notaba en Grace ningún indicio especular de ese miedo, ella también podría montarlo.

Y en cuanto lo hiciera, ya no habría necesidad de que ella o su madre permanecieran allí.

Robert había comprado una guía de Montana en su librería favorita en Broadway, y para cuando se iluminó el cartel de «apriétense los cinturones» y empezaron a descender sobre Butte, probablemente sabía más sobre la ciudad que las 33.336 personas que allí vivían.

Unos minutos más y la tuvo a sus pies, «la colina más rica de la tierra», altura 1.727 metros, la mayor proveedora de plata del país en la década de 1880 y de cobre durante treinta años más. Robert sabía que la ciudad actual era poco más que un esqueleto de lo que fuera en tiempos, pero «no había perdido un ápice de su encanto», el cual, sin embargo, no se le mostró de inmediato desde su ventajoso asiento de ventanilla. Parecía, más bien, que alguien hubiera amontonado unas maletas sobre una ladera y hubiese olvidado ir a recogerlas.

Su intención había sido volar a Great Falls o Helena, pero en el último momento había surgido un problema en el trabajo y había tenido que modificar sus planes. Butte era una solución de compromiso. Pero aunque en el mapa parecía demasiado lejos para que Annie fuera a buscarlo en coche, ella había insistido en ir a recogerlo.

Robert no sabía muy bien cómo le habría afectado la pérdida de su empleo. La prensa de Nueva York había machacado la noticia toda la semana. «Gates da garrote a Graves», proclamaba un diario, mientras otros redundaban en el viejo chiste, como por ejemplo, «Graves cava su propia tumba». Era extraño ver a Annie convertida en mártir o víctima, que era como aparecía en los artículos más compasivos. Pero lo más extraño fue la indiferencia que había mostrado por teléfono al regresar de jugar a vaqueros.

—Me importa un comino —dijo.

—¿En serio?

—En serio. Me alegro de que me echen. Me dedicaré a otra cosa.

Robert se preguntó si habría marcado un número equivocado. Quizá se estaba haciendo la valiente. Annie dijo que estaba harta de la política y de los juegos de poder, quería volver a escribir, que era lo que de verdad sabía hacer. Grace, agregó, creía que aquélla era la mejor noticia que había recibido en su vida. Robert preguntó qué tal había ido la excursión a caballo y Annie simplemente respondió que había sido muy hermoso. Luego le pasó con Grace, recién salida del baño, para que se lo contara todo. Las dos irían a buscarlo al aeropuerto.

Había una pequeña muchedumbre agitando los brazos cuando Robert cruzó el asfalto, pero no pudo verlas. Luego se fijó mejor y advirtió que las dos mujeres con tejanos azules y sombrero vaquero que se reían de él, de forma bastante grosera, pensó, eran Annie y Grace.

—¡Dios mío! —exclamó mientras iba hacia ellas—. ¡Si son Pat Garrett y Billy el Niño!

—Hola, forastero —masculló Grace—. ¿Qué te trae a la ciudad? —Se quitó el sombrero y lo rodeó con sus brazos.

—Mi pequeña, ¿cómo estás? Dime, ¿cómo estás?

—Estoy bien. —Lo abrazaba con tanta fuerza que Robert se atragantó de emoción.

—Ya lo veo. Deja que te mire.

La apartó de sí y de pronto tuvo una visión de aquel cuerpo lisiado y vencido que tanto había mirado en el hospital. Costaba de creer. Sus ojos rebosaban vitalidad y el sol le había sacado todas las pecas a la cara y casi daba la impresión de que irradiaba luz. Annie miraba sonriente, adivinando sus pensamientos.

—¿Notas algo? —preguntó Grace.

—¿Todavía más...?

Grace giró sobre sí misma y entonces él comprendió.

—¡Sin bastón!

—Exacto.

—Mi vida.

Robert le dio un beso y al mismo tiempo alargó el brazo para acercar a Annie, que también se había quitado el sombrero. Su bronceado hacía que sus ojos pareciesen más claros y de un verde intenso. Robert pensó que nunca la había visto tan hermosa. Annie se acercó, lo abrazó y le dio un beso. Robert la estrechó entre sus brazos hasta que notó que podía controlarse y no dar el espectáculo delante de ellas.

—Parece que hubiesen pasado años —dijo al fin.

—Lo sé —asintió Annie.

El viaje de vuelta al rancho les llevó unas tres horas. Pero aunque estaba impaciente por enseñárselo todo a su padre, llevarlo a ver a *Pilgrim* y presentarle a los Booker, Grace disfrutó hasta el último kilómetro del trayecto. Iba sentada en la parte de atrás del Lariat y le había puesto el sombrero a Robert, que le quedaba pequeño y le daba un aspecto extraño, pero él se lo dejó puesto y pronto las hizo reír hablándoles de su vuelo de enlace a Salt Lake City.

Casi todos los asientos estaban ocupados por miembros de un coro religioso que no habían dejado de cantar en todo el viaje. A Robert le había tocado ir sentado entre dos voluminosos contraltos y tuvo que hundir la nariz en su guía de Montana mientras alrededor el coro bramaba «Más cerca de ti, Dios mío», cosa que, a cincuenta mil pies de altura, sin duda estaban.

Hizo que Grace buscara en su bolsa los regalos que les había comprado en Ginebra. Para ella había comprado una enorme caja de bombones y un pequeño reloj de cuco, cosa que ella nunca había visto. Robert admitió que sonaba como un loro con pilas, pero le juró que era absolutamente auténtico; sabía a ciencia cierta que los cucos taiwaneses sonaban como una verdadera mierda. Los regalos de Annie, que también desenvolvió Grace, eran el típico frasco de su perfume favorito y un pañuelo de seda que, como los tres sabían, nunca se pondría, Annie dijo que era precioso y se inclinó para darle un beso en la mejilla.

Al mirar a sus padres, uno al lado del otro en el asiento de delante, Grace experimentó auténtica alegría. Era como si las últimas piezas del rompecabezas de su vida volvieran a encajar. El único hueco que quedaba por llenar era montar a *Pilgrim*, y eso, si todo había ido bien en el rancho, pronto dejaría de ser un problema. Hasta que no lo supieran con seguridad, ni Annie ni Grace iban a decírselo a Robert.

Era una perspectiva que la entusiasmaba y la inquietaba a la vez. No era tanto que ella quisiera volver a montar a *Pilgrim* cuanto que sabía que tenía que hacerlo. Desde el día en que había montado a *Gonzo* nadie parecía ponerlo en duda, siempre, por supuesto, que Tom lo considerase seguro para ella. Sólo que Grace, interiormente, tenía sus dudas.

No guardaban relación con el miedo, al menos en su sentido más simple. Le preocupaba que llegado el momento pudiera sentir miedo, pero estaba casi segura de que si eso ocurría al menos sería capaz de dominarlo. Más le preocupaba la posibilidad de fallarle a *Pilgrim*, de no ser lo bastante buena.

La pierna ortopédica estaba causándole dolores constantes. Los últimos kilómetros conduciendo el ganado le habían resultado insoportables. No se lo había dicho a nadie. Y cuando Annie le hizo notar que se quitaba la pierna a menudo cuando estaban solas, Grace quitó importancia al asunto. Más duro había sido fingir delante de Terri Carlson. Terri observó que tenía el muñón muy hinchado y le dijo que necesitaba una prótesis nueva cuanto antes. El problema era que en el oeste no había nadie que hiciera esa clase de operación. El único sitio donde podían ponerle esa prótesis nueva era Nueva York.

Grace estaba decidida a aguantar. Sólo sería una semana, dos a lo sumo. Tendría que confiar en que el dolor no la distrajera demasiado ni mermara sus facultades cuando llegase el momento.

Atardecía cuando dejaron la carretera 15 y tomaron hacia el oeste. Ante ellos el Rocky Front aparecía poblado de masas de cúmulos que parecían querer alcanzarlos desde el cielo encapotado.

Pasaron por Choteau para que Grace pudiera mostrarle a Robert la casucha donde habían vivido al principio y el dinosaurio que vigilaba el museo. Ahora ya no le parecía tan grande ni malvado como cuando llegaron. Últimamente Grace casi esperaba que le guiñara un ojo.

Para cuando llegaron a la salida de la 89, el cielo estaba totalmente cubierto por una cúpula de nubarrones a través de la cual el sol encontraba difícil acceso. Mientras recorrían la recta carretera de grava hacia el Double Divide, se hizo el silencio y Grace empezó a ponerse nerviosa. Tenía una gran necesidad de que a su padre le impresionara el sitio. Annie sentía tal vez lo mismo, puesto que al ganar la loma y ver el rancho allá abajo, detuvo el coche para que Robert pudiera gozar de la vista.

La nube de polvo que habían levantado a su paso los adelantó y se alejó lentamente, dispersando motas doradas en un leve estallido de sol. Unos caballos que pastaban junto a los álamos que bordeaban el recodo más próximo del arroyo levantaron la cabeza para mirar.

—Caramba —dijo Robert—, ahora entiendo por qué no queréis volver a casa.

29

Annie había comprado la comida para el fin de semana camino del aeropuerto y naturalmente tendría que haberlo hecho de regreso. Cinco horas en un coche recalentado no habían hecho ningún favor al salmón. El supermercado de Buttle era lo mejor que había visto desde su llegada a Montana. Hasta tenían tomates y pequeñas macetas de albahaca, que se había marchitado en el trayecto. Annie las regó, luego las puso en el alféizar. Esperaba que sobreviviesen. Difícilmente podía esperarse lo mismo del salmón. Lo llevó al fregadero y le pasó agua fría con la esperanza de quitarle el olor a amoniaco.

El correr del agua ahogó el rumor grave de los truenos en el exterior. Annie lavó los costados del salmón y vio que sus escamas se arremolinaban y desaparecían con el agua. Luego le abrió el vientre destripado y lo puso bajo el grifo para quitar la sangre de su carne membranosa hasta que ésta quedó de un rosa lívido y reluciente. El olor ya no era tan penetrante, pero el tacto del flácido pescado en sus manos le produjo tales náuseas que se vio obligada a dejarlo en el escurreplatos y salir rápidamente al porche en busca de aire fresco.

El aire no la alivió porque era caliente y denso. Casi había oscurecido, aun cuando era muy temprano para eso. Las nubes eran de un negro bilioso veteado de amarillo y estaban tan bajas que parecían comprimir la tierra entera.

Robert y Grace llevaban casi una hora fuera. Annie había querido dejarlo hasta la mañana siguiente pero Grace había insistido.

Quería que su padre conociese a los Booker y luego llevarlo a ver a *Pilgrim.* Apenas le dejó tiempo para echar un vistazo a la casa antes de hacer que la llevase en coche al rancho. Le había pedido a Annie que los acompañara, pero ella se había negado con la excusa de que tenía que preparar la cena. Prefería no presenciar el encuentro entre Tom y Robert. No habría sabido hacia dónde mirar. Sólo de pensarlo volvió a sentir náuseas.

Se había bañado y cambiado de vestido pero se sentía otra vez pegajosa. Bajó del porche y se llenó los pulmones de aquel aire inservible. Luego fue lentamente hasta la parte delantera de la casa para esperarlos.

Había visto que Tom, Robert y todos los chicos subían al Chevrolet, y observó que el coche partía en dirección a los prados. Desde donde estaba sólo había podido ver a Tom en el asiento del conductor. Él no miró hacia la casa. Iba hablando con Robert, que ocupaba el asiento del acompañante. Annie se preguntó qué opinaría de él. Era como si la estuviesen juzgando por poderes.

Tom la había esquivado toda la semana y aunque ella creía conocer el motivo, sentía su reserva como si fuera un espacio cada vez mayor en su interior. Mientras Grace estaba en Choteau con Terri Carlson, Annie había esperado que él le telefonease como hacía siempre para preguntarle si quería salir a caballo, sabiendo en el fondo de su alma que él no lo haría. Cuando más tarde fue con Grace a ver cómo trabajaba con *Pilgrim,* él estaba tan concentrado que apenas pareció reparar en ella. Su conversación, momentos después, fue casi cortés de tan trivial.

Tenía ganas de hablar con él, de decirle que lamentaba lo sucedido, aunque no fuera verdad. De noche, sola en su cama, había pensado en aquella exploración mutua, echando a volar libremente su imaginación hasta que todo su cuerpo suspiró por él. Quería decirle que lo lamentaba sólo por si él estaba pensando mal de ella. Pero la única oportunidad que tuvo se presentó esa primera tarde en que él había acompañado a Grace, y al empezar ella a hablar Tom la había cortado, como si supiera qué iba a decir. Casi había salido corriendo tras él al advertir la expresión de sus ojos mientras se alejaba.

Annie se quedó cruzada de brazos observando relampaguear sobre la amortajada mole de las montañas. Ahora veía los faros del Chevrolet entre los árboles cerca del vado, y cuando llegaron arriba y empezaron a bajar notó en el hombro una gruesa gota de lluvia. Alzó los ojos y otra gota le dio de lleno en la frente y rodó por su cara. El aire había refrescado de repente y olía a polvo recién mojado. La lluvia, semejante a una cortina, se aproximaba a ella desde el valle. Se volvió y corrió hacia la casa para poner el salmón en la parrilla.

Era un tipo simpático. ¿Qué otra cosa esperaba Tom? Era animado, gracioso, interesante y, más importante aún, interesado por todo. Robert se inclinó para atisbar entre el infructuoso arco que describía el limpiaparabrisas. El tamborileo de la lluvia en el techo del coche les obligó a hablar a gritos.

—Si no le gusta el tiempo de Montana, espere cinco minutos —dijo Robert.

—¿Se lo ha contado Grace? —dijo Tom, riendo.

—Lo leí en mi guía de Montana.

—Papá es un devorador de guías turísticas —chilló Grace desde atrás.

—Muchas gracias, cariño, yo también te quiero.

Tom sonrió.

—Sí, bueno. Hoy llueve de verdad.

Tom los había llevado hasta donde ya no se podía pasar en coche sin problemas. Habían visto ciervos, un par de halcones y después una manada de alces en la parte más alejada del valle. Las crías, algunas de apenas una semana, se refugiaban de los truenos junto a sus madres. Robert llevaba unos prismáticos y estuvieron mirando por espacio de unos diez minutos. Los chicos no dejaron de pedir turno a voces todo el rato. Había un macho enorme con una cornamenta de seis puntas, que no se inmutó cuando Tom quiso incitarlo con sus gritos.

—¿Cuánto pesa un macho como ése? —preguntó Robert.

—Oh, unos trescientos kilos o más. Para agosto, sólo sus cuernos pesarán más de veinte kilos.

—¿Ha cazado alguno?

—Mi hermano Frank, sí, de vez en cuando. Yo prefiero ver sus cabezas moviéndose ahí arriba que colgadas de una pared.

Robert preguntó muchas cosas más camino de la casa, y Grace no dejó de tomarle el pelo. Tom pensó en Annie y en su implacable interrogatorio cuando él la había llevado a aquel sitio las primeras veces, y se preguntó si Robert se habría contagiado de ella o ella de él, o si los dos eran así por naturaleza y sencillamente eran el uno para el otro. Tom dedujo que seguramente se trataba de esto último, y procuró pensar en otra cosa.

El agua bajaba torrencialmente por el sendero que llevaba a la casa del arroyo, y en la parte de atrás caía a chorro por todas las esquinas del tejado. Tom aparcó todo lo cerca que pudo del porche para que Robert y Grace no quedaran empapados al bajar. Robert se apeó el primero. Cerró la portezuela y desde el asiento de atrás Grace preguntó en voz baja a Tom cómo había ido con *Pilgrim.* Aunque antes de salir habían echado un vistazo al caballo, no habían tenido tiempo de hablar a solas.

—Ha ido bien. No te preocupes.

Ella sonrió y Joe le dio un empujoncito en el brazo con expresión de alegría. Grace no pudo preguntar más porque Robert abrió la puerta de atrás para que saliera del coche.

A Tom debería habérsele ocurrido que la lluvia habría dejado el borde del porche resbaladizo. Pero no se le ocurrió, hasta que Grace bajó del coche y patinó. Lanzó un grito al caer. Tom se apeó y rodeó el coche corriendo.

Robert estaba inclinado sobre ella con cara de preocupación.

—Grace, ¿estás bien, Grace?

—Sí. —Intentaba ponerse de pie y parecía más avergonzada que dolorida—. Estoy bien, papá, en serio.

Annie se acercó corriendo y a punto estuvo de caer también.

—¿Qué ha pasado?

—Nada, nada —dijo Robert—. Es que ha resbalado.

Joe había bajado también del coche, muy preocupado. Ayudaron a levantarse a Grace, quien gimió al apoyar el peso de su cuerpo en ambas piernas. Robert la rodeó con el brazo.

—¿Seguro que estás bien, Gracie?

—Papá, por favor, que no hay para tanto. Estoy bien.

Grace cojeaba pero intentó disimular mientras la llevaban a la casa. Temiendo perderse algo, los gemelos estaban a punto de entrar también, pero Tom los detuvo y con buenas palabras los mandó de nuevo al Chevrolet. Por la expresión de Grace comprendió que era momento de irse.

—Bueno, hasta mañana.

—Hasta mañana —dijo Robert—. Gracias por la excursión.

—No hay de qué —dijo Tom. Le guiñó un ojo a Grace y le dijo que durmiera bien; ella sonrió valientemente y respondió que eso haría. Dirigió a Joe hacia la puerta mosquitera y se volvió para decir buenas noches. Sus ojos encontraron los de Annie. Intercambiaron una mirada fugaz que bastó para expresar todo cuanto sus corazones habrían querido decir.

Tom se llevó un índice al sombrero y se despidió.

Grace supo que algo se había roto tan pronto se dio contra el suelo del porche y, momentáneamente horrorizada, pensó que era su fémur. Sólo al ponerse de pie pudo asegurar que no había sido así. Temblaba y estaba muerta de vergüenza, eso sí, pero no se había hecho daño.

Era peor que eso. La funda de la prótesis se había abierto de arriba abajo.

Grace estaba sentada en el canto de la bañera con los tejanos bajados en torno al tobillo izquierdo y la pierna ortopédica en las manos. La cara interior de la funda rota estaba caliente y húmeda y olía a sudor. A lo mejor podrían pegarla o ponerle esparadrapo o algo. Pero en ese caso tendría que contarles a todos lo que había pasado, y si la cosa no funcionaba no la dejarían montar a *Pilgrim.*

Al marcharse los Booker Grace había tenido que emplearse a fondo para restar importancia a la caída. Había tenido que sonreír, bromear y decir a sus padres no menos de una docena de veces que se encontraba bien. Al final pareció que la creían. En el momento oportuno, se había pedido el primer baño y huido escaleras arriba para examinar los daños a puerta cerrada. Mientras cruzaba la sala notó que el maldito artefacto se le movía, y subir por las escaleras le resultó bastante complicado. Si apenas podía hacer eso, ¿cómo diablos iba a montar a caballo? ¡Mierda! Qué manera más tonta de caerse. Lo había estropeado todo.

Se quedó sentada largo rato, pensando. Abajo se oía a Robert hablar entusiasmado de los alces. Intentaba imitar el reclamo de Tom, sin conseguirlo en absoluto. Oyó reír a Annie. Era estupendo que por fin hubiera podido venir. Si Grace les decía lo que le había pasado echaría a perder la velada.

Finalmente decidió qué haría. Se puso de pie y del botiquín cogió un paquete de tiritas. Con ellas haría el mejor apaño que pudiera y por la mañana trataría de montar a *Gonzo.* Si todo iba bien, no le diría nada a nadie hasta que hubiera hecho lo propio con *Pilgrim.*

Annie apagó la luz del cuarto de baño y cruzó el descansillo sin hacer ruido hasta la habitación de Grace. La puerta estaba entornada y al abrirla un poco más los goznes rechinaron levemente. La lámpara aún estaba encendida, era la que habían comprado en Great Falls para sustituir la que se había roto. Annie recordaba aquella noche como si hubiese tenido lugar en otra vida.

—Gracie...

No hubo respuesta. Se acercó a la cama y apagó la luz. Vio casualmente que la pierna ortopédica no estaba apoyada en el sitio acostumbrado sino que yacía en el suelo, remetida entre la sombra de la cama y la mesita. Grace estaba dormida y respiraba tan suavemente que Annie tuvo que esforzarse por oírla inspirar. Sus cabellos, arremolinados sobre la almohada, semejaban el estuario de un río negro. Annie permaneció un rato contemplándola.

Qué valiente había sido su reacción al caerse. Era evidente que tenía que haberle dolido. Luego, durante la cena y hasta que subió, había estado muy alegre, graciosa y animada. Era una muchacha increíble. Antes de la cena, mientras Robert se daba un baño, Grace le había dicho lo que Tom opinaba acerca de montar a *Pilgrim.* No cabía en sí de gozo y excitación con la sorpresa que pensaba darle a su padre. Joe lo llevaría a ver el potro de *Bronty* y luego bajaría en el momento justo para que la viera a lomos de *Pilgrim*. Annie no las tenía todas consigo y suponía que a Robert le ocurriría otro tanto. Pero, si Tom lo consideraba seguro, no había duda de que lo era.

—Parece muy buena gente —había dicho Robert de Tom mientras se servía otra rodaja de salmón que, sorprendentemente, estaba buenísimo.

—Ha sido muy amable con nosotras —dijo Annie de la manera más natural posible. Siguió un breve silencio durante el cual las palabras quedaron flotando en el aire como sometidas a examen. Afortunadamente, Grace se puso a hablar de algunas cosas que había visto hacer a Tom con *Pilgrim* durante la semana.

Annie se inclinó para besar a su hija en la mejilla. Desde la lejanía del sueño, Grace murmuró una respuesta.

Robert ya se había acostado. Estaba desnudo. Al entrar ella y empezar a desvestirse, él dejó su libro a un lado y la observó, esperándola. Era la señal que había empleado durante años, y en otro tiempo ella había disfrutado de desnudarse delante de él hasta el punto de encontrarlo excitante. Pero ahora la forma en que la observaba en silencio le resultó inquietante, insoportable casi. Ella, por supuesto, sabía que después de una separación tan prolongada Robert deseaba hacer el amor. Y había temido ese momento toda la noche.

Se quitó el vestido, lo dejó sobre la silla y de pronto fue tan consciente de la mirada de él y de la intensidad del silencio, que hubo de acercarse a la ventana y asomarse a mirar.

—Ya no llueve.

—Hace media hora que ha dejado de llover.

—Ah. —Miró hacia la casa grande. Aunque no había estado en la habitación de Tom conocía la ventana y vio que la luz estaba encendida. «Oh Dios —pensó—, ¿por qué no podría ser él? ¿Por qué no él y yo?» La idea la llenó de una especie de ansia tan próxima a la desesperación que tuvo que cerrar rápidamente la persiana y volverse. Se quitó apresuradamente las bragas y el sujetador y cogió la camiseta holgada que normalmente empleaba para dormir.

—No te la pongas —dijo Robert suavemente. Ella lo miró y él sonrió—. Ven.

Robert extendió sus brazos y ella tragó saliva e hizo lo que pudo para devolverle la sonrisa, rezando para que no notase lo que suponía dejaban traslucir sus ojos. Dejó a un lado la camiseta y se acercó a la cama, sintiéndose extrañamente expuesta en su desnudez. Se sentó en el lado de Robert y no pudo evitar que se le erizara la piel cuando él le deslizó una mano por el cuello y la otra por el pecho izquierdo.

—¿Tienes frío?

—Sólo un poco.

Él le acercó la cabeza con suavidad y la besó como siempre la besaba. Y ella intentó, con todas las fuerzas de que fue capaz, bloquear su mente a cualquier comparación y perderse en los contornos familiares de aquella boca, en su sabor y olor tan familiares y en el tacto conocido de la mano en su pecho.

Annie cerró los ojos pero no pudo reprimir la creciente sensación de engaño; había engañado a aquel hombre bueno y cariñoso no tanto por lo que había hecho con Tom sino por lo que deseaba hacer. Sin embargo, la sensación que la dominaba, por más que ella se dijese que era una tontería, era la de estar engañando a Tom por lo que hacía en ese momento con Robert.

Robert apartó la sábana y le hizo sitio a su lado. Annie vio el dibujo de vello castaño en su vientre y el abultado balanceo de su rosada erección. La notó dura contra su muslo al deslizarse a su lado y encontrar de nuevo su boca.

—No sabes cuánto te he echado de menos, Annie.

—Yo también te he echado de menos.

—¿De veras?

—Shhh. Claro que sí.

Ella notó la palma de la mano de él moviéndose por su costado y subir por la cadera hasta su vientre, y supo que la acariciaría entre las piernas y descubriría que no estaba excitada. En el momento en que sus dedos alcanzaban el borde de su vello, ella se apartó un poco.

—Déjame hacer una cosa antes —dijo ella, y se deslizó entre las piernas de él y le tomó el miembro con la boca. Hacía mucho, años incluso, que no lo hacía y él no pudo evitar estremecerse de arriba abajo de pura excitación.

—Oh Annie. No sé si podré aguantar.

—Da igual. Tengo ganas.

«Qué perversamente mentirosos nos hace el amor —pensó Annie—. Qué oscuros y sinuosos caminos nos hace recorrer.» Y mientras él se corría, ella tuvo la triste certeza de que pasara lo que pasase nunca volverían a ser los mismos y que ese acto culpable era, por parte de ella, su regalo de despedida.

Más tarde, con la luz apagada, él la penetró. La noche era tan oscura que no podían ni verse los ojos y, protegida de esa manera, Annie reaccionó por fin. Se dejó llevar por el líquido vaivén de su acoplamiento y encontró más allá de la pena unos instantes de olvido.

30

Después del desayuno Robert llevó a Grace en coche al establo. La lluvia había despejado y refrescado el aire y el cielo era una impecable cúpula de azul. Robert había advertido ya que Grace estaba más callada y seria esa mañana, y le había preguntado si se encontraba bien.

—Estoy bien, papá. Y, por favor, deja de preguntármelo.

—Perdona.

Ella sonrió, le tocó el brazo, y él la dejó estar. Grace había llamado a Joe antes de salir y cuando llegaron al establo él ya había ido a buscar a *Gonzo* a la explanada. Mientras bajaban del Lariat, los saludó con expresión risueña.

—Buenos días, muchacho —dijo Robert.

—Buenos días, Mr. Maclean.

—Robert, por favor.

—De acuerdo, señor.

Llevaron a *Gonzo* al establo. Robert observó que Grace parecía cojear más que el día anterior. Por un instante incluso dio la impresión de que perdía el equilibrio, y tuvo que agarrarse a la puerta de una casilla para sostenerse. Robert se quedó mirando cómo ensillaban a *Gonzo* y preguntó a Joe cuántos años tenía el poni, qué alzada y si los pintos eran de un temperamento especial. Joe respondió amplia y educadamente. Grace no dijo palabra. Robert se daba cuenta, por el modo en que fruncía el entrecejo, de que algo le preocupaba. Adivinó por las miradas de Joe que éste también lo había notado, aunque los dos sabían que era mejor no preguntar.

Sacaron a *Gonzo* por la parte de atrás y lo llevaron al ruedo. Grace se dispuso a montar.

—¿Sin nada en la cabeza? —preguntó Robert.

—¿Quieres decir sin casco?

—Sí, bueno.

—Ya ves papá, sin casco.

Robert se encogió de hombros y sonrió.

—Tú sabrás.

Grace lo miró entrecerrando los ojos. Joe sonrió, pasando la mirada de uno a otro. Entonces Grace cogió las riendas y, apoyándose en el hombro de Joe, puso el pie izquierdo en el estribo. Al apoyar el peso en su pierna ortopédica, algo pareció ceder y Robert advirtió que daba un respingo.

—Mierda —dijo ella entre dientes.

—¿Qué pasa?

—Nada. No pasa nada —respondió Grace. Con un gruñido de esfuerzo pasó la pierna sobre el arzón de la silla y se sentó. Antes incluso de que se hubiera acomodado en la silla él comprendió que algo iba mal y entonces vio que Grace arrugaba la cara y se dio cuenta de que estaba llorando.

—¿Qué pasa, Grace?

Ella sacudió la cabeza. Robert pensó que le dolía algo, pero cuando ella habló quedó claro que las lágrimas eran de rabia.

—Nada bueno. —Casi escupió la palabras—. Esto no funciona.

Robert tardó lo que quedaba de día en contactar con Wendy Auerbach. La clínica tenía un contestador automático con un número de urgencia que curiosamente parecía comunicar siempre. Era como si todos los ortopedas de Nueva York hubieran decidido irse de vacaciones dejándola a ella de guardia. Cuando por fin consiguió hablar con la clínica, una enfermera le dijo que lo sentía mucho pero no podía proporcionar ningún teléfono particular. No obstante, si era tan urgente como Robert decía (cosa que, a juzgar por su tono, ella parecía dudar) intentaría ponerse en contacto personalmente con la doctora Auerbach. Una hora después la enfermera llamó. La doctora Auerbach estaba fuera, no volvería a casa hasta la tarde.

Mientras esperaban, Annie telefoneó a Terri Carlson, cuyo número, a diferencia del de Wendy Auerbach, sí aparecía en el listín. Terri le dijo que conocía a alguien en Great Falls que tal vez pudiese montar otra clase de prótesis en pocos días, pero no se lo aconsejaba. Cuando uno se acostumbraba a una clase de pierna ortopédica, dijo, cambiar a otra era complicado y podía llevar tiempo.

Aunque las lágrimas de Grace le habían inquietado y habían hecho que sintiese lástima al verla tan frustrada, Robert sintió también alivio por haberse ahorrado lo que, ahora sabía, iba a ser una sorpresa especialmente pensada para él. La visión de Grace montando a *Gonzo* ya había sido bastante angustiosa; la idea de verla a lomos de *Pilgrim*, de cuya conducta más sosegada todavía no se fiaba, simplemente le aterraba.

Sin embargo, Robert no expresó sus dudas. Sabía que el problema no era de Grace sino suyo. Los únicos caballos con que se había sentido a gusto alguna vez eran esos que hay en los centros comerciales a los que se echa una moneda para que se mezan. En cuanto quedó de manifiesto que la idea contaba con el respaldo no sólo de Annie sino, lo que era más importante, de Tom Booker, Robert se convirtió en un paladín del proyecto como si él mismo hubiera sido su autor.

A las seis habían ideado un plan.

Wendy Auerbach telefoneó por fin e hizo que Grace le explicase exactamente dónde se le había roto la prótesis. Luego le dijo a Robert que si Grace regresaba a Nueva York e iba a verla el lunes a última hora, podían hacer una prueba el miércoles y tener lista la nueva pierna ortopédica para el fin de semana.

—¿Correcto?

—Correcto —dijo Robert, y le dio las gracias.

Reunidos en cónclave en la sala de la casa del arroyo, entre los tres decidieron qué hacer. Annie y Grace regresarían con él a Nueva York en avión y la semana siguiente volverían al rancho para que Grace pudiese montar a *Pilgrim.* Robert no podría regresar con ellas porque lo esperaban de nuevo en Ginebra. Procuró parecer entristecido por la perspectiva de perderse el espectáculo.

Annie llamó a los Booker. Se puso Diane, que se había mostrado muy amable y preocupada al enterarse de lo sucedido. Por supuesto, no había ningún problema en que *Pilgrim* se quedara en el rancho. Smoky se encargaría de echarle un vistazo. Ella y Frank volverían de Los Ángeles el sábado, aunque no sabía con seguridad cuándo regresaría Tom de Wyoming. Los invitó a la barbacoa que iban a preparar aquella tarde. Annie dijo que les encantaría ir.

Entonces Robert llamó a la compañía aérea. Había un problema. Sólo disponían de una plaza en el vuelo de Salt Lake City a Nueva York para el que había sacado pasaje. Robert dijo que esperasen un momento.

—Yo iré en uno que salga más tarde —dijo Annie.

—¿Por qué? —dijo Robert—. También puedes quedarte aquí.

—¿Y que Grace vuelva sola en avión?

—¿Por qué no? —dijo Grace—. Vamos mamá, ¡si fui sola a Inglaterra cuando tenía diez años!

—No. Hay que hacer enlace y no quiero que rondes sin compañía por el aeropuerto.

—Annie —dijo Robert—. En Salt Lake City hay más cristianos por metro cuadrado que en el Vaticano.

—Venga mamá, que no soy una cría.

—Claro que lo eres.

—Las azafatas se harán cargo de ella —dijo Robert—. Mira y, si no, Elsa puede ir con ella en el avión.

Se produjo un silencio mientras él y Grace miraban a Annie esperando su decisión. Había en ella algo nuevo, un cambio indefinible que él ya había notado el día anterior cuando venían de Butte. En el aeropuerto lo había achacado sencillamente a su aspecto saludable. De camino Annie los había escuchado hablar con una especie de divertida serenidad. Pero después, bajo aquella calma él creyó vislumbrar algo más melancólico. Lo que le había hecho en la cama era estupendo pero también, en cierto modo, sorprendente. Le había parecido que su origen no estaba en el deseo sino en un propósito más hondo y pesaroso.

Robert se dijo que ese cambio procedía, sin duda, del trauma producido por la pérdida del empleo. Pero ahora, mientras la miraba tomar una decisión, no pudo por menos que admitir, que su esposa le resulta inescrutable.

Annie estaba contemplando por la ventana la perfecta tarde de primavera. Se volvió hacia ellos y puso una cara triste llena de comicidad.

—Me quedaré aquí, sola como la una.

Todos rieron. Grace la rodeó con el brazo.

—Oh, pobrecita mami.

Robert le dedicó una sonrisa.

—Oye, date un respiro. Pásatelo bien. Si alguien necesita un poco de tiempo después de un año de Crawford Gates, eres tú.

Llamó a la compañía aérea para confirmar la reserva de Grace.

Encendieron el fuego para la barbacoa más abajo del vado, en un recodo del arroyo protegido del viento donde dos mesas de madera bastamente labrada con sendos bancos fijos pasaban todo el año a la intemperie, alabeadas y descoloridas hasta el más pálido de los grises por los elementos. Annie las había visto en sus carreras matutinas de cuya tiránica monotonía, por lo visto sin efectos adversos, había conseguido escapar. Desde que condujeran el ganado a los pastos sólo había ido un día a correr, e incluso entonces le sorprendió oír decir a Grace que había estado haciendo footing. Si había llegado a semejante extremo de vulgaridad, también podía dejarlo.

Los hombres se habían adelantado a fin de preparar el fuego. Grace estaba demasiado lejos para ir andando con su pierna estropeada y su bastón recuperado, de modo que fue con Joe en el Chevrolet, donde transportaban la comida y la bebida. Annie y Diane los siguieron a pie con los gemelos. Caminaban sin prisa, disfrutando del sol de la tarde. La excursión a Los Ángeles había dejado de ser un secreto y los chicos no paraban de comentarla entusiasmados.

Diane estaba más afable que nunca. Parecía realmente complacida de que hubieran solucionado el problema y no se mostró nada susceptible, como Annie había temido, por el hecho de que ella se quedase en la casa del arroyo.

—Le diré la verdad, Annie. Me alegro de que vaya a estar por aquí. Ese Smoky es buena persona, pero no es más que un chaval y no me fío mucho de lo que le puede rondar por la cabeza.

Siguieron caminando mientras los gemelos corrían delante. La conversación sólo se interrumpió un momento, cuando una pareja de cisnes pasó volando sobre ellas. Contemplaron el sol reflejándose en sus blanquísimos cuellos mientras se alejaban por el valle y escucharon el rumor de sus alas perdiéndose en la quietud de la tarde.

Al acercarse, Annie empezó a oír el chisporroteo de la leña en la lumbre y vio elevarse una espiral de humo blanco sobre los álamos.

Los hombres habían hecho fuego sobre un trecho de hierba recortada que se metía en el arroyo. A un lado del mismo Frank estaba presumiendo ante los chicos de lanzar piedras al río y ganándose las risas de todos. Robert, cerveza en mano, era el encargado de los filetes. Se había tomado la tarea con toda la seriedad que Annie habría previsto, y charlaba con Tom sin por ello dejar ni por un instante de controlar la carne. No paraba de tocar los pedazos uno a uno con un tenedor de mango largo. Con su camisa de cuadros escoceses y sus mocasines, Annie pensó lo mucho que desentonaba su marido al lado de Tom.

Tom fue el primero en verlas. Saludó con el brazo y fue a buscarles un trago a la nevera. Diane pidió una cerveza y Annie un vaso del vino blanco que había aportado a la barbacoa. Le resultó difícil mirar a Tom a los ojos cuando él le pasó el vaso. Sus dedos se rozaron brevemente y la sensación le hizo dar un respingo.

—Gracias.

—Así que tendremos quien nos cuide el rancho la semana que viene.

—Eso parece.

—Al menos habrá alguien lo bastante inteligente para utilizar el teléfono si surge algún problema —dijo Diane.

Tom sonrió y miró confiadamente a Annie. No llevaba sombrero, mientras hablaba se echó hacia atrás un mechón de pelo rubio que le caía sobre la frente.

—Diane cree que el pobre Smoky no sabe ni contar hasta diez.

—Son ustedes muy amables —dijo Annie con una sonrisa—. Creo que ya hemos abusado de su hospitalidad.

Él no dijo nada, sólo sonrió de nuevo y esta vez Annie consiguió aguantar su mirada. Tuvo la sensación de que si se lo proponía podría zambullirse en el azul de sus ojos. En ese momento llegó Craig a todo correr, diciendo que Joe lo había empujado al arroyo. Tenía los pantalones empapados hasta la rodilla. Diane llamó a Joe y fue a investigar. Al quedarse sola con Tom, Annie sintió que el pánico la invadía. Tenía muchas cosas que decirle, pero ninguna lo bastante trivial para la ocasión. No tenía manera de saber si él compartía su turbación o si la percibía siquiera.

—Siento mucho lo de Grace —dijo él.

—Ya. Por el momento lo hemos solucionado. Quiero decir que si te parece bien, ella puede montar a *Pilgrim* cuando regrese de Wyoming.

—Desde luego.

—Gracias. Robert no podrá verlo pero, claro, haber llegado hasta tan lejos y luego no...

—No hay ningún problema. —Hizo una pausa—. Grace me ha contado que dejas tu empleo.

—Es una manera de decirlo, sí.

—Y que no parecías demasiado afectada.

—En efecto. No me preocupa.

—Eso está bien.

Annie sonrió y probó un poco más de vino con la esperanza de disolver el silencio que se había hecho entre los dos. Miró hacia el fuego y Tom siguió la dirección de su mirada. Robert, ahora a solas, estaba dedicando a la carne el ciento por ciento de su atención. Annie sabía que iba a quedar perfecta.

—Ese marido tuyo es un as con la barbacoa.

—Oh sí. Le encanta.

—Es un tipo fenomenal.

—Sí, lo es.

—Estaba tratando de averiguar quién tiene más suerte.

Annie lo miró. Él seguía contemplando el fuego. El sol le daba en la cara. Él la miró y sonrió al añadir:

—Tú por tenerlo a él o él por tenerte a ti.

Se sentaron a comer, los niños en una mesa y los adultos en la otra. El sonido de sus risas llenó el espacio entre los álamos. El sol empezó a ponerse, y entre las siluetas de los árboles Annie observó que la superficie del arroyo reflejaba los rosas, rojos y dorados del cielo del anochecer. Al cabo de un rato encendieron velas en unos recipientes altos de cristal para protegerlas de una brisa que brilló por su ausencia y contemplaron el peligroso revoloteo de las polillas en torno a ellas.

Grace parecía contenta otra vez, ahora que sus esperanzas de montar a *Pilgrim* habían renacido. Cuando todos hubieron terminado de comer, le dijo a Joe que le enseñara a Robert el truco de las cerillas, y los niños hicieron corro en torno a la mesa de los mayores para mirar.

Cuando la cerilla saltó por primera vez, todo el mundo se echó a reír. Robert estaba intrigado. Pidió a Joe que lo hiciera una vez más y luego otra, más despacio. Estaba sentado enfrente de Annie, entre Diane y Tom. Ella contempló la luz de la vela bailar en su cara mientras trataba de concentrarse en el más leve movimiento de los dedos de Joe, buscando, como siempre hacía, la solución racional. Annie se dio cuenta de que esperaba, de que rezaba casi para que Robert no diera con el truco o, si lo descubría, no lo revelase.

Robert hizo un par de intentos pero falló. Joe le estaba soltando el rollo de la electricidad estática y lo estaba haciendo bien. Se disponía ya a decirle que metiera la mano en agua para «elevar la carga» cuando Annie vio que Robert sonreía y supo que lo había descubierto. «No lo estropees —pensó—. Por favor, no lo estropees.»

—Ya lo tengo —dijo él—. La enciendes con la uña. ¿Verdad? A ver, deja que pruebe otra vez.

Se frotó la cerilla en el pelo y la acercó lentamente a la que sostenía en la palma de la mano. Al tocarse, la segunda cerilla saltó con un chasquido. Los niños lo vitorearon. Robert sonrió como si fuera un chico que ha pescado el pez más grande. Joe intentaba disimular su decepción.

—Estos abogados son unos listos —dijo Frank.

—¡Ahora el truco de Tom! —exclamó Grace—. Mamá, ¿todavía guardas ese trozo de cordel?

—Naturalmente —dijo Annie.

Desde el día en que Tom se lo había dado lo llevaba en el bolsillo como un tesoro. Era lo único que tenía de él. Sin pensarlo dos veces, se lo entregó a Grace. Pero al instante lamentó haberlo hecho. De pronto, tuvo una premonición, y el miedo casi la hizo gritar. Sabía que si lo dejaba, Robert sería capaz de desmitificar también aquello. Y en tal caso, algo precioso se perdería para siempre.

Grace le pasó la cuerda a Joe, quien dijo a Robert que levantara un dedo. Todo el mundo estaba expectante. Salvo Tom. Sentado un poco hacia atrás, observaba a Annie por encima de la vela. Ella sabía que podía leer sus pensamientos. Joe había pasado el lazo sobre el dedo de Robert.

—¡No! —exclamó Annie de repente.

Todos la miraron, súbitamente callados y sorprendidos por el tono de su voz. Annie notó que se le encendían las mejillas. Sonrió a la desesperada, buscando ayuda entre las caras que la miraban. Pero todos seguían pendientes de ella.

—Yo... bueno, sólo quería intentarlo primero.

Joe dudó un momento, tratando de adivinar si lo decía en serio. Luego levantó el cordel y se lo devolvió a ella. Annie creyó ver en los ojos del muchacho que él, al igual que Tom, lo entendía. Fue Frank quien la rescató de su azoramiento.

—Así me gusta, Annie —dijo—. No se lo enseñes a ningún abogado hasta que te consigas un contrato.

Todos rieron, incluso Robert. Aunque cuando sus miradas se encontraron ella advirtió que estaba perplejo y, quizá, hasta dolido. Más tarde, cuando la charla se hubo reanudado, Tom fue el único que vio cómo arrollaba el cordel y lo guardaba de nuevo en el bolsillo.

31

A última hora del domingo Tom echó una ojeada final a los caballos y luego fue a preparar sus cosas. Scott estaba en pijama en el descansillo aguantando la advertencia final de Diane, que no se tragaba eso de que no podía dormir. Su vuelo partía a las siete de la mañana y hacía horas que habían mandado los chicos a la cama.

—Como sigas con esto, no vienes, ¿me oyes?

—¿Me dejarías en casa, solo?

—Juégate algo.

—No serías capaz.

—No me hagas perder la paciencia.

Tom fue al piso de arriba y vio el revoltijo de ropa y las maletas a medio hacer. Guiñó un ojo a Diane y sin decir palabra, se llevó a Scott al cuarto de los gemelos. Craig ya dormía. Tom se sentó en la cama de Scott y estuvieron hablando en voz baja de Disneylandia hasta que el chico empezó a cabecear y finalmente se rindió al sueño.

Camino de su habitación, Tom pasó por delante de la de Frank y Diane y al verlo ella le dio las gracias y las buenas noches. Tom cogió todo lo que necesitaba para la semana, que no era mucho, e intentó leer un rato, pero no logró concentrarse.

Mientras estaba con los caballos, había visto a Annie, que volvía en el Lariat de llevar a Grace y a Robert al aeropuerto. Se acercó a la ventana y miró hacia la casa del arroyo. Las persianas de su dormitorio estaban iluminadas. Tom esperó unos instantes confiando en ver su sombra cruzar la ventana, pero no la vio.

Se lavó, se desvistió, se metió en la cama e intentó leer de nuevo con idéntica poca fortuna. Apagó la luz y permaneció tumbado con las manos detrás de la cabeza, imaginándose a Annie en la casa, sola, tal como estaría toda la semana.

Tenía que partir para Sheridan alrededor de las nueve y pensaba subir a despedirse de ella. Suspiró, se volvió y se forzó por fin a conciliar un sueño que no le trajo paz alguna.

Annie despertó a eso de las cinco y permaneció un rato contemplando el luminescente amarillo de la persiana. La casa estaba sumida en un silencio tan delicado que tenía la impresión de que con el menor movimiento del cuerpo podía hacerlo añicos. Debió de quedarse dormida, porque al rato despertó otra vez al oír el motor de un coche y supo que debían de ser los Booker marchándose al aeropuerto. Se preguntó si Tom se habría levantado para despedirlos. Seguramente. Entonces saltó de la cama y abrió la persiana. Pero el coche ya se había ido y junto a la casa grande no se veía a nadie.

Bajó en camiseta y se preparó café. Estuvo un rato delante de la ventana de la sala con la taza en las manos. El arroyo y la parte más alejada del valle se encontraban cubiertos de bruma. Quizá ya hubiese salido con los caballos para darles una última ojeada antes de partir. Pensó en ir a correr para ver si lo encontraba. Pero ¿y si él iba a despedirse, como había prometido, mientras ella estaba fuera?

Subió y se dio un baño. Sin la presencia de Grace la casa parecía más que desierta y su silencio la oprimía. Encontró una emisora soportable en el pequeño transistor de Grace y permaneció en el agua caliente sin esperar que el baño la calmase.

Al cabo de una hora estaba vestida. Gran parte de ese tiempo lo había empleado en decidir qué se pondría; se probó una cosa tras otra y por fin, enfadada consigo misma por ser tan tonta, a modo de castigo se decidió por los tejanos y la camiseta de siempre. Pero ¿qué diablos importaba? Si él sólo venía a despedirse...

Finalmente, a la vigésima vez que miró, le vio salir de la casa y lanzar su bolsa de viaje a la trasera del Chevrolet. Al ver que se detenía en el cruce, Annie sufrió un instante de angustia pensando que iba a torcer para el otro lado y tomar el camino hacia la salida. Pero no, dirigió el coche hacia la casa del arroyo. Annie entró en la cocina. Que la encontrase ocupada, haciendo su vida como si su partida no significase nada. Miró alrededor, alarmada. No había nada que hacer. Ya lo había hecho todo, vaciar el lavaplatos, sacar la basura, incluso (Santo Dios) dar brillo al fregadero, y todo para matar el tiempo hasta su llegada. Decidió preparar un poco más de café. Oyó el rechinar de las ruedas del Chevrolet y, al levantar la vista, vio que Tom estaba dando la vuelta para dejar el coche apuntando en la dirección de partida. Él la vio y la saludó con el brazo.

Se quitó el sombrero y dio un golpecito en el marco de la puerta mosquitera al tiempo que entraba.

—Hola.

—Hola.

Se quedó allí de pie haciendo girar el sombrero en las manos.

—¿Grace y Robert han podido tomar el avión sin novedad?

—Oh, sí. Gracias. He oído marcharse a Frank y Diane.

—¿De veras?

—Sí.

Durante un buen rato todo lo que se oyó fue el café que empezaba a gotear. No eran capaces de hablar ni de mirarse a los ojos. Annie estaba apoyada en el fregadero intentando aparentar calma mientras se clavaba las uñas en la palma de la mano.

—¿Te apetece un café?

—Gracias, pero es mejor que me vaya.

—Está bien.

—Bueno. —Tom se sacó un trocito de papel del bolsillo de la camisa y se acercó para dárselo—. Es el teléfono de donde voy a estar en Sheridan. Ya sabes, por si surge algún problema o algo.

Ella lo cogió.

—Muy bien, gracias. ¿Cuándo volverás?

—Oh, supongo que el sábado. Smoky vendrá mañana a ver los caballos. Le dije que tú darías de comer a los perros. Puedes montar a *Rimrock* siempre que quieras.

—Gracias. Tal vez lo haga.

Se miraron a los ojos, ella sonrió tímidamente y él asintió.

—Bien —dijo Tom. Se volvió, abrió la puerta mosquitera y ella lo siguió al porche. Sentía como si en el corazón tuviese unas manos que le arrancaban la vida poco a poco. Tom se puso el sombrero.

—Bien, adiós, Annie.

—Adiós.

Ella siguió en el porche y vio cómo él subía de nuevo al coche, ponía el motor en marcha, se llevaba una mano al sombrero y se alejaba camino abajo.

Condujo cuatro horas y media seguidas pero no lo calculó por el reloj sino por el modo en que cada kilómetro parecía aumentar el dolor que le oprimía el pecho. Al oeste de Billings, absorto en sus pensamientos, a punto estuvo de chocar con un camión de ganado. Decidió desviarse por la siguiente salida e ir hasta Lovell por la ruta más lenta.

En su camino hacia el sur pasó cerca de Clark's Fork, por tierras que había conocido de muchacho, aunque ahora le resultaba difícil reconocerlas. Del viejo rancho no quedaba el menor rastro. La compañía petrolífera se había llevado todo lo que quería y después había vendido las tierras en parcelas cuyo tamaño insignificante no permitía a nadie ganarse la vida cultivándolas. Pasó por delante del pequeño cementerio donde estaban enterrados sus abuelos y bisabuelos. Otro día cualquiera habría comprado unas flores, pero no en esta ocasión. Sólo las montañas parecían prometer un precario alivio, y al sur de Bridger torció a la izquierda y empezó la ascensión al Pryor por caminos de tierra rojiza.

El dolor en el pecho no hizo sino empeorar. Bajó la ventanilla y notó en la cara la ráfaga del aire caliente y cargado de aroma a salvia. Se maldijo por ser como un colegial enamorado. Buscaría un sitio donde dar la vuelta.

Desde su última visita habían construido un curioso mirador más arriba del Bighorn Canyon, con un gran aparcamiento y mapas y carteles con datos geológicos del lugar. Supuso que era una buena idea. Dos cargamentos de turistas japoneses estaban sacando fotografías en el mirador, y una pareja joven le preguntó si podía hacerles una a los dos. Sacó la foto y los japoneses sonrieron y le dieron las gracias cuatro veces seguidas y luego todo el mundo volvió a su autocar y él se quedó a solas con el cañón.

Acodado en la baranda de metal, Tom contempló el verde chillón del agua que serpenteaba abajo, a trescientos metros de estriada piedra caliza de tonos rosados y amarillos.

Pero ¿por qué no la había estrechado entre sus brazos? Habría jurado que ella lo deseaba, entonces ¿por qué no lo había hecho? ¿Desde cuándo era tan condenadamente decente en asuntos como ése? Hasta el momento esa parte de su vida siempre había estado presidida por la idea de que si un hombre y una mujer sentían lo mismo el uno por el otro, debían obrar en consecuencia. Sí, bueno, ella estaba casada. Pero años atrás eso no siempre había sido un impedimento, a menos que el marido fuese un amigo suyo o un homicida en potencia. Entonces ¿qué? Buscó una respuesta sin encontrar ninguna, salvo que no existía precedente que le sirviera para tener una opinión al respecto.

Abajo, a unos ciento cincuenta metros de distancia, vio los negros dorsos desplegados de unas aves que no pudo reconocer planeando sobre el verde del río. Y, de pronto, identificó la emoción que lo atenazaba. Era la necesidad; la misma necesidad que Rachel, muchos años atrás, había sentido por él y que él había sido incapaz de satisfacer, y que jamás hasta ahora había sentido por nada ni por nadie. Por fin lo sabía. Se había sentido intacto y ya no lo era. Era como si el roce de los labios de Annie aquella noche se hubiera llevado una parte vital de su ser que sólo en ese momento se daba cuenta de que le faltaba.

Era mejor así, pensó Annie. Se sentía agradecida —o, al menos, creía que llegaría a estarlo— de que él hubiera sido más fuerte que ella.

Tras la partida de Tom había sido firme consigo misma proponiéndose toda clase de cosas para los días siguientes. Aprovecharía el tiempo al máximo. Llamaría a los amigos cuyas condolencias enviadas por fax no había respondido aún; llamaría a su abogado para hablar de los tediosos detalles de la indemnización y ataría todos los otros cabos que había dejado sueltos la semana anterior. Luego disfrutaría de su soledad; andaría, montaría a caballo, leería; incluso era probable que escribiese un poco, aunque no tenía idea sobre qué. Y para cuando Grace regresara su cabeza, y tal vez su corazón, habría recuperado el equilibrio.

No fue tan fácil. Después que se hubieron disipado las tempranas nubes altas, el día apareció una vez más perfecto, despejado y caluroso. Pero aunque ella intentó integrarse en él, ejecutando todas aquellas tareas que se había asignado, no consiguió sacarse de encima una sensación de apatía.

A eso de las siete se sirvió un vaso de vino que depositó en el borde de la bañera mientras se bañaba y lavaba el pelo. Encontró algo de Mozart en la radio de Grace y aunque el sonido era horrible, la música la ayudó a expulsar parte de la soledad que se había apoderado de ella. Para animarse un poco más, se puso su vestido favorito, el negro con las florecitas rosas.

Mientras el sol se ocultaba tras los montes subió al Lariat y bajó a dar de comer a los perros. Aparecieron dando saltos como de la nada y la acompañaron hasta el establo como si fuera su mejor amiga.

Justo en el momento en que terminaba de llenar de comida sus tazones, oyó un coche y le pareció extraño que los perros no se hubiesen inmutado. Salió a la puerta.

Entonces lo vio, pero sólo un momento antes de que él la viese a ella.

Tom estaba de pie delante del Chevrolet. La portezuela estaba abierta y detrás de él los faros brillaban suavemente en el crepúsculo. Al detenerse ella en el umbral del establo, él se volvió y la vio. Se quitó el sombrero, aunque no lo retorció nerviosamente como había hecho por la mañana. Estaba muy serio. Permanecieron inmóviles, a cinco metros escasos el uno del otro, y durante un buen rato ninguno de los dos pronunció palabra.

Por fin, Tom tragó saliva y dijo:

—He pensado... He pensado que debía volver.

Annie asintió con la cabeza.

—Sí. —Su voz sonó más tenue que el aire. Quería ir hacia él pero advirtió que no podía moverse y entonces Tom dejó su sombrero sobre el capó del coche y se acercó a ella. Al verlo aproximarse, Annie temió que todo lo que hervía en su interior la tragara y arrastrase antes de que él llegase a donde estaba ella. Para que eso no ocurriera, Annie extendió los brazos como si se estuviera ahogando y él entró en el círculo de sus brazos y la rodeó con los suyos y la abrazó, y ella se sintió a salvo.

La marejada la envolvió haciéndola convulsionarse en sollozos que la sacudieron de pies a cabeza mientras se aferraba a él. Tom notó su temblor y la abrazó con más fuerza, buscando con su cara la de ella, saboreando las lágrimas que inundaban sus mejillas y alisándolas, mitigándolas, con sus labios. Y cuando ella sintió que los temblores amainaban, apartó la cara de la húmeda presión de Tom y buscó su boca.

Él la besó como la había besado en la montaña, pero con una urgencia que ahora los dos compartían. Tom sostenía en sus manos la cara de Annie como si de esa forma pudiese besarla más intensamente, y ella pasó los brazos por la espalda de él, lo atrajo hacia sí y notó cuán duro era su cuerpo y cuán magro, tanto que podía poner los dedos en la acanalada jaula de sus costillas. Luego él la abrazó de la misma manera y ella tembló al contacto de sus manos.

Se separaron un poco acompasando la respiración y se miraron.

—No acabo de creer que estés aquí —dijo ella.

—Ni yo que me decidiera a irme —dijo Tom. La cogió de la mano y la hizo pasar junto al coche, cuya puerta permanecía abierta y cuyos faros parecían buscar dónde agarrarse en la luz que se extinguía. Arriba, el cielo era una bóveda de color naranja que finalizaba en el negro de las montañas, estallando en nubes de color carmín y vermellón. Annie esperó en el porche a que él abriese la puerta.

No encendió ninguna luz. La condujo entre las sombras de la sala de estar donde sus pisadas crujieron y resonaron en el suelo de madera mientras rostros color sepia los miraban desde las fotografías de las paredes.

Ella lo deseaba de tal manera que mientras subían por las escaleras sintió una especie de mareo. Llegaron al descansillo y pasaron cogidos de la mano por delante de las habitaciones, cuyas puertas abiertas permitían ver un barullo de ropa y juguetes como en un barco abandonado. La puerta del dormitorio de Tom también estaba abierta y él la dejó pasar primero y luego entró y cerró la puerta.

A Annie le sorprendió lo grande que era la habitación y que hubiese tan pocos muebles, muy diferente de como la había imaginado todas aquellas noches en que había visto luz en su ventana. Desde esa misma ventana podía ver ahora la casa del arroyo recortándose negra contra el cielo. La estancia estaba inundada de un fulgor menguante que envolvía cuanto tocaba de un color coral y gris.

Tom alargó la mano y la atrajo para besarla de nuevo. Luego, sin mediar palabra, empezó a desabrocharle la larga hilera de botones de la delantera del vestido. Ella observó sus dedos y su cara, el entrecejo fruncido en una expresión de concentración. Él alzó la mirada y vio que estaba observándolo, pero no sonrió, aguantó su mirada mientras desabrochaba el último botón. El vestido quedó abierto y cuando él deslizó sus manos por debajo de la tela y le tocó la piel, Annie jadeó y se estremeció. Sujetándola de los costados como antes, inclinó la cabeza y con suavidad le besó la parte superior de los pechos encima del sujetador.

Y Annie echó la cabeza hacia atrás, cerró los ojos y pensó: «Esto es lo único que existe; no hay otro momento ni otro lugar ni otro ser más que el ahora, el aquí, él y nosotros.» Ningún sentido tenía pensar en las consecuencias o en la duración o en si estaba bien o mal, pues todo lo demás había quedado relegado a un remoto segundo plano. Tenía que pasar, iba a pasar, estaba pasando.

Tom la condujo hacia la cama y se quedaron de pie mientras Annie se quitaba los zapatos y empezaba a desabrocharle la camisa a él. Ahora le tocaba a Tom mirar, y así lo hizo, como si estuviera alcanzando el punto máximo de la curiosidad.

Era la primera vez que hacía el amor en aquella habitación. Y tampoco lo había hecho, desde la época de Rachel, en un sitio que pudiera llamar su casa. Había conocido los lechos de otras mujeres pero no había permitido que ninguna conociese el suyo. Había procurado despreocuparse del sexo, mantenerlo a distancia para conservar su independencia y protegerse de la clase de necesidad que había visto en Rachel y que ahora sentía por Annie. Su presencia, en el santuario de su habitación, tomaba así un significado a la vez burlón y prodigioso.

La luz de la ventana se posó en la piel que se vislumbraba por su vestido entreabierto. Ella le desabrochó el cinturón y los tejanos y le retiró la camisa de modo que pudiera quitársela de los hombros.

Momentáneamente cegado mientras se despojaba de su camiseta, Tom notó las manos de Annie en su pecho. Bajó la cabeza y la besó de nuevo entre los senos y aspiró profundamente su fragancia, como si quisiera inundar con ella sus pulmones. Suavemente le bajó el vestido.

—Oh, Annie.

Ella separó los labios pero no dijo nada, sólo aguantó su mirada, se llevó las manos a la espalda y se soltó el sujetador. Era corriente, blanco y con ribetes de encaje sencillo. Deslizó los tirantes por los hombros y lo dejó caer. Su cuerpo era hermoso, su piel pálida excepto en el cuello y los brazos, donde el sol la había vuelto de un dorado cubierto de pecas. Tenía los pechos más grandes de lo que él había pensado, pero aún eran firmes, y sus pezones grandes y erectos. Posó las manos en ellos y luego la cara, y notó que los pezones se ponían tiesos al rozárselos con los labios. Ella tenía las manos en la cremallera de sus tejanos.

—Por favor —susurró.

Él retiró la descolorida colcha de la cama, apartó las sábanas y ella se acostó y lo miró quitarse las botas y los calcetines y luego los tejanos y el calzoncillo. Y él no tuvo vergüenza ni notó que ella la tuviese, pues ¿qué motivo había para sentir vergüenza de algo que escapaba a su voluntad impulsado por una fuerza interior que no sólo conmovía sus cuerpos sino también sus almas y nada sabía de vergüenzas ni de cosas parecidas?

Tom se arrodilló en la cama al lado de Annie, que alargó la mano y tomó su pene erecto. Inclinó luego la cabeza y rozó con sus labios el borde del mismo con tal delicadeza que él se estremeció y tuvo que cerrar los ojos buscando un registro más grave, más tolerante.

Cuando se aventuró a mirarla de nuevo descubrió en sus ojos la misma expresión de deseo que sabía empañaba los suyos. Ella se tumbó de espaldas y levantó las caderas para que él le quitara las bragas. Eran corrientes, de algodón gris claro. Tom pasó la mano por el promontorio que ocultaban y a continuación se las bajó con suavidad.

El triángulo de vello que revelaron era espeso, tupido, y de un ámbar muy oscuro. Sus rizadas puntas captaron el último vislumbre de luz. Un poco más arriba pasaba la cicatriz pálida de una cesárea. Al verla él se emocionó, sin saber por qué, y bajó la cabeza para recorrer su dibujo con los labios. El roce del vello en su cara y el cálido y dulce aroma que allí encontró lo impresionaron todavía más, entonces levantó la cabeza y se apoyó en los talones para recobrar el aliento y verla mejor.

Contemplaron sus respectivas desnudeces, dejando que sus ojos merodearan ávidos e incrédulos por sus cuerpos. El aire estaba impregnado de la urgente sincronía de sus respiraciones y la habitación parecía hincharse y plegarse a su ritmo, como si fuera un pulmón.

—Ven, entra —susurró ella.

—No tengo nada con que...

—Es igual. No hay problema. Entra, ven.

Frunciendo ligeramente el entrecejo en una expresión de ansiedad, ella volvió a tomar su pene erecto y al cerrar sus dedos en torno a él sintió que estaba tomando posesión de la raíz misma de su ser. Él se aproximó de nuevo y dejó que ella lo guiara hacia su cuerpo.

Mientras veía cómo Annie se abría ante él y sentía la suave colisión de sus carnes, Tom volvió a ver repentinamente aquellos pájaros sin nombre, negros y de anchas alas, planeando allá abajo sobre el verde del río. Sintió como si regresara de un exilio remoto y pensó que allí, y sólo allí, podría recuperar la integridad.

Cuando Tom la penetró, a Annie le pareció que vertía en su ijada una especie de oleada caliente que recorría lentamente su cuerpo hasta bañar y surcar los caminos de su cerebro. Sintió la hinchazón dentro de ella, sintió la deslizante fusión de sus dos mitades. Sintió en sus pechos la caricia de sus manos duras y al abrir los ojos lo vio inclinar la cabeza para besárselos. Sintió el desplazamiento de su lengua, sintió cómo le cogía el pezón con los dientes.

Su piel era pálida, aunque no tanto como la de ella, y en su torso, donde podía verse el dibujo de las costillas la cruz de pelo era de un tono más oscuro que el de su cabeza. Tal como en cierto modo Annie había esperado, el cuerpo de Tom era flexible y anguloso, debido a su ocupación. Se movía sobre ella con la misma confianza que le había visto poner de manifiesto en cada cosa que hacía, sólo que ahora, centrada exclusivamente en ella, esa confianza era a un tiempo más intensa y evidente. Annie se preguntó cómo era posible que ese cuerpo que nunca había visto, cómo esa carne, ese sexo que no había tocado jamás, le resultasen tan familiares y encajasen tan bien en ella.

La boca de él excavó el hueco de su brazo. Annie notó que su lengua lamía el vello que desde su llegada al rancho había dejado crecer de nuevo. Volvió la cabeza y vio las fotografías enmarcadas en lo alto de la cómoda. Y durante una fracción de segundo, aquella visión supuso para ella la amenaza de conectar con otro mundo, un lugar que estaba en trance de modificar y que, sabía, la colmaría de culpa si se permitía aunque sólo fuera una mirada. «Todavía no», se dijo, y le levantó la cabeza con ambas manos buscando a ciegas el olvido de su boca.

Cuando sus bocas se separaron, él se echó hacia atrás y la miró, y por primera vez sonrió mientras se movía sobre ella al lento vaivén de sus cuerpos acoplados.

—¿Recuerdas el primer día que fuimos a montar? —dijo ella.

—Perfectamente.

—Aquellas águilas, ¿las recuerdas?

—Sí.

—Eso es lo que somos nosotros ahora. Una pareja de águilas.

Él asintió. Se miraron a los ojos, esta vez sin sonreír, dominados por una urgencia anticipada, hasta que ella vio la crispación en su cara y lo sintió estremecerse y, después, explotar, inundando su interior. Annie elevó las caderas y al mismo tiempo sintió en su ijada un lento implosionar de carne que corría hacia sus entrañas y luego daba sacudidas y se extendía en oleadas hasta el último rincón de su ser, llevándolo a él consigo hasta que llenó todo su cuerpo y fueron un único e indistinguible ser.

32

Tom despertó al alba y al instante sintió la tibieza de ella durmiendo a su lado, pegada a su cuerpo, acurrucada en el abrigo de su brazo. Podía notar su aliento en la piel y el suave subir y bajar de sus pechos contra el costado. Annie tenía la pierna derecha encima de la de él, que podía notar en el muslo el cosquilleo de su vientre. Tenía la palma de la mano derecha sobre el pecho de él, a la altura del corazón.

Era ese momento esclarecedor en que normalmente los hombres se marchan y las mujeres quieren que se queden. Él mismo había conocido muchas veces ese impulso de escabullirse al amanecer como un ladrón. Era algo que parecía ser fruto no tanto de la culpa como del miedo, miedo a que ese bienestar o esa camaradería que las mujeres parecían desear a menudo tras una noche de sexo fuese en cierto modo demasiado comprometedora. Tal vez estaba en juego alguna fuerza primordial, uno sembraba su semilla y salía pitando.

De ser así, esa mañana Tom no sintió lo mismo.

Permaneció muy quieto y se le ocurrió que quizá temía que despertara. En ningún momento, a lo largo de sus muchas horas de incansable avidez, había mostrado ella síntoma alguno de remordimiento. Pero él sabía que con el alba vendría, si no el arrepentimiento, sí un punto de vista más frío. Así, permaneció quieto en la luz que empezaba a revelarse, atesorando bajo el brazo la descuidada calidez sin culpa de su cuerpo.

Se durmió otra vez y despertó más tarde al oír el motor de un coche. Annie descansaba ahora de costado y él estaba acoplado a los contornos de su espalda, con la cara hundida en su nuca perfumada. Al apartarse un poco, ella murmuró algo pero sin despertarse. Él salió de la cama y recogió su ropa en silencio.

Era Smoky. Había aparcado junto a sus dos coches y estaba inspeccionando el sombrero de Tom, que había quedado toda la noche sobre el capó del Chevrolet. Su gesto de preocupación se tornó en sonrisa de alivio cuando oyó cerrarse la puerta mosquitera y vio que Tom se acercaba a él.

—Hola, Smoky.

—Pensaba que te habías ido a Sheridan.

—Sí. Ha habido un cambio de planes. Perdona, pensaba llamarte por teléfono.

Había telefoneado al hombre de los potros desde una gasolinera en Lovell para decir que lo sentía mucho pero no podía ir a verlo, pero se había olvidado totalmente de Smoky.

Smoky le pasó el sombrero. Estaba empapado de rocío.

—Por un momento he pensado que te habían raptado unos extraterrestres. —Miró el coche de Annie. Tom se dio cuenta de que intentaba comprender la situación—. ¿Así que Annie y Grace no se han ido al este?

—Grace sí, pero su madre no pudo conseguir pasaje. Se ha quedado hasta el fin de semana, cuando vuelva Grace.

—Ya —dijo Smoky, y asintió lentamente, pero Tom comprendió que no estaba nada convencido de lo que estaba pasando. Tom miró la puerta abierta del Chevrolet y recordó que las luces también habían quedado encendidas toda la noche.

—Anoche tuve problemas con la batería —dijo—. ¿Podrías echarme una mano para ponerlo en marcha?

No aclaraba las cosas pero sirvió, pues la perspectiva de hacer algo concreto pareció disipar a Smoky todas las dudas que aún persistían.

—Cómo no —dijo—. Tengo unos cables en la camioneta.

Annie abrió los ojos y le bastó un instante para recordar dónde se hallaba. Se volvió esperando verlo allí y sintió un pequeño brote de pánico al comprobar que estaba sola. Luego oyó voces y una puerta de coche que se cerraba, y el pánico aumentó. Se incorporó y apartó las piernas del revoltijo de sábanas. Fue hasta la ventana y, al andar, sintió entre las piernas el húmedo flujo de Tom. También notó un dolorcillo que en cierto modo le resultó placentero.

Abrió apenas las cortinas y vio la camioneta de Smoky alejarse y a Tom despidiéndolo con el brazo. Luego Tom se volvió y regresó a la casa. Annie sabía que no podría verla si miraba hacia arriba y mientras lo observaba se preguntó en qué los habría cambiado la noche que habían pasado juntos. ¿Qué pensaría él de ella, después de haberla visto tan lasciva e impúdica? ¿Qué pensaba ahora ella de él?

Tom entrecerró los ojos y alzó la vista al cielo, donde las nubes ya estaban en llamas. Los perros se enredaron entre sus piernas y él les alborotó el pelo y les habló mientras caminaba y Annie supo que, al menos para ella, nada había cambiado.

Se duchó en el pequeño cuarto de baño esperando que la acometiese la culpa o el remordimiento, pero lo único que sintió fue ansiedad de saber cuáles serían los sentimientos de él. Le resultó muy extraño encontrar tan pocos objetos de tocador. Utilizó su cepillo de dientes. Colgado junto a la puerta había un enorme albornoz azul que se puso, envolviéndose en el olor de él, para volver a su habitación.

Cuando entró, Tom había descorrido las cortinas y estaba mirando por la ventana. Se volvió al oírla entrar y ella recordó que había hecho el mismo movimiento el día en que había ido a Choteau para darle su veredicto sobre *Pilgrim.* En la mesa había dos tazas humeantes. Él sonrió y Annie creyó percibir cierto recelo en su actitud.

—He hecho un poco de café.

—Gracias.

Se acercó a coger la taza y la cogió entre sus manos. De repente, juntos y a solas en aquella habitación grande y vacía parecían dos desconocidos que han llegado demasiado pronto a una fiesta. Él señaló el albornoz con la cabeza.

—Te queda bien —dijo. Ella sonrió y sorbió su café. Era fuerte y estaba quemando—. Más allá hay un baño que está mejor, si quieres...

—El tuyo me parece bien.

—Smoky ha pasado por aquí. Olvidé telefonearle.

Guardaron silencio. Cerca del arroyo relinchó un caballo. Él parecía tan preocupado que Annie temió de pronto que pudiera decir que lo sentía y que había sido un error.

—Annie.

—Qué.

Él tragó saliva.

—Sólo quería decir que sea lo que sea lo que sientas, pienses o quieras hacer, está bien.

—¿Y qué es lo que sientes tú?

Él dijo simplemente:

—Que te quiero. —Luego sonrió, se encogió ligeramente de hombros y añadió—: Eso es todo.

Annie sintió que se le partía el corazón, dejó la taza sobre la mesa, fue hacia él y se abrazaron como si el mundo se hubiera doblegado ya a su separación. Ella le cubrió la cara de besos.

Tenían cuatro días antes de que Grace y los Booker regresaran, cuatro días y cuatro noches. Un prolongado momento en la estela de ahoras. Y Annie decidió que iba a pensar, vivir y respirar sólo para eso, para ese presente. Y pasara lo que pasase, fueran lo brutales que fuesen las consecuencias a que después tuviesen que hacer frente, ese momento estaría escrito de forma indeleble en sus mentes y sus corazones. Para siempre.

Hicieron otra vez el amor mientras el sol se asomaba a una esquina de la casa y se inclinaba sobre ellos con complicidad. Y después, acunada en sus brazos, ella le dijo que quería que fuesen juntos a caballo a los pastos donde se habían besado por primera vez y donde podrían estar a solas, sin nadie que los juzgara a excepción de las montañas y el firmamento.

Vadearon el arroyo poco antes del mediodía.

Mientras Tom ensillaba dos caballos y cargaba otro con todo lo que necesitaban, Annie había vuelto en coche a la casa del arroyo para cambiarse y recoger sus cosas. Cada uno aportaría comida. Aunque ella no lo dijo ni él lo preguntó, Tom sabía que ella telefonería a Nueva York para darle a su marido una excusa. Él había hecho lo mismo con Smoky, que estaba un poco aturullado con tanto cambio de planes.

—Conque a inspeccionar el ganado, ¿eh?

—Sí.

—¿Solo o...?

—No. Con Annie.

—Oh. Bueno.

Siguió una pausa y Tom casi oyó cómo Smoky sumaba mentalmente dos y dos son cuatro.

—Smoky, te agradecería que no se lo contaras a nadie.

—Pues claro, Tom. Descuida.

Dijo que iría a echar un vistazo a los caballos tal como habían quedado. Tom sabía que en ambas cosas podía confiar en él.

Antes de partir, Tom bajó a los corrales y llevó a *Pilgrim* al campo junto con algunos potros que había entrenado. Normalmente *Pilgrim* echaba a correr enseguida con ellos, pero esa vez se quedó pegado a la puerta viendo cómo Tom volvía a donde había dejado los caballos ensillados.

Tom iba a montar la misma yegua que había llevado cuando condujeron el ganado a los pastos, la ruana fresa. Mientras cabalgaba hacia la casa del arroyo llevando de las riendas a *Rimrock* y el pequeño caballo pinto de carga, miró hacia atrás y vio que *Pilgrim* seguía junto a la puerta del corral, mirándolo. Era como si el animal supiese que algo había cambiado en sus vidas.

Tom esperó con los caballos en el sendero y vio acercarse a Annie, que bajaba por la cuesta a grandes trancos.

La hierba del prado que había más allá del vado estaba crecida y lustrosa. Pronto empezaría la recolección del heno. Rozaba las patas de los caballos mientras Annie y Tom cabalgaban juntos, sin otro sonido que el rítmico crujir de sus sillas.

Durante un buen rato ninguno de los dos sintió necesidad de hablar. Ella no hacía preguntas sobre el territorio por el que pasaba. Y a Tom le pareció que el motivo no era que ya supiese los nombres de las cosas, sino que esos nombres carecían ahora de importancia. Sólo importaba que existiesen.

Se detuvieron al calor de la tarde y abrevaron los caballos en la misma charca de la primera vez. Dieron cuenta del sencillo almuerzo que ella había llevado, pan, queso y naranjas. Annie peló la suya diestramente de una sola monda y se rió cuando él intentó, sin éxito, imitarla.

Cruzaron la meseta donde la flores habían empezado a marchitarse y esa vez, sí, fueron juntos hasta la cresta de la loma. No espantaron ningún ciervo pero sí vieron, a unos quinientos metros más adelante, un pequeño grupo de potros mosteños. Tom le hizo señas de que se detuviera. Estaban a favor del viento y los potros no habían percibido aún su presencia. Era un grupo formado por siete yeguas, cinco de ellas con crías. Había también un par de potros demasiado jóvenes para haber sido apartados de los otros. Tom nunca había visto al semental del grupo.

—Qué animal tan hermoso —dijo Annie.

—Sí.

Era imponente. Fuerte de ancas, debía de pesar más de cuatrocientos kilos. Su pelaje era de un blanco perfecto. La razón de que aún no hubiera visto a Tom y Annie era que estaba ocupado observando a un intruso mucho más molesto. Un semental joven, un bayo, estaba tanteando a las yeguas.

—En esta época del año el ambiente se caldea bastante —murmuró Tom—. Es el período de celo y ese caballo piensa que ha llegado el momento de actuar. Puede que lleve días siguiendo el rastro del grupo, probablemente con otros sementales jóvenes. —Tom se irguió en la silla para observar mejor—. Mira, allí están. —Se los señaló a Annie. A poco más de medio kilómetro había otros nueve o diez caballos.

—Lo llaman grupo de solteros. Se pasan el día por ahí, ya sabes, emborrachándose, fanfarroneando, grabando sus nombres en los árboles, hasta que son lo bastante mayores para ir a robarle la yegua a otro.

—Comprendo.

Por el tono de voz de Annie. Tom se percató de lo que acababa de decir. Annie lo estaba mirando pero él no se inmutó. Sabía qué estaría haciendo con las comisuras de la boca y el hecho de saberlo le gustó.

—Es verdad —dijo, y siguió mirando fijamente los potros.

Los sementales estaban a un palmo el uno del otro, mientras las yeguas, los potrillos y los amigos del retador contemplaban la escena. De pronto, ambos sementales explotaron, relinchando y sacudiendo la cabeza. Era entonces cuando el más débil solía ceder, pero el bayo no quería. Se encabritó, soltó un relincho agudo y el semental blanco se engrifó también, pero más alto, aplastándolo con sus pezuñas. Incluso desde donde se encontraban Tom y Annie podía verse el blanco de sus dentaduras y oír el golpe sordo de sus coces. Luego, en cuestión de segundos, la lucha terminó y el bayo se escabulló derrotado. El semental blanco lo vio partir y entonces, tras mirar de soslayo a Tom y Annie, se alejó con su familia.

Tom notó de nuevo que ella lo miraba. Se encogió de hombros, sonrió y dijo:

—A veces se gana y a veces se pierde.

—¿Crees que el otro volverá?

—Seguro que sí. Tendrá que hacer un poco más de gimnasia, pero seguro que vuelve.

Encendieron un fuego junto al riachuelo, al lado mismo del lugar en que se habían besado. Como la vez anterior, enterraron unas patatas en las brasas y mientras se cocían hicieron una cama, poniendo sus petates uno junto al otro con las sillas por cabecera; luego juntaron los dos sacos de dormir. En la orilla opuesta, unas vaquillas los observaban con la cabeza gacha.

Una vez listas las patatas, dieron cuenta de ellas acompañándolas con salchichas que frieron en una renegrida sartén y unos huevos que Annie creyó que no sobrevivirían al viaje. Rebañaron las oscuras yemas con lo que les quedaba de pan. El cielo se había nublado. Lavaron sus platos en el riachuelo, donde ya no se reflejaba la luna, y los dejaron a secar sobre la hierba. Luego se quitaron la ropa y, con el fuego parpadeando en su piel, hicieron el amor.

Annie sintió que en su unión había una gravedad que armonizaba con aquel paraje. Era como si hubieran venido a hacer honor a la promesa que se habían hecho en ese mismo lugar.

Después, Tom se sentó apoyado en su silla y ella permaneció recostada en sus brazos con la espalda y la cabeza sobre su pecho. El aire era mucho más frío. De lo alto de la montaña llegaron los gemidos de lo que, según explicó Tom, eran coyotes. Tom se echó una manta sobre los hombros y envolvió con ella a Annie, protegiéndola de la noche y de toda intromisión. «Aquí —pensó Annie—, nada de ese otro mundo puede tocarnos.»

Permanecieron horas contemplando el fuego, hablando cada uno de su vida. Ella le habló de su padre y de los lugares exóticos donde habían vivido antes de que muriese. Le contó cómo había conocido a Robert y lo inteligente y responsable que le pareció, tan adulto y sensible a la vez. Y seguía siendo todas esas cosas, era un hombre estupendo, de verdad. Su matrimonio había sido feliz y aún lo era en cierto modo. Pero retrospectivamente, se daba cuenta de que lo que había buscado en él era, en realidad, lo que había perdido en su padre: estabilidad, seguridad y amor incondicional. Cosas que Robert le había dado espontáneamente y sin condiciones. A cambio, ella le había dado fidelidad.

—Con eso no quiero decir que no lo quiera —dijo—. Lo quiero de verdad. Sólo que es una clase de amor más parecido a, no sé, digamos a la gratitud o algo así.

—Por el amor que él te da.

—Sí. Y el que le da a Grace. Suena espantoso, ¿verdad?

—No.

Annie le preguntó si con Rachel había sido así, y él respondió que no, que había sido distinto. Y ella escuchó en silencio la historia de Tom. Evocó mentalmente la realidad a partir de la foto que había visto en su habitación, aquel rostro hermoso de ojos oscuros y deslumbrante melena. La sonrisa resultaba difícil de conciliar con la tristeza de que ahora hablaba.

Lo que más había conmovido a Annie no era la mujer sino el niño que tenía en brazos. Había hecho que sintiese algo que en un primer momento no quiso reconocer como celos. Era la misma sensación que había tenido al ver las iniciales de Tom y Rachel grabadas en el cemento del pozo. Curiosamente, la otra fotografía, la de Hal de muchacho, la había aplacado por entero. Aunque el chico era moreno como su madre, tenía los mismos ojos de Tom. Incluso congelados en aquella instantánea, neutralizaba toda posible animosidad.

—¿La ves alguna vez? —preguntó Annie cuando él terminó de hablar.

—Hace años que no. Hablamos por teléfono de vez en cuando, sobre todo de Hal.

—Vi la foto en tu habitación. Es muy guapo.

Oyó que Tom sonreía detrás de ella.

—Sí que lo es.

Se produjo un silencio. Una rama pequeña, incrustada de ceniza blanca, se derrumbó en el fuego lanzando a la noche un frenesí de chispas anaranjadas.

—¿Queríais tener más hijos? —preguntó él.

—Oh, sí. Lo intentamos, pero yo siempre los perdía. Finalmente, lo dejamos estar. Yo lo deseaba más que nada por Grace. Para que tuviese un hermano.

De nuevo guardaron silencio y Annie supo, o creyó saber, qué estaba pensando Tom. Pero era algo demasiado triste, incluso en aquel confín del mundo, para que alguno de los dos lo expresara verbalmente.

Los coyotes no dejaron de aullar a coro durante toda la noche. Él le explicó que se emparejaban de por vida, y eran tan fieles que si uno caía en un cepo el otro le llevaba comida.

Durante dos días cabalgaron por peñascos y torrenteras. A veces dejaban los caballos y seguían a pie. Vieron alces y osos, y Tom creyó divisar un lobo desde un risco elevado. Pero el animal se marchó antes de que él pudiera cerciorarse de que en efecto era un lobo. Tom no se lo mencionó a Annie por miedo a inquietarla.

Cruzaron valles ocultos cubiertos de yuca y de violeta blanca y prados convertidos en lagos de altramuces de un azul brillante.

La primera noche llovió y Tom tuvo que montar la pequeña tienda que había traído en un prado verde y llano cubierto de varas descoloridas de álamo temblón. Se calaron hasta los huesos y se sentaron muy juntos tiritando y riendo en la entrada de la tienda con mantas sobre los hombros. Sorbieron café muy caliente de unos renegridos tazones de estaño mientras fuera los caballos pacían sin que los inmutase la lluvia que les chorreaba del lomo. Annie los observó, con la cara mojada y el cuello iluminado desde abajo por la luz de la lámpara de aceite y Tom pensó que no había visto, ni volvería a ver en su vida, una criatura tan hermosa como ella.

Aquella noche, mientras Annie dormía en sus brazos, Tom estuvo escuchando el tamborileo de la lluvia sobre el techo de la tienda e intentó hacer lo que ella le había sugerido, no pensar más allá del momento presente, simplemente vivirlo. Pero le fue imposible.

El día siguiente se presentó despejado y caluroso. Encontraron una charca regada por una angosta cascada de agua. Annie dijo que le apetecía nadar un poco y él rió y dijo que era demasiado viejo y el agua estaba demasiado fría. Pero ella no aceptaba negativas y, bajo la mirada suspicaz de los caballos, se desvistieron y se lanzaron al agua. Estaba tan helada que al instante salieron gritando de la charca y se quedaron abrazados con el trasero al aire y morado, hablando atropelladamente como un par de jóvenes traviesos.

Esa noche la aurora boreal hizo brillar el cielo de verde, azul y rojo. Annie nunca había presenciado un espectáculo como aquél y Tom no recordaba una tan clara y brillante. Formaba un enorme arco luminoso que arrastraba en su estela estrías de color. Mientras hacían el amor, Tom contempló en los ojos de Annie el reflejo acanalado de la aurora boreal.

Era la última noche de su obstinado idilio, aunque ninguno de los dos lo mencionó más que con el plañidero acoplamiento de sus sexos. Por un acuerdo tácito forjado únicamente a partir de sus cuerpos, no se dieron respiro. No había que desperdiciar un instante rindiéndose al sueño. Se alimentaban el uno del otro como animales que presagiaran un invierno espantoso e interminable. Y sólo cedieron cuando sus huesos magullados y el constante roce de sus pieles los hicieron gritar de dolor. El sonido flotó en la luminosa quietud de la noche, y atravesando los pinos en penumbra subió hasta alcanzar los picos lejanos.

Un rato después mientras Annie dormía, él oyó, como un eco en la distancia, un aullido agudo y primitivo que hizo que todas las criaturas nocturnas se sumiesen en el silencio. Y Tom supo que había estado en lo cierto: lo que había visto era un lobo.

33

Peló las cebollas, las partió por la mitad y las cortó en finas rodajas, respirando por la boca para que los vapores no la hicieran llorar. Notaba la mirada de él pendiente de todos sus movimientos, cosa que le resultaba curiosamente estimulante, como si esa vigilancia la invistiera de unas habilidades que nunca había creído tener. Lo mismo había sentido mientras hacían el amor. Tal vez (sonrió al pensarlo) fuese eso lo que experimentaban los caballos en su presencia.

Tom estaba apoyado en la riostra al fondo de la habitación. Aún no había tocado la copa de vino que ella le había servido. En la sala la música de la radio de Grace había dado paso a una charla erudita sobre cierto compositor del que Annie nunca había oído hablar. Los locutores de las emisoras públicas parecían tener todos el mismo tono de voz sosegado y empalagoso.

—¿Qué miras? —preguntó ella con dulzura.

Él se encogió de hombros y respondió:

—A ti. ¿Te molesta?

—Me gusta. Hace que me sienta como si supiera qué estoy haciendo.

—Cocinas bien.

—No lo suficiente como para salvar mi vida.

—Bueno, mientras salves la mía...

Al volver al rancho aquella tarde a ella le había preocupado que la realidad pudiera irrumpir de pronto en sus vidas. Pero, extrañamente, no había ocurrido así. Se sentía como arropada por una calma inviolable. Mientras él iba a echar un vistazo a los caballos, ella hizo lo propio con el contestador, sin encontrar ningún mensaje inquietante. El más importante era de Robert, que había telefoneado para dar el número y hora de llegada del vuelo de Grace a Great Falls para el día siguiente. Con Wendy Auerbach todo había ido «correcto», decía Robert, y de hecho Grace estaba tan contenta con su pierna nueva que había pensado apuntarse al maratón.

La calma de Annie no se alteró ni siquiera cuando habló con ellos dos por teléfono. El mensaje que les había dejado el martes, informándoles de que iba a pasar un par de días en la cabaña que los Brooker tenían en la montaña, no parecía haber levantado la menor sospecha. Desde que estaban casados Annie pasaba de vez en cuando unos días sola en alguna parte y Robert, que debió de considerarlo como parte del proceso de aclarar ideas tras la pérdida de su empleo, se limitó a preguntar cómo le había ido, a lo que ella se limitó a contestar que muy bien. Salvo por omisión, Annie ni siquiera tuvo que mentir.

—Me preocupa esa vuelta a la naturaleza, el aire libre y todo eso en que andas metida —bromeó él.

—¿Por qué?

—Bueno, no tardarás en decir que quieres irte a vivir al campo y yo tendré que especializarme en pleitos de ganaderos o algo así.

Cuando colgaron Annie se preguntó por qué el sonido de la voz de Robert o de la de Grace no la habían zambullido en el mar de culpa que ella estaba segura que le aguardaba. Era como si esa parte susceptible de su carácter hubiera quedado en suspenso, con el ojo puesto en el reloj y consciente de que aún le quedaban unas pocas horas, fugaces, con Tom.

Estaba preparando el plato de pasta que había querido hacer la tarde en que habían ido todos a cenar. Las macetas de albahaca que había comprado en Butte estaban floridas. Mientras trituraba las hojas, él se acercó a ella por detrás, apoyó levemente las manos en sus caderas y la besó en el cuello. El roce de sus labios le cortó la respiración.

—Huele bien —dijo él.

—¿Yo o la albahaca?

—Las dos.

—¿Sabías que en la antigüedad utilizaban la albahaca para embalsamar a los muertos?

—¿Te refieres a las momias?

—Y a los momios también. Impide la necrosis de la carne.

—Pensaba que era para evitar la lujuria.

—Sí, también sirve para eso, así que no comas mucho.

Añadió la albahaca a la sartén donde había echado ya los tomates y la cebolla y luego se volvió. Su frente estaba a la altura de los labios de él, y Tom la besó allí dulcemente. Ella bajó la vista e introdujo sus pulgares en los bolsillos delanteros de su pantalón. Y en la quietud compartida de aquel instante Annie supo que no era capaz de abandonar a aquel hombre.

—Oh, Tom. Te quiero tanto.

—Yo también te quiero.

Encendieron las velas que ella había comprado para la fiesta y apagaron los fluorescentes para comer en la mesa pequeña de la cocina. La pasta estaba excelente. Cuando terminaron de comer, él le preguntó si había adivinado el truco del cordel. Ella dijo que según Joe no era un truco pero que, de todos modos, no lo había logrado.

—¿Todavía lo tienes?

—¿Tú qué crees?

Lo extrajo del bolsillo, se lo dio a Tom y éste le dijo que levantara el dedo y se fijara bien porque sólo iba a enseñárselo una vez. Annie siguió los intrincados movimientos de su mano hasta que el lazo se cerró y pareció atrapado por las puntas de sus dedos en contacto. Luego, mientras él estiraba lentamente el lazo, un momento antes de que quedase suelto, ella se dio cuenta de repente de cómo lo hacía.

—Déjame probar —dijo. Advirtió que podía imaginar exactamente los movimientos que había hecho con las manos y traducirlos por imagen especular en sus propios movimientos. Y cuando tiró del cordel, efectivamente, el lazo se deshizo.

Tom se retrepó en la silla y le dedicó una sonrisa a la vez triste y amorosa.

—Bien —dijo—. Ahora ya sabes el truco.

—¿Tengo que quedarme el cordel?

—Ya no lo necesitas —respondió Tom, y se lo guardó en el bolsillo.

Todos estaban allí y Grace deseó que no fuese así. Pero habían hecho tanta propaganda que no podía esperarse más que una nutrida concurrencia. Miró los rostros expectantes en torno al gran ruedo: su madre, Frank y Diane, Joe, los gemelos con sus gorras de los estudios Universal, hasta Smoky había acudido. ¿Y si todo salía mal? Interiormente se decía con firmeza que saldría bien. No iba a dejar que fuese de otro modo.

Pilgrim estaba ensillado en mitad del ruedo mientras Tom ajustaba los estribos. El caballo tenía un aspecto magnífico, aunque Grace no se acostumbraba aún a verlo con aquella clase de silla de montar. Había acabado prefiriéndola a la silla inglesa después de haber montado a *Gonzo*. Hacía que se sintiese más segura, de modo que había decidido emplearla para esa ocasión.

Por la mañana ella y Tom habían conseguido desenredar los últimos nudos de sus crines y cola, y habían cepillado a conciencia el pelaje. Cicatrices aparte, pensó Grace, parecía un caballo de competición. *Pilgrim* siempre había sabido estar a la altura. Hacía casi un año, recordó, que había visto su primera fotografía, enviada desde Kentucky.

Habían visto cómo Tom lo hacía dar unas vueltas al ruedo. Grace había permanecido al lado de su madre, intentando, a fuerza de profundas inspiraciones, controlar los vahídos que sentía en el estómago.

—¿Y si sólo se deja montar por Tom? —dijo en un susurro.

Annie le dio un abrazo.

—Cariño, ya sabes que si no fuera seguro Tom no dejaría que lo hicieses.

Era verdad. Pero eso no mitigaba su nerviosismo.

Tom había dejado solo a *Pilgrim* y ahora caminaba hacia ella. Grace se acercó. La nueva pierna ortopédica le encajaba a la perfección.

—¿Todo listo? —dijo él. Ella tragó saliva y asintió. Temía que su voz la traicionara. Él vio que estaba preocupada y al llegar a su altura dijo de forma que nadie más pudiera oír—: ¿Sabes, Grace?, no tenemos por qué probar ahora. A decir verdad, yo no me esperaba esta especie de circo.

—No pasa nada. Es igual.

—¿Seguro?

—Sí.

La rodeó con su brazo y fueron hasta donde *Pilgrim* estaba esperando. Grace advirtió que el animal aguzaba las orejas al verlos acercarse.

A Annie le latía con tanta fuerza el corazón que pensó que Diane, de pie a su lado, debía de estar oyéndolo. Costaba decir cuántos de aquellos latidos eran por Grace y cuántos por sí misma. Pues lo que estaba en juego en aquella franja de tierra rojiza era sumamente decisivo. Era a la vez un principio y un final, aunque de qué y para quién, no lo sabía a ciencia cierta. Era como si todo estuviera girando en una enorme y culminante centrifugadora de emociones, y sólo cuando ésta se detuviera sabría qué consecuencias había tenido para todos y qué iba a ser de ellos a partir de entonces.

—Esa hija suya es una chica muy valiente —dijo Diane.

—Lo sé.

Tom hizo detener a Grace a escasa distancia de *Pilgrim,* como para no atosigarlo. Recorrió los últimos pasos él solo, se detuvo a su lado y alargó la mano para sujetarlo. Lo cogió de la brida y colocó la cabeza junto a la de *Pilgrim* mientras acariciaba su cuello con la palma de la otra mano. El caballo no quitaba ojo de encima a Grace.

Aunque estaba lejos, Annie comprendió que algo andaba mal.

Cuando Tom intentó hacerlo avanzar, *Pilgrim* se resistió, levantó la cabeza y miró a Grace dejando ver el blanco de sus ojos. Tom se lo llevó aparte y le hizo dar unas vueltas, tal como ella lo había visto hacer antes con un ronzal, obligándolo a ceder a la presión y girar las ancas. Eso pareció tranquilizarlo. Pero tan pronto lo llevó de nuevo hacia donde estaba Grace, *Pilgrim* se mostró otra vez esquivo.

Grace estaba mirando hacia el otro lado, de modo que Annie no pudo verle la cara. Pero no le hacía falta. Desde donde estaba podía notar la inquietud y el dolor que se habían apoderado de su hija.

—No sé si esto es muy buena idea —dijo Diane.

—Todo irá bien —dijo Annie con un tono de voz que sonó brusco.

—Eso espero —dijo Smoky. Pero ni él parecía muy seguro.

Tom se llevó a *Pilgrim* y le hizo dar más vueltas, y al darse cuenta de que eso no funcionaba lo montó y recorrió el ruedo a medio galope. Grace fue girando lentamente, siguiéndolos con la mirada. Miró brevemente a Annie e intercambiaron una sonrisa que ninguna de las dos consiguió que resultase convincente.

Tom no hablaba ni se preocupaba de nadie más que de *Pilgrim.* Estaba ceñudo, y Annie no supo decir si era de pura concentración o si en ello también había inquietud, aunque sabía que él nunca se mostraba inquieto cuando estaba con caballos.

Tom se apeó y guió a *Pilgrim* nuevamente hacia Grace. Y el caballo se repropió otra vez. Grace giró sobre sus talones y a punto estuvo de caer al suelo. Mientras regresaba a donde estaban los espectadores, la boca le temblaba, y Annie se dio cuenta de que pugnaba por no llorar.

—Smoky —llamó Tom.

Smoky trepó a la baranda y fue hacia él.

—Todo irá bien, Grace —dijo Frank—. Tú espera unos minutos. Tom lo arreglará, ya lo verás.

Grace asintió e intentó sonreír, pero no fue capaz de mirar a nadie, y menos a Annie. Annie quiso abrazarla pero se contuvo. Sabía que Grace no podría aguantarlo y acabaría llorando y que luego se avergonzaría y se enfadaría por las dos cosas. Cuando la muchacha estuvo lo bastante cerca, le dijo quedamente:

—Frank tiene razón. Todo irá bien.

—*Pilgrim* ha visto que estaba asustada —susurró Grace.

Tom y Smoky estaban en el ruedo hablando de forma que sólo *Pilgrim* podía oírlos. Al rato Smoky dio media vuelta y caminó lentamente hasta la puerta que había al fondo del ruedo. La abrió y entró en el establo. Tom dejó a *Pilgrim* donde estaba y fue hacia los espectadores.

—Bueno, Gracie —dijo—. Vamos a hacer una cosa que yo confiaba en parte no tener que hacer. Pero todavía le ronda algo por la cabeza que no puedo solucionar de otra manera. Smoky y yo vamos a intentar hacer que se tumbe. ¿De acuerdo?

Grace asintió. Annie vio que la chica no tenía una idea clara de qué significaba aquello, y ella tampoco.

—¿Qué supone eso? —preguntó Annie. Él la miró y ella tuvo una súbita visión de sus cuerpos unidos.

—Pues más o menos lo que parece. Sólo que es algo que no siempre resulta agradable de presenciar. A veces el caballo planta cara y se niega. Por eso no me gusta hacerlo a menos que no quede otra salida. El caballo ya nos ha enseñado que le gusta pelear. De modo, Grace, que si prefieres no mirar, te sugiero que vayas a la casa; cuando hayamos acabado te avisaré.

Grace negó con la cabeza.

—No —dijo—. Quiero mirar.

Smoky volvió al ruedo con las cosas que Tom lo había enviado a buscar. Habían tenido que hacer eso mismo en un cursillo allá en Nuevo México varios meses atrás, y Smoky sabía muy bien de qué iba el asunto. En voz baja, y apartados de los que estaban mirando, Tom le hizo repasar una vez más todo el proceso para que no hubiera ningún error y nadie saliera herido.

Smoky lo escuchó muy serio, asintiendo de vez en cuando con la cabeza. Cuando Tom creyó que le había quedado claro, fue con él a donde estaba *Pilgrim.* El caballo se había retirado al fondo del ruedo y por el modo en que movía las orejas era fácil adivinar que presentía que estaba a punto de pasar algo no muy divertido. Dejó que Tom se le acercara y le frotara el cuello, pero no le quitó ojo de encima a Smoky, que estaba a unos cuantos metros con todas aquellas cuerdas en la mano.

Tom desenganchó la brida y en su lugar colocó el ronzal que Smoky le pasó. Luego, de uno en uno, Smoky le pasó los cabos de dos cuerdas largas que llevaba arrolladas al brazo. Tom aseguró un extremo debajo del ronzal y el otro en la perilla de la silla.

Sus ademanes eran pausados para no dar motivo de temor a *Pilgrim.* La estratagema hacía que se sintiese mal, pues sabía qué vendría a continuación y cómo la confianza que había logrado establecer con el caballo tendría que romperse antes de ser restablecida. Tal vez, se dijo, no lo había hecho bien. Tal vez lo que había sucedido entre él y Annie lo había afectado en algo que el caballo percibía. Lo más seguro era que *Pilgrim* hubiese percibido el miedo de Grace y no otra cosa. Pero nadie, ni siquiera él, podía afirmar con absoluta claridad qué pasaba por sus mentes. Tal vez en lo más íntimo de su ser Tom estaba diciéndole al caballo que no quería que saliera bien, porque si salía bien significaría el final y Annie se marcharía.

Le pidió la maniota a Smoky. Estaba hecha con un trozo de arpillera vieja y cuerda. Pasando suavemente la mano por la pata delantera izquierda de *Pilgrim,* le levantó la pezuña. El caballo sólo se movió un poco. Tom lo tranquilizaba todo el tiempo con la mano y con la voz. Cuando *Pilgrim* se quedó quieto, Tom deslizó la eslinga de arpillera por encima de la pezuña y se aseguró de que le quedara cómoda. Con el extremo de cuerda procedió a alzar el peso de la pezuña levantada y anudó el cabo rápidamente en la perilla. *Pilgrim* era un animal de tres patas. Sólo había que esperar que explotara.

Y explotó, como Tom sabía que ocurriría tan pronto se apartó y le cogió el ronzal a Smoky. *Pilgrim* trató de moverse y advirtió que estaba inválido. Saltó y se tambaleó sobre su mano derecha y se asustó de tal manera que saltó y se agitó de nuevo y se asustó todavía más.

No podía andar, pero tal vez pudiese correr, de modo que probó, y al sentirse paralizado una expresión de pánico apareció en sus ojos. Tom y Smoky tiraron de sus respectivas cuerdas obligándolo a dar vueltas en círculo en un radio de unos cuatro o cinco metros. Y así estuvo dando vueltas, como un caballo de tiovivo con una pata rota.

Tom dirigió la mirada hacia las caras que observaban desde la baranda. Vio que Grace estaba pálida y que Annie la tenía abrazada, y se maldijo por haberles dado a escoger y no haber insistido en que volvieran a la casa y se ahorrasen la angustia de aquel lamentable espectáculo.

Annie tenía las manos sobre los hombros de Grace. Los nudillos se le habían puesto blancos. Los músculos de sus respectivos cuerpos estaban totalmente crispados y daban un respingo con cada agónico brinco de *Pilgrim.*

—¡Por qué hace eso! —exclamó Grace.

—No lo sé.

—Todo irá bien, Grace —dijo Frank—. Se lo he visto hacer en otra ocasión.

Annie lo miró y forzó una sonrisa. La expresión de Frank contradecía sus palabras de ánimo. Joe y los gemelos parecían tan preocupados como la propia Grace.

—Quizá sería mejor que la llevara dentro —susurró Diane.

—No —dijo Grace—. Quiero mirar.

Pilgrim ya estaba bañado en sudor. Pero no se rendía. Mientras daba vueltas su pata maneada hendía el aire como una aleta deforme y enloquecida. Su convulsa andadura despertaba un volcán de tierra a cada paso, dejándolos a los tres envueltos en una tenue neblina roja.

A Annie aquello le parecía muy impropio de Tom, muy poco acorde con su carácter. Lo había visto mostrarse firme con los caballos, pero nunca hacerlos sufrir o maltratarlos. Todo lo que había trabajado con *Pilgrim* tenía como único fin ganarse su confianza. Pero ahora estaba haciéndole daño. No conseguía entenderlo.

Por fin, el caballo se detuvo. De inmediato, Tom le hizo una señal a Smoky y ambos aflojaron las cuerdas. Entonces el caballo echó a andar otra vez y ellos tensaron las cuerdas, manteniendo la presión hasta que se detuvo. Se las aflojaron otra vez. El caballo se quedó donde estaba, mojado y jadeando como un fumador asmático en situación crítica, y el sonido era tan áspero y horrible que Annie quiso taparse los oídos.

Ahora Tom estaba diciéndole algo a Smoky. Éste asintió y le pasó su cabo y después fue a coger el lazo arrollado que había dejado antes en el suelo. Volteó en el aire un lazo amplio y al segundo intento lo hizo caer sobre la perilla de la silla de Pilgrim. Tiró con fuerza y llevó el otro cabo al fondo del ruedo, donde lo ató a la baranda inferior. Smoky volvió al centro del ruedo y cogió los otros dos cabos de manos de Tom.

Tom se aproxió a la baranda y empezó a ejercer presión en la cuerda del lazo. *Pilgrim* lo notó y se aprestó a resistir. La presión era hacia abajo y la perilla de la silla se ladeó.

—¿Qué está haciendo? —preguntó Grace con voz queda y atemorizada.

—Está intentado hacerle poner de rodillas —respondió Frank.

Pilgrim opuso toda la resistencia de que fue capaz, y cuando por fin hincó las rodillas, fue sólo un momento. Enseguida pareció reunir fuerzas y se irguió de nuevo. Otras tres veces se arrodilló y volvió a levantarse, como un converso reacio. Pero la presión que Tom estaba ejerciendo sobre la silla era demasiado fuerte e inexorable y finalmente el caballo se derrumbó y permaneció quieto sobre la arena.

Annie notó el alivio en los hombros de Grace. Pero la cosa no había terminado. Tom mantuvo la presión y luego dijo a Smoky que soltase las otras cuerdas y fuera a ayudarle. Entre los dos tiraron del lazo.

—¿Por qué no lo dejan en paz? —exclamó Grace—. ¿Es que no le han hecho suficiente daño?

—Tiene que tumbarse —dijo Frank.

Pilgrim bufaba como un toro herido. Estaba arrojando espuma por la boca y tenía los flancos sucios de arena y sudor. Forcejeó un buen rato más. Pero al final, vencido, se recostó lentamente sobre un flanco, y apoyó la cabeza en el suelo y se quedó quieto.

Annie tuvo la impresión de que la rendición era total y humillante. Notó que Grace empezaba a sollozar. Sintió que las lágrimas afloraban también a sus ojos y se vio impotente para contenerlas. Grace se volvió y sepultó la cara en el pecho de su madre.

—¡Grace! —Era Tom.

Annie alzó la mirada y vio que Tom estaba con Smoky junto

al cuerpo postrado del caballo. Parecían dos cazadores con su pieza recién cobrada.

—¡Grace! —llamó de nuevo—. ¿Quieres venir un momento?

—¡No! ¡No quiero!

Tom dejó a Smoky y se les acercó. Su expresión, ceñuda, lo hacía casi irreconocible, como si estuviera poseído por una sombría fuerza vengativa. Annie rodeó a Grace con sus brazos para protegerla. Tom se paró delante de ellas.

—Me gustaría que vinieses conmigo, Grace.

—Pues yo no quiero ir.

—Tienes que venir.

—No, le harás daño otra vez.

—Nadie le ha hecho daño. Él está bien.

—¡Sí, claro!

Annie quería intervenir, protegerla. Pero la firmeza de Tom la tenía acobardada y al final dejó que le quitara a su hija de las manos. Él agarró a la muchacha por los hombros y la obligó a mirarlo.

—Tienes que hacerlo Grace. Confía en mí.

—¿Hacer?, ¿qué?

—Ven conmigo y te lo diré.

A regañadientes, Grace se dejó guiar al centro del ruedo. Impulsada por la misma urgencia protectora, Annie trepó a la baranda espontáneamente y los siguió. Smoky esbozó una sonrisa, pero al momento se dio cuenta de que no era oportuna. Tom la miró.

—No hay de qué preocuparse, Annie.

Ella apenas asintió.

—Bueno, Grace —dijo Tom—. Ahora quiero que lo acaricies. Quiero que empieces por los cuartos traseros y que le frotes y le muevas las patas y lo palpes de arriba abajo.

—¿Para qué? Está como muerto.

—Haz lo que te digo.

Grace caminó nada convencida hacia la parte posterior del caballo. *Pilgrim* no levantó la cabeza de la arena, pero Annie vio que intentaba seguir sus pasos con el ojo.

—Muy bien. Ahora acarícialo. Vamos. Empieza por esa pata. Adelante. Muévesela. Así.

—¡Tiene el cuerpo flácido, como si estuviera muerto! —exclamó Grace—. ¿Qué le has hecho?

Annie tuvo una visión de su hija en coma en el hospital.

—Se pondrá bien. Ahora apoya la mano en su cadera y comienza a frotársela. Vamos, Grace. Muy bien.

Pilgrim no se movía. Grace fue tocándole por todo el cuerpo, manchándose con el polvo que le cubría los sudorosos flancos, masajeando sus extremidades según le decía Tom. Por último le frotó el cuello y un lado mojado y sedoso de la cabeza.

—Muy bien. Ahora quiero que te pongas de pie encima de él.

—¿Qué? —Grace lo miró como si estuviera loco.

—Quiero que te pongas de pie encima de él —repitió Tom.

—Ni hablar.

—Grace...

Annie dio un paso al frente.

—Tom...

—Calla, Annie. —Ni siquisiera la miró. Acto seguido dijo casi gritando—: Haz lo que te digo, Grace. Súbete encima. ¡Vamos!

No había forma de desobedecer. Grace se echó a llorar. Tom le tomó la mano y la condujo hasta la curva del vientre del caballo.

—Sube. Vamos, súbete al caballo.

Y ella lo hizo. Y llorando a moco tendido, se puso de pie, frágil como un lisiado, sobre el flanco del animal que más quería en el mundo y sollozó horrorizada ante su propia brutalidad.

Al volverse, Tom vio que Annie también lloraba, pero hizo caso omiso y se volvió de nuevo hacia Grace para decirle que ya podía bajar.

—¿Por qué lo haces? —preguntó Annie, suplicante—. Eso es cruel y humillante.

—Estás muy equivocada. —Tom estaba ayudando a Grace a bajar y no miró a Annie.

—¿Qué? —dijo ella con tono despectivo.

—Estás equivocada. No es cruel en absoluto. Él ha podido elegir.

—¿De qué estás hablando?

Tom se volvió y por fin la miró a los ojos. Grace seguía llorando a su lado, pero él no le prestó atención. Incluso en medio de su llanto la chica parecía tan incapaz como Annie de creer que Tom pudiera ser así, tan duro y despiadado.

—Ha podido elegir entre luchar contra la vida o aceptarla.

—No ha podido elegir.

—Te digo que sí. Le resultaba muy duro, pero podría haber seguido, insistir en volverse cada vez más infeliz. Pero en lugar de eso ha escogido ir hasta el borde del abismo y mirar. Ha visto lo que había más allá y ha elegido aceptarlo. —Se volvió hacia Grace y apoyó sus manos en los hombros de la chica—. Lo que acaba de pasarle, eso de estar ahí tumbado, es lo peor que él podía imaginar. ¿Y sabes una cosa? Ha visto que no pasaba nada. Incluso que tú le pisaras le ha parecido bien. Ha comprendido que no querías hacerle daño. Después de la tormenta siempre viene la calma. Ha sido la peor tormenta de su vida, pero ha sobrevivido a ella. ¿Entiendes ahora?

Grace se secaba las lágrimas e intentaba encontrar sentido a aquellas palabras.

—No lo sé —dijo—. Creo que sí.

Tom se volvió hacia Annie y ella vio en su mirada algo tierno, algo a lo que por fin podía y sabía aferrarse.

—¿Lo comprendes, Annie? Es muy, muy importante que lo comprendas. A veces lo que parece una rendición no lo es en absoluto. Se trata de lo que uno tiene en el corazón. De ver claramente cómo es la vida y aceptarla y ser fiel a ella por más que duela, porque el dolor que puede causar el no ser fiel a ella es muchísimo mayor. Annie, yo sé que tú lo entiendes.

Annie asintió, se enjugó las lágrimas e intentó sonreír. Sabía que allí había otro mensaje, un mensaje dirigido únicamente a ella. No se trataba de *Pilgrim* sino de ellos y de lo que estaba pasando entre ambos. Pero aunque fingió comprenderlo, no era así, y sólo podía confiar en que algún día, con el tiempo, llegase a comprenderlo.

Grace vio cómo desataban la maniota y las cuerdas que *Pilgrim* llevaba atadas al ronzal y a la silla. El caballo permaneció un momento tumbado sin mover la cabeza, mirándolos con un solo ojo. Luego, un poco vacilante, se puso de pie tambaleándose. Relinchó, bufó varias veces y luego dio unos pasos como si quisiese comprobar que estaba entero.

Tom dijo a Grace que lo llevara hasta la cisterna a un lado del ruedo y ella se quedó al lado del caballo mientras bebía largamente. Al terminar, *Pilgrim* levantó la cabeza, bostezó y todos se echaron a reír.

—¡Ahí van las mariposas! —exclamó Joe.

Entonces Tom volvió a colocarle la brida y le dijo a Grace que pusiera el pie en el estribo. *Pilgrim* se quedó quieto. Tom aguantó su peso con el hombro y ella pasó la pierna y se sentó en la silla.

Grace no sintió ningún miedo. Lo hizo andar primero hacia un lado del ruedo y luego hacia el otro. Después lo puso al medio galope y vio que iba fino como la seda y muy sosegado.

Tardó un poco en darse cuenta de que todo el mundo la vitoreaba como el día en que había montado a *Gonzo.*

Pero éste era *Pilgrim.* Su *Pilgrim.* Había superado la prueba. Y ella lo sentía debajo como siempre había sido, entregado, confiado y fiel.

34

La fiesta fue idea de Frank. Aseguraba que el propio caballo se lo había dicho: *Pilgrim* quería una fiesta, y fiesta tendrían. Telefoneó a Hank y éste dijo que se apuntaba. Además, tenía la casa llena de primos que habían llegado de Helena y que también asistirían a la fiesta. Para cuando terminó de llamar a todo el mundo, lo que en principio iba a ser una pequeña reunión se había convertido ya en una fiesta por todo lo alto y a Diane estaba a punto de darle un ataque pensando en cómo iba a darles de comer a todos.

—Caray, Diane —dijo Frank—. No podemos dejar que Annie y Grace hagan más de tres mil kilómetros en coche con ese caballo sin darles la despedida que se merecen.

Diane se encogió de hombros y Tom comprendió que a ella también le parecía bien.

—Y baile —añadió Frank—. Hay que organizar un baile.

—¿Un baile? ¡Venga ya!

Frank le pidió a Tom su opinión y Tom dijo que lo del baile le parecía bien. Así que Frank volvió a llamar a Hank y Hank dijo que vendría con su equipo de sonido y que si querían podía traer también sus luces de colores. No tardó ni una hora en llegar, y entre grandes y chicos lo dispusieron todo junto al establo mientras Diane, obligada por fin a mostrarse de mejor humor, fue con Annie a Great Falls para comprar comida.

A las siete estaba todo listo y fueron todos a lavarse y cambiarse de ropa.

Al salir de la ducha, Tom reparó en el albornoz azul y sintió como una sacudida sorda en su interior. Pensó que el albornoz aún olería a ella, pero cuando lo apretó contra su cara comprobó que no olía a nada.

Desde la llegada de Grace no había tenido oportunidad de estar a solas con Annie y experimentaba esa separación como si le hubieran extirpado algo por métodos crueles. Al ver que lloraba por *Pilgrim* había sentido ganas de correr a abrazarla. No poder tocarla estaba resultando casi insoportable.

Se vistió sin prisa y se demoró en su habitación, escuchando la llegada de los coches, las risas y la música que habían empezado a sonar. Al asomarse vio que había ya un verdadero gentío. La tarde era bonita y despejada. De la barbacoa, donde debía de estar esperándolo Frank, subían lentas espirales de humo. Escudriñó las caras y divisó a Annie. Estaba hablando con Hank. Llevaba un vestido que no le había visto antes, azul oscuro y sin mangas. Mientras él observaba, ella echó la cabeza hacia atrás, riendo de algo que le decía Hank. Tom se dijo que estaba muy hermosa. No había tenido menos ganas de reír en toda su vida.

Annie lo vio tan pronto salió al porche. La mujer de Hank estaba entrando una bandeja con vasos y él le aguantó la puerta y rió de algo que ella dijo al pasar. Entonces miró hacia afuera y enseguida topó con los ojos de Annie y sonrió. Ella advirtió que Hank acababa de preguntarle algo.

—Perdona Hank, ¿qué decías?

—Digo que os volvéis a Nueva York, ¿no?

—Pues sí. Mañana hacemos las maletas.

—A las chicas de ciudad no os gusta el campo, ¿eh?

Annie rió con ganas, tal vez demasiado, como había estado haciendo toda la tarde. Procuró tranquilizarse otra vez. Vio a Tom entre la gente. Smoky acababa de raptarlo para presentarle a unos amigos suyos.

—Esto huele muy bien —dijo Hank—. ¿Qué te parece Annie, vamos a servirnos algo? Tú, acompáñame.

Annie se dejó llevar como si careciera de voluntad propia.

Hank cogió un plato para ella y lo llenó hasta arriba de carne renegrida y una generosa ración de judías enchiladas. Annie sintió un vahído, pero aguantó la sonrisa. Ya había tomado una decisión.

Cogería a Tom por su cuenta —si hacía falta incluso lo sacaría a bailar— y le diría que pensaba dejar a Robert. Iría a Nueva York la semana siguiente y les daría la noticia. Primero a Robert. Después a Grace.

«Dios mío —pensó Tom—, esto va a ser como la última vez.» El baile había empezado hacía más de media hora y cada vez que él intentaba acercarse a ella, alguien la abordaba o lo abordaba a él. Y cuando pensó que ya lo conseguía notó un golpecito en el hombro. Era Diane.

—¿Las cuñadas no tenemos derecho a bailar?

—Diane, creía que no ibas a pedírmelo.

—Y yo sabía que tú no ibas a hacerlo.

La agarró y al momento se desanimó un poco al oír que la siguiente pieza era una balada lenta. Diane llevaba puesto un vestido rojo que había comprado en Los Ángeles y había intentado pintarse los labios a juego, pero no le había salido muy bien. Despedía un fuerte olor a perfume con un fondo de licor que él pudo detectar también en sus ojos.

—Estás guapísima —dijo.

—Es usted muy amable, caballero.

Hacía mucho que Tom no veía a Diane bebida. No sabía por qué, pero le entristeció. Ella presionaba sus caderas contra él, arqueando de tal forma el cuerpo que Tom supo que si la soltaba iría a parar al suelo. No dejaba de observarlo con una especie de cómplice mirada burlona que él no comprendía ni mucho menos le gustaba.

—Me ha dicho Smoky que al final no fuiste a Wyoming.

—¿Eso te ha dicho?

—Ajá.

—Bueno, pues es verdad. Uno de los caballos estaba enfermo, así que iré la semana próxima.

—Ajá.

—¿Qué pasa, Diane? —Él lo sabía, naturalmente. Y se maldijo por darle la oportunidad de decirlo. Habría sido mejor cambiar de tema.

—Sólo espero que te hayas portado bien, eso es todo.

—Vamos, Diane. Has bebido más de la cuenta.

Fue un error. Ella lo fulminó con la mirada.

—No me digas. ¿Crees que no lo hemos notado todos?

—¿Notado el qué?

Otro error.

—Ya sabes de qué hablo. Casi puede olerse el vapor que os sale a los dos.

Tom sacudió la cabeza y desvió la mirada como si Diane estuviese loca, pero ella comprendió que había dado en el clavo, porque sonrió triunfante y agitó un dedo delante de su nariz.

—Menos mal que regresa a su casa, cuñado mío —dijo.

No intercambiaron más palabras durante el resto de la pieza y al terminar ella volvió a mirarlo del mismo modo y se alejó, contoneándose como una furcia. Tom aún estaba recobrándose del lance cuando Annie se acercó a él por detrás.

—Lástima que no llueva —murmuró.

—Ven a bailar conmigo —dijo él, y la agarró antes de que alguien pudiera llevársela.

La música era rápida y bailaron separados, desviando la mirada sólo cuando su intensidad amenazaba con abrumarlos o delatar su pasión. Tenerla tan cerca e inaccesible a la vez era como una exquisita forma de tortura. Tras el segundo número, Frank intentó llevársela, pero Tom bromeó diciendo que era el hermano mayor y no quiso ceder.

La siguiente pieza era una balada lenta en que una mujer cantaba sobre su amado, al que iban a ejecutar. Por fin pudieron tocarse. El roce de la piel de ella y la ligera presión de su cuerpo a través de la ropa casi lo hizo tambalearse de vértigo, y tuvo que cerrar momentáneamente los ojos. Sabía que Diane estaría mirándolos desde alguna parte pero no le importó.

La polvorienta pista de baile estaba atestada. Annie miró en derredor y dijo a media voz:

—Necesito hablar contigo. ¿Qué podemos hacer para hablar?

Él tuvo ganas de decir: «¿De qué tenemos que hablar? Te vas. No hay más que hablar.» Pero, en lugar de eso dijo:

—El estanque de ejercicios. Dentro de veinte minutos. Iré a buscarte.

Annie sólo tuvo tiempo de asentir con la cabeza, pues al momento se le acercó Frank una vez más y se la llevó.

A Grace le daba vueltas la cabeza y no era sólo a causa de los dos vasos de ponche que había tomado. Había estado bailando prácticamente con todos los hombres presentes —Tom, Frank, Hank, Smoky, incluso con su querido Joe— y la imagen que ahora tenía de sí misma era sensacional. Podía bailar cualquier cosa sin perder el equilibrio ni una sola vez. Podía hacer de todo. Le habría gustado que Terri Carlson hubiese estado allí para que la viera. Por primera vez en su nueva vida, tal vez incluso en toda su vida, se sentía hermosa.

Necesitaba orinar. Había un lavabo a un lado del establo, pero al llegar allí vio que había cola. Decidió que nadie se molestaría si utilizaba uno de los baños de la casa —había confianza suficiente y además, en cierto modo, era su fiesta—, de manera que se dirigió hacia el porche.

Cruzó la puerta mosquitera, poniendo instintivamente la mano para que no hiciera ruido al cerrarse. Mientras iba hacia la cocina, oyó voces. Frank y Diane estaban discutiendo.

—Lo que pasa es que has bebido más de la cuenta —decía él.

—Que te den por el saco.

—No es asunto tuyo, Diane.

—Ella no le ha quitado ojo de encima desde que llegó. Echa un vistazo ahí fuera, hombre. Parece una loba en celo.

—Eso es absurdo.

—Dios, mira que sois tontos los hombres.

Se oyó el ruido de unos platos al romperse. Grace se había quedado inmóvil. En el momento en que decidía que lo mejor era volver al establo y hacer cola, oyó los pasos de Frank dirigiéndose hacia el cuarto de las botas. Grace sabía que no iba a tener tiempo de marcharse sin que él la viera. Y si la pillaba escabulléndose sabría con certeza que había estado escuchando a hurtadillas. Lo único que podía hacer era seguir andando hacia adelante y tropezar con él como si acabase de entrar.

Al aparecer delante de ella en el portal, Frank se detuvo un instante y se volvió hacia Diane.

—Cualquiera diría que estás celosa.

—¡Venga, déjame en paz!

—Eres tú quien tienes que dejarlo en paz a él. Ya es un adulto.

—¡Y ella una mujer casada y con una hija!

Frank se volvió y entró en el cuarto de las botas sacudiendo la cabeza. Grace avanzó hacia él.

—Hola —dijo alegremente.

Frank parecía mucho más que sobresaltado, pero se recobró enseguida y sonrió.

—¡Pero si es la reina del baile! ¿Cómo estás? —Le puso las manos en los hombros.

—Oh, estoy pasándolo en grande. Gracias por la fiesta y todo lo demás.

—Es un verdadero placer, puedes creerme, Grace. —Le dio un beso en la frente.

—¿Puedo usar el cuarto de baño? Es que fuera hay mucha cola...

—Desde luego que sí. Entra.

Cuando Grace pasó por la cocina no vio a nadie allí. Oyó pasos subiendo por la escalera. Sentada en el inodoro se preguntó de quién habrían estado discutiendo y tuvo el primer indicio de que tal vez lo sabía.

Annie llegó antes que él y rodeó lentamente el estanque hasta el lado más apartado. El aire olía a cloro y el roce de la suela de sus zapatos sobre el suelo de hormigón resonó en la cavernosa oscuridad. Se apoyó en la pared blanqueada y notó la fresca lisura en la espalda. Un rayo de luz llegaba del establo y Annie miró cómo se reflejaba en el agua absolutamente quieta del estanque. En el otro mundo, oyó que terminaba una canción country y empezaba otra que apenas se distinguía de la anterior.

Le parecía imposible que no hiciera ni veinticuatro horas que habían estado los dos en la cocina de la casa del arroyo sin nadie que los importunara ni los mantuviese separados. Deseó haberle dicho entonces lo que quería decirle ahora. Le había parecido que no encontraría las palabras adecuadas. Esa mañana al despertar en sus brazos, no había estado menos segura, incluso en la misma cama que hacía sólo una semana había compartido con su esposo. Sólo se avergonzaba de no sentir vergüenza alguna. Y sin embargo algo le había impedido decírselo; y ahora se preguntaba si sería el miedo o la posible reacción de él.

No era que dudase de que Tom la quería. Eso ni pensarlo. Sólo que había algo en él, una especie de triste presagio que era casi fatalista. Se había dado cuenta de ello cuando Tom había intentado desesperadamente que comprendiera qué había hecho con *Pilgrim*.

El espacio junto al establo se inundó brevemente de luz. Tom se detuvo y la buscó en la oscuridad. Ella caminó hacia él y entonces él la vio y fue a su encuentro. Annie corrió los últimos metros que los separaban como si temiera que alguien pudiera arrebatárselo. Entre sus brazos sintió que por fin se liberaba de aquello que toda la tarde había intentado reprimir. Sus respiraciones fueron una, sus bocas también, su sangre parecía impulsada por el mismo corazón a través de sus venas.

Cuando por fin pudo hablar, permaneció en el cobijo de los brazos de él y le dijo que había decidido separarse de Robert. Habló con toda la serenidad de que fue capaz, apretando la mejilla contra su pecho, temerosa tal vez de lo que pudiera ver en los ojos de Tom si se decidía a mirar. Dijo que sabía lo mal que iban a pasarlo todos. Pero a diferencia de la pena que significaría perder a Tom, ésa era una pena que al menos podía imaginar.

Tom escuchó en silencio, estrechándola entre sus brazos y acariciándole el pelo. Pero cuando terminó y vio que él no decía nada, Annie notó el primer dedo frío del terror acercándose a ella. Levantó la cabeza, atreviéndose por fin a mirarlo, y observó que él estaba demasiado emocionado para decir nada. Tom apartó la vista. La música seguía sonando en el establo. Volvió a mirarla y sacudió levemente la cabeza.

—Oh, Annie.

—¿Qué? Dime.

—No puedes hacerlo.

—Sí que puedo. Iré a Nueva York y se lo diré.

—¿Y Grace? ¿Podrás decírselo a ella?

Annie lo miró fijamente. ¿Por qué le hacía eso? Ella esperaba su ratificación y él sólo expresaba recelo, poniéndola frente a la única cuestión que ella no había osado encarar. Y de pronto se dio cuenta de que en su determinación había recurrido a la vieja costumbre de autoprotegerse, exteriorizándola; pues claro que a los hijos les afectaban esas cosas, se había dicho, era inevitable, pero si se hacía de un modo civilizado y sensible no tenía por qué ser un trauma, al menos duradero; no era como quedarse sin la madre o el padre sino sólo perder una geografía obsoleta. En teoría, Annie sabía que eso era así; sus amistades divorciadas demostraban que era posible. Pero aplicado a ellos y a Grace, la cosa parecía ridícula.

—Después de lo que ha sufrido... —dijo él.

—¿Acaso crees que no lo sé?

—Naturalmente que lo sabes. Lo que iba a decir es que precisamente por eso, porque lo sabes, no tienes que hacerlo aun cuando creas que puedes.

Annie notó que se ponía a llorar y que no podía impedirlo.

—No tengo otra elección. —Lo dijo casi en un grito que resonó en las desnudas paredes como un lamento.

—Eso es lo que dijiste de *Pilgrim* —replicó Tom—, pero estabas equivocada.

—¡La otra alternativa es perderte! —Al ver que él asentía, agregó—: ¿No ves que eso no es una alternativa? ¿Tú escogerías perderme?

—No —respondió él sin más—. Pero no tengo por qué perderte.

—¿Recuerdas lo que dijiste de *Pilgrim*? Dijiste que había ido hasta el borde del abismo, que vio lo que había más allá y optó por aceptarlo.

—Pero si lo que vieras allí fuese dolor y sufrimiento, sólo un loco escogería aceptarlo.

—Para nosotros no sería dolor ni sufrimiento.

Él sacudió la cabeza. Annie se sentía furiosa. Con él por decir lo que ella sabía en el fondo que era verdad, y consigo misma por los sollozos que ahora sacudían su cuerpo.

—Tú no me quieres —dijo, y al instante se odió por su sensiblera autocompasión, y luego todavía más por la sensación de triunfo que experimentó al ver que a él se le llenaban los ojos de lágrimas.

—Oh, Annie. No sabes lo mucho que te quiero.

Ella lloró en sus brazos y perdió toda noción del tiempo. Le dijo que no podía vivir sin él y no vio premonición alguna cuando Tom respondió que en el caso de él era cierto, pero no en el de ella. Añadió que con el tiempo valoraría aquellos días como un regalo de la naturaleza que había logrado mejorar enormemente sus vidas.

Cuando ya no pudo llorar más, Annie se lavó la cara en el agua fría del estanque y Tom le alcanzó una toalla y la ayudó a limpiarse el rímel que se le había corrido. Sin apenas cruzar palabra, esperaron a que la rojez desapareciera de sus mejillas. Y luego, por separado, se fueron.

35

Annie se sentía como un animal enlodado contemplando el mundo desde el fondo de una charca. Por primera vez en meses había tomado una píldora para dormir. Era de las que se decía tomaban los pilotos de líneas aéreas, lo cual se suponía que debía tranquilizarlo a uno respecto a los somníferos y, sin duda, respecto a los pilotos. Era cierto que cuando las tomaba de manera regular sus efectos secundarios parecían mínimos. Esa mañana las sentía desperdigadas por su cerebro como una gruesa manta que no podía quitarse de encima aunque su tejido le permitiese recordar por qué había tomado esa píldora y dar gracias por haberlo hecho.

Grace había ido a buscarla poco después de que ella y Tom salieran del establo y le había dicho sin más que quería marcharse. Estaba pálida y parecía preocupada, pero cuando Annie le preguntó qué le ocurría ella contestó que nada, que sólo estaba cansada. Pero rehuía su mirada de un modo extraño. Camino de la casa del arroyo, después de haberse despedido de los demás, Annie trató de hablar del baile, pero apenas obtuvo un par de frases como respuesta. Le preguntó de nuevo si se encontraba bien y Grace respondió que estaba cansada y un poco mareada.

—¿Por el ponche?

—No lo sé.

—¿Cuántos vasos has bebido?

—¡No lo sé! Qué más da, no empieces con eso.

Grace se fue directamente a la cama y cuando Annie entró a darle un beso ella murmuró una respuesta y se quedó mirando la pared. Igual que había hecho a su llegada a la casa. Annie no dudó en recurrir a sus pastillas para dormir.

Alcanzó el reloj y a su cerebro embotado le costó un gran esfuerzo concentrarse en él. Eran casi las ocho. Recordó que al despedirse Frank le había preguntado si por la mañana los acompañarían a la iglesia y que ella había respondido que sí, pues le parecía un final apropiado y en cierto modo una penitencia. Arrancó de la cama su cuerpo reacio y lo dirigió al baño. La puerta de la habitación de Grace estaba entreabierta. Annie decidió darse un baño, y luego preparar un zumo e ir a despertarla.

Se metió en el agua humeante y trató de aferrarse a los últimos efectos de la tunda del somnífero. Gracias a ello aún sentía dentro de sí una fría geometría del dolor. «Éstas son las formas que ahora moran dentro de ti —se dijo—, y deberás acostumbrarte a esos puntos, líneas y ángulos nuevos.»

Se vistió y fue a la cocina a preparar el zumo para Grace. Eran las ocho y media. Desaparecida ya su modorra, había buscado distracción en confeccionar mentalmente una lista de lo que debía hacer en ese último día en el Double Divide. Preparar el equipaje, limpiar la casa, comprobar el depósito y los neumáticos del coche, coger comida y bebida para el viaje, pasar cuentas con los Booker...

Al llegar a lo alto de la escalera vio que la puerta de la habitación de Grace seguía como antes. Llamó con los nudillos al entrar. Las cortinas estaban corridas. Se dirigió a la ventana y las descorrió un poco. Hacía una mañana preciosa.

Entonces se volvió y vio que la cama estaba vacía.

Joe fue el primero en darse cuenta de que *Pilgrim* tampoco estaba. Para entonces habían registrado hasta el último rincón del rancho sin encontrar rastro de Grace. Se dividieron y recorrieron ambas orillas del arroyo; los gemelos iban gritando su nombre sin obtener otra respuesta que el canto de los pájaros. Entonces apareció Joe chillando desde los corrales y diciendo que el caballo había desaparecido y fueron todos corriendo al establo. La silla y la brida tampoco estaban.

—No os preocupéis —dijo Diane—. Se lo habrá llevado a dar un paseo.

Tom vio miedo en los ojos de Annie. Ambos sabían que había algo más.

—¿Hizo alguna vez algo parecido? —preguntó él.

—No, nunca.

—¿Cómo estaba cuando fue a acostarse?

—Callada. Dijo que se sentía un poco mareada. Parecía molesta por algo.

Al ver a Annie tan frágil y asustada Tom sintió ganas de abrazarla y consolarla, cosa que no habría extrañado a nadie, pero estando delante Diane no se atrevió a hacerlo y fue Frank el que se adelantó.

—Diane tiene razón —dijo Frank—. No hay de qué preocuparse.

Annie seguía mirando a Tom.

—¿*Pilgrim* es lo bastante fiable para que ella lo saque de paseo? Sólo lo ha montado una vez...

—El caballo está bien —contestó Tom. No era del todo mentira; la cuestión era si Grace estaría bien, y eso dependía de su estado anímico—. Iré con Frank a ver si podemos dar con ella.

Joe se ofreció a acompañarlos, pero Tom le dijo que no podía ser y lo mandó con los gemelos a preparar a *Rimrock* y el caballo de su padre mientras ellos iban a cambiarse para ir a la iglesia.

Tom fue el primero en salir. Annie dejó a Diane en la cocina y lo siguió hasta el porche para luego ir andando con él hasta el establo. Sólo tenían para hablar a solas el tiempo que tardaran en llegar allí.

—Creo que Grace lo sabe —susurró Annie, mirando al frente. Trataba de dominarse.

Tom asintió muy serio.

—Supongo que sí.

—Lo siento.

—No lo sientas nunca, Annie. Jamás.

Fue todo lo que dijeron, porque Frank se les unió enseguida. Caminaron los tres en silencio hasta la baranda donde Joe ya tenía listos los caballos.

—Ahí está su rastro —dijo Joe en voz alta al tiempo que señalaba la huella dibujada en el polvo. Las herraduras de *Pilgrim* eran distintas de las de los otros caballos del rancho. No había duda respecto a las huellas.

Tom se volvió a mirar una sola vez mientras él y Frank se alejaban cabalgando a medio galope en dirección al vado, pero Annie ya no estaba. Pensó que tal vez Diane se la había llevado adentro. Sólo los chicos seguían allí de pie, mirando. Los saludó con el brazo.

A Grace no se le ocurrió la idea hasta que encontró las cerillas en su bolsillo. Las había puesto allí tras ensayar el truco con su padre en el aeropuerto mientras esperaban el aviso de su vuelo a Nueva York.

Ignoraba cuánto rato llevaba cabalgando. El sol estaba alto, de modo que debía de hacer varias horas. Había cabalgado como una loca, consciente de ello, con entusiasmo, abrazada a la locura e instando a *Pilgrim* a imitarla. El animal lo había notado y no había dejado de correr toda la mañana, sacando espuma por la boca, como la jaca de una bruja. Y Grace sabía que si se lo hubiese pedido incluso habría volado.

Al principio no tenía un plan, sólo una cólera destructiva y ciega cuyo objetivo aún no estaba claro y que podía volverse fácilmente contra otros o contra ella misma. Al ensillar a *Pilgrim* en la creciente luz del corral, lo único que sabía era que de algún modo iba a castigarlos para que lamentaran lo que habían hecho. Sólo cuando llegó a los prados y empezó a galopar sintiendo el aire frío en los ojos, empezó realmente a llorar. Las lágrimas brotaron a raudales y Grace se inclinó y sollozó sin contenerse sobre las orejas de *Pilgrim.*

Mientras el caballo bebía ahora en la charca, ella sintió que su furia se desvanecía sin por ello menguar. Acarició con la mano el cuello sudoroso de *Pilgrim* y vio de nuevo mentalmente aquellas dos pecaminosas siluetas escabulléndose una detrás de otra en la oscuridad del establo, convencidas de que nadie las veía. Y luego su madre, con el maquillaje estropeado por la lascivia que todavía arrebolaba sus mejillas, sentada tranquilamente al volante del coche y preguntando como si tal cosa por qué estaba mareada.

¿Y Tom? ¿Cómo podía hacerle él semejante cosa? Después de todo el cariño que había mostrado, ahora le salía con eso. Todo había sido una farsa, una excusa taimada tras la cual poder esconderse los dos. Hacía una semana, santo Dios, sólo una semana, que Tom había estado charlando y riendo con su padre. Daba asco. Los adultos daban asco. Y todo el mundo estaba al corriente, todos. Diane lo había dicho: como una loba en celo. Qué asco le daba todo.

Grace contempló la meseta y más allá de la loma vio el primer desfiladero curvándose como una cicatriz hacia las montañas. Allá arriba, en la cabaña donde tanto se habían divertido juntos cuando habían llevado el ganado, era donde lo habían hecho. Ensuciando el sitio, malográndolo todo. Y luego su madre con sus mentiras, haciendo ver que iba allí a «poner en orden» sus ideas. Por Dios.

Pero ya verían. Tenía unas cerillas y les daría una lección. Ardería como el papel. Y encontrarían sus huesos chamuscados entre las cenizas y entonces lo lamentarían. Sí, entonces lo lamentarían.

Era difícil decir cuánta ventaja les llevaba. Tom conocía a un chico de la reserva que podía mirar una huella y decir casi con exactitud cuántas horas o incluso días tenía. Frank, por ser cazador, sabía más que la mayoría sobre esas cosas, mucho más que Tom, pero no lo suficiente para saber cuánto les llevaba ganado. Lo que sí podían afirmar era que cabalgaba como si le fuera en ello la vida y que si forzaba de esa forma al caballo, *Pilgrim* no tardaría en caer de rodillas.

Les pareció claro que se dirigía hacia los pastos de verano, incluso antes de que encontraran las huellas de los cascos al borde de la charca, en el fango aterronado. De haber salido a cabalgar con Joe, Grace conocía bien la parte baja del rancho, pero sólo había estado allí arriba durante el traslado de las reses. Si quería un refugio, el único sitio a donde sabía que podía ir era la cabaña.

Siempre, por supuesto, que recordara el camino al llegar a los desfiladeros. El paisaje habría variado un poco después de otras dos semanas de verano. Incluso sin el torbellino que —a juzgar por sus prisas— obnubilaba su mente, Grace podía perderse con mucha facilidad.

Frank se apeó para mirar mejor las huellas que había junto al agua. Se quitó el sombrero y se secó el sudor de la frente con la manga. Tom se apeó también y sujetó los caballos para que no estropearan las marcas que pudiera haber en el barro.

—¿Qué opinas?

—No lo sé. Está bastante costroso pero con este sol eso no quiere decir gran cosa. Media hora, algo más tal vez.

Dejaron beber a los caballos mientras contemplaban la meseta y se refrescaban un poco.

—Pensaba que desde aquí podríamos verla —dijo Frank.

—Yo también.

Por un rato se limitaron a escuchar cómo bebían los caballos.

—Tom... —Tom se volvió y vio que su hermano le sonreía nerviosamente—. Esto no es cosa mía, pero anoche Diane... verás, ya sabes que había bebido más de la cuenta, en fin, estábamos en la cocina y ella no paraba de hablar de ti y de Annie, bueno... Como te digo, sé que no es cosa mía...

—Tranquilo. Sigue.

—Bien. Dijo un par de cosas al respecto y, bueno, entonces entró Grace y no estoy seguro, pero creo que quizá haya oído algo.

Tom asintió. Frank le preguntó si lo que estaba pasando tenía que ver con eso y Tom respondió que le parecía que sí. Se miraron y en los ojos de Tom debió de asomar una vislumbre del dolor que sentía.

—Te ha dado fuerte, ¿eh?

—No lo sabes bien.

Sin más, montaron y partieron rumbo a los desfiladeros.

De modo que Grace lo sabía, aunque a Tom no le importaba saber cómo se había enterado. Pasó lo que él había temido, antes incluso de que Annie hubiera manifestado sus temores aquella misma mañana. Cuando salían de la fiesta la noche anterior él había preguntado a Grace si lo había pasado bien y ella, tras mirarlo apenas, había asentido con una sonrisa muy forzada. Cuánto debía de dolerle, pensó Tom, para haber decidido marcharse de esa manera. Y él era el causante de aquel dolor que ahora se sumaba al que él sentía.

Cuando llegaron a lo alto de la loma pensaron de nuevo que tal vez pudiesen divisarla desde allí, pero no fue así. Las huellas que habían encontrado sólo mostraban que había aminorado ligeramente la marcha. Se había detenido una sola vez, a unos cincuenta metros de la entrada del paso. Daba la impresión de que había sofrenado a *Pilgrim* y que luego había caminado en círculo como si estuviera decidiendo o mirando alguna cosa. Luego había reemprendido la marcha a medio galope.

Frank se detuvo justo donde el terreno empezaba a empinarse bruscamente entre los pinos. Señaló el suelo para que Tom se fijara.

—¿Qué opinas de eso?

Ahora no había huellas de un solo caballo sino de varios, aunque podían distinguirse los cascos de *Pilgrim* debido a sus peculiares herraduras. Era imposible decir cuáles eran más frescas.

—Deben de ser los potros de la mujer —dijo Frank.

—Supongo.

—Es la primera vez que los veo tan arriba. ¿Y tú?

—Lo mismo digo.

Lo oyeron tan pronto alcanzaron el recodo, a medio camino del desfiladero, y se detuvieron para escuchar. Hasta ellos llegó un rumor sordo que al principio Tom interpretó como un desprendimiento de rocas más arriba, entre los árboles. Luego oyeron un clamor de relinchos agudos.

Cabalgaron rápidamente pero con cautela hasta lo alto del desfiladero, esperando topar en cualquier momento con una estampida de potros mesteños. Pero aparte de las huellas que ascendían no había rastro de los caballos. Resultaba difícil calcular cuántos había. Una docena tal vez, pensó Tom.

En el punto más elevado el desfiladero se bifurcaba bruscamente en dos senderos. Para dirigirse hacia los pastos había que tomar el de la derecha. Se detuvieron de nuevo y estudiaron el terreno. Había tantas huellas de cascos que era imposible distinguir las de *Pilgrim* ni saber qué camino había tomado ninguno de los caballos.

Los hermanos se separaron. Tom tomó el camino de la derecha y Frank el de la izquierda. Unos veinte metros más adelante Tom vio las huellas de *Pilgrim*, pero éstas no se dirigían hacia arriba sino hacia abajo. Un poco más allá la tierra volvía a estar removida y Tom se disponía a inspeccionarla cuando oyó gritar a su hermano.

Cuando detuvo su caballo al lado de Frank, éste le dijo que escuchara con atención. Primero no oyeron nada. Pero luego Tom lo percibió también, caballos relinchando enloquecidos.

—¿Adónde lleva este sendero?

—No lo sé. Nunca he ido por ahí abajo.

Tom espoleó a *Rimrock* y lo puso a galope tendido.

El sendero subía, bajaba y subía otra vez. Era estrecho y sinuoso y los árboles se apiñaban de tal manera a ambos lados que parecían rebotar con un movimiento propio hacia el lado contrario. Aquí y allá había árboles caídos en el camino. Algunos podían esquivarlos y otros tenían que saltarlos. *Rimrock*, sin arredrarse, medía su zancada y los salvaba sin rozar siquiera una rama.

Unos quinientos metros más adelante el terreno descendía de nuevo y se ensanchaba bruscamente bajo una ladera escarpada y rocosa por la que el sendero se había abierto paso dibujando una larga media luna ascendente. Al otro lado la pared caía en picado hasta un sombrío mundo inferior poblado de pinos y rocas.

El sendero conducía a lo que parecía una enorme y antigua cantera tallada en la piedra caliza como una caldera de gigante que se hubiera agrietado diseminando su contenido montaña abajo. Desde ese punto, por encima del sonido de los cascos de *Rimrock*, Tom volvió a oír relinchos. Luego escuchó un grito y, de pronto, supo que era Grace. Pero sólo cuando sofrenó a *Rimrock* junto a la entrada de la cantera pudo comprender qué ocurría.

Grace estaba pegada a la pared posterior, atrapada por un tumulto de yeguas encabritadas. Había siete u ocho, además de potros y potrillos, corriendo todos en círculo y asustándose unos a otros a cada vuelta que daban. El clamor de su propio miedo resonaba en las paredes de roca redoblándolo y cuanto más corrían más polvo levantaban y la momentánea ceguera no hacía sino aumentar su pánico. En el centro, encabritándose, relinchando furiosamente y golpeándose el uno al otro con los cascos, estaban *Pilgrim* y el semental blanco que Tom había visto aquel día con Annie.

—Santo Dios.

Frank acababa de llegar. Su caballo se repropió al ver lo que pasaba y él tuvo que tirar fuertemente de las riendas y volverse en redondo para regresar al lado de Tom. *Rimrock* estaba inquieto, pero no se movía de su sitio. Grace no los había visto. Tom se apeó y le pasó a Frank las riendas de *Rimrock*.

—Quédate aquí por si te necesito, pero tendrás que apartarte rápido cuando vengan para acá —dijo Tom.

Frank asintió con la cabeza.

Tom caminó hacia su izquierda con la espalda pegada a la pared sin apartar la vista de los caballos. Los potros giraban delante de él como en un tiovivo enloquecido. El polvo le inundó la garganta. Formaba una nube tan espesa que más allá de las yeguas *Pilgrim* no era más que una figura borrosa que contrastaba con la imponente silueta blanca del semental.

Grace estaba a poco más de una veintena de metros. Le vio por fin; tenía la cara muy pálida.

—¿Estás bien? —preguntó Tom a voz en cuello.

Grace asintió con la cabeza e intentó responder, pero la voz le salió demasiado frágil como para superar el tumulto y el polvo. Se había hecho daño en el hombro y torcido el tobillo al caer, pero nada más. Lo único que la paralizaba era el miedo, miedo más por *Pilgrim* que por sí misma. Podía ver las desnudas encías rosadas del semental mientras daba dentelladas al cuello de *Pilgrim*, cuya piel brillaba a causa de la sangre. Lo peor eran los relinchos desesperados, un sonido que Grace sólo había oído en otra ocasión, una mañana soleada en otro lugar, cubierto de nieve.

Vio que Tom se quitaba el sombrero, se metía entre las yeguas y comenzaba a agitarlo delante de ellas. Las yeguas respingaron entre resbalones al querer apartarse y chocaron con las que iban detrás. Buscando el momento apropiado, Tom se puso detrás de ellas y se las llevó lejos del semental y de *Pilgrim*. Una trató de torcer hacia la derecha, pero Tom consiguió esquivarla y apartarla de allí. Entre la nube de polvo Grace distinguió a otro hombre, tal vez Frank, alejando a dos caballos de la quebrada. Las yeguas, con los potros y los potrillos pisándoles los talones, pasaron a la velocidad del rayo e hicieron buena su huida.

Tom se volvió y pasó nuevamente junto a la pared, dejando sitio a los caballos en pleno duelo, supuso Grace, para que no se aproximaran a ella. Él se detuvo más o menos donde lo había hecho antes y volvió a gritar.

—Quédate ahí, Grace. Todo irá bien.

Entonces, sin dar ninguna muestra de miedo, caminó hacia los caballos. Grace distinguió que movía los labios, pero debido al fragor no pudo oír qué decía. Tal vez estuviese hablando consigo mismo, o tal vez no.

No se detuvo hasta llegar a ellos y sólo entonces los caballos parecieron percatarse de su presencia. Ella vio que conseguía coger las riendas de *Pilgrim*. Con firmeza, pero sin ademanes violentos, apartó el caballo del semental y luego, dándole una fuerte palmada en los cuartos traseros, lo hizo salir corriendo de allí.

Contrariado, el semental volvió toda su ira contra Tom.

Grace recordaría hasta el día de su muerte lo que pasó a continuación. Y nunca sabría a ciencia cierta qué fue lo que pasó. El caballo giró en un estrecho círculo, cabeceando sin parar y levantando una rociada de polvo y piedras con sus cascos. Ausentes ya los otros caballos, sus furiosos bufidos parecieron aumentar con el eco que los repetía. Al principio pareció no saber a qué atenerse respecto al hombre que permanecía impertérrito ante él.

Sin embargo, era seguro que Tom podía haberse apartado. Dos o tres pasos le habrían bastado para ponerse fuera del alcance del semental y de todo peligro. El caballo, o así lo creyó Grace, lo habría dejado en paz y simplemente habría vuelto junto a los otros. Tom, por el contrario, avanzó hacia él.

En cuanto lo hizo, tal como él debió de prever, el semental se encabritó y empezó a relinchar. E incluso entonces Tom habría podido apartarse. Grace había presenciado en una ocasión que *Pilgrim* se había comportado de la misma manera y que Tom se había movido con destreza para ponerse a salvo. Sabía cómo actuaría el animal, qué músculos se moverían y por qué, antes incluso de que el caballo lo supiera. Pero esta vez Tom no hurtó el cuerpo ni agachó la cabeza ni retrocedió siquiera, sino que se aproximó a él.

Aún había demasiado polvo para que Grace pudiera estar totalmente segura, pero le pareció ver que Tom abría un poco los brazos y, con un ademán tan leve que ella pudo incluso haberlo imaginado, le mostró al caballo la palma de las manos.

Fue como si estuviera ofreciendo alguna cosa y quizá se trataba sencillamente de lo que siempre había ofrecido: paz y afinidad. Pero aunque a partir de aquel día nunca iba a compartir con nadie lo que pensó entonces, Grace tuvo la impresión de que no era así y que Tom, sin sombra de miedo o desesperación, estaba de algún modo ofreciéndose a sí mismo.

Luego, con un horripilante sonido que bastó para ratificar su fallecimiento, los cascos cayeron sobre su cabeza y lo arrojaron al suelo como a un ídolo caído.

El semental se engrifó de nuevo pero no tan arriba, y sólo para buscar una superficie más segura que el cuerpo del hombre donde posar las patas. Por un momento el caballo pareció molesto por tan rápida capitulación y pateó el polvo junto a su cabeza. Luego agitó la crin, lanzó un último relincho, torció repentinamente hacia la quebrada y se alejó de allí.

QUINTA PARTE

36

La primavera llegó con retraso a Chatham el año siguiente. Una noche, a finales de abril, cayó más de un palmo de nieve. Fue de esa nieve lánguida que desaparece con el día, pero Annie temió que pudiera haber malogrado los brotes que estaban saliendo ya en los seis pequeños cerezos de Robert. Sin embargo, cuando a primeros de mayo el mundo empezó a calentarse, los árboles parecieron reafirmarse y finalmente florecieron sin mácula.

El espectáculo había dejado atrás su punto álgido y el rosa de los pétalos se desteñía mostrando un delicado borde marrón. Con cada vibración la brisa esparcía hojas por la hierba en una amplia circunferencia. La mayor parte de las que caían espontáneamente se perdía entre la hierba más alta que crecía en torno a las raíces. Unas pocas, no obstante, encontraban un breve respiro final sobre la blanca gasa de una cuna que, ahora que el tiempo era más apacible, descansaba a diario bajo la sombra moteada.

Era una cuna vieja, hecha de mimbre. Se la había regalado una tía de Robert al nacer Grace y anteriormente había amparado los cráneos en formación de varios abogados más o menos distinguidos. La malla, sobre la que se proyectaba ahora la sombra de Annie, era nueva. Se había fijado en que al bebé le gustaba ver posarse allí los pétalos y no quiso tocar los que ya habían caído. Se acercó a la cuna y vio que el niño dormía.

Era demasiado pronto para determinar a quién se parecía. Su

piel era blanca y su cabello castaño claro, aunque con el sol parecía haber tomado un matiz rojizo que sin duda había heredado de Annie.

Desde el día de su nacimiento, hacía ya casi tres meses, sus ojos no habían sido otra cosa que azules.

El médico aconsejó a Annie que pusiera una demanda. Hacía sólo cuatro años que le habían colocado la espiral, uno menos de la duración recomendada. Al examinarla, el médico comprobó que el cobre estaba totalmente gastado. Los fabricantes, aseguraba él, no tendrían inconveniente en llegar a un acuerdo por miedo a la mala publicidad. Annie se había reído, y la sensación fue tan extraña que hasta le impresionó. Dijo que no pensaba poner ninguna demanda y que tampoco, pese a los precedentes y a toda la elocuencia del médico al enumerarle los riesgos, quería interrumpir el embarazo.

De no haber sido por la continua configuración experimentada por su matriz, Annie dudaba que ninguno de los tres —ella, Robert o Grace— hubiera sobrevivido. Aquello podía, tal vez debía, haber empeorado las cosas o sido el foco de sus respectivas penas y amarguras. En cambio, tras la conmoción del descubrimiento, su embarazo había traído consigo, de forma paulatina, una especie de calma esclarecedora.

Annie sintió de repente una presión en los pechos y por un instante pensó en despertar al bebé para darle de mamar. Qué distinto era de Grace. Ella se impacientaba enseguida, como si el pecho no colmara sus necesidades, y antes de los tres meses ya tomaba biberón. Pero el bebé se aferraba y seguía tragando como si lo hubiera hecho desde siempre. Y cuando se hartaba, simplemente se quedaba dormido.

Annie miró su reloj. Eran casi las cuatro. Dentro de una hora Robert y Grace partirían de la ciudad. Por un momento Annie consideró la posibilidad de trabajar un poco más, pero decidió no hacerlo. Había sido un día provechoso y el artículo que estaba escribiendo, si bien de estilo y contenido muy diferentes de cuanto había escrito hasta entonces, marchaba muy bien. Optó por ir andando hasta el campo y echar un vistazo a los caballos. Cuando estuviese de regreso el bebé seguramente habría despertado.

Habían enterrado a Tom Booker al lado de su padre. Annie lo sabía por Frank, que le había escrito una carta. La había mandado a Chatham, y le llegó un miércoles por la mañana a finales de julio; ella se encontraba sola y acababa de descubrir que estaba embarazada.

La intención, explicaba Frank, había sido hacer un funeral reducido, casi exclusivamente para los familiares más íntimos. Pero el día en cuestión aparecieron unas trescientas personas, de las cuales algunas venían incluso de Charleston y Santa Fe. En la iglesia no cabían todos, de modo que tuvieron que abrir las puertas y las ventanas, y el resto de la gente se quedó fuera, al sol.

Frank decía en su carta que le parecía que a Annie le gustaría saberlo.

El principal objetivo de su carta, seguía escribiendo, era transmitirle que el día anterior a su muerte Tom, al parecer, le había dicho a Joe que quería hacerle un regalo a Grace. A los dos se les había ocurrido que se quedara con el potrillo de *Bronty.* Frank quería saber qué opinaba Annie. Si le parecía bien la idea, se lo enviarían junto con *Pilgrim* en el remolque de Annie.

Construir el establo fue idea de Robert. Annie lo contempló ahora camino del campo, al fondo de la larga avenida de avellanos que salía del estanque describiendo una curva. El establo se veía flamante sobre un fondo de chopos y abedules que acababan de echar brotes. Cada vez que lo veía Annie no podía evitar sorprenderse. Su madera apenas se había desgastado, igual que la de la verja y la cerca colindante. Los distintos verdes de la hierba y los árboles eran tan intensos, nuevos y brillantes, que casi parecían canturrear.

Los caballos levantaron la cabeza al oírla acercarse y luego siguieron paciendo tranquilamente. El «potrillo» de *Bronty* era ya un robusto tusón al que *Pilgrim* trataba en público con una especie de sublime desdén. Era puro teatro. Annie los había pillado muchas veces jugando. Se cruzó de brazos sobre la baranda de la verja y apoyó el mentón para mirar.

Grace trabajaba con el potro cada fin de semana. Al verla

montar Annie se daba cuenta de lo mucho que había aprendido de Tom. Jamás forzaba al caballo sino que lo ayudaba a encontrarse a sí mismo. El potro aprendía rápidamente. Ya se apreciaba en él ese aire tierno característico de todos los caballos del Double Divide. Grace le había puesto por nombre *Gulliver*, tras preguntarle primero a su madre si creía que los padres de Judith tendrían algún inconveniente. Annie respondió que estaba segura de que no.

Le resultaba difícil pensar ahora en Grace sin un sentimiento de reverencia y asombro. La muchacha, a punto de cumplir quince años, era un milagro constante.

La semana siguiente a la muerte de Tom seguía siendo borrosa, lo cual era, probablemente, lo mejor que podía pasarles a ambas. Habían partido tan pronto Grace estuvo en condiciones de viajar. A su regreso a Nueva York, la chica estuvo varios días casi catatónica.

Lo que pareció propiciar el cambio fue el ver los caballos aquella mañana de agosto; abrió en ella una compuerta y durante dos semanas no hizo más que llorar y exteriorizar su angustia, que a punto estuvo de arrastrarlos a todos. Pero en la calma que siguió, Grace pareció hacer un inventario de lo ocurrido y finalmente, como *Pilgrim*, decidió sobrevivir.

En ese momento Grace se hizo adulta. Pero aún había ocasiones, cuando creía que nadie la observaba, en que su mirada traslucía algo que iba más allá de la simple madurez. Por dos veces había regresado de las puertas del infierno. De cuanto había visto, fuera lo que fuese, se colegía un saber triste y tranquilizador que era tan viejo como el tiempo mismo.

En otoño Grace regresó a la escuela y la bienvenida que le ofrecieron sus amigas equivalió a mil sesiones con su nueva terapeuta, a la que seguía visitando todas las semanas. Cuando por fin, sin poder evitar un gran azoramiento, Annie le habló del niño, Grace se alegró muchísimo. Ni una sola vez, hasta el momento, había preguntado quién era el padre.

Y Robert tampoco. Ninguna prueba había establecido el hecho, ni él la había buscado. A Annie le pareció entender que prefería la posibilidad de que el hijo fuese suyo a la certeza de que no lo era.

Annie se lo había contado todo. Y así como las culpas de diverso origen y complejidad quedaron grabadas para siempre en su corazón y en el de Grace, así ocurrió también con el dolor que ella había causado en el de Robert.

Por el bien de su hija había postergado toda decisión acerca del futuro, si es que lo había, de su matrimonio. Annie se quedó a vivir en Chatham y Robert en Nueva York. Grace viajaba de un sitio al otro, reparando hebra a hebra en su telar la desgarrada tela de sus vidas. Una vez iniciado el curso, viajaba a Chatham cada fin de semana, normalmente en tren. Pero algunas veces Robert la acompañaba en coche.

Al principio la dejaba allí, le daba un beso de despedida y, tras cruzar unas palabras con Annie, regresaba otra vez en coche a la ciudad. Un lluvioso viernes por la noche a finales de octubre, Grace la convenció de que se quedara. Cenaron los tres juntos. Robert estuvo tan gracioso y tierno con Grace como siempre. Con Annie se mostró reservado, sin dejar de ser cortés. Aquella noche durmió en el cuarto de invitados y a la mañana siguiente partió muy temprano.

Aquello iba a convertirse en la rutina no declarada de los viernes. Y aunque por principio Robert aún no se había quedado más de una noche, su partida al día siguiente se había ido demorando.

El sábado anterior al día de Acción de Gracias, habían ido los tres a desayunar a la cafetería. Era la primera vez que la familia en pleno iba allí desde al accidente. Al llegar toparon con Harry Logan, que hizo grandes aspavientos al ver a Grace y consiguió hacerla sonrojar diciéndole lo crecida y guapísima que estaba. Era verdad. Logan preguntó si podía pasar algún día a saludar a *Pilgrim* y ellos respondieron que cuando quisiese.

Que Annie supiera, en Chatham nadie tenía la menor idea de lo sucedido en Montana, aparte de que el caballo estaba bien. Harry miró el vientre abultado de Annie, sacudió la cabeza y sonrió.

—Caramba —dijo—. Me alegro muchísimo de verlos por aquí, a los cuatro, me refiero. Enhorabuena a todos.

Todo el mundo se maravillaba de que, después de tantos abortos, Annie hubiera conseguido esa vez llegar a término sin problemas. El tocólogo había dicho que en los embarazos de mujeres maduras solían ocurrir cosas raras. Y Annie le dijo que muchas gracias.

El bebé nació a primeros de marzo por cesárea. Le preguntaron a Annie si quería una epidural para ver el parto y ella dijo que ni hablar, que le pusieran todas las drogas que tuvieran a mano. Al despertar, como ya le había ocurrido otra vez, encontró al bebé a su lado, sobre la almohada. Robert y Grace también estaban allí, y los tres lloraron y rieron juntos.

Le pusieron por nombre Matthew, por el padre de Annie.

La brisa le trajo ahora el llanto del niño. Al alejarse de la verja y empezar a bajar hacia los cerezos, los caballos no levantaron la cabeza.

Le daría de mamar y después lo llevaría dentro para cambiarlo. Luego lo pondría en un rincón de la cocina para que la observara con aquellos limpios ojos azules mientras ella preparaba la cena. A lo mejor esa vez convencía a Robert de que se quedase todo el fin de semana. Al dejar atrás el estanque, unos patos alzaron el vuelo después de chapotear en el agua.

Frank mencionaba otra cosa en la carta que le había mandado el verano anterior. Ordenando la habitación de Tom, decía, había encontrado un sobre encima de la mesa. Llevaba escrito el nombre de Annie y por eso se lo adjuntaba.

Annie lo miró un buen rato antes de abrirlo. Se le ocurrió que era extraño no haber visto nunca hasta ese momento la letra de Tom. En su interior, doblado dentro una hoja de papel blanco, halló el trozo de cordel con el lazo que él se había quedado la última noche que pasaron juntos en la casa del arroyo. En el papel, Tom había escrito, sencillamente: «Por si te olvidas.»

ESTE LIBRO HA SIDO IMPRESO
EN LOS TALLERES DE
PRINTER INDUSTRIA GRÁFICA, S. A.
CARRETERA N-II, KM. 600. CUATRO CAMINOS, S/N
SANT VICENÇ DELS HORTS (BARCELONA)